Saca só: eu sou judeu. O Count Basie é judeu. O Ray Charles é judeu. Eddie Cantor é gói. B'nai B'rith é gói; Hadassah é judeu.

Se você mora em Nova York, ou em outra cidade grande qualquer, você é judeu. Mesmo sendo católico, se mora em Nova York, você é judeu. Agora, se você mora em Butte, Montana, então é gói, mesmo sendo judeu.

O Kool-Aid é gói. E leite condensado também, mesmo tendo sido inventado por judeus. O chocolate é judeu e a calda de chocolate é gói. Salada de fruta é coisa judaica. Gelatina de limão é gói. Soda limonada é *muito* gói.

Bolo da Drake's é gói. Pão de centeio é judeu e, como você bem sabe, pão branco é muito gói. Purê instantâneo é gói. Já o *macaroon* de amêndoa é *muito* judeu e uma soda sabor cereja também.

Os negros são todos judeus. Os italianos são todos judeus. Os irlandeses que rejeitaram sua religião são judeus. A boca é algo bem judaico. E o colo. Girar um bastão na frente de torcidas é gói.

Roupa de baixo é decididamente gói. O saco é gói. O seio é judeu.

"Celebrar" é uma palavra gói. "Observar" é judaica. O sr. e a sra. Walsh estão *celebrando* o Natal com o major Thomas Moreland, F. A. (aposentado), ao passo que o sr. e a sra. Bromberg *observaram* o Chanucah na companhia de Goldie e Arthur Schindler de Kiamesha, Nova York.

Lenny Bruce

ZADIE SMITH

O caçador de autógrafos

Tradução
Beth Vieira

Companhia Das Letras

Título original
The autograph man

Capa
Mariana Newlands

Preparação
Maria Cecília Caropreso

Revisão
Marise Simões Leal
Isabel Jorge Cury

Dados Internacionais de Catalogação na Publicação (CIP)
(Câmara Brasileira do Livro, SP, Brasil)

Smith, Zadie
O caçador de autógrafos / Zadie Smith ; [ilustrações de Roderick Mills] ; tradução de Beth Vieira. — São Paulo : Companhia das Letras, 2006.

Título original: The autograph man
ISBN 85-359-0815-3

1. Ficção inglesa I. Mills, Roderick. II. Título.

06-2204 CDD-823

Índice para catálogo sistemático:
1. Ficção : Literatura inglesa 823

[2006]

EDITORA SCHWARCZ LTDA.
Rua Bandeira Paulista 702 cj. 32
04532-002 — São Paulo — SP
Telefone: (11) 3707-3500
Fax: (11) 3707-3501
www.companhiadasletras.com.br

Para os meus incríveis irmãos, Ben e Luke,
E para meu amigo Adam Andrusier, que sabe das coisas

Naturalmente que, na vida real, as coisas não se encaixam da maneira como o fazem as evidências em minha carta; a vida é mais que um quebra-cabeça.

Franz Kafka, *Cartas a meu pai*

Eu sempre fazia de conta que Clark Gable era meu pai.

Marilyn Monroe

A Cabala de Alex-Li Tandem

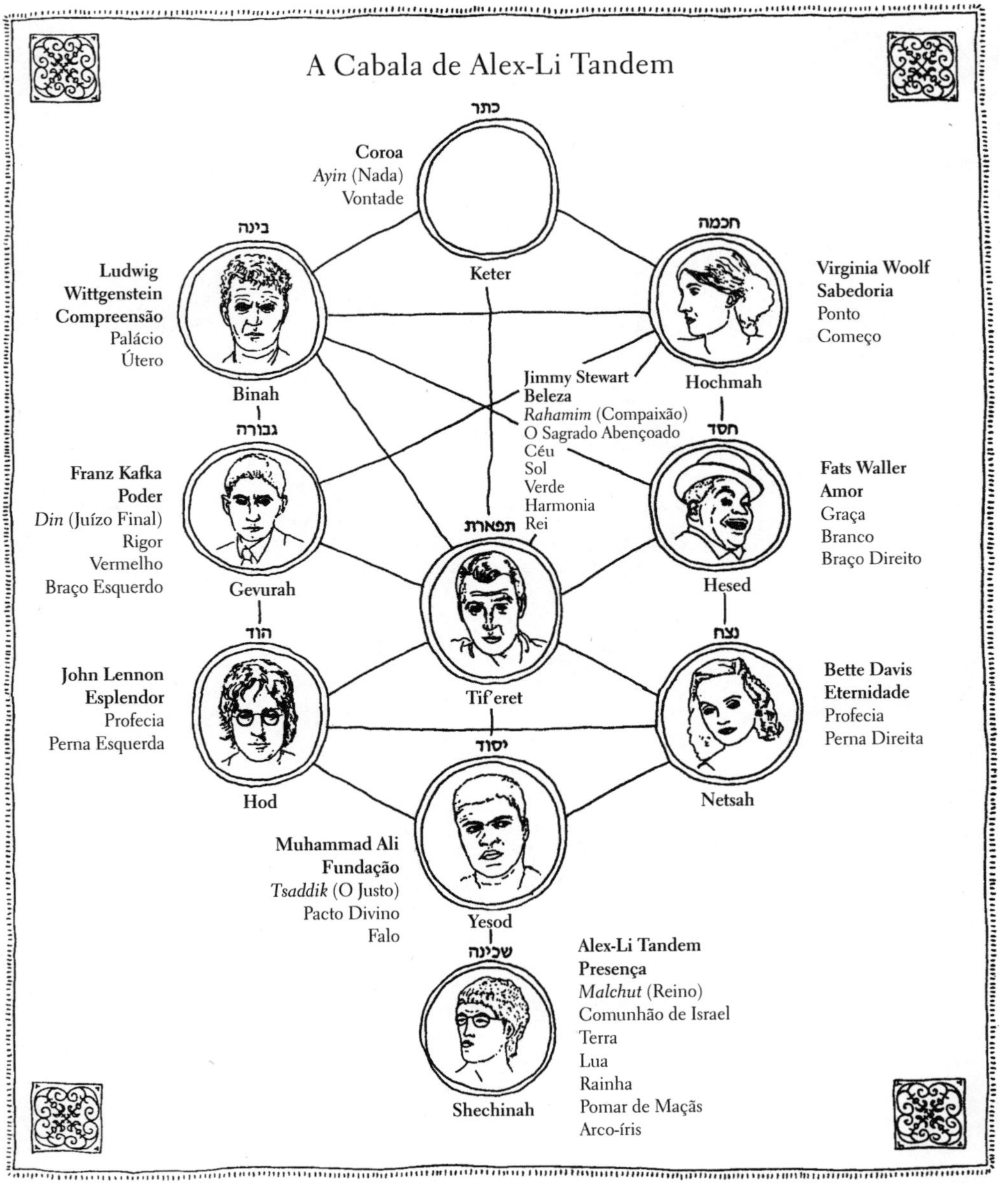

PRÓLOGO

Zohar
A Luta Livre

Ele tem a capacidade de se imaginar como um evento menor na vida dos outros. Não se trata de algo abstrato. Alex-Li Tandem nem sequer entenderia o significado do termo "abstrato" — tem doze anos de idade. Mas sabe muito bem que, se porventura imaginar que está nadando no mar, bem... Ao contrário da maior parte das crianças, que no mesmo instante pensam num tubarão de cinema nadando embaixo delas, Alex acompanha mentalmente o salva-vidas. Ele se vê como a manchinha lá longe no horizonte, a cabeça confundida com uma bóia de sinalização, o frenesi dos braços invisível em meio às ondas. E vê o salva-vidas parado na beira da água, um americano indolente e bronzeado, de braços cruzados, chegar à conclusão de que não há nada lá adiante, ninguém em apuros no mar. Vê o rapaz seguir andando pela praia, atrás de um refrigerante e das alemãzinhas seminuas que conheceu um dia antes. O salva-vidas compra uma Coca de um ambulante. O tubarão arranca a canela direita de Alex. O salva-vidas se aproxima de Tanya, a mais bonitinha. O tubarão arrasta Alex num semicírculo sangrento. Na esperança de marcar pontos com Tanya, o salva-vidas conversa gentilmente com a feiosa de peito chato. Algumas vértebras se quebram. *Viu só aquilo? Uma foca!*, diz Tanya, confundindo a mão desesperada de Alex com a virada de uma nadadeira lustrosa. E lá se foi ele. Será um pássaro? Será um avião? Será uma foca? Não, sou eu, me afogando. É assim que as coisas são com Alex-Li. Ele se ocupa da taquigrafia da experiência. A versão televisionada. Ele faz parte da geração que assiste a si mesma.

YHWH

Neste exato momento, encontra-se no carro do pai, a caminho de um espetáculo. Um avião sobrevoa tão baixo que é capaz de deixar aflitos os telhados de chapa corrugada de uma fábrica que fica à esquerda. Eles estão numa via expressa qualquer, no meio de um congestionamento, perto de um aeroporto. À sua direita vai o pai, Li-Jin, que é também seu melhor amigo. Do banco traseiro, dois meninos o golpeiam sem nenhum motivo com um elástico. Ele se debruça para a frente, para escapar dos ataques, e põe o braço carnudo para fora da janela do carro — será que dá mesmo para eles o enxergarem lá do alto? Oi! De ambos os lados, as árvores anoréxicas de fevereiro se espicham para ele. Em troca, oferece a mão aberta para que o vento transite entre o vão dos dedos. Uma folha lustrosa gruda em seu polegar feito um esparadrapo. Uga uga. Uga*rácoles*. Eles vão assistir a uma luta livre. Não é comum isso. Alex não é um sujeito muito sociável. Gasta seu tempo livre na frente da televisão ou acompanha o pai ao consultório. Sente-se plenamente satisfeito em ficar zanzando pela recepção, tentando adivinhar quem tem o quê, enquanto o dr. Tandem faz seja lá o que for que ele faz na saleta de porta branca. Alex leva um livro de palavras cruzadas, ou um gibi, e todos o deixam em paz, que é como ele gosta de ficar. Frieira, angina ou a praga, ele atribui doenças assim — quer queiram, quer não — aos que sofrem de uma simples bronquite ou menopausa, tão logo as pessoas se acomodam nas cadeiras de plástico tamanho infantil. Ninguém repara nele. Um mero garoto observando as coisas, nada mais. Como num programa de televisão. Só que no ano passado ele começou a se tornar visível. Cresceu e engordou, tem agora uma barriga macia, quadris de mulher, uma cor descorada. Os óculos novos aumentam muito o crescente dos olhos — será que está parecendo mais chinês? Sua infância vai ficando para trás. As pessoas começam a fazer caso dele. Não passa um dia que um idoso não o agarre pelos ombros e lhe faça perguntas cretinas. Quando se está com doze anos de repente todo mundo tem uma opinião sobre você e o ar livre, sobre você e um bom jogo de futebol, sobre você versus meninos de bochechas afogueadas que adoram esportes, vindos de eras perdidas no alvorecer do tempo. O consenso é que você deve sair mais de casa. Alex logo pressentiu que algum tipo de passeio, ainda que não especificamente este, seria inevitável.

Uma conversa entre seus pais, da qual não participou, ocorrera três noites antes, enquanto Alex dormia no quarto ao lado, bem na beirada da cama, sonhando com penhascos e água. Sarah, a mãe, já sonolenta, soergueu o corpo num dos cotovelos, esperou até que cessasse o ronco de um avião que passava e então disse: "Li, sabe de uma coisa, no sábado nós bem que podíamos fazer algo diferente com o Al, em vez de, você sabe, esse menino passar o tempo todo *macambúzio*, rondando em volta do *pai* — quer dizer, não que...".

E essa frase por terminar ocultou um velho antagonismo entre o casal, porque nem sempre havia espaço suficiente para Sarah nesse duo apaixonado de pai e filho. Agora que completara doze anos, a mãe gostaria de vê-lo, como ela diz, "indo para o mundo, entrando *no mundo* e, sabe como é, meio que *lutando* com o mundo, obtendo aquela *interação* vital...".

Li-Jin abre os olhos e geme. O que será que a mulher andava lendo agora para começar a falar com ele, no meio da noite, como se fosse um livro de auto-ajuda? Sua cabeça dói. São duas da manhã. A essa altura já deveria estar pisando duro no corredor, de cueca, aos berros, a caminho do quarto de hóspedes. Essa costumava ser a rotina. Mas Li-Jin não tem mais tempo para esse tipo de coisa. Rixas conjugais, distúrbios de rua, arruaças de bar — hoje lhe parecem os grandes luxos da vida moderna. É preciso tempo para essas coisas, para as brigas e para as pazes. Embora não tenha dito a ninguém, ele perdeu esse luxo. Não pode arriscar um acirramento das hostilidades. Simplesmente não tem *tempo*. E ficou surpreso ao descobrir que quando você subtrai as brigas, o que sobra é amor, uma enorme quantidade dele vazando de você. Agora afofa o travesseiro e se aproxima mais da mulher, o que significa assentimento. É uma espécie de dom. Mas espere, porque não é *só* isso: Li-Jin beija a ponta dos dedos de Sarah e põe a cabeça latejante nas mãos dela.

Bem nessa hora passa um avião e Alex-Li imagina como será sua cara para quem o vê de três mil metros de altura. Está indo assistir a uma luta livre com o pai e dois conhecidos, Mark Rubinfine e Adam Jacobs. Rubinfine (quinze anos), chamado Rubinfine por todos, inclusive pela mãe, é o filho do contador de Li-Jin, Rubinfine. É um garoto alto e esperto, com uma pinta no rosto e aquele arzinho perene de quem não se impressiona nem diante de um sujeito evacuando ouro. Li-Jin não tem bem certeza se gosta ou não do menino. Porém, no dia em que se cogitou a idéia de ir ver uma luta, durante o jantar, Rubinfine se achava presente, junto com o pai, e era por essa razão que estava ali com eles. O outro, Adam (treze anos), é um garoto bonzinho com um pequeno problema de peso, o que talvez explique, ou não, as razões de ele ser como é. Preto retinto, tem cabelo bem crespo, curtinho, e olhos tão escuros que pupilas e íris são uma coisa só. Ainda que os três se conheçam há anos, não estão no mesmo colégio nem são amigos do peito. A ligação deles é o cheder, que todos freqüentam num centro comunitário do bairro, custeado pela sinagoga. Li-Jin ficou meio preocupado que o passeio do sábado pudesse parecer um tanto fabricado, mas eles dão a impressão de estar bem, conversando bastante. Mas sobre o *que* estão conversando? Referências a programas que ele nunca viu, músicas que nunca ouviu, filmes que surgiram e se foram sem que tivesse notícia. É como se existisse alguma zona de alta freqüência no dia-a-dia do filho que Li-Jin sintoniza apenas uma vez por ano, durante o Natal, quando recebe instruções para comprar as mercadorias de plástico brilhante que acompanham esses misteriosos divertimentos.

"Não, escuta só", Alex pede, abrindo e fechando o porta-luvas, "eu estou falando daquele episódio 'A Volta pra Casa', quando o Kellas descobriu que tinha, como é que é mesmo, vocês sabem o quê... feições *biônicas*."

"Mas isso não é do episódio 'A Volta pra Casa'", diz Adam. "Esse daí é um bem diferente, com aquele treco biônico."

"Pára de bater o porta-luvas", diz Li-Jin.

"Ó, eu vou dizer mais uma vez", intervém Rubinfine, soltando um suspiro e cavoucando a cera no ouvido com o dedo, "vocês não sabem uga nenhuma."

O ar aquecido e artificial embaça os vidros das janelas. Li-Jin liga o rádio e é recompensado com ruído branco, trilha sonora para sua dor de cabeça. Com a ponta do dedo, Alex começa a desenhar triângulos no vidro embaçado. As coxas gordas e expostas de Adam grudam no assento de plástico. Rubinfine está com uma daquelas ereções aleatórias e tão curiosamente persistentes, ainda que não tenham uma causa e muito menos para onde ir. Ele se mexe de leve e se ajeita.

YHWH

Há um êxodo em andamento, das salas de estar para o mundo: pais e filhos a caminho. Alex já viu outros carros com garotos dentro, segurando cartazes da luta (grandes, vermelhos, de papel laminado e letras douradas, feito bíblias) junto às janelas. De vez em quando Rubinfine imita uma gravata e o garoto do carro ao lado finge estar sendo estrangulado. Tudo isso é sem precedentes. Em geral não há nada neste mundo que os faça sair da frente da televisão aos sábados de manhã; dali não saem nem a pau. Pode ir tirando o cavalinho da chuva. Primeiro a televisão teria de se arrancar sozinha da tomada e exigir que Adam, Rubinfine e Alex fossem atrás dela, AGORA, SEUS PILANTRAS DE UMA UGA (seria preciso insultá-los), EU DISSE AGORA, SEUS VIADINHOS, e depois ela teria de sair bamboleando desajeitada com suas pernas de madeira. Claro que foi justamente o que aconteceu. Eles estão sendo arrastados para o Royal Albert Hall por um homenzarrão da televisão. Seu nome é Big Daddy e, nesse exato momento, é o lutador mais famoso da Grã-Bretanha. Ele é como um deus. É gordo, rosado, nasceu no Norte e não tem um *pingo* de glamour. Deve estar na casa dos cinqüenta, tem cabelos brancos e se veste com um *collant* vermelho. Na vida real, seu nome é Shirley. Por algum motivo, mesmo esse fato não o diminui. Todo mundo gosta dele e é bem isso, esse *todo mundo*, o que tanto importa para Li-Jin. Ele não quer que Alex "sobressaia". Sabe que muito em breve a vida do garoto vai se tornar difícil e espera que a conformidade possa ser sua salvação. É por isso que quer o filho pronto, normal. Quer que ele faça parte desse *todo mundo*. Mas é impossível se planejar para todas as eventualidades. Por exemplo, seu filho é com toda a certeza o único menino indo ver a luta entre Big Daddy e Meda Gigante junto com um pai que tenta convencê-lo a não comparecer ao próprio bar mitzvah.

Li-Jin lhe diz: *Você tem certeza mesmo de que quer fazer isso?*

Alex-Li responde: *Paaa-i!*

No banco de trás, Rubinfine testa os efeitos do termo "homem peitudo" nas sensibilidades do gordo que desponta em Adam, e, no banco da frente, Li-Jin tenta influenciar Alex-Li da forma como prometeu a Sarah que jamais faria.

"*Alex*. Estou lhe fazendo uma pergunta."

"Eu sei. Eu disse que tenho, não disse? Bom, então. *Tenho*. Acho."

"Mas você tem certeza de que *quer* fazer?", repete Li-Jin, em vão. "Será que não é mais porque a sua mãe quer?"

Alex faz o Gesto Internacional de vomitar.

"E então, é ou não é?"

"Você está cansado de *saber* que é a mamãe que quer. Portanto, óbvio que em parte é, confere?"

"Mas você também quer."

"Acho que sim. *Pelo amor de Deus*, pai, pára de falar nisso, *por favor*."

Rubinfine faz o Gesto Internacional de se masturbar. Alex dá um último safanão no porta-luvas e se põe a abrir e fechar o cinzeiro, novo foco de suas atenções. Param num semáforo. Li-Jin se vira para olhar o filho de frente, lambe o próprio polegar e limpa uma mancha qualquer no rosto do menino.

"Olha só, filho, pára com isso. E me diga. Você quer mesmo? A pergunta não é assim tão besta, é? Estou apenas querendo saber se você pretende usar aquelas caixas. Como é o nome mesmo?"

"Tefilin. Você só prende elas. Na cabeça, sabe como é. E um pouco nos braços."

Li-Jin sente-se desolado. Mete o pé na embreagem. Ele é alérgico à idéia daquelas tiras. Um desvio demasiadamente violento e estranho do judaísmo normal, sossegado e quase *imperceptível* com o qual se casara. O que vem a *ser* aquilo? Fazia parte do contrato, em letrinhas pequenas? E quão apertadas vão ser, aquelas tiras?

"Fantástico. Caixinhas. Como o Rubinfine fez."

"*Santo Deus*, pai. E que importância tem? Eu vou lá e faço, pronto. E aí fica feito."

"O recorde em ficar embaixo da água sem respirar", diz Adam, "pertence a 'Big' Tony Kikaroo, de Nukualofa, capital de Tonga, que ficou dezenove minutos e doze segundos sem respirar nas águas cor de ervilha da baía."

"O que vocês estão falando de mim?", diz Rubinfine.

Num cruzamento, param de falar todos ao mesmo tempo e o silêncio gruda por alguns instantes, como se alguém o tivesse cuspido no pára-brisa e estivessem assistindo a seu lento escorregar. Mountjoy vai aos poucos ficando para trás, o bairro e seus atarracados palácios suburbanos com suas árvores podadas. É ali que eles moram, e o trânsito prova que, aos sábados, e à primeira oportunidade, qualquer um que more em Mountjoy tenta escapulir. Estão todos exercendo seu direito de proprietário. Não se esqueceram daquele rapaz ambicioso de bigodinho fino e gravata acrílica que os levou para ver suas futuras casas, discorrendo sobre redução no número de vôos, proteção de quina em todas as paredes, detalhes originais de acabamento e aquele fantástico trajeto — promessa de todo fictícia, como se viu depois — de trinta minutos até o centro. Ninguém protesta. Qualquer um que espere algo diferente de Mountjoy, que alimente alguma ilusão a respeito do sistema de mão única de Mountjoy, bem, tal pessoa jamais moraria em Mountjoy. Os habitantes de Mountjoy alicerçaram a vida nos meios-termos e, todas as noites, aceitam com silenciosa dignidade os tampões de ouvido, as enxaquecas e as dores musculares decorrentes do estresse adquirido em troca de casas baratas situadas bem debaixo da rota de vôo de um aeroporto internacional. Esta aqui não é a Terra Prometida. É, isso sim, um bairro de preços módicos, casas da década de 50, trancas e aquecimento central-padrão, escolas incluídas, na extremidade norte da cidade de Londres. Para Li-Jin, cai como uma luva porque não há problema para estacionar e ele sempre teve consultório no bairro. Além do mais, conhece todo mundo. Há uma vizinhança judaica considerável e isso é do agrado de Sarah. Para Alex-Li serve como uma luva porque qualquer lugar serviria. Adam, o único menino negro por muitos e muitos quilômetros — *possivelmente o único judeu negro em toda esta uga de mundo* — odeia Mountjoy com todas as forças, odeia tanto — muito mesmo — de verdade —, de forma tão *visceral*, que se por acaso algum dia procurar essa palavra no dicionário dirá: é, é bem aí que eu odeio Mountjoy, nas tripas. Quanto a Rubinfine, se Mountjoy fosse uma pessoa, arrancaria a cabeça dela, daria uma mijada em seu olho e cagaria dentro da sua goela.

YHWH

Fato interessante: o pai de Rubinfine, Rubinfine, quer que Rubinfine seja rabino quando crescer. Toda vez que Rubinfine comenta com Li-Jin seu mais recôndito desejo para o futuro de Rubinfine, Li-Jin não sabe o que fazer da própria cara. Na primeira vez em que Rubinfine mencionou o assunto, estavam comendo espaguete à bolonhesa num almoço de negócios em que discutiam maneiras de Li-Jin dar uma guaribada nas contas — foi pego tão de surpresa que teve de ir até o banheiro do restaurante para tirar um macarrão do nariz.

YHWH

Rubinfine: "Uga uga uga. Porra, cara, que calor. Ô gente boa, será que não dá pra desligar o aquecimento, não? Nós já estamos chegando? Nós já estamos chegando? Nósjáestamoschegandonósjáestamoschegandonósjáestamoschegando?

Imitação de um garoto de um filme americano que se cansou de viajar de carro. Eu não vou matá-lo, pensa Li-Jin. Sua cabeça dói.

"Eu não vou matar você", ele diz, olhando Rubinfine pelo espelhinho.

Rubinfine chupa as bochechas feito um peixe. "Hum... Vejamos. Certo. Bom, quer dizer, pensando bem, só daqui a *quarenta milhões de anos.*"

Uma avaliação até que bem razoável da situação, já que Li-Jin tinha um metro e sessenta e sete, com muito boa vontade, e Rubinfine era um baita de um latagão, apesar da idade.

"Você já foi menor um dia", diz Li-Jin.

"Não me diga."

"Foi, sim. A menos que minha memória esteja começando a falhar. Mais simpático não, isso é verdade — apenas menor."

"O recorde", diz Adam, "para um homem permanecer enterrado vivo pertence a Rodrigues Jesus Monti, de Tampa, na Flórida, que passou quarenta e seis dias enterrado no deserto do Arizona, respirando por uma espécie de canudinho bem comprido."

"Onde foi que você *viu* isso tudo, exatamente?", Rubinfine exige saber, furioso da vida. "Em que *canal*? Que *cara* tinha?"

"Não foi na televisão, não. Foi num livro. De recordes. Eu li."

"Bom, cala essa *boca*, então."

Tirando uma das mãos do volante, Li-Jin pega dois centímetros de pele da têmpora e começa a fazer uma massagem com o polegar e o indicador. Ele costumava aconselhar seus pacientes a imaginar o centro da dor como uma pelota de massa de modelar, ou um pedaço de argila, porque, ao trabalhá-la como se fosse um material plástico, conseguiriam reduzir a dor a um cordão até rompê-la por completo. Era mentira.

"Misericórdia!", esganiça Rubinfine. "Eu e o Ads primeiro. Alex fica com quem ganhar."

Rubinfine e Adam entrelaçam os dedos. É algum tipo de jogo. Querem que Li-Jin conte até três. Mas Li-Jin está num outro mundo, mergulhado na sua dor de cabeça. Olha para duas crianças de uns seis anos de idade, que acenam do carro ao lado, as fisionomias meio borradas pelo vidro escorrido de chuva, feito uma aquarela sentimental. Tenta se lembrar de quando foi que todas as crianças pareciam pequenas e inseguras. Mas que nada, mesmo aos seis anos, Rubinfine sempre fora um tirano dos subúrbios, ainda que usasse táticas diferentes. Naquele tempo, eram só berros, ranho e greves de fome. Rubinfine era o tipo de menino capaz de pôr fogo nas próprias roupas só para ver a cara da mãe. Adam, se Li-Jin não estiver trocando as bolas, havia mudado da água para o vinho. Aos seis anos, era americano. Mais que isso, não tinha pai nem mãe. Era como algo saído de um livro. Todos eles apareceram no consultório de Li-Jin num dia de inverno: um avô negro-azulado, Isaac Jacobs, Adam e a irmãzinha dele, chamada...? De todo modo, era ela o motivo. Uma menina de olhos amendoados com problemas no coração e precisando da assistência médica gratuita da Grã-Bretanha. Todos eles judeus negros do Harlem, todos descendentes da tribo de Judá. Vestidos como reis etíopes! Os adultos de Mountjoy levaram um certo tempo para aceitar a idéia de Isaac Jacobs. Com Adam, foi diferente. Adam foi imediatamente tido como o grão-senhor do parquinho. Li-Jin sorriu ao lembrar de Alex chegando em casa um dia e falando de "um menino de filme", como se Adam tivesse saltado das telas para os subúrbios, um daqueles seres de cinema que não morrem jamais. Entretanto, aquilo não poderia durar, para Adam. O sotaque sumiu, o corpo cresceu. Sete anos mais tarde e Adam Jacobs continua sendo castigado por um dia ter surgido num subúrbio agindo como se fosse feito de mágica.

Esther — a menina se chamava Esther. Com os cabelos trançados como um quebra-cabeça. Eles puseram um marca-passo nela.

E agora Rubinfine, cansado de esperar pela permissão, entortou para trás as mãos de Adam. Adam berra, porém Rubinfine não se comove.

"A palavra é *misericórdia*", diz Rubinfine com frieza, soltando Adam, que chora e sopra os nós dos dedos. "Era *tudo* que você precisava dizer."

"Vocês vão esperar um pouco aqui", diz Li-Jin, parando de repente em frente a uma farmácia. "Alguma queixa?"

"Que fedor é esse?", pergunta Rubinfine.

YHWH

Quando Alex tinha onze anos e Li-Jin começou a sentir dores de cabeça, um médico chinês do Soho diagnosticou o sintoma como sendo resultado da obstrução que Alex-Li fazia ao *qi* do pai. O médico disse que Li-Jin amava demais o menino, igual a um viúvo a quem restou apenas o filho como lembrança da mulher. Li-Jin amava Alex de forma feminina, em vez de masculina. Seu *mu qi* (ar materno) era excessivo, bloqueando seus *qi-men* (passagens de ar). Isso provocara o distúrbio. *Besteira*. Li-Jin censurou-se por ter chegado a sucumbir às superstições de sua infância em Beijing; nunca mais consultou esse homem nem nenhum outro médico chinês. Passagens de ar? Todo mundo em Mountjoy tinha dor de cabeça. Barulho de avião, poluição, estresse. A profaníssima trindade da vida em Mountjoy. Era vaidade, sem dúvida, presumir que fora eleito para algo especial, para o tumor raríssimo, para o vírus quase desconhecido. Vaidade! Por que haveria de ser algo mais que isso? Depois do encontro, esse médico tão inteligente passou um ano dizendo a si mesmo que não era nada, que estava se comportando como um de seus pacientes idiotas. Sem exames, com dores contínuas, chutando a bola para a frente. Mesmo assim, em algum lugar lá dentro, ele sabia. Sempre soube.

O sininho faz tlintlim. Tlintlim!

"Tempo excelente pros marrecos!", diz a moça atrás do balcão. Li-Jin limpa algumas gotas de chuva e sacode os cabelos negros absolutamente lisos que molham com tanta facilidade. Por algum motivo, só de entrar na farmácia ele a fez dar risada. É uma moça com cara de passarinho e camadas rígidas de cabelo loiro, uma embaixo da outra embaixo da outra, Li-Jin até já viu no cinema (mas devia fazer alguns anos). Ela tem uma vasta mancha cor de vinho subindo pelo pescoço, como se fossem cinco tentáculos, como se fosse a sombra da mão de um homem.

"Só falta chover canivete!", principia Li-Jin, caminhando confiante até o caixa. Afasta de leve as pernas e coloca as mãozinhas pequenas sobre o balcão. Na aldeia aninhada aos pés de seu colégio interno, no interior da Inglaterra, Li-Jin aprendera tudo que havia para saber sobre esse tipo de conversa e como mantê-la. Antes que a televisão ocupasse todos os espaços, antes dos bordões, aprendiam-se os ditados, as homilias.

"Por outro lado", diz ele, preparando-se para inventar uma área nos fundos de sua casa que não existe e jamais poderá existir no atual mercado imobiliário, "meu jardim vai agradecer. Nós tivemos uma seca no último mês...".

Mas a moça decidiu se indignar. "Bom, eu até que não me importaria tanto se não tivesse chovido a semana *passada* inteirinha! Não sei, não, não sei mesmo..."

Li-Jin se curva e meneia a cabeça, concordando que tampouco ele sabe, não, não sabe mesmo da chuva ou do mundo, muito menos onde vão parar as coisas, do jeito como anda tudo; sorrindo e meneando a cabeça; esperando com toda a paciência que a moça volte a se concentrar nos negócios. Ela fala demais. Mas talvez tenha ficado muito tempo ali, os quadris ossudos comprimidos contra o balcão, de olho na porta, esquecida e, depois, cruelmente lembrada da marca de nascença — e isso durante várias horas, sozinha. Ela poderia até morrer ali dentro. Ninguém iria reparar, até que o cheiro os levasse a xeretar atrás do balcão. Tlintlim!

Na quietude reinante, soa a sineta de novo, e Alex entra, golpeando o assoalho e parando atrás do pai, que sempre o acompanhava, fosse qual fosse o duelo.

"Ãn, quanto tempo você vai levar?", pergunta com urgência, desviando a vista do pai e olhando alarmado para aquela trepadeira cor de vinho.

"Um minutinho."

"Sessenta elefantes, cinqüenta e nove elefantes, cinqüenta e oito elefantes, cinqüenta e sete elefantes, cinqüenta e seis elefantes..."

"*Está bem*. Cinco minutos. Por que não ficou no carro?"

"Eu acho que o Adam Jacobs está tendo problemas emocionais em casa. Ele disse que o recorde para beijos é de nove dias e sete horas e que foi batido por Katie e George Brumpton de Madison, no Wisconsin. Com pausas para comer. Isso daí é...", ele começa a dizer, erguendo a mão para apontar para o pescoço da moça, mas Li-Jin o pega pelo pulso.

"Saímos para dar um passeio", explica Li-Jin. "Meu filho e dois amigos. Muito barulhentos. Sabe como são os meninos. Dão dor de cabeça."

"Entendo", diz a moça. "Alguma marca de sua preferência? Eles fazem diferentes tipos de medicamento para diferentes tipos de dor hoje em dia. Não há por que tomar algo que foi feito para, bom, por exemplo, dor de cabeça frontal se você está com... você sabe... algum outro tipo de dor."

"Pai", diz Alex, puxando-o, "não temos *tempo*."

Por fim, por fim, Li-Jin entrega o dinheiro e ela lhe estende um frasco perfeitamente comum de paracetamol, que ele agarra e com o qual começa a brigar. Continua brigando com o vidro de comprimidos na rua, debaixo da chuva, ainda que nada dentro daquele frasco possa ajudá-lo e ele saiba disso.

"Puxa *vida* — será que não dá pra você esperar até a gente entrar no carro?"

"Não, Alex. Minha cabeça está doendo *agora*. Entre você no carro, se está com vergonha."

"Pai, eu *juro* que eu acho que o Rubinfine é um — como é que é mesmo — esquizofrênico paranóide. Estou preocupado com a nossa segurança dentro de um veículo fechado."

"Alex, tenha dó. Maldita tampa!"

"Quinze anos é a idade para os meninos. É aos quinze que começa. Você acha que aquela moça da farmácia está com câncer de pele?"

"Marca de nascença, mais nada."

"Não dá vontade de ver crescer e ocupar a cara toda dela?"

Eles entram no carro.

"Mas o *pé* dele", Rubinfine está dizendo muito devagar, como se falasse com um retardado, "que estava dentro do *sapato* dele, pisou na *cara* do Daddy. Entendeu? *Na cara dele. Sapato. Cara. Sapato. Cara.* Capi-chi? Habla nossa língua? Não dá pra falsificar um *sapato* pisando numa *cara*."

Adam, que acredita estar com a razão, começa o sussurro do derrotado, aquele que só Deus escuta: "*Bom, eu continuo dizendo...*".

"*Maldita* segurança à prova de criança...", diz Li-Jin.

Rubinfine, a criança mais velha no carro, estende a mão, pega o remédio e, com enorme desdém e piedade, tira a tampa e devolve o vidro aberto.

YHWH

Continuam parados dentro do carro enquanto Li-Jin procura uma garrafa térmica de chá que deixou no chão. Todo mundo tem um argumento a respeito dos quantificáveis da fama numa escala de um a dez, onde 10 = Michael Jackson e 1 seria alguém como a preta pintada de verde com dois baús saindo da cabeça que fez a alienígena Kolig no filme *A batalha de Marte*. Muito bem, então, numa escala dessas, onde ficaria o lutador Meda Gigante?

"Três", diz Rubinfine.

"Seis", diz Li-Jin. O palpite é alvo da zombaria geral.

"Três e meio", diz Adam.

"Dois vírgula um", diz Alex-Li.

"Você insiste em ser um majestoso de um uga a vida toda, não é, Alex?"

"Não, olha só, faz sentido. Cerca de dez milhões de pessoas assistem ao *Mundo dos Esportes* todo sábado. *Acho* que é por aí. E a Grã-Bretanha tem quarenta e nove milhões de pessoas. O que dá vinte e um por cento. Conclusão: dois vírgula um. E só se pode dizer isso se, pra começo de conversa, fingirmos que os Estados Unidos não existem."

"Alex-Li Tandem, você acaba de ganhar o troféu do Idiota Mais Chato do Ano. Por favor, venha receber seu prêmio. Depois se manda."

"Vocês sabem quanto ele pesa, não sabem?", diz Li-Jin, estendendo o braço para o banco de trás para impedir Rubinfine de dar o murro da premiação. "Vocês sabem que nós estamos indo assistir a uma luta de verdade, não sabem? Será que têm *noção* do tamanho do homem?"

Adam se debruça para a frente com aquele magnífico semblante fechado que Li-Jin já tivera muitas oportunidades de ver em jovens pacientes seus toda vez que se aproximava com uma agulha. Uma testa franzida, onde as marcas não são permanentes, uma espécie de mágica.

"Meda Gigante."

"*Pai.* Não diga besteira. É tudo marmelada. Os movimentos até podem ser reais, ou meio que reais, mas o final é marmelada. *Todo mundo* sabe disso. Não faz a menor diferença o peso dele. Ele não vai ganhar mesmo. *Não pode* ganhar."

"Duzentos e oitenta quilos. Duzentos e oitenta. Du. Zentos. E oiten. Ta. Agora olhem só: vejam."

Li-Jin, rindo consigo mesmo, tira três notas de uma libra e uma caneta do bolso da camisa e coloca tudo sobre o painel. "Eu vou escrever o nome de vocês três nestas notas. Se o Meda Gigante perder, eu dou uma nota pra cada um."

"E o que nós vamos ter que dar pra você se ele ganhar?", pergunta Rubinfine.

"A promessa de que serão bons meninos para sempre."

"Ah, que maravilha. Uga, *uga*."

"EU QUERO APRENDER A VOAR!"

"Ugarácoles."

Com cuidado, Li-Jin escreve os nomes nas notas e ergue uma por uma muito lentamente, com enorme cerimônia, como um homem que tem todo o tempo do mundo.

"Então eu já vou pegar a minha", diz o filho, estendendo a mão para apanhar uma nota. "O BIG DADDY JÁ GANHOU!"

Os meninos agora falam por slogans. Li-Jin cresceu com clichês. Os slogans fazem os clichês parecerem inocentes.

"Você pega *quando* e *se* ganhar a aposta", diz Li-Jin, com uma expressão séria no rosto, tampando o dinheiro com a palma da mão. "Albert Hall, lá vamos nós."

Porque é magia, sim, mas há regras.

יהוה

E agora eis aqui alguns fatos. Quando a rainha Vitória conheceu Albert, na verdade não se encantou muito com ele. Tinha dezesseis anos. Ele era primo dela. Até que se deram bem, os dois, mas não foi o que chamaríamos de um caso de relâmpagos/fogos. Três anos depois, contudo, e de repente foi tiro e queda. Amor à segunda vista. Ela já era rainha àquela altura. Difícil dizer se esse é um fato significativo na história de *Como Vitória Se Apaixonou por Albert no Segundo Encontro em Vez de no Primeiro Como a Maioria das Pessoas Teria Feito Se Estivesse Pensando em Se Apaixonar de Repente*. O que se pode dizer com certeza é que depois dessa segunda visita Vitória descreve Albert em seu diário como sendo "excessivamente bem-apanhado, uns olhos belíssimos... meu coração está bem *caidinho*", e o pede em casamento, o que para nós, com nossas idéias sobre os vitorianos e o quão retrógrados eles foram, pode parecer fruto de um tremendo arrojo. Ato contínuo, lá foram eles e tiveram nove filhos, o que parece bem *mais* do que um tremendo arrojo. Para poder processar o fato desses nove filhos, em algum momento você tem que imaginar Vitória como uma mulher bem arrojada na cama, e isso requer algum esforço. Contudo, fatos são fatos. Eis outro: depois que Albert morre, Vitória continua fazendo com que os criados levem a lâmina de barbear — e uma vasilha cheia até a boca de água quente — ao quarto real, como se ele estivesse em condições de remover os pêlos do rosto. Ela usa preto durante quarenta anos. Hoje em dia, é muito provável que exista um nome para esse tipo de coisa. Algo como: Síndrome da Dor Excessiva (SDE). Mas no final do século XIX, com algumas poucas exceções, a maioria chamava isso de amor. "Ah, como ela o amou", comentam entre si, sacudindo a cabeça e comprando flores a dois *pence* o buquê no mercado de Covent Garden ou em outro lugar qualquer. Uma porção de coisas que hoje são síndromes tinham nomes mais simples antes. Era uma época mais simples. Por isso há quem goste de chamá-la de bons velhos tempos.

Mais fatos. No estupendo mosaico que envolve o Albert Hall, está inscrito o seguinte:

> ESTE PRÉDIO FOI ERGUIDO PARA PROMOVER O AVANÇO DAS ARTES, DAS CIÊNCIAS E DAS ATIVIDADES DA INDÚSTRIA DE TODAS AS NAÇÕES, ATENDENDO AOS DESEJOS DE ALBERT, PRÍNCIPE CONSORTE

Até a inauguração do teatro, em 1871, Albert já está morto, de modo que se seus desejos foram ou não atendidos é uma questão para conjecturas. Parece óbvio, porém, que Vitória acredita que os desejos do falecido foram suficientemente atendidos porque ela própria inaugura o local e elogia a enorme elipse vermelha com seu lamentável problema de eco — aliás, visita-o regularmente durante o resto da vida. Podemos inclusive imaginá-la perambulando por ali, às vezes sozinha, às vezes com uma dama de companhia, passando a ponta dos dedos pelo veludo vermelho das poltronas, cada vez mais puído, alquebrada pela SDE, pensando no falecido marido e no atendimento de seus desejos. Ela se sente muito segura, a rainha Vitória, de que sabe, de que sempre soube, e com exatidão, quais eram ou teriam sido os desejos de Albert a respeito disso ou daquilo — ela é esse tipo de mulher. Arrasta a morte dele e seu luto pelo país inteiro. Deixa um rastro choroso de estátuas e nomes de ruas, de museus e galerias. A intenção de Albert sempre fora se tornar algo grandioso na Inglaterra. Algo famoso. Não apenas o desengonçado alemão de bigodinho um tanto acima do peso que nos deu a árvore de Natal, mas algo popular, amado pelo povo. Vitória providencia para que assim seja. Cada nova estátua, cada novo prédio leva alguém a comentar: "Ah, como ela o amava", ao mesmo tempo que farfalham as sedas das saias e a cabeça do pequeno limpador de chaminés de Whitechapel ou de outro bairro qualquer recebe um afago. Ela chora publicamente, a rainha Vitória, e todos choram com ela. Esse é outro motivo para que todo mundo diga que eram os bons velhos tempos. Naquela época, as pessoas sentiam em uníssono, feito a súbita cantoria que irrompe numa igreja de interior quando o coro principia.

Fatos finais: querendo, seria até possível atribuir a atual maleabilidade da expressão "Artes e Ciências" à inauguração do Royal Albert Hall. Artes e

Ciências já significou, em determinada época, Pinturas & Esses Troços e Placa Petri & Esses Troços. Era um termo específico, rígido, e não havia muito espaço dentro dele. O Albert Hall (seria possível argumentar, havendo interesse) ajudou a mudar isso. Desde o início, era possível assistir a um bocado de peculiaridades acontecendo debaixo daquela vasta cúpula elíptica de péssima acústica, onde o menor cochicho na platéia podia ser ouvido. Em 1872, por exemplo, você teria assistido a uma demonstração de Código Morse [Gladys no Setor M, poltrona 72, para Mary sentada ao lado: P: *O que ele está fazendo, Mary, minha santa?*". R: *Acho que batucando alguma coisa, minha cara*]. Em 1879, tem-se a primeira exibição de luz elétrica [P. Saunders, Setor T, poltrona 111, para o sobrinho Tom: *Que maravilha. Cáspite, que maravilha*]. Em 1883, há uma exposição de bicicletas [Claire Royston, Setor H, poltrona 21: *Não estou entendendo muito bem para que serve isso, Elsie. E você?*]; e, em 1891, o edifício é registrado como local de culto. Fica decidido que as pessoas podem rezar no Royal Albert Hall, se quiserem. E, em 1909, fazem uma maratona.

Vamos lá, força!

Qual o quê! Esse não tem mais pernas.

Vamos lá, filho!

Vamos lá, Georgie, força — vamos, Georgie, por nós! Força!

Arrumem um pouco d'água para o rapaz!

Eles simplesmente correm em volta daquele palco até a competição terminar. Isso sim é que é arte. E ciência. Avante: comícios das sufragistas, o Concerto em Memória da Orquestra do *Titanic*, montagem completa da clássica saga de Coleridge Taylor, *Hiawatha*, o salão da Ford, Yehudi Menuhin (aos treze anos), FECHADO PARA A GUERRA, a transmissão televisionada do pronunciamento de Churchill, lutas dos Gêmeos Kray, feiras, Beatles, Stones, Dylan, os Proms, a acústica bastante melhorada com a instalação de difusores de fibra de vidro — também conhecidos pelo nome de "cogumelos". O.k., agora grite! Viu só? Ec (Ô, Ô, Ô).

Re (Dudu) zido.

De modo substancial. Legal, não é?

Melhorando: Muhammad Ali, Sinatra, patinação no gelo e Liza Minnelli, torneios de tênis, Bolshói, Kirov, demonstrações da habilidade na guitarra de Mark Knopfler, Clapton e B. B. King. Acrobatas, contorcionistas, mágicos, políticos. Poetas. Todos os tipos de partido. Muito divertido. Albert queria artes e ciências, e Vitória proporcionou um e outro ano após ano, e quando ela se foi deste mundo alguém mais tomou a si a tarefa, até que eles também se aposentaram, transferindo o serviço para alguém novo. E assim vai. Há várias formas de lembrar dos mortos. Uma delas é deixar que Tracy Baldock, dançarina escocesa, que anda meio sem sorte e um tanto gorducha, realize seu sonho: dança contemporânea com uma companhia européia já bem estabelecida, vestida de camundongo. Você pode ver Tracy, vestida de rato de gibi, num *Holiday on Ice* da Disney, patinando ao longo da ausência onde antes havia alguém. Esse é um jeito. Outro é escutar o coitado do Mark Knopfler satisfazer sua platéia cantando "Money for Nothing" pela enésima vez, embora ele odeie, embora isso o esteja matando por dentro — faça Mark cantar aquela letra que fala de televisão e deixe Albert escutar, onde quer que esteja.

Li-Jin e o filho não sabem, ao passar sob o arco da entrada, palpitantes, ansiosos, que estão prestes a tomar parte no derradeiro episódio de um longuíssimo velório. Mas são ambos inteligentes o suficiente para reparar na incongruência existente entre esta majestosa inscrição — ARTES E CIÊNCIAS — e o que estão prestes a assistir. Em resposta à pergunta do filho: *Bom, Alex... Imagino que seja uma arte. Movimentos bonitos. Violência graciosa, esse tipo de coisa. Mas também bastante científico — gravatas, rasteiras. Você precisa calcular o momento de aplicar um golpe com muita precisão, o que no fim das contas é uma espécie de ciência, não é?*

Resposta mais besta. Alex-Li franze o nariz, insatisfeito.

E aí? Qual dos dois, então, seu sabe-tudo?

Li-Jin pára um instante no limiar, para ver se ouve resposta melhor.

Nem um nem outro. É televisão.

O que, é claro, é a melhor resposta.

YHWH

Lá dentro, o teatro exala aquele potencial revolucionário que têm todos os parques de diversão e parques temáticos: a criançada se percebe no comando, os adultos descobrem sua mera funcionalidade. Os pais adquirem uma expressão perturbada, atônita, e seguem os filhos como bichinhos meio parvos, arrebanhando aquilo que foi deixado para trás ou derrubado por perto. Os pais estão calados. Os meninos participam de uma conversa de quatro mil pessoas. Que ressoa pelo anfiteatro, circula com o eco e desce num rugido; Li-Jin, no meio deles, procura os lugares com os três desparelhados pendurados atrás de si como se fossem aquele seu cachecol de cores berrantes dos tempos de faculdade.

É uma luta, mas Li-Jin por fim consegue acomodar e sossegar seus garotos. Olha para o palco, para o tristonho quadrado vazio onde o espaço puro está detido e amarrado uma, duas, três vezes pelas cordas. Sente-se como alguém que não exala há meia hora. Está prestes a fazê-lo quando o gordo ao lado se vira e, sem que tenha sido incentivado, sacode uma nota de dez libras diante de sua cara e ruge: "Que tal uma fezinha?".

Li-Jin lhe repete a frase, sem entender. Seu inglês é impecável, mas alguns vezos do idioma (*"E eis que eu penso"*, *"Plebe ignara"*, *"Foi pro beleléu"*) ainda são problemáticos. O gordo assume um ar zombeteiro. "Ora, vamos lá", diz, enrolando a nota de dez libras num cone e coçando o queixo com ela. "Nada que meta medo. Apenas o seguinte: Que. Tal. Uma. Fezinha". Ele é muito feio. Nariz de alcoólatra, veias estouradas, uma supergestação de carbúnculos. Abaixo disso, um bigodão grosso, sujo e duro. E o homem é persistente.

"Uma pequena aposta", explica. "Sabe como é... para dar um saborzinho na coisa."

Li-Jin diz não, obrigado, explicando rapidamente que "fez uma fezinha, como diz o senhor" com o filho e, sentado mesmo, executa uma pequena, involuntária e indisfarçável mesura chinesa, ato que de ordinário levaria Alex a fazer uma careta de constrangimento, caso não estivesse ocupado, debruçado na grade junto com Rubinfine e Adam, cuspindo na cabeça das pessoas.

O gordo franze o cenho, desenrola os dez paus e enfia num dos bolsos da calça, manobra difícil, tendo em vista seu tamanho.

"Faça como quiser."

Sentindo-se meio sem graça, Li-Jin faz bem isso, faz como quer. Vira-se para olhar o palco. Põe o polegar direito na boca. Arranca uma boa lasca da unha. Afinal o *que* significa isso? Ficou nervoso sem motivo algum. Olha para o palco. E agora também isso o incomoda. Está tudo muito agitado, aquela preparação para nada. O que *fazem* todas aquelas pessoas? Por que tanto rebuliço? O que mais é preciso, além de deixar que dois homens entrem no tablado, tirem a capa, baixem bem a cabeça e se agarrem? No entanto sujeitinhos pequenos, com boné de beisebol na cabeça, correm de uma ponta a outra do palco, berrando instruções. Alto-falantes enormes são erguidos e baixados de novo. Um cara de cabelos brancos e abrigo de ginástica dá a volta no ringue, sacudindo as cordas com ar de concentração total. Um garoto coloca um balde num dos cantos e cospe dentro. Por quê? Depois de um tempo, os olhos de Li-Jin se deslocam involuntariamente para a esquerda. O que constitui um erro. E bem a tempo de ver os enormes lábios do vizinho se abrindo num sorriso horrendo. Os lábios fazem uma curva muito próxima do nariz, o bigode se levanta; aparecem dentes largos, desiguais — Li-Jin se enoja e não consegue disfarçar — e então o sujeito estende a mão e diz: "Klein. Herman Klein", de novo numa voz alta demais, sorrindo como uma gárgula. Li-Jin sorri de volta, com educação, mas mantém a linguagem corporal fechada, como qualquer um faria. Procurando não incentivar uma conversa. Mas esse Klein é um sujeito corporal que viola o espaço de Li-Jin sem nem tentar e, antes que ele possa opinar sobre a questão, o outro já se precipitou para a frente para dar um daqueles apertos duplos dentro dos quais a mão até certo ponto pequena se vê engolfada por completo, saindo do cumprimento amassada e úmida. Klein o solta, bufa, rearranja o corpanzil no assento e, como se tivesse vencido uma competição tácita, abre as pernas e cruza os braços sobre a barriga, satisfeito. Li-Jin não se lembra da última vez em que se sentiu tão rápida e completamente intimidado por outro homem.

"Então!", diz Klein, olhando lá para o lado da galeria, onde crianças irrequietas se espicham por cima da grade de proteção para ter uma visão melhor, "o senhor veio de longe? Nós somos de Shepperton e agora... bem! Aqui estamos. Ora, ora, ora. Vejam só! E o senhor, veio de onde, senhor Tandem?"

Li-Jin discerne um sotaque — não da Inglaterra, mas europeu, sem dúvida — que não reconhece. No passado, Klein já rodou por lugares mais distantes que Shepperton, quanto a isso não resta dúvida, assim como Li-Jin também já rodou por lugares mais distantes que Mountjoy, mas essas conversas exigem uma certa taquigrafia. Li-Jin descreve a viagem, que nem foi tão ruim assim depois que se viram livres de Mountjoy, mas ele encomprida e dificulta a história. Já descobriu que na Inglaterra os homens preferem assim. Trânsito, marginais, engavetamentos e tudo o mais. Mas, enquanto fala, vai ficando claro para Li-Jin que esse sujeito, o Klein, não segue as regras simples que governam tais conversas, *Dois Homens, sem Parentesco de Sangue, num Evento Esportivo na Inglaterra*, conversas que, em suas raízes etimológicas, são primas em primeiro grau de *Dois Homens, sem Parentesco de Sangue, numa Loja de Roupas Esperando as Esposas Saírem do Provador*. Meneie a cabeça, apenas em sinal de acordo; ao ouvir uma piada, conte outra. Klein, porém, não dá sinais de reagir. Só quando Li-Jin percebe a língua inchar e amolecer dentro da boca é que Klein, de chofre, se anima de novo.

"Gosta de uma boa luta, é, Tandem? Gosta? Já veio antes? O negócio da luta livre é o seguinte: carnalidade. Não deixe que algum idiota lhe diga o contrário. É carne. É músculo. É suor. Titãs!"

Esta última palavra é dita em voz tão alta que Li-Jin aquiesce sem querer; a cabeça simplesmente chacoalha assentimento feito um sino dos ventos. Nesse meio-tempo, a cabeça do tal de Klein cai sem aviso e os enormes olhos remelentos se acomodam na fivela do próprio cinto. Li-Jin se pergunta se estaria tudo bem com o homem no *sentido médico* do termo, você sabe, tudo bem na *cabeça*. Quem sabe não deveria anunciar suas especialidades. Mas logo Klein retorna, feito um bicho que escava a terra à procura de algo e volta com o que queria.

"Eu, de minha parte, trabalho no negócio de artigos de luxo. Presentes. Couros, Bolsas. Jóias. Pequenos luxos de alto preço para senhoras. E olhe que isto que vou lhe dizer é fato: as mulheres compram oitenta por cento de tudo quanto é adquirido no planeta, você sabia disso? Pois é, meu amigo. Elas são o motor que move as engrenagens sem parar. Meu pai era açougueiro e nunca soube para onde ia o dinheiro dos ricos, mas deixe-me lhe dizer uma coisa, Tandem, eu sei. Tenho uma butique em Knightsbridge. Nós atendemos uma clientela diferenciada — gente cujo nome você conheceria, se eu lhe contasse! Gente famosa! Mas isso não importa. E este aqui é o jovem Klein", diz o velho Klein, e pela primeira vez desde o começo da conversa Li-Jin enxerga um pezinho pequeno balançando dentro de um sapato preto lustroso, dois bancos mais para a esquerda. Pondo a mão atrás das minúsculas costas do garoto, Klein empurra a criança para a frente da sombra de sua própria barriga madura.

"Meu filho Joseph. E, para resumir as coisas, ele é o motivo de estarmos aqui. O pequeno Joseph anda precisando ver uns Titãs. Excesso de passatempos e pouquíssima atividade física. Que esses homens lhe sirvam de exemplo! A meu ver, Joseph é meio palito demais."

Li-Jin abre a boca para protestar mas

"Palito! Ele é um palito! Um palitiiiinho..."

Klein diz isso num falsete nojento, rolando as pupilas para algum lugar lá no fundo da nuca, tremelicando os cílios curtinhos e dedilhando o ar de ambos os lados do corpo como um homem tocando dois teclados invisíveis. Li-Jin sente repugnância. Vê Alex, que acabou de enxergar Klein, encolher-se no assento. Contra seus instintos mais nobres, percebe que desejaria que ele estivesse a milhões de quilômetros de distância de Alex, dos meninos, dele mesmo, longe de qualquer coisa passível de ser poluída — sem falar nessa criança de ar tão infeliz, Joseph Klein.

"Para ser grande", diz Klein, deixando as mãos caírem no colo, "é preciso ver a grandeza. Experimentá-la. Estar próximo dela. Aquele que se deita com cães acorda com pulgas!"

"É. É, imagino que seja isso mesmo", diz Li-Jin devagar. Faz questão de lançar um olhar bondoso para o menino, que tem o terror estampado nas feições delicadas, atormentadas. Um menino como aquele deveria ser loiro por direito, mas Joseph é um pedacinho trigueiro de gente, de cabelos negros feito os de um indiano, os olhos grandes mais escuros ainda. As orelhas são pontudas. Li-Jin sorri com firmeza para ele e pousa a mão no joelho do próprio filho.

"Joseph, este é o meu Alex. E ele veio com dois amigos. Vocês, garotos, deveriam talvez sentar todos juntos, um do lado do outro. Talvez descubram algo em comum."

Os meninos ficam horrorizados. Li-Jin tenta recuar.

"Quer dizer... claro, acho que o Alex é muito mais velho que você. E o Ru — o Mark, ele com certeza é. Mark, pare com isso. De cuspir. Pare já."

"QUANTOS ANOS?", Klein, o velho, quer saber. Avança para Alex de novo, o indicador erguido no ar num movimento rápido. Alex dá de ombros e diz a Klein que tem doze anos, tipo assim qual é o problema, mas Klein ri ao ouvir isso, com lágrimas brotando do canto dos olhos. Cutuca as costelas do filho algumas vezes de um jeito que, aos olhos de Li-Jin, parece dolorido.

"Ha! Doze anos! O Joseph tem *treze*! Não falei que este menino é um palito? Pequeno quando saiu e pequeno até hoje. Na época, eu virei para a mãe dele e falei: *Eu poderia abri-lo ao meio feito um peixe*! Devolva-o! Arrume outro! Ha! Quer saber de uma coisa? Ele mastiga a comida vinte vezes cada bocado, achando que isso vai deixá-lo mais forte. Leu não sei onde. Que esperança! Ha-Ha! Ei, você!"

Klein viu um sorveteiro duas fileiras abaixo e, levantando-se, debruça o corpo até sua barriga ficar empalada na grade de ferro que cerca os assentos.

"Ei, você aí embaixo! Não quer saber o que eu quero?"

"Eu coleciono coisas", diz Joseph Klein numa vozinha fina.

"Como é isso?", pergunta Li-Jin, inclinando-se para ele. Não tem certeza se ouviu direito e, agora, Klein, o velho, bufa e arfa para sair do seu assento, passar por todos eles ("Para quem é que eles fazem essas poltronas? Para os Munchkin?) e alcançar o corredor, de onde poderá descer até o sorveteiro. Ágil, Joseph salta da sua para a poltrona que o pai vagou.

"Coisas, trecos, às vezes autógrafos", diz Joseph bem rápido. A sensação que dá é que tem um monte de coisas para falar e muito pouco tempo. "Coleciono coisas de trecos que eu gosto, e guardo tudo. Em álbuns. Eu arquivo. Acho que vale extremamente a pena."

Puxa. Alex abre um sorriso, mas Rubinfine, justiça seja feita, não se vira boquiaberto para Adam, não parafusa o dedo na testa nem repete a última frase com língua presa, embora esse seja o procedimento-padrão previsto pelo Código dos Quinze Anos e ele esteja dentro dos seus direitos, tendo em vista a escala (*vale extremamente a pena*?) do insulto. Em vez disso, apenas abre a boca e torna a fechá-la, em parte porque o olhar de Li-Jin diz *não, hoje não*, e além disso porque, mesmo para Rubinfine, não tem a menor graça pisotear em algo de fato pequeno e besourento.

"Parece ser... *divertido*", diz Li-Jin.

"Mas é qualquer coisa mesmo", pergunta Alex, se esforçando ao máximo, "ou...? Meio que certos *tipos* de coisas?"

Li-Jin sorri. Agora *melhorou*. Em geral, se Alex não gosta do filho de um vizinho, ou porque é vesgo, quem sabe, ou porque tem a língua presa, ou se fica com medo do diabo sardento e moreno que está agachado do lado oposto a ele, na quadra de tênis, passando o peso do corpo de um pé para o outro, de um jeito mal-encarado, bem, Li-Jin não interfere. Os dois têm um gosto muito semelhante, em matéria de meninos, ele e Alex. Fanáticos por esportes não servem. Não conseguem simpatizar com um certo tipo de garoto bochechudo de cabelos ruivos, nariz escorrendo e pele arranhada. Detestam os exibidos. Porém às vezes o instinto lhes diz outra coisa, e é isso que está acontecendo no momento. O instinto de Li-Jin diz *Sim, nós gostamos dele*, ao passo que o de Alex ainda não se decidiu, se é que se pode dizer isso de um instinto.

"Quer dizer então que, ãn...", diz ele, franzindo a boca e tirando a franja desalinhada do rosto, "você coleciona programas de shows e trecos parecidos?"

Joseph abre a boca para explicar, mas, primeiro, ajeita melhor o corpo no assento, cruza as perninhas curtas, endireita a espinha. "Coisas famosas", ele diz com todo o cuidado, dando peso igual a cada uma das palavras. "É por esse motivo que estou aqui. Gosto de luta livre. Sou um fã da luta livre."

Li-Jin já viu essa cena antes. Crianças ricas de Hong Kong dentro de ternos incômodos convocadas à mesa de jantar dos adultos para explicar aos convidados: interesses, realizações, esperanças para o futuro. Joseph é desse jeito. Não há nada de natural nele.

"Uma das minhas coleções", diz, "chama-se *Lutadores Europeus*, só que agora também tem o Kurutawa, de modo que acho que vou ter que mudar de nome."

"Certo", diz Li-Jin, "isso é muito interessante. Alex, você não acha interessante?"

E, logo depois que diz isso, ficam os cinco em silêncio por um tempo excessivamente longo.

"Ele começou lutando sumô, o Kurutawa", Adam acaba dizendo, para ajudar um pouco as coisas. "Ele é japonês."

O rosto de Joseph é pura gratidão. "Isso mesmo, do Japão! Faz seis meses que ele veio morar em Yorkshire, e não está gostando muito da comida. E na revista dizia *Também pudera!* É que, é que — é que a comida tem um gosto horrível, lá, pelo jeito. Também ele nem precisa mais de comida, porque já é um *homem montanha*. Ele nasceu em Tóquio. Tenho uma foto assinada dele. Claro que se eu tivesse mais coisas, além dele, seria muito melhor. Eu podia ter um álbum chamado *Lutadores Japoneses*. Mas é meio irritante. Quando só tem ele."

"E quem mais que você tanto tem então?"

Esse é Rubinfine, que procura uma briga todos os dias nesses últimos tempos, mesmo que não esteja querendo brigar com ninguém, tudo por causa dos hormônios.

"Bom, depende de que área."

"O quê? Diz de novo."

"Certo", concorda Joseph: "de novo." Em seguida, um sorrisinho maroto. Não é uma brincadeira muito boa, mas é uma brincadeira, e é bom sinal. Alex ri, e isso parece fazer Joseph relaxar. Ele começa a falar.

"Eu tenho uma pasta com políticos ingleses, uma pasta de dignitários estrangeiros — é minha área principal —, depois vêm os olímpicos, inventores, famosos da televisão, meteorologistas, vencedores do Prêmio Nobel, escritores, lepidopterologistas, entomologistas, artistas de cinema, cientistas, assassinos e assassinados, cantores — de ópera e populares — compositores..."

Rubinfine levanta a mão: "Espera um pouco, espera um pouco, por acaso alguém lhe pediu para contar a história da sua vida ou coisa parecida?".

Li-Jin dá um tapa para baixar a mão de Rubinfine. Uma volta aos tempos em que ainda era possível bater no filho dos outros.

"Certo, certo — que artistas de cinema?"

"Cary Grant."

"Quem?"

"E Betty Grable."

"Quem vezes quem?"

Li-Jin tenta influir nos pratos da balança com um breve relato do cinema norte-americano dos anos 40, mas Rubinfine o cala no grito.

"Não, não, não — estou falando de alguém *bom* mesmo."

"Mark Hamill?"

É a vez de Rubinfine calar a boca.

"Mas essa não é a área mais forte da minha coleção, os atores de cinema", começa Joseph, com toda a cautela, dirigindo-se a Li-Jin. "A maioria, quando a gente escreve para eles, só manda de volta coisas já impressas ou secretariadas, ou então de Autopen. É muito difícil conseguir itens em-pessoa."

"Entendo", diz Li-Jin. Ele não faz a menor idéia do que o menino está falando. "Que interessante."

"BOCEJO", diz Rubinfine, bocejando.

"E ainda por cima não valem tanto quanto a gente imagina."

"Você ganha dinheiro com esse troço?", pergunta Adam, de olho esbugalhado. Se o cara tem menos de dezesseis anos e ganha dinheiro, aos olhos de Adam está muito perto da divindade.

O menino diz então: "Claro que ganho... A filografia é muito lucrativa".

Alex: "Filo quem?".

"Essa é a palavra para coleção de autógrafos", diz Joseph, e fica óbvio que não é sua intenção impressionar. Não, ele quer apenas contar. Mesmo assim, é difícil perdoá-lo por isso, e Rubinfine jamais conseguirá. Sugere que tudo que Joseph tem vale quatro pence no máximo. Se anima e aposta esses mesmos quatro pence que a coleção de Joseph na verdade vale *menos* que quatro pence. Momento em que Joseph, aparentemente sem maldade, explica que tem um Albert Einstein que vale três mil libras.

E isso cala a boca de Rubinfine.

Alex: "É mesmo? Einstein?".

"Meu tio Tobias conheceu o Einstein nos Estados Unidos, de modo que é um em-pessoa, e foi assinado na parte mais clara da foto *e* ele teve a gentileza de também escrever sua equação superfamosa do lado, que é onde está o dinheiro, percebem, no conteúdo. Mas eu não venderia por nada, essa foto."

"Einstein-Quando", diz Rubinfine. "A que horas essa luta vai começar? Estou cheio de ficar nessa uga dessa bobeira."

Mas Alex quer saber. Por que não? Por que alguém não haveria de querer vender uma coisa que vale três mil libras? A menos que seja alguém assim tipo maluco.

"Porque está na minha pasta mais valiosa."

"E que pasta é essa?", pergunta Li-Jin, porque você tem que arrancar tudo com saca-rolhas desse menino.

"Minha Judaica."

"Sua o quê?"

"Minha pasta de coisas judias."

"Nós somos judeus!", Adam esganiça naquele jeito satisfeito que vai perder dentro de mais ou menos três anos. Província exclusiva da infância: época em que a herança cultural e genética parece uma coisa esquisita mas legal que calhou de sobrar para você, como um sapato extra. Ei, olha só isso, Tom! Eu sou eurasiano! Pô, eu sou maori! Olha só, sem mãos!

"Eu sou, o Rubinfine também, e o Alex. A gente faz o cheder juntos."

Alex, contudo, não quer se desviar do assunto em questão. "E o que mais tem nela? Na pasta judia."

"Nada."

Mas ele não quis dizer nada, e sim *Lá vem meu pai*, que Alex entende na hora, mas Li-Jin não.

"Ora, o que é isso, Joseph — não seja modesto. Tem que haver mais coisas nela. Um autógrafo só não faz uma pasta, certo?"

"ENCHENDO VOCÊS, O MENINO?"

Li-Jin se levanta, para tentar sair do caminho de Klein, e acaba tendo que subir no assento, junto com os meninos, para permitir que Klein e sua barriga passem.

"Não, de jeito nenhum, ao contrário. Estávamos justamente falando da coleção de Joseph — sobre a Judaica. Isso é muito interessante, para mim. É que meu filho é judeu."

Klein lambe o sorvete e sorri. Sem o menor sinal de afabilidade ou bom humor. Li-Jin percebe que, sem querer, lhe deu material — de que tipo, não faz idéia — com o qual o sujeito pretende construir um míssil para atirar no filho.

"Ah, a *Judaica*. Então é isso? É nisso que você fica trabalhando a noite inteira, no escuro, Joseph, arruinando a vista... E eu aqui pensando com meus botões que você andava rabiscando alguma besteira revoltante de adolescente, aquelas sujeiras que todo moleque gosta de escrever — mas que nada. Que interessante, Joseph. Ele não tem tempo de terminar o dever de casa, mas tem tempo para fazer a *Judaica* dele. Ora, ora. Como é mesmo o ditado? Ah, sim: vivendo e aprendendo. Ora, ora."

Joseph voltou a afundar no assento e tornou-se invisível, ao lado do pai, mas o barulho é muito grande para que o silêncio entre os seis se torne penoso. Há música dramática tocando. Os comentários prévios transmitidos pela televisão soam altíssimos por todo o teatro. Na verdade há duas sumidades — estão sentadas numa pequena plataforma particular — falando ao microfone, ambos calvos e com uns poucos fios de cabelo grudados na careca, lá embaixo, bem lá na frente.

Alex pega uma esferográfica no bolso do jeans, ergue o pé esquerdo até o joelho direito e começa a cavoucar uma matéria escura qualquer das ranhuras da sola do tênis. Contudo não consegue se esquecer de Joseph. Li-

Jin se debruça para a frente, casualmente, a mão agarrada no ferro frio da grade, em vez de pousada de leve, tampouco capaz de tirar Joseph da cabeça. Sente uma grande tristeza. Joseph lançou sua preciosidade para Alex, Alex lançou-a para Li-Jin e ele, em vez de protegê-la, deixou aquele troglodita estraçalhá-la bem ali no chão, na frente de todo mundo. Foi isso mesmo que aconteceu? A luta está para começar. Não devia importar. Mas, nos últimos tempos, não passa um menino na frente de Li-Jin que não o leve a se perguntar se não será esse o que telefona para Alex depois de acontecer, que o obriga a sair de casa, que o faz espairecer, que o faz apostar uma corrida, que espirra água nele numas férias futuras em algum mar estranho.

E então os dois lutadores aparecem e o pandemônio é imediato. O herói se posiciona à direita, aceitando a estrondosa ovação. O mau-caráter fica à esquerda, vaiando todos os que o vaiam. De vez em quando, uma panorâmica dos espectadores aparece nos telões, e o pessoal aponta, berra e acompanha, embevecido, os berros e os dedos apontados que voltam instantaneamente para eles, feito luz refletindo de um espelho. Até onde ele sabe, jamais, em sua vida toda, Li-Jin foi apanhado por uma câmera de cinema. Gostaria muito de sê-lo. Em termos de permanência, fotografia não serve para ele.

Soa o gongo!

"Bem", diz Li-Jin, mexendo-se no assento, cruzando os braços sobre a barriga, tentando recapturar a sensação de um grande evento, "lá vamos nós!"

YHWH

Vamos lá. Em novembro passado, quando suas suspeitas se confirmam, quando é diagnosticado como manda o figurino, Li-Jin se vê forçado a reconhecer que é bem mais parecido com os demais seres humanos do que com os médicos. De início, recebe a notícia como um médico, examina as imagens junto com outro médico e aponta a massa com calma; faz com a boca ruídos de familiaridade impaciente, enquanto as opções de tratamento são expostas. Mas, alguns dias mais tarde, aquilo o atinge como um terrível fato humano e sai por intermédio de um minúsculo grito estrangulado que Sarah, acordando, confunde com um miado de gato. Ele se agarra ao acolchoado e cola os joelhos na parte posterior dos joelhos dela, como se a mulher pudesse mantê-lo ali pela simples proximidade e através da própria saúde invejável. Em resposta à pergunta óbvia, ele diz *azia*, depois vira os olhos para a parede e fica vendo os arcos acuados de luz, criados pelo tráfego na rua, saltarem da janela ao teto para, dali, se aproximarem dos dois como uma série de abraços. Sarah volta a dormir. Ele observa os arcos durante uns vinte minutos. Depois, ainda agitado, levanta-se, atravessa o corredor, vai até o quarto de Alex, dá uma olhada rápida no filho e segue para a cozinha, onde põe duas lascas de frango processado numa única fatia de pão sem manteiga, chama a isso de sanduíche e liga a televisão. Parado na cozinha, seminu (a metade de baixo), consegue agüentar três minutos do programa da BBC. A moça. A boneca de trapo. Depois chora, o sanduíche na boca abafando o barulho, engolindo em seco feito um animal. O soco da morte, o tapa da infinidade o atinge com tamanha força que ele despenca na banqueta e tem de se segurar na beirada do balcão para continuar reto. Tem trinta e seis anos.

Na manhã seguinte, começa a pesar suas opções. Na pele do pobre paciente, lembra das palavras do bom médico, idênticas às que ele próprio, também um bom médico, disse a tantos outros pobres pacientes. No entanto, sendo do ramo, todas elas vêm com o desvio macabro das notas de rodapé, cada apêndice enquadrado num *mas*. Ele poderia se submeter a seis meses de radioterapia *mas*. Poderia sofrer uma intervenção cirúrgica para retirar o tumor *mas*. Li-Jin leu históricos de casos parecidos com o seu. Sabe que na luta livre entre o *possível* e o *provável* que ocorre em todo pinealoblastoma, o *provável* vence nove entre dez vezes. É possível, depois de ter permanecido dormente por tanto tempo, que o tumor estacione. Mas Li-Jin é bom médico o bastante para saber que o mais provável é que o tumor o mate. *Bomba-relógio. Contagem regressiva. Roleta-russa*. Todas as expressões que ele desaconselha aos pacientes lhe voltam com a força absoluta de um clichê vingativo. Mas ainda assim acha quase impossível acreditar. Certa vez, pegou-se plantado na calçada, numa rua movimentada, assombrado e estarrecido na acepção antiga desses termos. Ele vai morrer, não vai ter o menor sentido, mas ainda assim é o que vai acontecer. É tão jovem! Como foi acontecer isso?

Anos antes, Sarah havia se referido a sua única gravidez como um *trem desgovernado*, uma sensação no corpo que só as mulheres conhecem. Mas aí vem ela, sua morte, persistente em seu avanço, resfolegando apesar dos seres humanos parados nos trilhos. Chegando. Inevitável, inconcebível, tão perto, tão longe — será que é isso que eles querem dizer quando falam do domínio dela? Li-Jin acha que sua morte tem um caráter duplo: parece estar em toda parte e em parte nenhuma ao mesmo tempo. Vai morrer, mas quando Alex lhe pede que erga o guarda-roupa para reaver uma bolinha de gude que escapuliu, ele o faz com a maior facilidade, sem esforço nenhum. Vai morrer, entretanto, quando a eleição para a presidência da Associação dos Vizinhos Alertas desponta no horizonte, ele cobiça desesperadamente o cargo e faz uma campanha vigorosa para obtê-lo. Embora sua morte esteja sempre ali, à sua espera, Li-Jin só consegue senti-la de vez em quando e, assim mesmo, de forma incongruente. Indetectável durante filmes como *Uma história de amor* e *O campeão*, por exemplo, mas patente no meio de uma publicidade de chá, nos gestos tresloucados de um chipanzé falante. Tem de empurrar Alex do colo e correr para a lavanderia, onde soluça e respira dentro de um saco de papel até recuperar a calma. Sua morte é como a penugem macia no dorso da mão, que passa despercebida nos apertos mais firmes, mas que à mais suave das brisas se eriça, pondo cada um dos malditos pelinhos minúsculos em pé.

YHWH

Soa o gongo! Lá vamos nós! E a primeira coisa que acontece é que todos os presentes se dão conta de que as apostas foram inúteis. Como disse certa feita um sujeito muito sábio, luta livre não é um esporte; é um espetáculo, e não se pode apostar nesse ou naquele resultado, assim como também não se aposta no resultado de uma montagem de *Édipo rei*. Claro que Big Daddy vai ganhar! Como poderia ser diferente? Olhe só para ele! Big Daddy veste um *collant* vermelho, tem as faces coradas, os cabelos brancos e é mais *famoso*. Não que Meda Gigante vá perder — ele também vai ganhar, desde que desempenhe seu papel com convicção. Quanto mais filho-da-mãe ele for, mais a platéia vai amar. Quando ele prender Big Daddy nas cordas, vingando-se desonestamente de uma gravata bem-sucedida, quando der um golpe com o antebraço depois de soado o gongo, e pelas costas do árbitro (ainda que à vista de metade da platéia), eles vão apupá-lo com alegria. Quando erguer os braços, rugir e atirar a cabeça para trás, feito fera — o Gesto Internacional para *Seus burros idiotas, quer dizer que achavam que eu ia lutar limpo?* —, o Royal Albert Hall inteiro vai fremir e tremer. Assim como Meda Gigante é perverso, dissimulado e desleal, Big Daddy é honesto, firme e sofre sem merecer. Quando o árbitro ajuda Big Daddy a se levantar e ele sacode a cabeça, estende os braços para a fileira da frente e implora aos espectadores que tomem nota da vergonhosa injustiça sofrida com os pisões na cabeça, Meda Gigante se esgueira por trás, encara essa mesma primeira fila e sacode os punhos para eles: *Justiça! Estão falando de Justiça? Eu sou apenas o espelho do mundo, e a verdade é que o mundo é mau! As pessoas são cruéis e a morte chega para todos! Vocês não gostam de olhar para mim porque sou feio, mas eu sou a pavorosa VERDADE!* Tudo isso num sacudir de punho. Cada momento é excessivo. Big Daddy não esmurra, apenas; ele *espanca*; Meda Gigante não cai simplesmente de joelhos, ele *desaba*. Isso não é boxe e não há heroísmo em esconder o sofrimento. *Olhem para mim! Vejam como eu sofro!*, diz Meda Gigante com o torso. *Será possível que o Bem vá vencer, apesar de meus poderes malévolos?* Big Daddy prende Meda Gigante e o imobiliza; o árbitro com o terno branco de um janota entra em ação e começa a contagem... mas ainda não chegou o momento de o Bem triunfar sobre o Mal, não por enquanto. Afinal, todo mundo desembolsou quatro libras e noventa e nove pence e meio.

E assim é que os dois bamboleiam de volta aos respectivos cantos, estapeiam a barriga e, então, começam devagar a rodear um ao outro. Essa é uma digressão do evento principal, fornecendo à platéia a oportunidade de vê-los uma vez mais como dois montes separados de carne, em vez de uma única montanha. Você repara de pronto que, embora sejam ambos gordíssimos, são gordos de formas diferentes. Big Daddy é gordo como uma bola inflada, não tem pêlos no corpo nem genitais caídos ou visíveis. É gordo feito um Zeus jovial, que saltita e desliza pelas nuvens, um deus circular. Meda Gigante, porém, é gordo como a média dos gordos de fato — seu corpo é coberto por uma camada de carne que ondula, tremula e sem dúvida fede; ele tem cabelos escuros, barba hirsuta e se veste mal, com um macacão azul e uma camisa vermelha xadrez, igualzinho ao idiota que mora no mato que circunda a nossa cidade. Já o *collant* com cueca de B. D. é de certa forma *elementar*, como se ele fosse um homem tão puro e sem adornos que, se pudesse, lutaria nu, mas que, em nome da decência, resolveu pôr uma roupinha. Ah, e também está escrito BIG DADDY nas costas, com letras enormes. Meda Gigante não tem nada disso.

De repente, eles avançam de novo um contra o outro, e, se você tiver uma expressão melhor do que *feito dois elefantes enfurecidos*, inclua aqui [ ]. Meda Gigante golpeia Big Daddy no flanco, derruba-o e depois pisa no rosto dele *com os pés*, com ambos os pés ("*Viu!*", dizem Rubinfine e Adam um para o outro, exatamente na mesma hora), e Big Daddy responde aguardando a contagem chegar a dois para então se levantar, "sacudir a poeira" (é desses clichês *fundamentais* que a luta livre é feita) e agitar a cabeça de um lado para o outro, como se estivesse meio zonzo. Como se dissesse: *Orra, esse foi forte.*

Claro que é ridículo, mas o fato é que eles não estão ali para expressar sentimentos genuínos nem para forjá-los com pinceladas de *naturalidade* — como na televisão. Estão ali para demonstrar *ações*. E a garotada toda *sabe* disso. Qualquer idiota é capaz de contar uma história — não é verdade? —, mas quantos conseguem *demonstrar* uma história? Por exemplo, *Isto é o que a história é, cara, depois de livre dos sentimentos todos.* Esta tarde os dois brutamontes estão aqui para demonstrar Justiça. Do tipo que Gerry Bowen [Setor M, poltrona 117] não consegue obter dos tribunais para indenizar o acidente do filho; do tipo que Jake [Setor T, poltrona 59] não vai obter da escola, ainda que resolva contar tudo sobre aqueles miseráveis; do tipo que Finn [Setor B, poltrona 10] parece não obter jamais das garotas, não importa quantas mudanças opere em seu guarda-roupa, em sua coleção de discos e em sua higiene pessoal; do tipo que Li-Jin [Setor K, poltrona 75] não consegue obter de Deus.

E então, decorrido um lapso suficiente de tempo, faz-se Justiça e Big Daddy ganha, como era inevitável; aliás ninguém vai lhe ridicar essa pequena vitória sobre as iniqüidades da vida, muito menos Li-Jin, que distribui as três notas de uma libra aos meninos e escreve numa quarta, que entrega a Joseph, só para ser justo:

O irmão de Herman Klein é contador do marido da irmã de Big Daddy. Com base nessa premissa, Joseph pretende ir aos bastidores "garantir uma apresentação". O sr. Tandem e seus três filhos poderão acompanhá-lo, se quiserem. Joseph tem fotos coloridas 30 x 40 de Big Daddy, um envelope cheio delas na mochila, e a intenção é que sejam todas autografadas, mas na verdade tem mais do que o necessário e acha que os outros três podem ficar com uma cada, se desejarem.

"Sério mesmo?", pergunta Alex-Li. "É verdade mesmo?"

Li-Jin, um tanto constrangido com o entusiasmo de Alex, tendo em vista seu relacionamento até o momento meio gelado com Klein, o velho, ventila as advertências paternas de praxe sobre *abusar* e *tomar liberdades*, mas espera de coração que Klein não faça caso delas. Bastidores! Autógrafos! E Klein de fato não faz caso, porém não com um *Ora, mas que bobagem* ou um *Mas não é incômodo nenhum*, e sim com um grunhido bem alto e um gesto que diz que todos eles devem segui-lo através da aglomeração. Como um oficial assinalando a seus soldados que chegou a hora de sair das trincheiras e lutar. Os meninos acatam de imediato a ordem e cabe a Li-Jin fazer a vistoria embaixo das cadeiras, recolher luvas, cachecóis, a máquina de Rubinfine e gritar para eles esperarem um pouco.

É o caos. Para continuarem juntos, têm de formar fila e seguir feito cobra sinuosa atrás de Klein. Alex e Joseph vão na frente, papeando como dois velhos amigos; em seguida vem Adam, com a foto que Joseph lhe deu agarrada ao peito; depois Rubinfine, pisando nos calcanhares dos tênis de Adam e, por fim, Li-Jin. São espremidos de todos os lados por centenas de pessoas, para quem Klein urra que saiam do caminho, enquanto Li-Jin pede desculpas ao colidir com pais e filhos. *Por que não vamos um pouco mais devagar?*, grita ele para a frente da fila, mas Klein não escuta e, mesmo que escutasse, muito provavelmente não acataria a sugestão. Para o tamanho que tem, o sujeito até que é bem ágil, além de forte e intrometido como um javali, com os mesmos pezinhos minúsculos. *Mais depressa, seu lesma*, diz Alex, e Li-Jin então percebe que a dor de cabeça é tão forte que mal consegue ouvir, ou que ouve com alguns instantes de atraso, porque a voz de Alex sai dessincronizada do movimento dos lábios, como o trecho artificialmente desacelerado de um filme, momentos antes de algo trágico acontecer. *Mais depressa, pai!* Ele está indo, está indo, o pai está indo o mais rápido que pode e com a cabeça doendo, mas também com um buraco no peito, porque é um pai jovem, só tem um filho e acaba de reparar, pela bilionésima vez, como é bonito o seu garoto. *Estou indo!* Mas será que vão chegar lá mesmo? A que distância estará o Setor K do palco e, depois, dos bastidores? E então, quando parecem prestes a chegar perto, eis que uma multidão imensa recua, como se do palco tivessem acabado de disparar um tiro. Na verdade é o efeito da fama — Big Daddy apareceu na boca de uma das entradas só para artistas, majestoso em sua capa, dando autógrafos. Klein grita algo ridículo que Li-Jin não entende — provavelmente algo como *Amigos Pessoais! Abram passagem, Amigos Pessoais!* —, mas, seja o que for, parece funcionar porque os seis segmentos de fila serpenteiam rumo à estrela com um pouco mais de folga que antes. Mas toda vez que avançam um metro a brecha se enche na hora atrás de Li-Jin, é gente que o empurra, é gente que se agarra nele para não cair, é o trânsito de fim de espetáculo atravessando o teatro.

Klein é o primeiro a alcançá-Lo, depois Rubinfine, empurrando, e em seguida Joseph e Alex — Li-Jin não consegue ver onde Adam está — e então o caminho a sua frente se fecha como o mar Vermelho e Li-Jin não consegue dar mais um passo. Diz a si mesmo para não entrar em pânico por causa de Adam e se concentra em espichar o corpo bem a tempo de vê-Lo passar a mão no cabelo de Alex, dar-lhe um soco brincalhão no ombro e pegar a foto para autografar. Assim que o nome é escrito na foto, Alex se vira, encantado, e dá uns pulos à procura de Li-Jin, para mostrar ao pai, e Li-Jin também dá um pulo e tenta acenar, mas é muito pequeno para se fazer ver numa multidão daquela, e um vislumbre da testa franzida de Alex é a última coisa que enxerga antes que os joelhos cedam e a cabeça bata no chão. Estirado de costas, porém, seus olhos se abrem de novo por alguns poucos segundos. Vê o teatro fazer chap, depois chep. Os sons jorram. A luz encolhe. Ele vê gente. Muita, muita gente. Ninguém famoso, porém. Ninguém conhecido nem amigo. Ninguém para ajudar. Ninguém que ele conheça.

LIVRO UM

Mountjoy
A Cabala de Alex-Li Tandem

Me leve para o centro de tudo.

A famosa cantora Madonna Ciccone para um motorista de táxi ao chegar a Nova York

O extraordinário fenômeno da distância, por mais perto que o objeto esteja.

Uma definição de "aura" dada pelo famoso mestre Walter Benjamin

UM / *Shechinah*

Presença • Alex-Li Tandem era judeu • Um arco-íris em Mountjoy • Contorno da mão • Superstar • Princesa Grace • Marvin é o entregador de leite • O feminino gói de Alex • Não fazer menção ao carro nº 1 • Comunhão com uma lesma

1

Ou você está comigo ou contra mim, pensou Alex-Li Tandem, referindo-se à luz do dia e, de forma generalizada, ao próprio dia. Esticando o corpo, cerrou os dois punhos. Estava resolvido a ficar ali deitado até que lhe dessem algo com o que trabalhar, algo nobre, algo *bom*. Não via o menor sentido em sair da cama por um dia que se pusera contra ele de cara. Já havia tentado antes — e fora o maior fiasco.

Momentos depois, surpreendeu-se ao sentir sobre o corpo salpicos quentes da luz que jorrava pelas frestas de uma persiana. Luz sem violência. Isso era encorajador. Compare e contraste com a luz da manhã anterior, mesquinhamente fascista, tão cruel quanto as lâmpadas fluorescentes de um corredor de hospital. Ou da manhã anterior à manhã anterior, quando manteve os olhos fechados durante todo o período, com medo de qualquer que fosse a causa daquele sinistro latejo vermelho sob as pálpebras. Ou da manhã antes dessa, a Manhã do Juízo Final, que ninguém imaginava pudesse se prolongar por setenta e duas horas.

Já mais otimista, Alex agarrou o breguete que teria de ser torcido para abrir as persianas. Os dedos estavam suados demais. Transferiu o corpo um pouco mais para cima da cama, enxugou a mão esquerda na parede, apanhou e puxou. A chuva viera durante a noite. A impressão que dava é que o Dilúvio passara por Mountjoy, limpando tudo. O bairro todo parecia ter passado por uma reforma imprevista. Ele via os tijolinhos das fachadas, recém-avermelhados e rajados, como se após uma boa varrida, varandas com novas safras limpas de meias brancas, camisas e lençóis molhados. Antenas pretas brilhando. Ah, o tempo estava bom. A água represada transformara cada sarjeta, cada depressão do calçamento em poças prismáticas. Havia *arco-íris* por toda parte.

Alex gastou um minuto admirando o sol brando que manteve a suavidade mesmo ao escapar do amontoado cinzento de nuvens. No horizonte, uma criança desenhara um campanário espigado de igreja de encontro a um céu perfeitamente azul, de colorido chapado. À esquerda, havia o domo inflado de uma mesquita, esboçado com mais habilidade. Quer dizer então que as pessoas estavam indo ver Deus nesta manhã. Tudo isso ainda acontecia. Alex esboçou um sorriso débil. Desejava a elas tudo de bom.

No seu banheiro, quase foi derrotado pela descoberta de uma seqüência de pequenas tragédias. Havia um cheiro horrendo. Faltaram vasilhas. Certas coisas não estavam onde deviam estar. Pisando em coisas, ignorando coisas, o estóico Alex virou-se para o espelhinho. Puxou-o para si pela moldura metálica até que os quadrados virassem losangos, paralelogramos, uma linha de aço. Envelhecera terrivelmente. O ferrolho no rosto, aquele que segurava as coisas, esse fora liberado. Mas quanto tempo fazia desde que fora garoto? Uns poucos dias? Um ano? Uma década? E agora *isto*?

Mostrou os dentes para o espelho. Estavam amarelados. Mas pelo menos continuavam lá. Abriu seus olhos acidentais (expressão de Rubinfine: a meio caminho entre orientais e ocidentais) bem abertos, até onde eles conseguiam abrir, e encostou a ponta do nariz no espelho gelado. Quais tinham sido os danos? Os olhos funcionavam. A luz não doía. Engolir parecia básico, descomplicado. Não tremia. Não estava tendo nenhuma paranóia paralisante nem tremores musculares. Pegou no pênis. Beliscou as bochechas. Tudo presente, tudo correto. Tudo no mesmo lugar onde aparecia nos livros de escola. E pelo visto era improvável que fosse vomitar digamos que nas próximas quatro horas, algo que não vinha sendo capaz de prever com muita exatidão fazia já um bocado de tempo. Eram todos desdobramentos magníficos, maravilhosos. Resfolegando, Alex tirou do rosto o equivalente a três dias de barba (tinham sido mesmo *três dias*?). Ao terminar, viu que havia se cortado duas vezes, de modo que aplicou os malfadados pedacinhos de papel higiênico.

Escovados os dentes, Alex lembrou-se do depósito que tinha feito ao senhorio para cobrir eventuais desgastes decorrentes do uso, e voltou ao quarto. Precisava de um pano, mas a cozinha era um outro país. Em vez disso, pegou uma fronha, mergulhou a ponta num copo d'água e começou a esfregar a impressão deixada por sua mão na parede. Poderia passar por arte? Quem sabe não tinha uma certa presença? Recuou alguns passos e olhou para aquilo, para o encardido contorno amarelado. Esfregou um pouco mais. Não parecia arte nem de longe. Parecia que alguém tinha morrido naquele quarto, isso sim. Alex sentou-se num canto da cama e apertou os olhos com os polegares para suspender duas lágrimas prontas. Arfou de leve. E o mais extraordinário, pensou ele, o que é de fato surpreendente é *que*, é o quão *minúsculo* era. O negócio que quase tinha acabado com ele. Dois, não, quem sabe três dias antes, havia posto uma pílula na língua, como se fosse uma minúscula hóstia de comunhão. Deixou-a ali por uns dez segundos, conforme as recomendações, antes de engolir. Nunca tinha feito nada parecido antes. Nada poderia tê-lo preparado para aquilo! Luas se ergueram, sóis despencaram, durante dias, durante noites, e tudo sem aviso prévio!

Nome legal: ácido lisérgico. Nome no varejo: Superstar. Durante um tempo, fez-se famoso em todo o seu corpo. E agora acabou.

2

No corredor, Alex cruzou com Grace. Ela estava agachada no segundo degrau, com cara de vingança. O rabo no ar, a cara suja de sangue de pássaro. Saindo da boca, boa parte de uma asa. Alex reparou que não se tratava de um mero pardal, e sim de algum passarinho colorido, de penas róseo-azuladas, do tipo que poderia tê-lo levado a idéias sentimentais, como construir uma gaiola e equipá-la com um daqueles minicapachos que dizem Bem-vindo ao Lar, tão amados pelos viúvos de Mountjoy. No entanto chegara tarde demais para isso tudo. Quando provocada (ela não fora alimentada), Grace se transformava numa terrorista de jardim e não fazia distinções sentimentais entre espécies do mesmo gênero. Um esquilo era tão bom quanto um camundongo, para ela, um periquito idêntico a um pombo. Pegando-a no colo, Alex perdoou-a, deu um beijo no alto de sua cabeça chata, ajeitou-lhe o rabo e despachou-a pelo corrimão. Em troca, ela pintou um longo risco vermelho, como um traço de *design*, por toda a extensão do pinho, pontilhado de pequenos montículos de entranhas de pássaro. E *ainda assim* ele não vomitou. Ahá! Alex contava isso como Triunfo Pessoal Matutino Nº 3. O segundo era andar. O primeiro era estar consciente.

3

"Meio que dói, bem *aí*", disse ele ao seu entregador de leite, Marvin, que estava à porta. Marvin estende a mão escura e o punho branco sobe. Sem querer, Alex lembra de Bill Robinson estendendo a mão para Shirley Temple. De fato parecia um musical lá fora, na rua friorenta. Lustroso, espantoso.

"Onde?"

"Na região dos rins."

Marvin apalpou a região. Tinha uns dedos compridos e cutucou fundo.

"Cuidado..."

"O que eu estou procurando? Um caroço?"

"Você acha que o troço pode ter *formado* um caroço?"

Marvin encolheu os ombros. "Altamente improvável, cara. Pelo menos não assim rápido — mas tudo depende muuintchu do que eles botam *dentro*, tá me entendendo?"

Alex baixou o paletó do pijama e franziu o cenho. "Não faço idéia do que eles botam dentro, Marvin. O troço não é exatamente regulamentado.

Não vem com lista de ingredientes. Não tem telefone de serviço ao consumidor..."

Marvin descartou o comentário com um gesto de mão bem na cara de Alex. Nunca fora muito fã de sarcasmos. Possuía o que Alex imaginava ser a sinceridade essencial do homem negro urbano que leva uma vida dura.

"Sei, sei. Sua cabeça não tá coçando lá dentro do crânio nem nada?" Marvin recuou um pouco e segurou Alex pelo queixo, especulativo. Alex sentiu-se deprimido. Era óbvio que os conhecimentos de Marvin suplantavam os dele de longe. E é deprimente ser suplantado logo de manhã.

"Coçando?"

"Então você está bem. Vai ver era um pouco forte, coisa e tal, mas parece que era puro. Às vezes eles vêm com Floxine. Aí a cabeça coça lá dentro do crânio, por uns tempos."

"Floxine?"

"E aí, vai querer algum iogurte? Tá um frio danado aqui fora", disse Marvin, virando o corpo na direção do seu caminhãozinho de leite e usando uma das mãos como viseira contra o sol de inverno. Ele se balançava sobre a planta dos pés, para a frente e para trás. Na mão esquerda, por entre aqueles dedos compridos e sábios, fazia passar um bloquinho de anotações do primeiro ao último dedo e de volta ao ponto de partida, como uma carta de baralho. Marvin estava entediado.

"Não, na verdade não."

"Não entendi direito", disse Marvin em tom ameaçador.

Fazia três meses que Marvin estava nesse emprego, uma iniciativa patrocinada pelo governo. Antes disso, passara um breve período como manobrista. Antes disso, fora traficante de drogas. No momento, fazia aconselhamento para viciados, cuja linguagem usava às vezes nas rondas, quando entregava o leite. Assim que Marvin começou a trabalhar em Mountjoy, houve um salto monumental na demanda por iogurtes e milk-shakes caros, crescimento que tinha exata correlação com o medo que o público sentia dele. Também Alex, de início, pedira um monte de musses, de latas pressurizadas de creme de leite, de queijos embalados em fatias individuais et cétera e tal. Mas agora queria *redefinir as linhas limítrofes do relacionamento*. Agora queria que ambos, ele e Marvin, *adotassem novos critérios*.

"Na verdade ainda tenho bastante iogurte."

"Sorte sua", disse Marvin, com azedume. Enfiou o bloquinho no bolso da frente do uniforme. Estendeu mais uma vez a mão e abriu os olhos de Alex com os dedos.

"Qual era o nome dessa porcaria mesmo?"

"Acho que era Superstar."

Marvin bateu palmas, riu e balançou a cabeça num gesto que — se alguém tivesse lhe pedido para dar um nome — Alex chamaria de *Dança da Galhofa*.

"E *você é que é* o intelectual."

"E eu é que sou o intelectual."

"E aí... como é que foi?", perguntou Marvin. "O que foi que rolou, Tandem? Deu pra semear alguma alegria antes de colher a dor?"

Alex brincou com a braguilha da calça do pijama. Dali, seu pênis parecia menor do que nunca. Enrolado em si mesmo qual um molusco, mas onde fora parar a concha dura que o protegeria? Onde estava a casinha dele? Seu escudo contra a vida!

"Você ficou... tipo assim dançando ou paradão? Eu sei de gente", ponderou Marvin, "que viajou na *sala*. A televisão chupou os caras pra dentro dela. Eles comungaram com a televisão, sacou? E viajaram pelos canais. No ishtilo *subúrbio*, sacou?"

Alex tinha ficado na cama uns três dias, até aí ele sabia. Durante o período, sobrevivera das moedinhas cintilantes de chocolate, resíduos do Natal, que tinham ficado sobre sua mesinha-de-cabeceira. Lembrava-se de um instante de lucidez, em que ajeitara alguns travesseiros nas costas, apanhara o telefone e ligara para um programa de rádio que tratava da menopausa precoce. Lembrava-se do sono. Profundo, acolchoado. Mas na noite anterior a essa, a noite em questão, havia aquela porta cuja madeira empenava por causa de um incêndio invisível, a fumaça entrando pelas frestas. Ele não conseguia abri-la. Nem ousou.

"Marvin", disse por fim, "eu não lembro de nada. A semana toda eu..."

Marvin balançou a cabeça e desenhou um grande círculo cheio de nada no ar. Através dele, Alex viu as letras bordadas com os dizeres MARVIN KEPPS, ENTREGADOR DE LEITE DE MOUNTJOY, e, mais atrás, uma minúscula brechinha esbranquiçada nos botões, onde os caracóis cerrados dos pêlos do peito sugeriam a Alex algo alarmante, alguma velocidade inexplorada na espiral.

"Isso acontece", disse Marvin, pousando delicadamente as mãos nos ombros de Alex. "Tandem", disse, "deixe-me lhe dizer um negócio: na coluna dos prós, temos a percepção sensorial muito aumentada, experiências visuais e por aí afora. Não preciso ficar aqui enumerando isso pra *você*. Cada nota musical, cada lâmina de grama et cétera e tal. Mas na dos contras temos o *colapso* da memória recente. No meu tempo, o pessoal chamava isso de Peixe de Aquário. Pelos motivos citados acima."

Pela segunda vez, Alex sentiu aflorarem as lágrimas. O espectro do *dano neurológico permanente*, número quatro na Lista dos Cinco Piores de Alex —

1. Câncer
2. AIDS
3. Envenenamento do sistema de distribuição de água/Ataque com gás contra o metrô de Londres
4. Dano neurológico permanente (na juventude, por um infortúnio qualquer)
5. Doenças degenerativas do cérebro, como Alzheimer, Parkinson etc. (na velhice)

—, atacou seus reflexos vomitórios e ele se virou para uma moita junto à cerca. Marvin o pegou pelo cotovelo, deu-lhe um abraço e endireitou seu corpo.

"Pára com isso, *por favor*", disse, carinhoso, massageando o alto da cabeça de Alex com os nós dos dedos. "Esse é o grande problema com esses troços, e o que eu aprendi foi o seguinte: a intenção é servir de atalho à experiência... ao plano máximo, ou seja lá que nome você prefira dar, confere? Traduzindo: toma aí seus trinta paus, ou o preço que for, e agora me leve ao mais alto grau de consciência, por gentileza. Só que não funciona assim, cara. Você não recebe o benefício integral. Você tem que abrir você mesmo o caminho árvore acima, o que vale dizer que essa é uma alegoria que significa o seguinte: não dá pra sair voando de galho em galho. Deu pra entender?"

"Deu."

"Eu sei o que eu tô falando. É isso aí. E hoje, senhor minha-cama-é-meu-escritório, vai sair ou não?"

"Estou pensando na possibilidade, Marvin."

"Pense a fundo."

"Pode deixar."

"Pode deixar", repetiu Marvin com a voz afeminada que, com muita freqüência, usava para imitar Alex. De vez em quando Alex se preocupava com isso, não sabia se parecia afeminado aos olhos de todos os negros ou apenas aos de Marvin. Uns dois meses antes, na Piscina Pública de Mountjoy, depois de dar um mortal passável, de costas, subiu à tona e fez a pergunta ao amigo Adam, que tirou o tampão do nariz e falou: "Não... Eu não vejo as coisas desse jeito, não acho que você seja especialmente afeminado. Você é corpulento demais, pra começar. E peludo. E ele também faz isso comigo. E eu sou o negro na parada".

"Pois é", disse Alex, todo contente, jogando um pouco de água na direção de algumas crianças que haviam jogado água nele. "Você é *o* negro na parada."

"Exato, *eu sou* o negro na parada. Mas sem dúvida que eu morro na praia. É isso aí. Não sei direito. Pode ser mais um troço de classe."

A água escorreu do nariz de Adam, junto com um pouco mais de substância viscosa. Deveria haver uma lei... Alex deu uma respirada olímpica, desceu até os azulejos arenosos do fundo da piscina, deu uma cambalhota, bateu com os pés na lateral e depois nadou dois terços do comprimento da piscina debaixo d'água, um recorde pessoal. Andava meio gordo nos últimos tempos, e fumava. Ao voltar, pegou quatro bóias e colocou-as debaixo do corpo de maneira a poder ficar sentado reto na água, subindo e descendo numa espécie de cenário do rei dos Mer.

"Como assim, coisa de *classe*? Nós não somos *elite*."

Nessa altura Adam parou para fazer uma parte do seu esquisitíssimo alongamento. Algo que sempre deixava Alex com a impressão de que o amigo ia para a piscina levando na cabeça um programa de exercícios complexo, benéfico, talvez espiritual e com toda a certeza desconhecido, ao passo que ele ficava o tempo inteiro de bobeira, coçando o saco (literalmente em alguns momentos), examinando o incrível potencial de variação na curvatura dos ossos púbicos das jovens. Adam prendeu o tornozelo na grade em volta da piscina. Perto de Alex, um band-aid flutuante virou pra cima de repente, revelando uma diminuta concentração circular de sangue. De novo, pensou Alex, deveria haver uma lei... Adam bocejou e deu a impressão de pegar os braços, virá-los para trás e forçá-los a orar atrás das costas. Seu alongamento impressionava e as mulheres olhavam. Nos últimos tempos tem sido o oposto do gordo, e não fuma, a não ser maconha. A barriga é um tamborim teso de ébano canelado.

Ele disse: "Não, é verdade, mas somos mais elite do que o *Marvin*. Esse é o fator-chave. Mas o negócio é mais sutil ainda que isso, é mais ou menos assim, a voz que o Marvin faz é a mesma que você faz quando tenta imitar o Lenny Bruce fazendo voz de gói...".

"E? O que você está querendo insinuar?"

"Bom, meu caro craniozinho, o que estou dizendo é que *quem sabe*, no que se refere a ele e sua emotividade de ex-traficante da classe operária, tal e coisa, *nós somos todos gói*."

"E *ele* é o judeu?"

"E ele é o judeu."

"Esse seu argumento é singularmente...", disse Alex, sem porém conseguir pensar num bom adjetivo.

"Pois é... mas eu meio que *gosto* dele por isso mesmo. Devia pôr no seu livro — justifica toda uma nova subdivisão."

Depois disso Adam foi sozinho para a área de mergulho, enquanto Alex, fendendo as águas furioso, deblaterava em silêncio contra uma mulher nojenta de maiô fluorescente. A cabeça dela, articulada ao pescoço gordo, era um pavor. A boca, colossal. Ela ria do acidente fecal do filho na parte rasa da piscina. Deveriam existir leis e mais leis, com ilustrações.

Foi então que Marvin — que havia dado as costas a Alex, para olhar a casa em frente — deu um gritinho repentino. Girou o corpo de volta no Gesto Internacional de surpresa. Ergueu um braço para o ar. Estava a cara do Carlitos.

"Companheiro, aquele ali não é o seu *carro*? Olha só! Minha nossa. *Jesus Cristo Todo-Poderoso*."

Duas vagas mais para baixo de onde em geral ficava estacionada, Alex viu sua MG antiga, sua querida Greta, empoleirada na calçada, tentando desesperadamente se salvar. O pára-choque dianteiro fora arrancado de modo brutal e ficara pendurado por uma lasca de ferro, a porta fora esmurrada por um gigante. O pára-brisa recebera a visita de uma aranha de vidro.

"*E* a janela do lado do passageiro!", esganiçou Marvin, apontando para a própria.

A lateral de Greta estava arranhada de ponta a ponta, da frente até a traseira, e a capota de lona, tristemente pregueada e comprimida, lembrava um acordeão exausto. O carro inteiro, na verdade, estava bem uns quinze centímetros mais curto.

"Será que foi *você* que fez isso, cara-pálida?"

Alex abraçou o batente da porta igualzinho a Lauren Bacall. Eram apenas oito e meia da manhã, mas já estava na hora de jogar a toalha branca. O dia parecia tão bonito. O dia havia mentido. Ele sabia que não tinha condições para lutar com dias como esse. Acreditava piamente que existem dias que acabam sendo dias em que alguém foi e escreveu uma história cruel a nosso respeito, só por diversão. Acreditava também que em dias assim tudo que se pode fazer é seguir, sem abrir a boca, com os nós dos dedos pastando o chão. Nesse sentido, ainda que em nenhum outro, era um homem de profunda religiosidade.

"Eu não acredito, cara! Olha só", disse Marvin, sorrindo. Marvin estava achando tudo muito divertido.

Alex abriu as mãos, soltando o que porventura restava. "O que você quer que eu diga, Marvin?"

Marvin fungou. "Não me interprete mal, eu não dou a menor pelota pra essas coisas, eu sou apenas o entregador de leite — e só estou curioso pra saber se foi você ou não que fez isso no próprio carro. Caso contrário..." Marvin sorriu um pouco mais.

Alex deixou então que o rosto de Marvin saísse de cena, dobrou as pernas e se agachou na soleira. Na borda, na borda de concreto do degrauzinho, topou com uma enorme lesma pulsante, com sua concha bem caída nas costas, como se envergá-la tivesse sido uma decisão de última hora. Alex desgrudou-a do chão e segurou-a na palma da mão por alguns momentos. Depois despachou a lesma na direção do gramado, mas, mesmo com essa providência, lhe ocorreu a triste lembrança de que havia possibilidades mais criativas para ambos, para ele e para ela: o país escuro e engraxado dos sapatos de Marvin, a fria e feiosa Lapônia do beiral da janela, o árido Arizona do caminho de pedras que conduz até a rua e à morte eventual.

“Olha só. Sério, agora. Está deprimido? Quer dizer, num sentido geral?”, perguntou Marvin, com curiosidade genuína.

“Estou”, disse Alex com impaciência. “Acho que sim.”

“Você *acha* que sim?”

“Marvin, eu não quero falar disso agora.”

“E você não sabe *quando* fez isso no carro?”

“Marvin, eu não tenho a menor lembrança.”

Marvin disse *Ahá!* como se fosse o primeiro toque de uma corneta militar. Deu um saltito elegante para descer dois degraus e saiu gingando para a rua. A lesma se viu em algum lugar irritantemente conhecido, úmido e verde; um lugar para onde coisas ruins, quase sempre lâminas giratórias, acorriam, sem aviso prévio, vindas de parte alguma. Alex revirou os olhos. Bateu os calcanhares três vezes. Fechou a porta na cara de Mountjoy.

DOIS / *Yesod*

Fundação • Frases famosas nº 1 • Muhammad Ali era judeu • Bolas de estresse contra funis • O pacto e as libras • Frases famosas nº 2 • Deus e Garbo • O autógrafo de Kitty Alexander • Joseph explica a atitude judaica diante da transubstanciação

1

De volta a seu apartamento, o valoroso Alex-Li segurou várias peças de indumentária a uma distância segura e vestiu as que não estavam fedendo. Nunca prestava muita atenção nessa atividade porque o resultado era sempre o mesmo, independentemente dos esforços. Tudo que usava levava jeito de algo que uma namorada raivosa tivesse jogado para fora de casa, junto com ele; pôs uma mistureba de roupas que lembrava estar usando na noite anterior, mescladas a itens que não reconheceu.

Com uma só meia calçada, saltitou pelo quarto, apanhou em cima da escrivaninha a folhinha da Sociedade de Autógrafos e a observou atentamente. 12 de fevereiro. Embaixo, uma foto de Sandra Dee. Ela sorri e oferece dois fatos sobre si mesma:

Meu nome verdadeiro é Alexandra Zuck!
Comecei como modelo aos treze anos!

Virou as folhas até 16 de fevereiro (Dolores Del Rio), 17 (Peter Lawford) e optou pelo dia 18, uma quarta-feira, como sendo a data mais provável. Archibald Leach dando uma tacada, com o divino queixo apontado para as lentes e as impecáveis roupas de golfe de sempre. Quase bonito demais de se olhar. Dizendo, entre aspas,

Todo mundo quer ser Cary Grant. Até eu quero ser Cary Grant.

Logo abaixo da frase, havia algo escrito com a letra de Alex:

Leilão — 12:00. Memorabilia *de rock e cinema.*
15:00 Hollywood antiga

Quer dizer então que tinha trabalho a fazer.

O telefone começou a tocar. Alex, que se sentia sutilmente agredido pelo telefone toda vez que não conseguia vê-lo, correu para achar os óculos e colocá-los, remodelando as hastes ensandecidas de arame até elas se comportarem e se engancharem atrás da orelha.

"Alô? Sim, alô?"

"Tandem", disse uma moça, "*até que enfim* você resolveu atender o telefone. E com uma voz que chega a ser razoável. Um Oscar pra ele. Ah! E eu, será que ainda continuo no mundo dos vivos?"

Alex abriu a boca, mas a linha calou-se.

"*Esther?*", disse Alex, para o vazio. Mais que depressa, tentou ligar de volta para ela, nos dois números. Por acaso ou desígnio, as ligações foram na mesma hora parar na caixa de mensagens, com aquele bipe horroroso. Esses bipes continuavam infundindo em Alex verdadeiro pavor, como um ator antes de entrar em cena. Mas tudo levava a crer que era o último homem da face da Terra a se sentir assim. Desprezava essa coisa de atuação. Qualquer um que consiga deixar um recado bem-sucedido numa secretária eletrônica é uma espécie de ator. Na casa de Esther, Alex deixou um pouco de silêncio. No celular, disse: "Mas não, olha, o negócio é que eu preciso mesmo ir trabalhar agora". Mas eram apenas pensamentos ventilados em voz alta.

Do chão do guarda-roupa, Alex recuperou sua grande bolsa de couro. Ele era um Caçador de Autógrafos. O trabalho tinha três subdivisões. Colecionar. Comerciar. Verificar. As duas primeiras se explicavam por si sós, mas a terceira de vez em quando exigia uma breve explanação, sobretudo em festas. Já sofrera diversas humilhações da proverbial gata que, embriagada e encostada à geladeira, costuma avaliar friamente a validade de uma vida enquanto todo mundo dança adoidado na sala. Esse tipo se impressiona com o simples nome das carreiras — advogado, médico, jornalista, até mesmo bombeiro. Mas *Consultor Júnior de Informática, Administrador Técnico de Segundo Nível* — empregos assim não fazem a cabeça dela. Tampouco carreiras com muita frescura, passatempos superfaturados com aspirações a grandiosidade. Portanto, tente convencê-la de que você, Alex-Li Tandem, é o sujeito a quem as pessoas pagam para folhear uma variedade de papéis envelhecidos e opinar sobre o que é real e o que é falso na coleção que possuem. Para esse tipo de garota, não importa que seja uma habilidade; e uma arte também. É uma habilidade saber diferenciar um notório autógrafo secretariado de Sydney Greenstreet (muito bem falsificado por sua secretária Betty) das curvas e volteios do verdadeiro artigo. É uma habilidade distinguir os rabiscos robóticos de um autógrafo de Kennedy feito por Autopen da verdadeira assinatura presidencial. Agora, saber quando mentir sobre essas questões, e o quanto, é uma arte. Mas tente dizer isso a ela. Alex-Li é um Caçador de Autógrafos. Um pouco como ser um Munchkin, ou uma bruxa boa, ou um macaco voador, ou um coelho. O que não é grande coisa, se não houver a crença em você mesmo.

A maior parte do trabalho de Alex é feita em casa, mas, em certas ocasiões, quando tem que sair, ele usa a bolsa. Ele a coloca sobre a escrivaninha, abre e, em seus vários compartimentos, dobras e bolsos, enfia Elizabeth Taylors e Veronica Lakes, Gene Tierneys e James Masons, Rosemary Clooneys e Jules Munshins, um de costas para o outro, separados por uma folha de plástico. Hoje, junto com os de costume, vão também um catálogo, algumas imagens fotográficas picantes (Bettie Page, Marilyn, Jayne Mansfield, várias Playmates — para um cliente particular, que Alex conta encontrar no leilão), uma pasta com cartas escritas por David Ben-Gurion a seu alfaiate, uma banana, um romance russo intrincado que Alex não tem a menor intenção de ler e uma revista de autógrafos (produzida por ele).

* * *

O telefone tocou.

"É óbvio que você não tem mais direito a minha amizade", disse Adam, muito bravo, "nem a de mais ninguém, nunca, na verdade. Você finalmente conseguiu se desqualificar. É esse o significado de comportamento anti-social, Alex. E o resultado."

"Adam? *Adam!*" Alex ficou encantado ao ouvir a voz do amigo. Ouvir a voz de Adam se enquadrava com firmeza na coluna dos prós da vida.

"Não", disse Adam, "vê se me escuta. É sério. Dois fatos: ela quebrou um dedo, o indicador. E também deu um mau jeito no pescoço. No *pescoço*, Alex. Imagine a minha reação. A sua namorada, verdade. Por acaso também minha irmã."

"Espere: a Esther? Ela não falou nada."

"Talvez porque não esteja mais falando com você. Já eu, sei lá por quê, continuo em contato."

"Muito nobre de sua parte."

"Pois é, também acho. *E*, em troca, eis aqui as coisas que eu quero. Um: que você me devolva *A garota de Pequim*. Você já está com duas semanas de atraso. E precisa *comprar sua própria cópia*. De vez em quando tem mais gente querendo alugar, entende? Dois: você tem que ligar para a Esther *imediatamente* e começar a fazer sei lá o quê. Rastejar, quem sabe. E três: eu quero que você vá a um médico, porque isso foi alguma reação alérgica, Tandem, não foi normal. E eu estou falando um médico *de verdade*, não aqueles vigaristas chineses lá do Soho. *Alex*", suspirou Adam, "você me deixou na mão. Aquela noite era pra ter sido... uma experiência religiosa. Que você transformou no Circo Tandem. Nem tudo na vida precisa se transformar no Circo Tandem. Você não é o mundo. Tem mais gente neste filme que a gente chama de vida. Alex? Alex?"

"Estou aqui. Estou ouvindo."

"Você me *assustou*, cara. O Joseph me falou que quando ele deu um pulo aí, mais tarde, você estava agindo de um jeito muito estranho, falando coisas ininteligíveis, numa língua só sua. Não sei não... Alex?"

Alex manteve o que esperava fosse um silêncio cheio de dignidade. Havia lido a respeito disso nos romances; essa era a primeira vez que punha em prática.

"Alô? *Alô*? Você quer falar sobre o carro?"

Alex sentiu uma pontada no estômago e começou a gemer. Adam tinha pagado a metade daquele carro.

"*Ugarácoles*, cara. No fundo, não."

"Ótimo. Nem eu."

"Uu-uuuga. *Uuuuuga*."

Adam deu um assobio. "Ai, Alex. Eu sei, eu sei. Não se preocupe, porque eu ainda gosto de você. Se bem que no momento eu seja o único, cara. Fã-clube de um. Dá um pulo na loja mais tarde. Promete? Você precisa sair um pouco de casa nesta altura do campeonato, eu acho. Promete? Pela nota?"

Alex soltou um grunhido. Melindrava-se com tais promessas. A inquebrantabilidade delas era limitadora. No geral, entre o pessoal todo, as notas de seu pai só podiam ser invocadas mediante um máximo de cautela. Era preciso ter merecido o direito de falar delas. Era muito raro Joseph tocar no assunto. Rubinfine sabia que para ele era terreno proibido.

"Maravilha. Nós ficamos abertos o dia todo. A Esther não vai trabalhar hoje. E acho que é até melhor assim, tendo em vista o clima atual. A gente precisa falar sério sobre um certo assunto. Você sabe que dia é hoje, não sabe?"

O telefone emudeceu. Alex ergueu a bolsa até o ombro e tocou, por ordem, as coisas que sempre tocava antes de deixar o quarto: um pequeno Buda lascado sobre a mesa, um cartaz assinado Muhammad Ali e a velha cédula de uma libra, grudada com Blu-Tack no topo do batente da porta.

2

Chegando à cozinha, bateu os calcanhares e fez uma mesura para cumprimentar Grace, que estava de pé sobre o balcão, literalmente de pé, em duas patas, fazendo ou alongamento ou uma tentativa de última hora de evoluir. Alex pôs a chaleira para ferver e tirou a garrafa térmica do armário. Abriu um saquinho plástico contendo umas ervas de cheiro amargo e Grace recuou para dentro de um dos compartimentos do móvel. Alex esvaziou o saquinho dentro da garrafa térmica. Despejou água quente. Chamava-se *Chia i*, ou Chá da Primavera, só que era negro feito o diabo. Tinha cheiro ruim e aspecto ruim. Ah, é, e tinha um gosto nojento também. Mas era para *ampliar e dispersar* o peso nos pulmões, segundo o dr. Huang, do Soho. Os pulmões de Alex estavam pesados. Estava tudo pesado. Rosqueou a tampa de volta e pôs a garrafa térmica na divisória de fora da bolsa.

Ao abrir a porta da sala, lembrou-se com toda a clareza de que, sob a influência prolongada do alucinógeno, tinha enfiado o carro num ponto de ônibus, com a namorada, Esther, sentada ao lado. Não havia palavras para expressar o quanto lamentava esse fato. Tampouco havia a quem dizê-las. Ele não era católico. Morava sozinho. E não seria a primeira vez que tinha a sensação de que lhe faltavam escoadouros. Em vez de a sua existência ter a forma de um funil, através do qual as coisas passariam e, quem sabe, se refinariam, a vida que andava levando se parecia mais com... como era mesmo o nome daquilo? Bolas de estresse? Feitas inteirinhas de elásticos, e a cada dia que passa a pessoa acrescenta mais um. Cada vez mais apertada, a bola. Maior. Mais envolvida. Era assim. A vida dele. E assim ele imaginava a vida de um católico: como uma espécie de funil. Pobre Esther.

Atravessou a sala e ajoelhou-se diante da televisão. Tirou *A garota de Pequim* do videocassete. Guardou-a no respectivo estojo e sentiu um frêmito confortante de felicidade. Provocado pela beleza. Na capa do estojo estavam as duas belas faces de sua atriz predileta, Kitty Alexander, estrela de musicais. Na primeira foto, à direita, Kitty é a garota de Pequim, de olhos puxados com fita adesiva, num arremedo da prega epicântica do próprio Alex, chapéu de cule e *cheong-sam*. Perdida nas ruas da Broadway dos anos 50. E depois, à esquerda, a mesma moça, só que já toda maquiada, vestida como beldade de Holllywood, num vestido de baile em forma de cogumelo, com luvinhas brancas, sapatinhos cor-de-rosa de princesa, os cachos negros brilhantes enroscados num dos ombros. A história do filme, na essência, era o progresso da foto à direita até a foto da esquerda. Você tinha de ler a capa do vídeo de trás para a frente, como o hebraico.

Havia um rasgo no plástico de proteção. Alex enfiou o dedo nele e afagou em volta, tocando primeiro uma Kitty e depois a outra. *Cidadão Kane. O encouraçado Potemkin. ...E o vento levou. La strada.* Era de fato espantoso ver que muita gente, a bem da verdade seria correto dizer *a maioria das pessoas*, não tinha noção de que o musical de 1952 da Celebration Pictures, A *garota de Pequim*, com Jules Munshin no papel de Joey Kay e Kitty Alexander no de May-Ling Han, é, na verdade, o melhor filme de todos os tempos. Com todo o cuidado, ele espremeu a fita numa das divisórias da bolsa.

No hall da frente, pegou o impermeável do cabide e vestiu. Sentiu-se pequeno dentro dele. Estava com vinte e sete anos. E supunha ser emocionalmente atrasado, como grande parte dos jovens ocidentais. Era provável que estivesse renegando a morte. Sem dúvida pesavam sobre ele suspeitas de pessoa esclarecida. Acima de tudo, gostava de ser entretido. Tinha o hábito de enumerar para si mesmo os traços mais marcantes de sua personalidade, como agora, vestindo a capa — mas desconfiava que as pessoas do campo e do Terceiro Mundo nunca faziam isso porque tinham menos consciência das próprias limitações. Ainda vibrava um pouco, *ainda*, com o fato de receber cartas em seu próprio endereço e não mais no da mãe. Curvando-se, recolheu um monte de correspondência do capacho e deu uma olhada rápida em contas, contas, anúncios de pizzaria, extratos bancários, envelopes americanos contendo estrelas de cinema e presidentes, um folheto sobre disfunção erétil e uma amostra grátis de uma base facial para a mulher branca imaginária com quem ele não estava dormindo.

3

Muito de vez em quando, recorria a médicos ocidentais. Eles receitavam coisas para sossegá-lo (o horroroso neologismo da vez era *desestressantes*) que iam de ar puro a jogos de bola ou pequenas pílulas coloridas. Um ano antes tinha visitado a Polônia e caminhado pelas tranqüilas praças de Cracóvia entupido até o nariz de remédios, sentindo algum tipo de comunhão, segurando a respiração quando tocavam os sinos, adernando nos balcões dos bares, lamentando uma perda insondável que não conseguia nomear. Os comprimidos tiveram um efeito colateral priápico. Todo par de pernas femininas que passava trotando por ele era causa de imensa agonia. Foi possuído pela mais estranha das sensações: uma necessidade de engravidar todo mundo no país. Caminhando por uma rua perto de Oświęcim, havia topado, de repente, com uma imensa nuvem de pólen — pelo menos era isso que achava que fosse, o que explica tê-la atravessado sem nem pestanejar —, que, na verdade, era um enxame de vespas. Sendo um jovem de Mountjoy, um jovem que havia crescido cercado de todos os confortos modernos, pessoais e nacionais, não fora capaz de conceber que a nuvem escura na qual entrara poderia conter algo perigoso. Tinha escrito até um poema sobre isso tudo, seu segundo poema em vinte e sete anos de existência. Não era bom. Mas o que não teria sido ele em 1750, numa daquelas praças polonesas, dotado de botas, de chapéu, das expectativas do Iluminismo e de um cinturão com uma imponente fivela de ouro? O que não teria sido Rubinfine? E Adam? E Joseph? *Eu vi as melhores cabeças de minha geração/ Aceitando empregos nas margens da indústria do entretenimento.*

O telefone tocou. Como o aparelho de baixo era um daqueles sem fio, Alex passou a mão nele e continuou andando pelo hall, de lá para cá, como um pai de primeira viagem com um bebê nervoso no colo, torcendo para o pimpolho mudar de barulho ou calar o bico. Mas o telefone não fez nem uma coisa nem outra. Na terceira travessia do hall, Alex topou com a porta da frente e parou. Olhou para ela. Recuou alguns passos e tentou olhar novamente. Deslizou a ponta dos dedos no sentido da ranhura do pinho natural, e no sentido inverso. O telefone continuou tocando.

4

Colecionar autógrafos, como Alex não foi o primeiro a notar, tem grande semelhança com paquerar e temer a Deus. Uma mulher que dá seu tesouro com demasiada freqüência não é cobiçada pelos homens. Da mesma forma, um deus que se manifesta e deixa esclarecidas suas leis — um deus desses não adquire popularidade. Assim também uma Ginger Rogers não vale tanto quanto se imagina. Isso porque ela autografou tudo que lhe caiu nas mãos. Ela era fácil. Libertina. Dava o que tinha com excessivo desprendimento. E agora é comum, no sentido mais puro do termo. E por esse critério é julgado seu valor.

Greta Garbo não era fácil. Nas poucas vezes em que fez uso de papel e caneta, usou um pseudônimo, Harriet Brown. Garbo exigia que seu banco fosse atrás do paradeiro de todo e qualquer cheque assinado por ela que não tivesse sido descontado. Não permitia que seu nome circulasse, nem mesmo num recibo. Um autógrafo de Garbo, mesmo ruinzinho, continua valendo por volta de seis mil libras. Kitty Alexander autografou ainda menos que Garbo. Kitty era tão esquiva e invisível quanto Jeová. Era distante. O público a odiava por isso. E com o tempo acabou esquecida, porque o público não gosta de ser ignorado. Acontece que todo Caçador de Autógrafos é bem mais masoquista que o público (o público é primordialmente sádico); ele *aprecia* o desprezo. Um Caçador de Autógrafos não se esquece de Kitty jamais. E para todos eles uma morte fora de hora é um ótimo negócio, assim como assassinatos, inclusive os em série, e fracassos ostensivos. O primeiro marido de Monroe, o terceiro homem na Lua, o quinto Beatle. Caçadores de Autógrafos têm gostos peculiares. Já faz um tempão que a assinatura de Kitty Alexander é uma das mais procuradas nesse mundo peculiar. Mas quase todo mundo que é Caçador de Autógrafos já desistiu de conseguir alguma coisa. Alex não. Toda semana, desde os catorze anos, ele envia uma carta para Kitty, para um endereço em Manhattan, onde funciona o fã-clube dela. Nem uma vez obteve resposta. Nem uma vez. Apenas uma gaveta cheia de cartas padronizadas e assinadas pelo presidente do fã-clube. Sendo assim, *sendo assim*, Alex leva uns bons momentos, sendo assim, para se lembrar por quê, como, *por que meios* um cartão em branco com o autógrafo muito nítido de Kitty acabou pregado, como a declaração de Lutero, do lado de dentro da sua porta da frente. Com muito cuidado, desprega o cartão e o ergue para a luz. É singular. É real. Ou ele não é Alex-Li Tandem. Só então aperta o botão do fone.

"Alex", diz Joseph com seu jeito manso, "vê se me escuta mais uma vez. Você não o recebeu das mãos de Deus. Nem por intermédio do correio. É uma falsificação sua, Alex, você estava numa viagem braba. Todo mundo estava. Vê se me escuta. Não é real, nunca vai ser real, e as coisas não se tornam reais só porque a gente quer que elas sejam."

TRÊS / *Netsah*

Eternidade • Três rabinos • O enigma da estante • O mundo está quebrado • O livro secreto de Alex • Os anões de Rebecca • As preferências góis de Rubinfine • Bette Davis era judia

As árvores negras, muito nítidas contra o azulado do céu, eram olmos. As caixas ensandecidas, cada uma delas contendo um homem pesaroso, eram Fords Mondeos. Os pássaros, na grande maioria, eram pegas. E o rapaz alto, com ar oriental, que reduziu de propósito o passo na avenida Mountjoy, era inegavelmente Alex-Li Tandem. Ao perceber que iria desembocar direto nos três sujeitos de olhos postos num porta-malas escancarado, Alex ficou contrariado. Ainda não tinha sido visto, mas logo seria. Um desses homens era um rabino seu conhecido. Esconder-se onde? Dali podia ver a locadora de vídeos de Adam do outro lado da rua, a Hollywood de A a Z, como uma caverna aberta. Mais perto, um daqueles banheiros de calçada, cheio de portas mecânicas e mitos urbanos. Mas era tarde demais para buscar um santuário. Não havia escapatória. Nada a fazer.

"*Alex!*"

"Oi, Rubinfine."

"Alex, Alex, *Alex*. Que dia, não é mesmo? Que presente, um dia assim!"

Com uma clareza sinistra, Alex reparou que o sorriso de Rubinfine, nesta manhã, era apenas uma careta virada para cima. Rubinfine havia parado com o pé direito em cima da JUSTIÇA do Memorial da Guerra, um imenso bloco de pedra onde estavam inscritos quatro valores — JUSTIÇA, CORAGEM,

HONRA e, por algum motivo, PACIÊNCIA — em orgulhosa celebração dos sacrifícios feitos por Mountjoy durante a guerra, ainda que o bairro de Mountjoy só tenha sido criado em 1952. Os dois outros, desconhecidos de Alex, estavam mais para os lados da CORAGEM e da PACIÊNCIA.

"E no entanto", disse Rubinfine, muito solene, "mesmo num dia assim surgem problemas."

Colocou as mãos nos quadris, daquele jeito curiosamente feminino que adotava às vezes, e fitou o espaço. À frente dele, um Citroën com o porta-malas aberto o fitava de volta. Muito depressa, Alex entrou em pânico. Embora já estivesse do lado de fora, começou a olhar em torno como alguém que busca as placas de saída.

"Olha só, Mark", disse ele, "quer dizer, *rabino* Rubinfine — sabe o que mais? Não vai dar mesmo pra eu parar agora, sabia? Estou indo tomar o metrô. Tenho um leilão agora pela manhã et cétera e tal. Lugares pra ir, gente pra comprar. De modo que, se você não se incomoda, eu vou dando..."

"*Alex-Li*", disse Rubinfine. A pinta no rosto se retorceu e, com ela, o novo e desagradável bigode deu uma guinada para a direita. Ele pegou no rosto de Alex com as mãos em concha. Usava uma malha salmão de decote em V, calça verde de veludo cotelê, casaco longo num padrão axadrezado e um par de tênis pretos.

"Quando um homem tem pressa", disse Rubinfine, tentando soar talmúdico, "as primeiras coisas que esquece são sua escova de dentes e seu Deus."

Esse tipo de coisa deixava Alex doido. Na opinião dele, Rubinfine era jovem demais para ficar soltando aforismos. Era apenas três anos mais velho que Alex. Tinha trinta anos. Apenas trinta. Você pode citar tudo que quiser aos trinta, mas só até aí.

"Agora", entoou Rubinfine, todo pomposo, "já que estamos todos em pé de igualdade, eu gostaria de lhe apresentar dois amigos. O rabino Darvick e o rabino Green. O rabino Darvick é do Brooklyn, Nova York. O rabino Green você talvez já conheça. É daqui de Mountjoy mesmo. Estamos participando de uma conferência rabínica — em Grantam Park. Dura uma semana. Estamos trocando idéias, aprendendo a tolerância", continuou Rubinfine, sorrindo para Green, que mal parecia tolerá-lo. "Venha dar um alô."

Darvick, de calça esporte, era baixinho, redondo e idêntico a qualquer civil; em suma, um ultraprogressista como Rubinfine. Green, muito mais alto, era o ortodoxo, com seus *peots* cor de fogo bem enroladinhos, sua pele clarinha, seu terno super bem cortado e seu talit.

"Certo. Claro. Foi grosseria da minha parte. Rabino Darvick", disse Alex, tirando a mão do bolso, "é um prazer conhecê-lo. Rabino Green. Não estou bem certo... se já nos conhecemos. É bem provável que sim, em algum momento, acho... Ou quem sabe não?"

O rabino Darvick fez o barulho de alguém que, tendo sentido algo preso lá no fundo da garganta, consegue se livrar do incômodo e fica encantado com a façanha. Já o rabino Green fez um barulho de reconhecimento que Alex, um jovem sem ilusões, aceitou pelo que era: um grunhido.

"Alex-Li", disse Rubinfine, "nós estamos com um problema. Quem sabe você pode ajudar?" Inclinando a cabeça para o lado, sorriu. "Que pressa é essa? Alguma mudança no cosmos? Será que tem alguém vendendo um Kitty — como é mesmo o nome — ou algo do gênero?"

O pobre Alex cerrou o punho dentro do bolso. "É Kitty *Alexander*. Não. Ninguém. É que eu tenho um leilão importante hoje, e já estou atrasado."

"Mas, *Alex-Li*..."

Furioso, Alex gingou para a esquerda, mas Rubinfine o interceptou. Alex foi para a direita, e lá estava o rabino de novo. Acima de ambos, duas pegas esvoaçavam em preto-azulado de uma árvore pelada para outra, na calçada oposta, sem carregar nada luzente no bico, nenhuma gema, nenhum cristal, porque é muito raro que as pegas peguem algo do gênero. Percebendo que a batalha estava perdida, Alex apanhou a garrafa térmica, tirou a tampa e tomou um gole.

"Hum, isso tem um cheiro *fantástico*", disse Rubinfine, segurando Alex pelo cotovelo e conduzindo-o até o porta-malas do carro. "E então? Está vendo?"

Era uma estante de mogno, enorme, estilo georgiano. E tinha uns quinze centímetros a mais que o porta-malas. Descansava de lado, na calçada. A estante não iria caber no porta-malas, até aí Alex já havia percebido.

"Rabino", disse ele, sem alterar o tom, "é simplesmente grande demais. Quer dizer, o que estou dizendo é que é *grande demais*."

Green arqueou as sobrancelhas como se aquilo fosse novidade. Seguindo uma dica de Darvick, fez um enquadramento com os dedos, qual um cineasta, e, por ele, olhou o móvel. Rubinfine curvou-se e passou o dedo por uma das prateleiras.

"Eu *acho* que nós vamos ter que baixar o banco de trás... pode ser que ocupe o espaço todo, até o banco da frente! Ou — espere um pouco, espere um pouco — o que me diz do *seu* carro?"

Alex enterrou as duas mãos nas tristes profundezas dos bolsos do casaco. Fora encurralado. "Certo, entendi tudo. Muito bem. O envelope foi aberto. O prêmio de melhor ator é seu."

Ameaçou se afastar, porém Rubinfine o apanhou pelo pulso.

"Sim, Alex, claro que eu soube sobre a terça-feira. E longe de mim ficar repetindo eu não disse, eu não disse, mas. Agora, quais são minhas duas regras? Número um", e espetou o polegar no ar, "misticismos e teosofias, sejam de que tipo forem, devem ser evitados. O negócio é dar um xô neles. E, número dois: substâncias ilegais não ajudam ninguém a se aproximar de Deus. Eu vivo dizendo isso ao Adam. É ou não é? E agora olha só."

"Por que você está passando o sermão em *mim*?", perguntou Alex, enfezado. "Passe no Adam. É coisa *dele*."

"Eu já disse isso antes", entoou Rubinfine, sacudindo a cabeça para o chão. "Na melhor das hipóteses, é uma falsificação do século treze, Alex, na *melhor* das hipóteses. As letras, as luzes, a *escrita mística*. O Zohar é um romance bem bonzinho, não mais nem menos que isso. E também é de mil e cem anos depois do que dizem que é, sabia disso? Leia o seu Scholem, meu amigo. *Sim*. Basicamente ele é falso. E pode ser enquadrado bem ao lado de Shabbatai Zevi, do monstro do Lago Ness, do Bigfoot..."

Durante essa curta peroração, um olhar pensativo havia tomado conta do rosto comprido de Green, como uma máscara tristonha de um Keaton nos tempos mudos. Ajoelhando-se, ele colocou as mãos na estante.

Darvick, agitado, batendo com o pé direito no monumento, franzindo o cenho para Rubinfine, interveio, com certa rispidez: "Rabino, com todo o respeito, coisa e tal, a Cabala é o centro do mistério. Agora, a questão, sem dúvida, é que só serve para os homens verdadeiramente cultos, para os bambas de fato."

"HaShem *precisa* de nós", Green sussurrou, "sem nós Ele é incompleto. O mundo está *quebrado*. Esta é a essência da Cabala, rabino. Que ninguém faça pouco caso, porque ela é o oposto do *ocaso*", e sorriu ao perceber o jogo de palavras. "Porque a Cabala é a luz oculta *dentro* da Torá."

"Uau, uaaau... ei, acho melhor parar por aqui", disse Rubinfine, sobressaltado, rindo, tentando apaziguar os dois rabinos ao mesmo tempo. "Agora, calma aí, pessoal. Por acaso sou algum idiota? Sou? É óbvio que não me fiz claro o suficiente. Vamos tentar outra vez: o que eu *quis dizer* é que as pessoas não devem se meter com aquilo que não compreendem. Confiem em mim a respeito do assunto, rabinos. Se o mundo está quebrado, Alex-Li Tandem não é a pessoa certa para consertá-lo." Rubinfine riu de novo e incentivou os companheiros a fazerem o mesmo.

"Bem, uma coisa é certa", disse Darvick, em voz bem alta, "está claro que ele não pode nos ajudar."

Darvick passou por Alex, debruçou-se sobre a estante e, abrindo a mão, deixou entrever o estojinho redondo do qual puxou a fita métrica.

"Esse rapaz não parece ser nem um pouco o tipo certo, a *meu* ver. *Esculachado* demais."

"É que ele é um *intelectual*", explicou Rubinfine, irritado. "Todos eles têm essa cara."

"Como vai a Rebecca?", perguntou Alex em tom cordial e alto, só de vingança. À lembrança da mulher com quem se casara havia cinco anos, Rubinfine lutou com algumas expressões e, entre diversas opções menos benignas, venceu uma que lembrava Lênin depois do segundo derrame.

"Ótima, ótima. Ocupada. Preparando uma festa para angariar fundos, acho. Beneficente. Baile country..." A voz de Rubinfine foi aos poucos sumindo. "Para anões. Se bem que ouvi dizer que não se pode mais chamá-los de anões."

"Pessoas de crescimento restrito", trovejou Darvick com autoridade.

Rubinfine parecia desesperado, ameaçou abrir a boca, mas fechou-a de novo.

Alex sorriu com afeto. "Certo. Bom, mande um abraço para ela. Sempre tentando ajudar alguém, a nossa amiga Rebecca."

Rubinfine até tentou controlar, mas foi impossível ocultar o tremor que o sacudiu como se fosse o alvo atingido na mosca.

"Alex", e a voz tinha uma certa rigidez, "eu venho querendo lhe perguntar..."

Se havia algo neste mundo que Rubinfine apreciava de fato era terminar uma frase antes de concluí-la. Achava que era um vezo rabínico. Você podia enfrentar aquele silêncio constrangedor pelo tempo que quisesse, mas a verdade é que Rubinfine só voltava a abrir a boca se fosse cutucado.

"Sobre...?"

"Aquele seu livro. O ofensivo. Aquele que fala da condição gói e de sei lá mais o quê. Ando curioso para saber se tem avançado no trabalho. Ou será que acabou criando juízo e abandonou o projeto pela metade?"

Muito delicadamente, Alex xingou Rubinfine. Por sua vez, Rubinfine fez para Alex o Gesto Internacional de não xingar na frente de rabinos com cara de rabinos (olhar fuzilante, narinas infladas). Alex fez para Rubinfine o GI de não mencionar seu livro, *jamais* (língua enrolada atrás dos dentes da frente, boca aberta).

"Ótimo. Bom, e mais uma coisinha: você tem algum Harrison Ford no momento? Quem sabe algum Carrie Fisher?"

Alex forçou-se a assumir um ar impassível. Rubinfine fez sinal para Darvick e Green de que a estante poderia ser erguida e, então, cada rabino pegou numa ponta, deixando uma delas perigosamente cambaleante até que a coxa comprida de Rubinfine se introduziu por baixo para lhe dar apoio.

"Quem sabe um Harrison mais recente?", repetiu Rubinfine, endireitando o corpo e enxugando a testa suada com a parte de dentro do punho. "Mais ou menos da época de *A testemunha*, quem sabe. Um *still* da filmagem. De vinte por vinte e cinco centímetros, não precisa ter mais que isso."

Alex sentiu uma profunda satisfação ao lembrar de uma foto colorida bem maior, com Harrison Ford dentro da *Milleniun Falcon*, assinada com letras bem grandes e, por coincidência,

Para Mark, continue com o bom trabalho,
Harrison Ford

que levava dentro da bolsa naquele instante e que não tinha a menor intenção de vender para Mark Rubinfine, nem que ele lhe desse vinte mil libras e o fígado.

"Acho que não...", começou Alex, coçando o queixo. "Tenho alguns Marlon Brandos, um Brando... mas a foto é pequena, dezessete por doze. E ele já está meio caidaço. Para ser sincero, não é da melhor fase, mas não creio que isso deprecie muito, não de modo explícito. Posso lhe ceder por umas duzentas e cinqüenta libras. Por aí."

Rubinfine sacudiu a cabeça. "Não, não é a minha. Eu quero mesmo é o Ford. Eu sou fã do Ford, Alex-Li, e você *sabe* disso."

A incansável tendência gói que Rubinfine demonstrava em questões de autógrafo era difícil de engolir. E não era nunca apenas levemente gói. Era sempre gói ao extremo. Era Harrison Ford num filme sobre um grupo gói do tipo *Amish*.

"Ele é que é o Caçador de Autógrafos?", disse o rabino Green.

"Ele mesmo", disse Rubinfine.

"Você que é o Caçador de Autógrafos?", perguntou Green.

"O pior é que sou, sim", disse Alex-Li Tandem.

"Você coleciona autógrafos?", disse Green.

"Eu não sou um colecionador", retrucou Alex-Li em voz alta e lenta, "sou um comerciante. Não se trata de algo pessoal. Prefiro pensar em termos de negócio."

Green franziu o cenho. O lado esquerdo do rosto levantou como se Deus, pescando alguns rabinos, tivesse acabado de fisgar um bem apetitoso.

"Você sai por aí correndo atrás das pessoas?", perguntou Green, agitando um dedo. "Com uma caneta e um papel, esse tipo de coisa? As pessoas merecem um pouco de privacidade. Só porque aparecem na televisão não significa que não tenham sentimentos. Você devia deixar as pessoas em paz."

Alex aspirou um longo hausto de ar purificador. "Eu não caço. Não caço mais e não coleciono nada. Coleciono apenas na medida em que *comercio*. Eu compro, eu vendo. Como qualquer outro negócio. Não fico esperando na porta dos teatros à meia-noite. Isso é coisa pra garotos."

"Bem...", disse Darvick, passando em revista os dentes da frente com uma língua de aspecto bastante musculoso, "se você é tão esperto... será que tem a Bette Davis? Você provavelmente é muito jovem para se lembrar da Bette, mas..."

"Não", disse Alex com a maior firmeza, dando um tapinha na bolsa como se para garantir que Bette se achava ausente dali, "não... eu tinha um *still* de *Jezebel*, mas vendi na semana passada."

Darvick aplaudiu. "Ele sabe quem é Bette Davis? Pois saibam que eu *gostava* dela. A Bette tinha um quê especial. Hoje em dia fala-se muito sobre as divas do cinema, mas as pessoas não sabem de fato o que isso quer dizer. Ora, ora. Um cara esculachado desses, quem podia imaginar que ele fosse saber quem é a Bette Davis? E não é que ele sabe?"

Tandem calou a boca, enfiou a mão livre no bolso da calça e apalpou os testículos, um ato familiar que já o salvara de vários outros delitos graves no passado.

"Eu meio que sei quem é todo mundo", ele respondeu em voz baixa, num tom na verdade admirável. "Vou lhe dar meu cartão. Com meu telefone e nome. Olha só, me liga daqui a umas semanas, rabino Darvick. Vou ficar de olho, para ver se aparece alguma coisa da Bette. Afinal, ela não é bem uma figura obscura."

"Cara, eu não vou mais estar por aqui daqui a umas semanas. Estou fazendo uma visita-relâmpago ao país", disse Darvick, estendendo a mão para pegar o cartão de visitas, de todo modo. "Chama a isto de assinatura? Alex... o quê? Eu não consigo ler o que está escrito."

"Li Tandem. Pensei que tinha escrito com muita cla... Ah, bem, olha só, está tudinho impresso do outro lado, rabino. Alex-Li Tandem."

"Alex-Li Tandem? *Autógrafos Tandem: Mais Astros que o Sistema Solar*. Como é que é? Que tipo de nome é esse? Tandem? Você se converteu?"

"O pai dele, Li-Jin Tandem — *que sua memória seja uma bênção* —, era chinês", explicou Rubinfine com uma solenidade tão falsa que a vontade de Alex foi apunhalá-lo nos olhos com as chaves de casa. "Tan, no começo. Alguém achou que Tandem soava melhor. Estranho — porque obviamente não soa. A mãe se chama Sarah. Mora no interior agora. Uma senhora encantadora."

"É mesmo, é?", disse Darvick. "Chinês, é? É mesmo?"

"Mesmo, verdade", disse Alex-Li. "Agora, se me dão licença, senhores..."

"Damos, claro que damos", disse o rabino Darvick, com petulância, curvando-se e enfiando os dedos debaixo da estante de novo. "Quem não ajuda vira estorvo!"

"Se você não está conosco, está contra nós!", disse o rabino Green.

"Bem", falou Rubinfine, "quem sabe agora você pára de se envolver com coisas que estão além da sua compreensão? Quem sabe? E quem sabe eu o veja no Shabbat? Precisamos conversar sério, Alex. Talvez até dê pra gente conversar. Quem sabe sobre um monte de coisas? Mas 'talvez' é uma palavra dos homens, Alex. 'Talvez' é para Mountjoy. No entanto, para Deus, homem nenhum diz '*talvez*'."

"Tá", disse Alex. "Certo."

"O '*talvez*' não consta do vocabulário Dele."

"Falou", disse Alex. "Preciso ir andando."

"E, Alex, se você..."

O estresse fez o maxilar de Alex-Li Tandem travar por um momento, e foi uma luta para destravá-lo.

"Se eu o quê, rabino?"

"Se conseguir alguma coisa do Ford, me avise."

QUATRO / *Hod*

Esplendor • Um só metrô e muita gente • Mímica gói • Ela que vê • Sombras • O judeu e o gói • John Lennon era judeu • A noite em questão • Suportar todos • A Balada de Esther Jacobs • A Tragédia de Alex-Li • O íntimo fundamentalmente gói de Leonard Cohen

1

Perto da porta, um sujeito muito velho solta um fedor danado. O vagão todo suporta o cheiro com galhardia porque sem dúvida o velho não tem como evitar. Debaixo do cartaz de É PROIBIDO COMER NO TREM, dois colegiais comem. De pé no outro extremo, três mulheres vestidas com roupas idênticas, de poliéster berrante, dando a impressão de salpicadas com tinta colorida, contam fatos sem um pingo de graça sobre os respectivos fins de semana. Todas as três ocupando, a intervalos regulares, algum ponto do melancólico arco da maturidade sexual, e todas as três conscientes disso. Rindo frenéticas, fazendo vaivém nas alças de apoio, fazendo força para parecer *três mulheres se divertindo*. Elas não gostam muito umas das outras, pensou Alex.

Depois de um suspiro, ele pegou a garrafa térmica e tomou mais um gole de chá. O cheiro exalado fez seus olhos lacrimejarem. Em vez de lhe pedir que fechasse a garrafa térmica, uma mulher de tiara no cabelo, sentada à direita, executou uma complicada mímica gói: uma olhada no relógio para conferir as horas, uma expressão de quem perdeu a estação, uma pequena exclamação de surpresa e um movimento com a planta dos pés; na parada seguinte, ela se levantou e saiu do trem. Trinta segundos depois, Alex a viu no vagão vizinho, espremida entre um sujeito gordíssimo e uma freira, um exemplo tão considerável de carma que acabou por emocioná-lo bastante.

O trem estava encalacrado entre uma estação e outra, na superfície, quando o celular de Alex tocou. Sem refletir direito sobre a situação, atendeu.

"O problema do delírio", dizia Joseph, com certa pompa, "é que se você deixa que ele continue, ele progride e periga de se tornar *muito* sério."

Alex podia até ver o amigo a postos. Já tinha estado no escritório de Joseph, já o observara dentro de seu cubículo. Mesmo numa sala com quinhentos cubículos idênticos, o de Joseph era peculiar por sua impessoalidade absoluta. Sem fotos nem bandeiras, tampouco piadas. Apenas o pacote Klein, impecável, sapatos lustrosos, computador compacto e telefone viva-voz. Sempre o único de terno e gravata. Um dos pouquíssimos que já se encontravam à escrivaninha às quinze para as nove. Inclinado para a frente, ambos os cotovelos sobre o tampo da mesa, os dedos entrelaçados numa imitação de topo de igreja. A testa de encontro ao campanário.

"Joe, eu estou no metrô."

"Sei. E eu no trabalho."

"Estou parado entre duas estações."

"Alex, preciso atender uma ligação."

"Joseph, por favor não me bote na espera. Se você me botar na espera, vai me nascer um tumor."

"A gente precisa conversar sério."

"Hoje tá todo mundo querendo conversar sério comigo."

"Preciso atender essa ligação — você vai ter que escutar um pouco de música. Sinto muito. Estou com um cliente na espera. Fique na linha, por favor. Alô, Seguradora Heller, pois não?"

Joseph trabalhava para a Heller desde a formatura na faculdade, fato que deprimia mais Alex do que o próprio Joseph. No mundo da Heller, segundo a visão de Alex, os princípios de Heisenberg eram perigosamente ignorados: na Heller, reinava a certeza. Na Heller, os efeitos sempre podiam ser atribuídos a uma causa. E alguém sempre pagava. Dessa forma, se, por exemplo, um sujeito tropeçasse no calçamento ou se se queimasse com um café muito quente, era instigado a ligar para o número impresso no pé do anúncio para que, então, a Seguradora Heller pudesse mover um processo na base do só-paga-se-ganhar, sendo que nas letrinhas miúdas do contrato já vinha estipulada a taxa de serviço, qualquer que fosse o resultado. Não existiam acidentes na mente dos funcionários hellêricos. Apenas danos perniciosos. E, por uma dessas coincidências, sempre que Joseph mencionava algo sobre seu emprego, Alex pensava num bom jeito de se ferir com certa gravidade.

*Tell me he's lazy, tell me he's slow,** cantava o telefone.

Entediado, com o fone aninhado entre a orelha e o queixo, Alex deu uma olhada mais minuciosa para a mais jovem das mulheres de poliéster, imaginando como seria vê-la dentro de roupas de baixo improváveis e posições embaraçosas. Contra a vontade, sua mente acompanhou o telefone cantante.

Cantora: Ava Gardner (1922-90)
Música: "Can't help lovin' dat man"
Filme: *O barco das ilusões* (1951)

Eu fui casada com Mickey Rooney!
Esse meu casamento representou o maior diferencial de altura entre um homem e uma mulher que Hollywood já viu!

No entender de Alex, o único lado bom do trabalho de Joseph na Seguradora Heller era o fato de ele jamais precisar saber o que significava ficar na espera de uma das linhas da Seguradora Heller.

Quando a música acabou e recomeçou, Alex lembrou-se de um sentimento manifestado por seu poeta favorito (e único). Por que deixar que esse sapo chamado *trabalho* venha se apossar da sua vida? Joseph deveria ter sido um Caçador de Autógrafos. Era da natureza dele. Era um sujeito precavido, astuto. Mas também apaixonado, além de dedicado. A mistura perfeita de colecionador e negociante. Quando menino, o entusiasmo de Joseph pelo negócio era tão forte que chegava a ser virótico; Alex fora contaminado e

* Me diga que ele é preguiçoso, me diga que ele é lento. (N. T.)

nunca se tratara. Aos quinze anos, já estava vendendo feito gente grande e aos vinte tinha um negócio próprio. Joseph, contudo, sempre sob a influência do pai, não teve peito para fazer do hobby uma carreira. Aos olhos de Alex, havia uma certa dose de covardia nessa atitude, que vinha desgastando o relacionamento de ambos. Acreditava que Joseph tinha se magoado com ele por ter ficado firme no ramo, e por esse motivo se magoava com Joseph. Nenhum dos dois dizia uma palavra sobre essa tal mágoa, real ou imaginária. E ambos se magoavam com isso. Como fórmula para a lenta desintegração de uma amizade, era de uma perfeição quase matemática.

"Alex?"

"Continuo na linha."

"Qual era a música, só por curiosidade? Vivaldi?"

"Não. Música de espetáculos teatrais. Porcarias. Não me ponha na espera de novo, cara. Eu mal consegui suportar a primeira vez."

"Alex, você já falou com o Adam?"

"Esta manhã. Antes de falar com você. Assuntos referentes ao desastre com o carro. Eu enfiei a Esther num ponto de ônibus."

"Eu soube. O que ele disse?"

"Disse que precisava conversar comigo a sério."

"É, ele me falou."

Alex pensou ter discernido uma alfinetada sutil nesta última frase e se eriçou todo só de pensar em Adam e Joseph conversando na sua ausência. Rubinfine e Adam, Joseph e Rubinfine — essas combinações não o incomodavam nem um pouco. Conhecia a extensão e a profundidade de conjunções como essas. Mas compreendia pouquíssimo do relacionamento entre Joseph e Adam, a não ser o fato de que eram muito próximos, o que lhe provocava receios, ainda que de modo vago. Sabia que tinham ambos um certo interesse (o de Adam, prático; o de Joseph, teórico) pelo judaísmo místico, especificamente pela Cabala. Alex temia que o entusiasmo que partilhava com Adam por maconha e garotas pudesse ser o elemento menos significativo da equação.

"Bom, Alex, o negócio é o seguinte. Ele me pediu pra ligar de novo pra você."

Em silêncio, Alex mascava o lado interno da bochecha.

“Ele está — nós *dois* estamos um tanto preocupados com certas coisas que você andou dizendo na terça-feira à noite. Sobretudo aquele troço sobre...”

A voz de Joseph foi de novo interrompida por uma pequena expulsão de ar que, ao ouvido de Alex, soou como um beijo no bocal. Alex decidiu ajudá-lo.

“Sobre aquele troço da Kitty?”

Enquanto falava, Alex pegou dentro da bolsa o envelope plástico que continha o cartão-postal. Sentiu o sangue subir de verdade à cabeça, como se fosse um católico tocando num relicário. Tentou controlar a respiração. Lá estava, lá estava. A tinta saliente sobre o papel áspero, como uma casca de ferida. Kitty, como se sabe, punha sobre seu único *i* um coraçãozinho enviesado. Alex tocou nele e amou-a por isso. Acreditava que ela tinha sido a primeira. A primeira a pôr os pingos nos *is* dessa forma. Acreditava, também, que aqueles que criam clichês partilham algumas lascas da Criação. *Cães* se tornaram clichês. *Árvores* também.

“Bom”, começou Joseph com cautela, “você ficou meio fora de controle, e até aí tudo *bem*, não há nada do que se *envergonhar* — mas é que às vezes, quando a gente acorda, fica difícil abrir mão dos delírios todos... precisa ir devagar, eu acho. Mas, como eu disse, *tudo bem*, todo mundo continua tendo você em *alta* conta — a gente só quer saber se você está legal. Estamos apenas preocupados.”

“Preocupados que eu vá vender?”, perguntou Alex com voz circunspecta.

Silêncio.

“Alex?”, disse Joseph, depois de um tempinho. “Não estou entendendo.”

“Escuta só, Joe”, interveio Alex, “eu não estou querendo ser grosseiro — aliás, para ser sincero, estou, sim, querendo ser grosseiro —, mas na verdade eu não sei o que você tem a ver com isso. Você nem está mais nesse ramo, lembra? Apesar das suas excelentes intenções, por que não fica fora disso?”

“Espere — você disse vender? Eu não... Alex... você fala num sentido puramente acadêmico, certo?”

“Acadêmico como?”

“Como assim, como?”

“*Como*, do jeito que eu disse.”

Joseph soltou uma risada igual à do pai, súbita e sem alegria.

“Qual é a graça?”, perguntou Alex com frieza.

“Muito bem, certo, digamos que em tese, e apenas em tese”, falou Joseph, pomposamente, "você fosse tentar vendê-lo, Alex — dentro da comunidade de autógrafos. Se fosse esse o caso, acha que seria ético eu continuar calado? Quer dizer, eu posso não estar mais, no sentido estrito do termo, *no ramo*, mas eu *conheço* gente que ficaria a fim de se arriscar por algo semelhante, e essa gente é minha *amiga*. Portanto, sabendo o que sei, sabendo que não é *real*, não vou ficar sentado sem tomar nenhuma providência, servindo, basicamente, como uma espécie de *acessório* do crime..."

"Joseph *Klein*", disse Alex, com secura, "ninguém está levantando falsas acusações contra você. Ninguém está vindo para levá-lo preso. Você não fez nada errado."

"Você é muito gozado mesmo. Escuta só, *Alex*..."

"Não, olha só, *você* é que tem que escutar. Sabe o que eu acho? Acho que você está é com inveja. Este autógrafo é *meu*, quanto a isso não resta dúvida, foi mandado para *mim*..."

O trem resfolegou, ameaçando voltar a funcionar. Alex viu os quatro grossos cabos elétricos, cada qual de uma cor, fundirem-se num só, abraçados à lateral da parede, quando a composição se enfurnou num túnel por alguns breves instantes. A recepção estava tão clara que dava para escutar os soquinhos nervosos de Joseph respirando. Por que o telefone continuava funcionando? Que tamanho tinham, afinal, esses satélites? O tamanho de um planeta? Seriam carcinogênicos, por acaso? Alex enfiou a cabeça entre os joelhos.

"Isso não é *verdade*", disse Joseph com enorme tristeza. "Nunca tive inveja de você. Me magoa ver que você pensa isso."

E, com Joseph, essas não eram meras palavras. Dava até para ouvir a mágoa dele, dava para *senti-la*. Alex nunca tinha cruzado com nenhuma outra pessoa que se deixasse afetar tão facilmente pelas palavras dos outros. Joseph já havia levado muita paulada e pedrada, quando menino, por ser miúdo, esguio e alinhado; já dera muita paulada e pedrada, além de socos, chutes, empurrões e de ter feito alguns talhos em carne alheia. Mas eram as palavras que de fato o arrasavam. Até hoje ainda se sobressaltava com palavrões. Não fazia muito tempo, Alex o vira no lado oposto da rua principal e gritara seu nome. Joseph levou um tombo.

"Joseph... escute", disse Alex, envergonhado, "me desculpe. Estou sendo grosso — não era minha intenção ser grosso. É que estou me sentindo meio mal, para falar a verdade. Estou sentindo a pior ressaca de todos os tempos. E *não* estou entendendo por que você está pegando no meu pé."

"E eu não entendo", disse Joseph em voz baixa, num tom preocupado, "o que você quer dizer com a palavra *mandado*."

"Quero dizer *mandado*. Estou com ele. É real. Está nas minhas mãos. Foi mandado pra mim."

"Certo. E quem teria mandado? O correio? O céu?"

"Mandado", repetiu Alex com convicção. "Apenas *mandado*. Escute — eu não estou dizendo que posso *explicar* o que houve."

"*Cacete*. Alex. *Alex*..."

Joseph continuou falando. Alex levou Kitty para bem junto do nariz, onde podia vê-la direito. Aquele *tt* primoroso, conseguido com uma única investida da caneta, dobrando-se sobre si mesmo, prolongando-se.

"O negócio", dizia Joseph, quando Alex sintonizou na conversa de novo, "é que eu estava *lá*. Você foi até a cozinha e voltou com aquele autógrafo. Foi isso que aconteceu. Me desculpe. Mas fatos são fatos."

Através dos olhos comprimidos, furiosos, Alex viu a mais velha das três mulheres com roupas de poliéster rearrumar a bolsa para ocultar a protuberância do abdômen. Havia um homem na sua frente com as mãos em concha protegendo a virilha. Os colegiais tinham acabado de comer. Quando o trem recuperou velocidade, eles fizeram uma careta e taparam os ouvidos. Ninguém vai a parte alguma nos dias de hoje sem imaginar, ainda que por um segundo, o momento do impacto. E se o segundo crucial calhasse de ser *este* segundo, pensou Alex, cada uma dessas pessoas estaria mais bem preparada que ele.

"Alex... não é minha intenção ser... mas você sabe que dia é hoje? Quer dizer, na quinta-feira que vem? Sua mãe contou para o Adam e o Adam me contou. Você não acha que isso pode ser relevante? Cara, eu acho que você está tendo um colapso nervoso. Alô, Seguradora Heller."

"O *quê*?"

"Espera um instantinho, por favor."

Cantora: Ann Miller (1919-)
Música: "Prehistoric man"
Filme: *Um dia em Nova York* (1949)

Eu tive raquitismo quando criança!

Com este espaço no cérebro, pensou Alex, eu poderia ter aprendido hebraico. Eu poderia ter sido alguém.

A música parou.

"Por que será", disse Alex, sentindo-se um lutador, "que o Adam tem experiências místicas duas vezes por semana, e tudo bem, isso é o máximo, mas quando *eu*, *finalmente*, tenho uma todo mundo acha que eu pirei?"

Não houve resposta. Alex presumiu que a ligação tivesse caído.

"Por acaso você não fica meio preocupado, Alex", veio a pergunta que não foi ouvida porque, bem nessa hora, o polegar de Alex pressionou a tecla para desligar, "com a possibilidade de estar sofrendo alucinações? De estar deprimido? Alex?"

Um dos talentos de Alex, um dos poucos que sobraram de sua infância precoce, é saber com precisão quanto tempo lhe resta antes de vomitar. Digamos que seja o *timing* perfeito; conversa encerrada, bolsa e garrafa térmica na mão, sai do trem, dirige-se para a plataforma que vai para a zona oeste, deixa uma meia-lua de vômito nos trilhos e eis que o trem encosta para levá-lo ao centro das coisas. A destinação está escrita com letras luminosas.

2

Chegando à superfície, Alex aninhou-se bem junto de uma mãe assoberbada ao atingir a barreira, de tal forma que o corpo bilhetado e o corpo não bilhetado passassem juntos como se fossem um só. Até então essa tática jamais falhara, mas eis que uma mão pesada toca em seu ombro e ele é levado ao grau seguinte da punição: uma senhora de cabelos grisalhos, sentada atrás de um painel de vidro. Sua perna esquerda estava engessada, descansando sobre uma pilha de livros que, por sua vez, se equilibravam sobre um banquinho. Os óculos dela pendiam de uma correntinha. Um crachá de plástico, impresso numa fonte criada para imitar os floreios naturais de uma caneta humana, dizia *Gladys*.

Alex sorriu. "Um bilhete de Mountjoy, por gentileza."

Gladys pôs a mão em concha atrás da orelha, Gesto Internacional para *O que disse?*

"Você quer o quê? Vai pra Mountjoy?"

"Não — não. Acabei de *vir*..."

"Menino — vê se fala aí na coisa; não dá pra escutar."

"Eu disse que eu *vim* de Mountjoy..."

"E vai querer um bilhete pra lá de novo?"

"Não, é que eu — só — a máquina lá de Mount... o trem chegou e eu entrei sem..."

"Ah, entendo. Pode me chamar de Cassandra, meu rapaz, porque eu tô sacando, tô sacando."

"Não, olha. Certo. Não. Vamos começar de novo. Não foi bem assim, foi assim, ó: eu só — não dava tempo de comprar... então eu..."

A voz de Alex fez um *fade*. A mulher pegou um pedaço comprido de algum objeto feito à mão — dois lápis unidos por um elástico — e enfiou dentro do gesso. Coçou.

"Quer dizer então que você tá dizendo — e sinta-se à vontade pra me corrigir, se por acaso eu estiver errada — que não pagou a passagem; que simplesmente deixou de comprar o bilhete como *se não fosse nenhum problema*..."

"Não foi bem assim.."

"*Descumprindo* com isso os decretos do Executivo e do Legislativo..."

"Será que isso...? Quer dizer — no sentido mais amplo — é necessá..."

"Sem falar nas condições *explícitas* de viagem estabelecidas pelo Metrô de Londres, disponíveis para consulta por qualquer pessoa *com olho*; assim como em *violação* ao código comunitário de justiça e *retitude*, conforme acatado implicitamente por seus companheiros de viagem..."

"Sei, sei. Muito bom. Mas olha só, estou com uma certa pressa..."

"E por último, mas em *hipótese alguma menos importante*, transformando em absurdo sem sentido toda a sua consciência individual no que diz respeito a uma *moralidade imperativa* que, se não sentimos nas entranhas, havemos de encontrar articulada no Êxodo. Tu. Não. *Roubarás*."

Havia momentos em que Alex achava que, se fosse possível arrebanhar os estudantes dos cursos supletivos do mundo todo e, de algum modo, amarrar a cabeça de uns nos pés dos outros, prendendo todos eles ao redor da linha do equador, de tal sorte que não pudessem se mexer, até que não seria má idéia. O mesmo valia para qualquer freqüentador de cursos noturnos.

"Dez libras, por favor, jovem. Mais o preço do bilhete."

Alex não tinha dez libras, de modo que entregou seu dinheiro de plástico, o que obrigou a mulher a chupar os dentes, erguer a perna de *Os últimos dias de Sócrates* e sair saltitando até os fundos do seu cubículo para pegar a máquina do cartão. Ela passou o cartão, deu o papelzinho para Alex assinar, ele assinou, entregou o papelzinho de volta, ela comparou a assinatura com a do cartão, Alex sorriu. Ela o olhou com desconfiança.

"Isto daqui é seu mesmo?"

"Por quê? Algum problema?"

Ela conferiu tudo de novo, a assinatura e o cartão, antes de devolver. "Não sei. Acho que o negócio é mais com você. Você parece que tá meio doente. Parece que vai desmilingüir."

"Me desculpe, Gladys, mas você é médica, por acaso? Ou profeta? Quer dizer, além de tudo? Será que já posso ir?"

Ela fechou a cara. Chamou o próximo da fila. Alex pegou sua garrafa térmica do balcão. E saiu pisando duro rumo à saída.

Do lado de fora, virou para a esquerda, pretendendo ir só até o fim da rua para então virar de novo à esquerda e entrar direto na casa de leilões. Mas não tinha contado com as liquidações. Com as mulheres. O sol estava baixo o suficiente para destacá-las, estavam todas delineadas com precisão. Trouxeram à mente de Alex o teatro de sombras do antigo Tangshan. Moviam-se depressa e não borravam. Tão lindo! Atravessavam portas, disparavam sinetas, saíam, voltavam a entrar. Bonitas, rápidas, ágeis: corças empreendendo a caça, para variar. Havia um abismo entre esse espetáculo e a maneira como Alex fazia suas compras (uma espécie de mergulho às cegas de loja em loja, e apenas em busca das necessidades básicas, papel higiênico, pasta de dentes). Essas mulheres faziam o desejo parecer eficiente. Não havia nada nessa rua que desejassem tão ardentemente a ponto de fazê-las perder a pose. Eram surpreendentes.

Mas eu já estou suficientemente atrasado!, pensou Alex olhando o relógio. Seu agasalho era de angorá e o pescoço suava. Contudo, como resistir àquilo? Preparando-se, parou no meio da rua, tirou a capa e amarrou na cintura. Puxou um bloco minúsculo do bolso e o depositou na palma da mão, pronto para receber anotações. E só então começou a andar devagar entre elas, dividindo-as como sempre fazia para seu passatempo, sua pesquisa, seu livro. Gói. *Judia*. Gói. Judia. Gói. *Gói*. Judia. *Gói!*

Não elas, não enquanto gente — não havia nada de divertido a extrair daí. Apenas guerras. Não, outras coisas. O movimento de um braço. Um determinado sapato. Um bocejo. Um vestido. Uma música assobiada.

Isso lhe dava um prazer genuíno. Muitos se perguntavam por quê. Ele optou por não se perguntar por quê. Todas as possíveis hipóteses, psicológicas, fisiológicas e neurológicas (inclusive a teoria de que *gente mestiça vê tudo dobrado*, a de que *os órfãos buscam restaurar a simetria doméstica* e, *sobretudo*, a de que *o cérebro chinês está programado para o pensamento dualista do ying e yang*) o deixavam com vontade de grampear os globos oculares na parede. Fazia isso porque fazia. Tinha um manuscrito inacabado que talvez alguém algum dia resolvesse publicar, chamado *O judeu e o gói*, que era o ponto culminante de seu trabalho sobre o tema. *O judeu e o gói* já fora um dia um texto bem acadêmico, segundo todos os padrões vigentes. Tinha uma introdução, ensaios, interpretações, notas de rodapé, notas marginais (pensara o livro como uma espécie de apêndice, ou seqüência, se preferir, ao trabalho de Max Brod de 1921: *Heidentum, Christentum, Judentum*; Alex também devia um bocado ao comediante Lenny Bruce). E estava dividido em várias categorias diferentes, coisas como:

Comidas
Roupas
O século XIX
Carros
Partes do corpo
As letras de John Lennon
Livros
Países
Viagens
Remédios

Cada categoria, por seu turno, era dividida em suas manifestações judaicas e góim. Num espasmo de superstição logo no começo, havia tomado a decisão de marcar as seções do livro com o Tetragrama das quatro letras que compõem o nome de Deus:

YHWH

Vez ou outra, quando surgia uma seção mais polêmica, usava a encarnação hebraica mais poderosa do Tetragrama:

יְהוָה

Como se invocar o nome sagrado fosse protegê-lo da heresia.

Ele era jovem e ingênuo, quando começou. O livro tinha mudado bastante. Continuava sendo a respeito do que é ser judeu e do que é ser gói, mas agora era *só* sobre isso e mais nada. Não havia um único ensaio com mais de uma página. Não havia legendas para as inúmeras ilustrações. Todas as firulas haviam sido removidas. Apenas umas poucas notas de rodapé aqui e ali. Nenhum comentário. Ficara com o belo núcleo da coisa em si: trezentas páginas do que vinha a ser, no fundo, uma lista dúplice. Livros judaicos (nem sempre escritos por judeus), livros góis (nem sempre escritos por góis), itens de um escritório judaico (o grampeador, o porta-canetas), itens de um escritório gói (os clipes para papel, o suporte do mouse), árvores judaicas (o plátano, o choupo, a faia), árvores góis (o carvalho, o cipreste, a castanheira-da-índia), cheiros judaicos do século XVII (óleo de rosas, gergelim, casca de laranja), cheiros góis do século XVII (sândalo, nozes, chão molhado de floresta). E o nome indizível de Deus em cada página. Sem parar. Era bonito. Não permitia que ninguém lesse. Toda vez que o assunto do livro vinha à baila, Alex percebia que virava personagem de filme. Rubinfine lhe dissera que estava *desperdiçando a vida*. Adam *se preocupava com sua sanidade*. Joseph era da opinião de que o simples fato de discutir o livro significava *se deixar levar pela perigosa noção* de que a coisa existia de fato. Esther achava *o negócio todo extremamente ofensivo*.

Bem, talvez *O judeu e o gói* não fosse para todo mundo. Mas será que todo mundo já não tinha *tudo*? Será que todo mundo ainda não se cansara? Tudo neste planeta é feito sob medida para esse *todo mundo*. Todo mundo recebe todos os programas de televisão, quase tudo o que produz o maldito cinema e cerca de oitenta por cento de toda a música. Depois disso vêm os meios secundários da pintura e daquelas outras artes visuais que não se mexem. Que são, de modo geral, apenas para *alguém* e, embora você sempre ouça o pessoal se lamentar de que há uma certa carência de alguéns, na verdade *alguém* sempre se dá bem. Galerias, museus, porões em Berlim, apartamentos do tipo estúdio, periódicos, paredes nuas em centros urbanos — alguém obtém o que quer e o que merece na maior parte do tempo. Mas onde estão as coisas que *ninguém* quer? Muito de vez em quando, Alex via ou escutava algo que parecia não ser para ninguém, mas logo em seguida se tornava evidente que era, sim, para alguém e, depois de despendida uma verba xis com publicidade, esse algo explodia, fazendo o maior sucesso no mundo inteiro. E sobrava quem, então, para fazer para ninguém? Apenas Alex. Só ele. *O judeu e o gói* não era para ninguém. Você poderia chamar o livro de o começo de um novo movimento artístico, não fosse o triste fato de que não havia uma alma capaz de reconhecer um novo movimento artístico, mesmo que ele lhe aparecesse na frente e lhe desse um chute na cara. Ninguém esperava a publicação de *O judeu e o gói*. Ninguém queria o livro. E o livro ainda nem estava terminado. Quando estivesse, Alex saberia.

Já fazia um tempo que o livro andava em crise. Estava desequilibrado. A condição gói, em todas as suas formas, se tornara uma obsessão para ele. Havia agora coisas demais referentes a papel-alumínio, capas de sofá, tachinhas, marcadores de livro, pomares. No livro, assim como em sua vida, o judaico estava se esvaindo. Três meses antes, havia tentado algo da maior audácia: um capítulo inteiro dedicado ao argumento de que o próprio judaísmo era o mais gói dos monoteísmos. Fora um fracasso retumbante. Ficou bastante deprimido. Ligou para a mãe, que parou de fazer coisas de argila na Cornualha, ao lado de Derek (o namorado), e voltou a Londres para passar algumas semanas no apartamento do filho, ficar de olho. Contudo, para Sarah não era natural esse papel materno. Isso fora coisa de Li-Jin. Seu dom era o da amizade, e Alex, por seu lado, não sabia ficar na cama recebendo sopinha e termômetro. O convívio foi desajeitado, um tanto cômico, como o de dois adultos corcundas morando numa casinha de boneca. E isso tudo sem Li-Jin. A terrível e berrante tristeza da ausência. Toda vez que se encontravam, sentiam tudo de novo, como se tivessem planejado um almoço ao ar livre; Alex chega com os talheres todos, Sarah com as toalhas impermeáveis — mas e a comida?

De todo modo, Alex (que, como a maioria dos rapazes, continuava convencido de que a mãe era belíssima, ainda que tivesse engordado e os cabelos tivessem ficado grisalhos) sentiu-se encantado com a presença física de Sarah, com seus saiões ripongos, suas echarpes vaporosas, as mãos tão parecidas com as dele, o jeito pé-no-chão com que ela de repente o puxava para o peito e o abraçava como um homem abraça outro num campo de esportes. Sarah tinha o que dizer.

Ela disse: "Se eu sou alguma coisa, querido, é provável que seja budista".

Ela disse: "Sabe o que é, quando me casei com o seu pai...".

Ela disse: "Acho que talvez seja mais importante *fazer* mais e, quem sabe, *pensar* um pouco menos, você não acha?".

Ela disse: "Onde é que você guarda as xícaras?".

Antes de ir embora, lhe deu uma caixa contendo papéis e lembranças de parentes.

"Você quer dizer esse tipo de coisa?", perguntou, colocando a caixa na mesinha-de-cabeceira de Alex.

A família de Sarah Hoffman. Cacarecos, fotos e fatos. Ali estava o bisavô Hoffman quando jovem, numa pose européia, com aspecto vaidoso, segurando dois outros rapazes pelos ombros, os três com gravata estreita, de pernas abertas, parados diante de algum edifício, algum novo empreendimento que jamais seria concluído. Numa outra, quatro irmãs bonitas na neve, as cabeças inclinadas em vários ângulos melancólicos. Apenas o esbelto afghan olha para a máquina, como se soubesse o segredo futuro das mortes terríveis, o local e a ordem delas. Há também uma foto em sépia mostrando o gordo tio Saul quando menino. É um retrato feito em estúdio, com palmeirinha e capacete pontudo, as pernas rechonchudas penduradas como duas salsichas sobre um pônei empalhado. Esse mesmo Saul acreditava que os Hoffman tivessem algum parentesco com os Kafka de Praga através do casamento. Mas o que é casamento? Alex fuçou mais fundo. Um bilhete de bonde de uma linha defunta de uma cidade defunta. Dez *zlotys*. Um par de velhas meias de lã escarlate com losangos lilases. O diploma de qualificação para o magistério de um primo russo distante. Um chapéu-coco amassado. Entretanto, que outra pessoa faça a lista dos pesares, pensou Alex. As pessoas que guardam caixas como essa são iguais às que seguem ruídos agourentos até porões escuros, idênticas às que constroem suas casas em cima dos lugares sagrados dos índios. Gente de filme. Todos os fotografados estão mortos, pensou Alex, enfastiado. Entediante, tudo aquilo.

3

A noite na casa do Adam, a noite em questão, não foi a primeira em que Alex refletiu sobre as letras. Tinha ido lá várias vezes, nos últimos meses, achava que uma freqüência maior talvez pudesse ajudar. O procedimento era sempre o mesmo. Eles ficavam chapados. Sentavam-se no chão, munidos de blocos grandes de desenho. Canetas por perto. Olhando para as paredes. Na do fundo, dez anos antes, Adam havia pintado um diagrama cabalístico rudimentar, dez círculos numa formação estranha. Segundo Adam, eram as dez esferas sagradas, cada uma delas contendo um atributo divino; eram as *sefirot*. Ou então os dez galhos da Árvore da Vida, cada um revelando um aspecto do poder divino. Ou os dez nomes de Deus, dez maneiras pelas quais ele se manifesta. Podiam também ser as dez partes do corpo de Adão, o primeiro homem. Os Dez Mandamentos. Os dez globos de luz com os quais o mundo foi feito. Igualmente conhecidos como as dez faces do rei. Também chamados de Caminho das Esferas:

Fig. (a) Parede Um

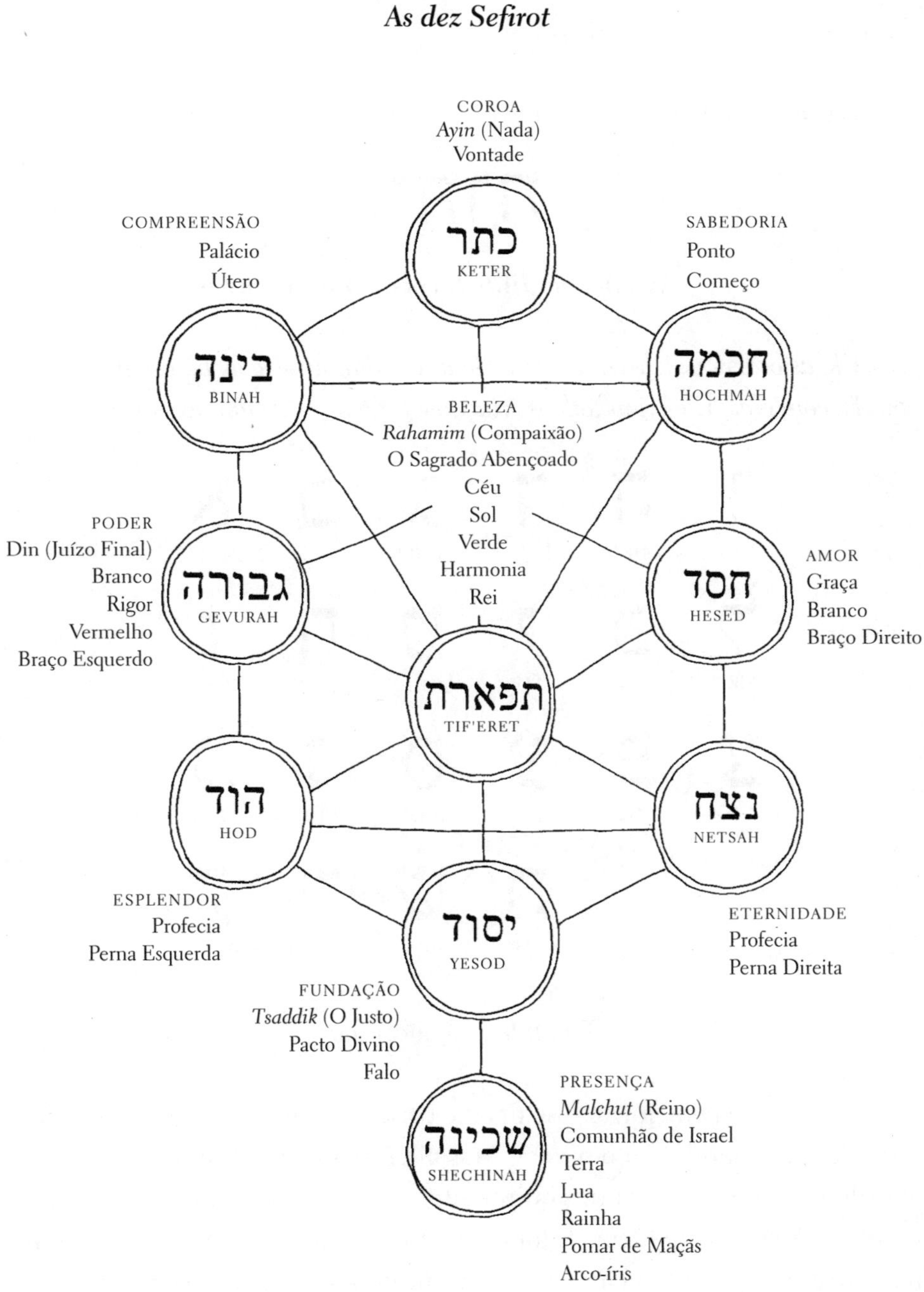

Na parede oposta, Adam tinha pintado algo mais simples e, para Alex, mais bonito. Todas as vinte e duas letras do alfabeto hebraico. O Caminho das Letras.

Fig. (b) Parede Dois

יהוה

As vinte e duas letras fundamentais

Ele as ordenou. Ele as talhou. Ele as combinou. Ele as pesou. Ele as trocou. E, com elas, Ele criou toda a criação e tudo a ser criado no futuro.

ו	ה	ד	ג	ב	א
VAV	HE	DALET	GIMEL	BET	ALEPH
ל	כ	י	ט	ח	ז
LAMED	KAF	YOD	TET	HET	ZAYIN
צ	פ	ע	ס	נ	מ
TSADI	PE	AYIN	SAMECH	NUN	MEM
		ת	ש	ר	ק
		TAV	SHIN	RESH	KUF

O mundo está quebrado

Até onde se pode julgar esse tipo de coisa, estavam todas muito bem-feitas: Adam era hábil com o pincel. Mas olhar para elas durante horas a fio, em silêncio, aí já eram outros quinhentos: requeria um certo comprometimento. A Viagem até Deus. É longo o trajeto. E muito chato. Mas sempre na hora em que Alex ameaçava se sentir pronto para ligar a televisão, desistindo do assunto, Adam começava a visualizar a própria espinha como uma folha de palmeira. E lá se ia ele, viajando através das esferas, se perdendo de si mesmo. Para Alex, entretanto, não havia fusão, não havia perda do eu. Não entendia a idéia da unidade no nada. Esse tipo de coisa estava além de sua compreensão. Não sentia magia nenhuma. Apenas o fedor denso e inútil da maconha, enquanto fitava as letras, sem intuir grande coisa, a não ser vagos antropomorfismos: aquele ali não parecia um homem sacudindo o punho? Uma coroa? Metade de um menorá? Um feto adormecido? Um elfo cabeludo?

Para Adam, era diferente. Para ele, as esferas e as letras davam um show completo. Dentro de cada uma ele via mundos, almas, divindades. Sem dúvida ajudava saber ler em hebraico, proeza que Alex jamais conseguira realizar. Mas mais que isso: Adam nunca perdia seu direito ao assombro. Tudo no mundo de Adam era assombroso. Ele lia apenas uma página da Torá por mês, porque cada letra, para ele, era em si mesma um livro. Numa única sessão de meditação, Adam era capaz de copiar pelo menos umas vinte vezes as seis letras que tivesse escolhido, de rearrumá-las todas, de permutá-las, com cálculos referentes a seus valores numéricos, ou a suas cores, ou aos profetas que simbolizavam, ou à música que elas faziam. Às vezes, sua alma ascendia e se materializava em Israel. Na época de glória do Templo de Jerusalém. A essa altura as letras já tinham adquirido vários andares de altura, como arranha-céus debruçados sobre a terra. Ele voava em torno delas, examinando cada canto. Banhava-se na luz que emitiam. Deitava-se aos pés delas. Sorte do Adam.

"Sente-se", Adam tinha dito naquela terça-feira à noite, jogando para Alex uma almofada aveludada. O quarto estava como de hábito: apertado, escuro, iluminado com velas. Joseph sentara de pernas cruzadas no chão. Esther estava esticada no sofá, só pernas, pirada demais para se mexer. Havia um vídeo passando com o som bem baixinho, um dos filmes favoritos dela, uma comédia romântica sobre adolescentes, dos anos 80. Alex não tinha nenhuma expectativa para a noitada.

"Nós vamos experimentar uma coisa meio diferente", disse Adam, abrindo sua caixa de madeira e entregando um comprimido minúsculo a Alex. Branco, inviolado.

Algum tempo mais tarde, no filme (que não mudava nunca, as pessoas eram sempre as mesmas, mantinham-se belas e não morriam), o colegial percebe que a mocinha pobre e sem graça era linda e rica por dentro. Houve um derradeiro beijo redentor num estacionamento. Sem aviso, Alex ergueu Esther do sofá, agarrou-a e beijou-a.

"Me *larga*", ela disse.

"Pára de me empurrar", ela disse.

"Aonde é que nós vamos?", ela perguntou.

Mas àquela altura já estavam no carro. Estavam? Alex parou no meio da rua chique e fechou os olhos, tentando fazer — como as séries de tribunal adoram dizer — uma reconstituição mental. Esther estava com ele ou não? Já tinha o autógrafo de Kitty ou não? Será que prendera o papel no pára-brisa como se fosse uma multa de trânsito?

Lembrava-se de que pararam num posto para comer. Alex tinha ficado com a impressão de que todos no posto falavam cantonês até a hora em que olhava para eles. Aí então passavam a falar inglês. Cantonês, inglês, inglês, cantonês!

De volta ao carro, virara para Esther e dissera: "Todo mundo falando cantonês. Às vezes". Riu baixinho. Esther chorava, olhava para as pernas e dizia: "Eu sou tão *egoísta*".

A Esther parecia que os dois fetos que tinha abortado (um de Alex, quando tinha apenas dezessete anos, outro de algum homem que conhecera na faculdade) estavam em suas coxas e ela via os dedos deles fazendo força para sair lá de dentro. Deve ter sido logo depois disso que um ponto de ônibus atravessou a rua feito um louco e se atirou contra o carro de Alex.

Ao se lembrar disso, Alex sentiu o rosto molhado de lágrimas. Fez uma mímica gói, para ninguém em especial, e fingiu que tinha entrado um cisco no olho. Para tanto, usou a manga. Tentou empregar as mesmas técnicas de respiração que Adam o havia ensinado a usar durante as meditações. No meio dessa atuação, foi abordado por um adolescente francês. Apressadamente, forneceu informações fictícias de como o garoto poderia chegar a um lugar onde nenhum dos dois jamais estivera. O francês virou à esquerda, rumo a sabe-se lá onde. O sol aumentou de brilho. Com isso as pedras mais velhas da cidade cinzenta cintilaram, esbranquiçadas, e, pela primeira vez num mês inteiro de nevoeiro e poluição, um par de palácios distantes piscou um para o outro, dois amigos em cantos opostos de uma festa no momento em que a multidão de repente se dilui. Alex tentou cantarolar. Algumas das mulheres que faziam compras sorriram para ele, mas um sorriso forçado, como o que damos para os velhos, enfermos e inválidos. Alex perseverou, cantarolando o caminho todo até um canteiro central e, depois, ao virar a esquina. Já então, cantava uma música famosa. Caminhava no ritmo dela. A música sofrera metamorfoses. Era um hábito seu. No passado, já tinha composto, de moto próprio, "Vamos Acertar em Juízo", uma canção sobre seu senhorio, com a melodia de "Let's Get It On"; "Ando Tão Cheio" (uma das prediletas da sinagoga) com a melodia de "You're So Vain"; e também "Incompetência", uma canção para diversas burocracias e situações similares no trabalho, roubada de "Controversy", do Prince. Nesse momento, Alex cantava uma versão radicalmetne alterada de "Norwegian Wood", na qual Esther aparecia sentada na calçada, ao lado do que restara do carro. Aguardando o melhor momento. Na música, assim como na vida, Esther acusava Alex de sentir mais amor por Adam do que por ela. Mas isso não era verdade. Quer dizer, ela berrava isso, mas estava enganada. Ele a adorava. Só não era muito bom de demonstrar, às vezes. Em sua essência, o problema era anterior ao carro. Alex era descuidado nas pequenas coisas, nas coisas que importavam. Sua incapacidade para se lembrar do título do trabalho de doutorado dela ("Modos de sei lá o quê no desenvolvimento da iconografia do povo judeu da África em sei lá o quê"). O estado do seu banheiro. Os livros que ela recomendava e que ele nunca lia. Ele a tinha no coração, mas nem sempre na mente.

Conviviam desde crianças (ele tinha apenas dezessete anos quando ela, aos catorze, o pegou pelo tornozelo com uma mãozinha rápida, levou-o até uma moita e o beijou), Esther lhe era tão familiar quanto Mountjoy. Na verdade, conseguia pensar nela bem desta forma — como uma espécie de pano de fundo no qual não reparava até ele ser iluminado por um refletor. Mesmo o marca-passo de Esther — duro e quadrado sob a pele estirada, retesada — era, agora, uma questão rotineira. Alex tinha passado por todos os estágios com ele: receio, espanto, afeto, sexualização. Já nem associava mais o aparelho à idéia da mortalidade, mas, por outro lado, ela o incentivara a se sentir livre para explorá-lo. Para agarrá-lo, para cutucá-lo e fazer o polegar se juntar aos outros dedos, por cima da pele, e pelo lado de trás. Alex confiava no coração de Esther. Apenas quando cada um foi para sua respectiva universidade é que ela entrou em pânico diante da possibilidade de perdê-lo. Na faculdade, Esther dormiu com outras pessoas — um homem e uma mulher. Alex pensou que fosse enlouquecer. Só algo assim para ele se sentir desse jeito. Mais recentemente, se por acaso um amigo de Alex de um outro universo — do trabalho ou da faculdade —, ao ser apresentado a ela, fizesse algum comentário sobre sua beleza, aí sim, ele re-percebia. Re-perceber? Mas que outra palavra dar?

Ele não acreditava em terapia; ele mesmo podia dar um jeito. Sim, imaginou sua amada numa tela, diante de uma platéia, numa pré-exibição; viu as pessoas assistindo e preenchendo com um xis os espaços em branco. Sim, ele a queria a uma certa distância, fisicamente perto, mas, de certa forma, difícil de atingir. A impressão inicial de um estranho sobre sua amada — vendo-a como uma princesa africana ou sósia dessa ou daquela atriz — o atraía de um jeito que as várias realidades dela não conseguiam. Ele queria que todas as vezes fossem a primeira vez que a via. A vontade dele era estar sempre no começo do filme — não no estacionamento, e sim na sala de aula. Vivia espantado com a beleza dela e não queria perder esse espanto nunca. Sim, doutor, isso mesmo. Eu quero ser um fã dela.

A cabeça de Esther era raspada, como a de um menino. Deitado ao lado dela, sentia que poderia segurar aquele coco pelado pelo resto da vida. Ela tinha condições de vencê-lo numa queda-de-braço e na maior parte das discussões. Era maior que ele e muito mais linda. Mas que tortura pensar que Esther iria envelhecer! Compreendia que, com toda a certeza, esse tipo de pensamento o levaria a morrer sozinho, sem uma alma para lhe fazer companhia. Contava para si mesmo a história de que isso era a grande tragédia de seu coração. A grande tragédia de seu coração era que ele sempre precisava ouvir uma história.

4

Inutilmente, Alex correu os últimos cem metros, o galope de um homem descoordenado — como um animal recém-baleado no flanco. Depois parou de supetão. Pegado à casa de leilões, diante de uma butique, o popular cantor e compositor Leonard Cohen dava a impressão de estar sentindo um grande tédio, ao passo que a mulher que o acompanhava demonstrava o contrário. Alex não era mais um garoto — não tinha a menor intenção de se aproximar e pedir um autógrafo. Mas Leonard sem dúvida lhe deu o que pensar. Pegou-se fazendo hora em volta, com muita discrição; viu quando Leonard cuspiu um chiclete na calçada, deu um tapinha no ombro da mulher e seguiu na direção de um famoso café. "Suzanne." Era uma música brilhante. Mercy alguma coisa. "Sisters of Mercy". Um clássico. Mas já estava quase uma hora atrasado para o leilão.

Um minuto depois Alex se viu dentro do café, contrariando toda a sua vontade racional, parado ao lado de Leonard, admirando a perenidade de Leonard, sua natureza infinita, o fato de que, bem depois que o Leonard físico virasse comida para os vermes, em algum lugar o Leonard virtual continuaria se mexendo, cantando e sendo entrevistado. E estava ficando calvo. Era inacreditável. Possuía um distanciamento embutido. Mesmo parado do lado, a impressão de Alex era a de estar a muitos mundos de distância. A fama de Leonard iria salvá-lo. Alex sentiu o ressentimento crescer. Por que Leonard? Ele era um cara como todos os outros, mais nada. O que ele tinha de tão especial assim? E por que estava dentro daquele café, falando nisso? Que raio de pessoa famosa entra num café cheio de gente comum como Alex?

Alex estava atrás dele, observando tudo com muita raiva. Ressentido com o esplendor de seus sapatos, de seu jeans, do paletó elegante, vendo Leonard tamborilar os dedos no balcão, ouvindo Leonard dizer: "Um moca, dá pra ser? Mas dá pra *não* pôr o chocolate por cima? E com duas partes de leite pra uma de creme? Fantástico. Muito obrigado, isso mesmo, perfeito. Na verdade — hum... será que dá pra pôr... isso, mais um copo — isto aqui está *muito* quente mesmo, e eu não quero ter que processar vocês, ahá! Isso, fantástico. Maravilha".

Gói, pensou Alex-Li.

CINCO / *Tif'eret*

Beleza • Orações no local de trabalho • Abre e fecha aspas • Jimmy Stewart era judeu • A Cabala de Elvis Presley • Jogos báquicos • Era uma vez na Europa • Brian Duchamp • Dirija-se com calma para a saída mais próxima

1

A Sala 3 de Leilões funciona da seguinte forma: não é um lugar de verdade e sim uma espécie de catedral, ou sinagoga, aonde Alex vai semana sim, semana não, e fala de forma mecânica. Ele conta os losangos do teto; pensa em Deus. E reza, lá do seu jeito (*Deus Me Perdoe*; *Jesus Cristo Me Tira Daqui*). Torce para que terminem os lances via telefone, torce para que alguém o deixe ficar com as coisas que ama. Mas nada muda. Alex repete o que já disse antes, pragueja as mesmas pragas silenciosas e vê os preços aumentando e fugindo do alcance de suas posses. O leiloeiro, com sua voz melodiosa, teatral, bate o martelo sempre no mesmo ponto do bloco de madeira, seja que dia for. E o americano, Jason Lovelear, diz: "Leonard Cohen? Tá brincando — Leonard Cohen? Mas ele ficou por lá mesmo, certo? Ele não vem pra *cá*, né? Santo Deus. Eu namorei com a irmã dele, a Chloe. Chloe Cohen. Grandalhona. Tireóide. Mas não na minha época. Foi mais tarde — aí eu tive que terminar. O Leonard ficou *muito* chateado. E a barra pesou entre a gente".

Não, não é verdade. Lovelear não dizia sempre a mesma coisa. Mas, levando em conta uma mudança de nomes e pronomes, ele sempre dizia algo *parecido*.

"Alex-Li *Tandem*", disse Lovelear.

Não havia ninguém cuja presença física pudesse deixar Alex mais deprimido. O cabelo de Lovelear era preto e ele tingia de loiro, ou era loiro e ele tingia de preto; quanto ao lábio superior, se existia, não estava à mostra. Não era um horror de gordo, em termos de quilos, mas os lugares onde a banha se acumulava eram estratégicos. Ele tinha barriga dos lados. A pequena cadeira desmontável onde sentava não conseguia conter tudo aquilo. Uma das muitas coisas que a televisão não mostra é o potencial da forma humana para o diverso e o pavoroso. Só isso já basta, pensou Alex, para que, com toda a razão, a tevê seja celebrada.

"Olá, Lovelear. Desculpe — atrasei."

"*Finalmente*. Guardamos um lugar para você. Dove, vai mais pra lá, cara. Isso. Então. Você está um *bagaço*. Por que esse atraso todo? Foi aquela garota, não foi? *Eu* me atrasaria, se tivesse uma garota daquelas." Aqui, Lovelear fez um Gesto Internacional obsceno. "Sim *senhor*. Mas não veio de carro?"

Alex acomodou-se entre Jason Lovelear e Ian Dove, dois homens que se consideravam amigos seus. Tirou da mochila o catálogo do leilão e abriu-o no colo. Marcou com um círculo o Lote 159 no catálogo, um despertador com certificado de origem que confirmava sua permanência em Graceland de 1965 a 1969. Ian Dove lhe passou uma espécie de raquete de madeira na qual estava impresso o número 10.

"Incrível, né?, o lance mínimo. Duas mil libras por um despertador. Não pode estar certa uma coisa dessas, pode?", murmurou Dove com a mesma entonação, sem tirar nem pôr, com que um sujeito normal teria dito a seguinte frase: *Terrível, né? E ela só tinha quarenta anos. Quarenta anos e morre atropelada por um ônibus. E a gente tinha casado ontem.*

"É, incrível."

"Sabe o que eu acho?"

"Não, Ian."

"Acho que estamos com fãs do Elvis nos telefones. É por isso que os preços estão enlouquecendo."

"Certo."

"E sabe quem eu acho que é?"

"Não, Ian."

"Acho que é gente do Jackson."

"LaToya?", indagou Alex-Li, para variar um pouco. "Ou... espere! Não me diga que é o Jermaine."

Ian Dove enrugou o rosto bondoso. E passou as mãos por seus cabelos prematuramente grisalhos. Ele trabalhava no chão de fábrica de uma indústria de plásticos perto de Gatwick. De vez em quando, a mulher o encontrava bêbado feito um gambá, dormindo todo enroscado dentro do armário em que ficava o tanque de água do aquecimento central. Não tinha condições financeiras para ser um Caçador de Autógrafos em tempo integral, mas levava aqueles leilões muito a sério, como todo mundo que ama seu hobby. Era a única criatura que Alex conhecia que invejava a vida que Alex levava.

"Não, Alex — o que eu estou dizendo..."

"Eu sei, Ian", disse Alex baixinho. "Não tem importância. É bem provável que você tenha razão. Não estou me sentindo lá muito bem hoje. Não ligue pra mim."

"Mais conhecido como *fecha essa matraca, Dove, que você já encheu o nosso saco*."

Ian envolveu seu corpo com os braços. "Perdão por ter aberto minha boca."

"*Perdão por ter aberto minha boca?*", ecoou Lovelear, de olho esbugalhado. "Isso aí por acaso é alguma frase feita? — *perdão por ter aberto minha boca*..."

Fazia dez anos que Lovelear estava na Inglaterra e ainda não tinha aprendido a gostar dela. Muitas vezes Alex se perguntava qual seria a sensação de se ver à deriva num pequeno país que parece uma paródia mirrada daquele em que nascemos — numa Lilliput.

"*Mas como eu ia dizendo*", falou Lovelear, virando-se para ele, "você perdeu alguns artigos de primeira grandeza. E olha só: nada pra amador. Ahh-não. Claro que o John Baguley levou, sei lá, tipo uns setenta por cento de toda a *memorabilia* de rock, confere? Dá pra *acreditar* no imbecil? Sabia que ele abriu mais uma loja? Em Neville Court? Virou uma espécie de

Ronald McDonald dos autógrafos agora. *Imbecil.* E o que sobrou está rolando por telefone. E aí, escuta só esta — nem bem eles começaram a leiloar uns trecos dos filmes dos anos oitenta, adivinha quem foi que apareceu?"

"Ally Sheedy", disse Alex.

"A própria. E qual é o *babaca* insensível", prosseguiu Lovelear, voltando-se para Ian, "que vira pra mim e me aconselha a comprar os troços, como se já não tivesse sido duro o suficiente terminar aquele relacionamento? Como se não me rasgasse todo por dentro ver a cara dela."

Desleal, Alex fazia o Gesto Internacional oportuno ao momento (língua na frente dos dentes de baixo; queixo repuxado, invisível sob os dedos da mão direita que lhe fazem cosquinha). Ian sorriu sem querer. Lovelear soltou uma imprecação de quatro linhas. Era uma fala de filme. Ian estremeceu. Alex desconfiava que para Ian Dove havia algo de muito especial em ser xingado por um americano no ambiente cinematográfico de uma casa de leilão (*Intriga internacional, 007 contra Octopussy*), que aquilo devia ser uma espécie de catarse para quem morava em Little Marlow, uma pequena aldeia inglesa na qual filme algum jamais fora rodado ou ambientado. Alex também se comoveu com alguma coisa. Estava tão habituado ao diálogo entre Lovelear e Dove que já não ouvia as palavras em si, apenas as vibrações, o constante zumbido dos graves. Sabia, por exemplo, o que a senhora com ar reprovador sentada logo atrás desconhecia e não teria como julgar: sabia que, por trás das palavras, feias, amadorísticas, desenrolava-se uma bela elegia que não mudava jamais. Toda conversa entre aqueles dois era, na verdade, a mesma conversa: palavras diferentes, significado igual. Uma espécie de Kaddish, de cântico religioso:

> LOVELEAR: *Eu sou americano, neste mundo e no outro, e você não, nem nunca será.*
>
> DOVE: *Você é americano, neste mundo e no outro, e eu não, nem nunca serei.*

"Deixa o Ian em paz, tá?", disse Alex, apagando as velas.

"Bom, que seja. *Inale o universo, exale amor*", disse Lovelear, fazendo o mais gói de todos os Gestos Internacionais, o sinal de abre e fecha aspas com os dedos. "Esse é meu lema. Foi isso que eu tive que dizer pro Leonard no fim."

Com a aproximação da hora do almoço, apenas Dove continuava com os dedos firmemente agarrados à sua raquete; estava hipnotizado pelas curvas premeditadas de uma jovem de azul que exibia acessórios cênicos do filme *Tommy*. Ela virava as peças para um lado, depois para o outro, para o público ver. Alex arriara na cadeira havia um tempinho. Lovelear foi ter com ele, jogou sua raquete no chão e começou a desfiar seu palavrório.

"Não adianta nada", Alex interveio, sentindo-se, em comparação com Lovelear, sereno; tornando-se, por alguns momentos, o *Mestre Zen*, papel que passava de um para o outro o tempo inteiro, durante qualquer leilão, com o único propósito de irritar a parte contrária. "Era esperado. Mundo assim mesmo. Veja Baguley. Vinte pessoas trabalhando para ele. Isso não mais negócio para um só comerciante. Não mais, faz tempo. Isso importante reconhecer. Uma vez reconhecido, superado. Floresce e murcha. Fato simples."

Lovelear esmurrou o assento vazio da frente. "Não faz muito tempo, cara, e dava pra vir aqui e comprar um Jennifer Jones por um preço razoável, correto? E não estou falando de nada pra revenda, Al, estou falando de *amor* puro e simples pela coisa."

Lovelear jamais adquirira o que fosse por puro e simples amor, e não havia um único artigo que não se pudesse comprar dele, pagando o preço certo. Por esse mesmo motivo era um sujeito raro entre seus pares: não tinha impulsos sentimentais. No ramo, corria à boca pequena que seria capaz de trocar a própria avó por dois Jimmy Durantes e um Ernest Hemingway falsificado.

"O que quero dizer é que não estou neste negócio por dinheiro. Eu sou um *fã*. Vem aqui de dentro, ó, do *coração*. Essas coisas de fato *querem dizer* alguma coisa pra mim."

Discretamente, Alex fez o Gesto Internacional de *Logo logo, se tivermos sorte, tudo neste mundo, inclusive o homem com quem falo agora, será reduzido a pó* (dentes de baixo impelidos para a frente e para cima dos de cima, lábio superior recuado até a gengiva, cabeça balançando, olhos fechados).

"Sim", disse ele. "Sem dúvida. Difícil pra todo mundo."

Lovelear fuzilou os rapazes alertas que trabalhavam para a casa de leilões. Estavam sentados acima dos participantes, em seus tablados, com seus telefones. Comprando e vendendo para estrangeiros as coisas americanas que Lovelear queria mas não tinha como pagar.

"E agora o negócio é meio que saber *o que eles vão fazer com isso tudo. Bom*, pois eu lhe digo e não quero que se sinta ofendido. A verdade, meu caro, é a seguinte: acabei de comer uns *sushi*, estou voltando pro meu gigantesco escritório, trabalho pra uma grande corporação, e tem um Gary Cooper no meu *saguão*. Mas eu nem sei quem *foi* esse Cooper — tipo assim, eu não tenho nem um pingo de *amor* por Cooper, eu sou um *imbecil* de um empresário japonês cretino que nunca viu *Matar ou morrer*. Eu sou um *japa* tipo baixinho que não consegue nem pronunciar o *nome* de Cooper. Sem querer ofender."

"Eu sou chinês."

"Certo, sem querer ofender."

"Não ofendeu, Lovelear, porque eu sou *chinês*."

"Certo, sem querer ofender."

Lovelear fez um rolinho com seu catálogo e começou a bater nos joelhos de Alex com ele. "O negócio é que, o *negócio é que* isso é *parte da minha cultura*. E é *Simplesmente! Im! Possível!* Entender boa parte desses troços todos, a menos que você seja do lugar de onde esse troço veio! Pode botar um Jimmy Stewart na sede do seu escritório da Hung Win Shan em Tóquio, ou seja lá onde for, mas você *nunca* — *nunca!* — vai ser capaz de entender o que *significa* um Jimmy Stewart. Não que eu tenha alguma coisa contra quem quer que seja, mas japa nenhum jamais vai conseguir entender de fato, lá bem no fundo da alma, o que significa um Jimmy Stewart. Sem querer ofender. Ai, santo Deus, olha só pra aquilo."

Alex seguiu a direção do dedo de Lovelear até os fundos da sala. Uma família de toscos anglo-presleyanos (de topete no cabelo e *strass* nas roupas) estava parada na porta, todos amontoados e perturbadíssimos.

"Ô-ô", disse Lovelear, "saca só. Heartbreak Hotel."

Eram residentes antigos do hotel para corações partidos. Não tinham a menor chance de arrematar nenhum dos itens de primeira linha que haviam pertencido a Elvis Presley. A filha menor com um monstruoso aparelho nos dentes e o cabelo ralinho; os dois garotos de pernas bem abertas, numa imitação de Elvis; o pai, cheio daquela dignidade pungente e inoportuna do gordo de moletom com capuz; a mulher tísica — tudo isso de algum modo mexeu com Alex. A crença inabalável.

"Deixe os caras em paz, Lovelear. Eles vieram na boa-fé. São apenas fãs. Troque de cena. Não tem nada pra ver lá."

"Ficou *cego*?"

Havia um capítulo no livro de Alex sobre o caráter gói dos fãs de Elvis, e dentro dele uma seção que tratava do lendário Ben D. Goodall, um sujeito que colecionava autógrafos de todos que haviam tido qualquer tipo de contato com Elvis, da parteira ao agente funerário (ver Diagrama [a]). Não valia um centavo, nenhum desses autógrafos. A história de Goodall é a fábula que os Caras dos Autógrafos contam uns aos outros. O objetivo é horrorizar qualquer negociante ateu, que compra para vender e tem por meta ganhar a vida com isso, pois Goodall era um homem religioso, religioso no que dizia respeito à fama. Acreditava na aura que ela cria, na luzinha metálica, barata e reflexa que a fama lança. Houve época em que Goodall e seu trabalho de toda uma vida deixavam Alex horrorizado. Agora se sentia profundamente comovido com ambos.

Uma camisa de caubói, com pedras preciosas incrustadas nos punhos, foi a leilão. A mulher soltou um suspiro. E encostou a cabeça no ombro do marido. Ele a puxou para dentro do arco de seu braço e beijou-a na têmpora esquerda. Quase como se fossem uma só pessoa, o menino e a menina viraram-se e agarraram a calça do pai e, para seu grande alarme, Alex viu o pai puxar também os filhos para si. Depois disso, pareciam a última família após o dilúvio, equilibrados num montículo de terra, vendo subir as águas e já desistindo da pomba. *De todas as coisas góis...*, pensou Alex. No entanto, nos últimos tempos ele se perguntava cada vez mais se Goodall não teria sido o mais puro Caçador de Autógrafos do planeta.

Diagrama (a)

As Dez Sefirot de Elvis

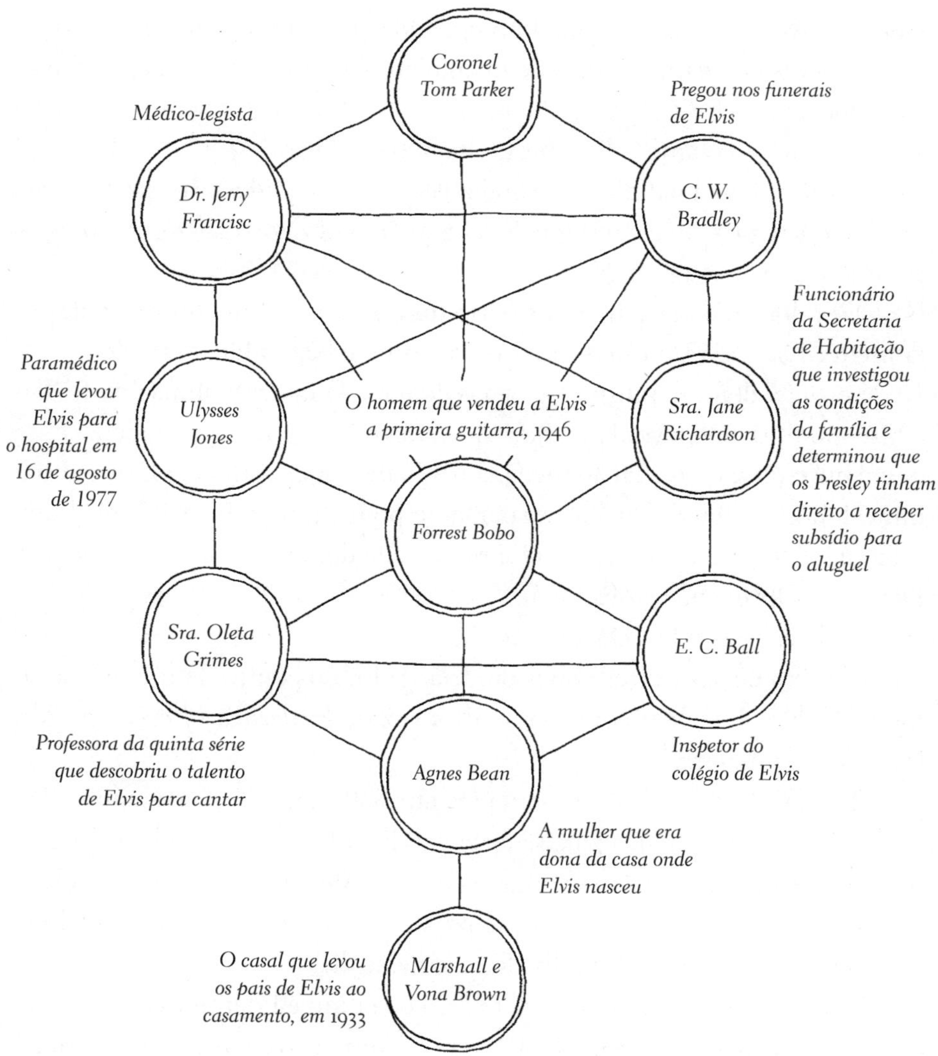

2

No intervalo para o almoço foram até um lugar italiano na esquina, o Dante, um café bem à moda antiga. Mesas com toalhas de xadrez vermelho e branco. As garrafonas de Chianti pingando cera. Lovelear não pediu comida, só três uísques e uma garrafa de Beaujolais. Desta, serviu três copos cheios até a boca.

"São duas da tarde", disse Alex, olhando o relógio.

Lovelear bateu palmas. "Ele anda! Ele ingere líquidos! Ele diz as horas! Al, será que agora você consegue fazer aquela proeza de dar o laço no sapato? Faz, vai? Só pra eu ver?"

Alex debruçou-se para mais perto de Lovelear, numa tentativa de ser discreto. "Escuta. Estou só pensando no... você sabe, no Ian, entendeu?"

Lovelear deu um murro nas costas de Ian. "O Ian está numa *boa*. O Ian é biscoito fino, não é verdade, Ian? Alex, negócio seguinte: quando a gente quer consertar o carro, vai ao mecânico, quando quer conhecer Cristo, vai a um católico, e quando quer saber o quanto pode ser ingerido em meia hora, vai a um alcoólatra. E temos uma sorte danada de ter aqui conosco hoje Ian Dove. Ian Dove é um profissional..."

"Babaca", disse Ian Dove, tristonho.

O outro dispôs os três copos em triângulo, no centro da mesa. "Cavalheiros", disse Lovelear com sua melhor voz de *Brideshead Revisited*. "Vamos ao que interessa?"

Beberam os três. Não demorou para que Kitty começasse a queimar dentro da bolsa de Alex, louca para se fazer ver. Por diversas vezes, ele quase a tirou de lá, e foi um custo se segurar. Tudo que Alex mostrava para Lovelear, Lovelear dizia que era falsificado, só para encher. Agora Alex não lhe daria essa satisfação. Não seria humilhado, não nesse dia.

Em vez disso, emborcou seu copázio de vinho e liderou os brados para que houvesse mais uma rodada. Por entre lábios arroxeados, os três rapidamente fizeram uma lista dos melhores musicais de todos os tempos, dos escândalos mais quentes de Hollywood, dos maiores elencos, dos seios mais avantajados, das cenas de nudez mais antigas, dos suicídios mais tenebrosos.

"Certo, certo, certo: cite três decapitações clássicas em Hollywood", disse Lovelear, pondo mais três uísques sobre a mesa.

O salão já balançava um pouco quando John Baguley entrou, de gravata-borboleta e tudo o mais. Foi direto para o bar, mas Alex sabia que Baguley os vira. Quanto mais sucesso Baguley tinha, maior o intervalo de tempo entre ver e dar mostras de ter visto.

"Jayne Mansfield", disse Dove.

"Ponto!", disse Lovelear.

Alex começou a cutucar a cera da garrafa que havia sobre a mesa. E se mostrasse para o Baguley? Afinal, o Baguley entendia do riscado! O Baguley poderia conferir, e seria capaz de ver a verdade! Mas a coisa teria de ser feita com a maior sutileza. Lovelear não curtia muito a idéia de que o outro pudesse entender mais que ele do riscado. *Sem falar que o melhor talvez fosse não tocar no assunto agora*, pensou Alex, com a maior cautela, sem se dar conta de que mexia os lábios, *não agora que estou meio de fogo. Podem achar que fiquei louco.* O salão chacoalhou um pouco e depois sambou diante de Alex. Um Baguley e meio pedia um sanduíche de presunto no balcão. Alex refletiu sobre a situação. Por um lado, Baguley sem sombra de dúvida entendia do riscado. Por outro, Lovelear odiava Baguley. Havia esse aspecto do riscado. Pelo terceiro lado, Ian também odiava Baguley. Baguley fazia uns trocadilhos muito ruins ao longo da linha imaginária AA (Associação de Autógrafos/Alcoólicos Anônimos). A bem da verdade, pensou Alex, eu também odeio o Baguley. Que tal isso, como quarto lado?! Meu Deus, eu odeio o Baguley. Ainda não tinha percebido o quanto! Com sua gravatinha-borboleta. Seu bigodinho fino. O desgraçado. E agora é muito provável que ele venha até nossa mesa. Com seu chapéu. Putzgrila. Quem é que ainda usa essa porcaria de chapéu hoje em dia?

"Grace Kelly?", disse Alex, levantando. Sentia-se indisposto. Tentou ver se Baguley estava pretendendo ir para os fundos do bar ou se aproximar do canto onde estavam.

"Ponto para o senhor Tandem. Os senhores Dove e Tandem têm um ponto cada. Agora o desempate."

"Não consigo pensar", gorgolejou Dove. "Bebi demais. Mas espera aí, certo. Um... *Nossa, ãn*... Montgomery Clift?"

"O Baguley vem vindo", disse Alex na hora em que Baguley vinha vindo.

"*Montgomery Clift*, Dove? Aquele acidente levou só *metade* da cara dele. Pelo que eu me lembro, ele continuava com a *cabeça* inteiraça quando terminou de fazer *Árvore da vida*..."

"Baguley, vai shentando", disse Alex na hora em que Baguley sentou. Estava muito, mas muito mais bêbado do que imaginava e esperava. Receoso, acompanhou os gestos de Baguley ao tirar e colocar o chapéu sobre a mesa, algo que dá um azar danado em certos países.

"Vocês sabem", disse Baguley bem alto, "o que eu acabei de organizar?"

"O próprio enterro?"

"Olá, Lovelear. Não, na verdade não. Um leilão beneficente. Algumas noites atrás. Vocês deviam ter ido. Nós leiloamos papéis. De romances. Percebem? Então. Você pagava um tanto e entrava para o livro desse ou daquele autor. Os tais quinze minutinhos só pra você. E eu entrei na brincadeira, claro — paguei trezentas libras. Uma escritora."

"O quê?", indagou Ian, que era, óbvio, o mais bêbado de todos. "O que ele está falando? É em inglês? *Desgraçado*."

"Olha só pra essa sua gravata, cara", disse Lovelear, tocando nela. "O que *quer dizer* essa gravata? Pra que é que ela *serve*? Significa alguma coisa?"

"O problema é que ainda não consegui decidir", disse Baguley, tentando se concentrar em Alex-Li, aquele que ele acreditava estar sóbrio, "o que eu gostaria de ser, exatamente, nele. No romance, quero dizer."

"Satanista amador?", disse Lovelear.

"Algo assim... do tipo... um desgraçado miserável, quem sabe?", sugeriu Ian, rindo muito e babando vinho pelo queixo.

"São três horas, estamos atrasados", disse Alex, sorrindo e olhando o relógio. Quase não queria ir, estava se divertindo. Certos amigos que a gente tem só são bons quando estão bêbados. Mas isso, segundo a Cabala de Alex-Li Tandem, não era de todo mau.

"Tandem... você tá atuando superbem nesse seu número das horas", disse Lovelear em brooklynês antes de passar, judiciosamente, para uma entonação alpino-natalina. "Meu rapaz, você está contratado. Nós vamos lhe pagar duas pilas por ano e espero que a gente nunca se arrependa! E agora..."

Ian fez um barulho de trombeta. Alex contribuiu com um rufar apático de tambores.

"Baguley", disse Lovelear, atirando-se para a frente, "foi um verdadeiro. Mas, *cara*... agora precisamos mesmo ir andando. Temos que ir ver *você* comprar mais algumas falsificações do *Alex*. Ah, mas é claro — este leilão está *cheio* de falsificações do Tandem. É só o que ele faz, o dia inteiro. Falsificar, falsificar, falsificar e falsificar outra vez. É por isso que a gente não dá nenhum lance. Estamos acima disso. Somos zen. Basicamente. Baguley."

Ian tentou levantar, mas cambaleou para trás. Alex riu muito pelo nariz.

"Sabe o que você devia pedir pra ela?", disse Ian, dirigindo-se a Baguley, na hora em que Baguley fazia menção de partir. "Devia pedir pra ela fazer de você o sujeito que, no livro, organiza um leilão e que, depois, compra lugar num... peraí — já sei, compra lugar num livro pra ser o personagem que organiza um leilão e que compra lugar num livro e que depois pede à escritora..."

Por essa pequena preciosidade judaica, Alex comprou mais duas *pints* para Ian.

Ao voltarem, estavam deveras bêbados, num pileque melancólico. Sob as luzes violentas, esfregaram os olhos feito crianças. O popular ator de cinema George Sanders estava indo a leilão. Três mil libras pelo bilhete suicida de 1972, no qual fizera questão de afirmar que estava entediado demais para seguir vivendo.

"Eu entendo", disse Lovelear, se espreguiçando.

"Um pássaro saiu em busca de uma gaiola", sussurrou Alex.

"*Meu Deus*. Que imbecil falou *isso*?"

"Lembra aquela cena, Lovelear", disse Ian, puxando a manga do amigo, "em A *malvada*, quando..."

"Claro", disse Lovelear, dando uma raquetada em Ian.

Sentaram-se, fizeram lances, mas não era o dia deles. Entediado, Alex olhou em volta. Uma rapaziada encorpada de uniforme azul começava a levar para o auditório as peças que seriam postas à venda no leilão seguinte. Estátuas, mesas, objetos de ouro. Era fácil esquecer, na pele de um Caçador de Autógrafos, que assinaturas num pedaço de papel ficam na rabeira daquilo que é comercializado e circula pelo planeta. Os autógrafos são um pequeno bipe no mundo dos desejos, destroços históricos. Mas olhe só para aquilo, para as grandes peças. Para os cães de ferro fundido com a melhor pata erguida à frente. Águias de bronze recolhendo as asas, se preparando para o pouso. Negros de mármore em tamanho natural, alegres e dóceis, segurando pelas patas o animal que alguém caçou. E, como uma cerca correndo em volta, muitas, inúmeras lareiras frias arrancadas de casarões e deitadas de lado, umas sobre as outras, dominós derrubados pelos deuses. E um alce. Lá mais ao fundo. Empalhado, de pé. Atrás dele, apoiado no surrado traseiro do animal, Alex viu então a figura de Brian Duchamp. Um segundo depois, Lovelear também o localizou.

"Ai, iai, *iai* — bem que eu sabia que este leilão ia piorar ainda mais. Dove, acorda, cara. Olha quem está aí."

Dove foi saindo aos poucos do torpor. "*Porra*, meu. Você acha que ele vai tentar *de novo*?"

Alex limpou os óculos no angorá.

"Xuquissim. Ele continua sendo *louco*. Quer dizer, a menos que você tenha ficado sabendo de algum fato novo que eu desconheço."

"Ei, Al, que tal eu chamar ele pra ficar com a gente?"

Alex deu um murro no lado direito do peito de Lovelear. "*Pelo amor de Deus*, eu já vejo esse cara toda quinta-feira — e pra mim basta."

"Mas quer dizer então que você não quer mesmo que ele venha pra cá?" E com a parte superior do corpo, sem levantar, Lovelear fez uma imitação aproximada de um bamboleio. "Sabe como é? Nem que ele sente assim do seu lado?" E Lovelear afundou no assento até ficar na altura em que Duchamp, com seu metro e sessenta, ficava quando sentado. "E depois enfie o carão bem pertinho da sua cara, abra a boca bem aberta e diga..." Nesse ponto, Lovelear disse *olá* da forma como um duende *cockney* teria dito e exatamente como Duchamp dizia. Não foi capaz, no entanto, de reproduzir a halitose, que era tão grave que com certeza não poderia ser reproduzida nem em laboratório.

Brian Duchamp. O homem das camisas imundas, da solidão, da barraquinha crivada de dívidas (de onde, em sua loucura, de vez em quando tentava vender para Alex coisas da própria casa: porta-papel higiênico, cúpulas de abajur), dos tênis de supermercado, dos problemas de pele, do mau hálito.

"O que ele está *fazendo*?", perguntou Lovelear.

Alex observou. "Se preparando."

De dentro da sacola, Duchamp havia tirado uma prancheta, várias canetas, alguns catálogos e diversos papéis, equilibrando tudo sobre o alce. Depois enterrara os bifocais no nariz, tendo por resultado uma tremenda e apavorante magnificação de dois loucos olhos leitosos.

"Ei-ei, olha lá", disse Ian. "Subiu o pano."

"Começamos os lances com vinte libras, vinte libras, alguém dá mais?"

O leiloeiro fez um gesto na direção de um retrato bonitinho de Jeanette MacDonald e Nelson Eddy paramentados naquilo que a Hollywood dos anos 30 imaginava que os jovens austríacos usassem na época (calções de couro, colarinhos de veludo, maria-chiquinha com arame dentro, cincerros). Houve lances de vinte, quarenta, sessenta, oitenta e, então, veio Brian Duchamp. Ele avançou, berrando: "Eu dou quarenta!".

"Desculpe, cavalheiro — está fazendo um lance?"

"Quarenta!"

"Quarenta, cavalheiro? Mas os lances já estão em oitenta libras."

"Pois eu lhe dou", disse Duchamp, um pouco mais calmo, e sobrepujado pelo que os apresentadores de noticiários gostam de chamar de "consternação geral", "quarenta *pence* e um tapa — porque é o que isso vale. Porque isso aí não é real, caramba!"

"*Brian*", disse Alex na hora em que Duchamp emparelhou com a fileira onde estavam sentados. "Brian, pelo amor de Deus, pára com isso. Vem cá. Vem pra cá, aqui, ó."

Levantando-se, agarrou Duchamp pelo braço, que o xingou feito um marujo e tropeçou; Lovelear e Ian o forçaram a sentar.

"Tandem? Eu te vejo nas quintas, hoje não. É nas quintas que a gente se vê."

Alex se admirou da capacidade que a loucura tem de não dar a mínima para o aqui e agora. Segurou as mãos trêmulas de Duchamp, pousadas sobre os joelhos, e disse: "Eles nunca mais vão deixar você entrar, Brian, se fizer isso de novo. Eles puseram você pra fora da última vez, não puseram?"

Duchamp levou um lenço até a boca e tossiu dentro dele algo indizível. Fixou suas lâmpadas tristonhas de poucos watts em Alex. "Esses malditos desses especialistas, Tandem. Mas os caras não sabem nada! Mal saíram dos malditos dos cueiros e não sabem nada de nada!"

Uma garrafa miniatura de uísque caiu do bolso de Brian e foi parar no chão. Ele se jogou para apanhá-la. Sua pele tinha um tom violáceo. Fedia que era um horror.

"Lovelear, acho que ele não está muito bem, não."

"Notícia em primeira mão."

"Acho que você não está muito bem, não, Brian", disse Alex, forçando-se a pôr a mão na testa encaroçada do pobre homem. "Acho que o mais certo seria tirar você daqui."

Duchamp, no entanto, afastou-se de repente. Durante uns instantes, rompera a concha do próprio mundo e entrara no de Alex; agora retrocedia de novo. Toda a sua atenção se concentrou no pódio.

"Lote 182", disse o leiloeiro, "é um programa de pré-estréia assinado pelo elenco do filme *Rua 42*, inclusive pela conhecida atriz de musicais Ruby Keeler..."

O leiloeiro continuou falando, assim como Duchamp. O zumbido que havia começado suave foi aumentando de volume e de tom, cada vez mais difícil de ser ignorado. Duchamp levantou. O leiloeiro aumentou seu volume: "*ALGUÉM OFERECEU DUZENTAS...*"

"Se isso daí é da Ruby eu sou o porra do Jolson, amizade."

"Cavalheiro?", inquiriu o leiloeiro. "Perdão, mas está havendo algum tipo de problema?'

"Isso não é da Ruby isso não é da Ruby isso não é da Ruby", Duchamp berrava. "ISSO NÃO É DA RUBY ISSO NÃO É DA PORRA DA RUBY. ISSO É MEU! EU QUE ASSINEI ISSO."

A segurança tinha sido finalmente chamada, mas Duchamp ainda não terminara de ser louco, e havia qualquer coisa de admirável — algo assim como uma platéia de teatro assistindo a um péssimo Rei Lear — na maneira como eles o deixaram terminar o que começara.

"EU TRABALHEI NESSA PORRA DE ESTÚDIO, ÉONOÉ? A RUBY NUNCA ASSINOU NADA! FUI EU QUE ASSINEI ESSES TROÇOS TODOS!"

Havia um fundo de razão na loucura dele, como bem sabiam todos os Caçadores de Autógrafos ali presentes. Logo depois da guerra, Duchamp fora dar com os costados em Hollywood, onde tinha trabalhado no departamento de publicidade de vários estúdios. E assinado milhares de coisas. Quando mais jovem e menos louco, Duchamp era imprescindível para os colecionadores que desejavam conferir a autenticidade de uma compra. Ele sempre sustentara que o mercado britânico estava inundado de falsificações: e tinha bons motivos para dizer isso. Mas Alex conhecia algumas formas melhores de trazer à baila o assunto, ao menos melhores do que se expor daquele jeito ao público, coisa que Duchamp, remexendo furioso na fivela do cinto, parecia disposto a fazer.

"RUBY, GRETA, MARLENE, RITA, KITTY, BETTE — ELAS NÃO SABIAM NEM LIMPAR A PRÓPRIA BUNDA. EU É QUE FAZIA TODO O TRABALHINHO SUJO DELAS."

Para o encerramento, Duchamp arriou a calça, deixando à mostra uma tela de algodão sarapintada por confrangedoras e variegadas manchas.

3

Quantas jogadas mais, se perguntou Alex depois, na saída — quer dizer, se isso fosse algo sofisticado como majongue ou xadrez —, quantas jogadas mais para ir de onde estou agora até onde Brian Duchamp está? Sim, porque o pessoal que compra os cães de bronze, as mesas de bilhar, essa gente não é assim, é? Então por que *nós* somos assim? O que há de *errado* conosco?

Quem optaria por uma vida assim? Alex estava no centro da cidade. Diante dos vidros negros e arredondados de uma loja chique de roupas, baixou os ombros, deixou as mãos caírem dos lados e fez um inventário de si mesmo. Sem amor, sem transporte, sem ambições, sem fé, sem comunidade, sem esperança de perdão ou premiação, mais uma bolsa, uma garrafa térmica, uma ressaca de ácido, outra de álcool e um autógrafo de Kitty Alexander em perfeitas condições, escrito em tinta escura, bem centralizado no meio de um cartão-postal. Olhe só para isso. Se isso é um homem. Olhe só para ele. *Nunca fui um judeu mais judeu. Abracei uma contradição perfeita, como Jó. Não tenho nada e, ao mesmo tempo, tenho tudo. E se por acaso tiver perdido o juízo,* pensou Alex-Li Tandem, *por mim tudo bem.*

Alex acreditava num Chip Divino no cérebro, em algo criado para processar e desencadear o espanto, o pasmo. Que permite a você enxergar a beleza, retirar o véu que cobre a beleza no mundo. Só que ele não é muito bem projetado. É um chip que tem lá seus problemas. Às vezes confunde um homem miúdo de uniforme e bigodinho sem-vergonha com uma imagem do infinito; às vezes, uma garota de olhos amendoados na tela do cinema com um vitral de igreja.

Talvez seja tolice ficar aqui pensando em passos, fases, *jogadas* entre mim e Duchamp, pensou Alex. Talvez eu já esteja lá.

Pois eu sou um Caçador de Autógrafos.

Sem escolhas, então, apenas isto: opções encerradas. Este é um jogo mais simples que o xadrez. Mais simples ainda que dama. É um lento e malicioso (Projetado por quem? Controlado por quem?) jogo-da-velha.

SEIS / *Hesed*

Amor • Só aquele que tem o conhecimento terá a chave • O Frango Frito Feliz • O sexo contra a morte • Fats Waller era judeu • Falando sério • O cinema contra a música • Deus precisa de nós • A mais antiga das piadas

1

"Kofi *Annan*."

"Boutros *Boutros*-Ghali."

Ao encontrar a locadora de vídeo fechada, Alex-Li deu um passo mais para a direita e tocou a campainha do apartamento de cima. Após o longo interregno de sempre, Adam surgiu na soleira, o rosto um sol perfeito de ônix rodeado por raios de trancinhas finas, bem curtas, sorrindo para o amigo. E se entregaram então ao ritual.

"Kofi, Kofi *Annan*", diz Alex, fazendo uma reverência profunda e curvando-se até a altura dos quadris. A pose é majestosa, o sotaque nigeriano. "Kofi *Annan*", ele diz. "Annan, *Annan*."

Adam se curva ainda mais. "Boutros. Boutros, Boutros-Boutros, *Boutros-Ghali*."

Alex junta as palmas das mãos, como se fosse rezar. "Ah, Kofi, Kofi, Kofi *Annan*."

"*Bem-vindo*." Adam endireita o corpo e abre novo sorriso. "Bem-vindo a minha humilde morada. Acho melhor entrar. Não se preocupe, a Esther não está."

Alex inclina e encosta a cabeça no batente. "Ads. Meu amigo. Foi como se eu tivesse entrado numa espécie de Triângulo das Bermudas do mais puro gói hoje. Juro por Deus. Me diga uma coisa."

"Fala."

"Na sua opinião, eu sou um Caçador de Autógrafos? Quer dizer, eu tenho *cara* de ser?"

"Como é que é?"

"Esquece. A ser continuado lá em cima. Vai na frente."

Não é nenhum palácio, a casa de Adam. A primeira porta da frente abre para um espaço comum de concreto, parecido com um canto de estacionamento subterrâneo, sem janela nem lâmpada e, portanto, sempre no escuro. Na parede da esquerda, uma soturna morgue em miniatura cospe pelas frestas das gavetas de aço correspondências inúteis (catálogos endereçados a ex-inquilinos, formulários para que os anarquistas do apartamento D tirem o título de eleitor, contas de eletricidade para os mortos); mais adiante, as grades de ferro da escada sustentam três bicicletas crucificadas, amarradas por correntes e cordas, numa tentativa de contradizer a crença local generalizada de que o hall de entrada de Adam é uma superloja de mountain-bikes aberta a todos, com cem por cento de crédito.

É nessa escada que Adam se torna mais lento. "Então? Presumo que esteja sentindo o cheiro..."

Alex fareja o ar. "Ah. Bom, *é*. Meio diferente, porém. *Apimentado*."

"Pois é. Também reparei. Receita nova. Mais açúcar, mais pimenta. Quer dizer então que você está *conseguindo* sentir o cheiro..." Adam pára. "Já aqui, por exemplo? Antes de entrar? Juro que não consigo mais sentir nada. Estou próximo demais da situação. O Rubinfine disse que não sentiu nada, mas acho que foi só pra me agradar. Tinha que me devolver um vídeo três dias atrás, estava atrasado, de modo que, sabe como é, era do interesse dele."

"Ads, pra ser sincero..."

Como dizer? Alex coloca as mãos nos ombros de seu melhor amigo e aplica neles uma pressão rápida e consoladora. "Sinto muito, cara, mas estou achando até *mais forte*."

"Bom, há um bom motivo pra isso..."

Solene, Adam indica a porta e leva Alex por um corredor externo comprido. Deixa cair os braços ao lado do corpo, as palmas das mãos abertas. Gesto Internacional dos vencidos.

"Cuidado com o Monstro."

"Meu. Deus. Do. Céu."

"Pois é. Blasfêmias à parte, foi mais ou menos a mesma coisa que eu senti."

Havia um novo elemento na paisagem. Não que realmente fizesse parte da *paisagem* geral. Perto demais para ser *visto* com clareza. Parecia mais algo *dentro* do qual você quase está. Mais dois passos para a esquerda e aquela bocarra poderia engolir a cabeça de qualquer um e ainda pedir bis.

"Porra, que puta cano."

"Pois é. O Monstro."

"*Adam*. Um *periscópio* colossal, tipo submarino, jogando cheiro de frango frito *para dentro da sua casa*. Isso não é *bom*."

"Não, eu *sei* que não."

"E o que você vai fazer a respeito?"

"Bom, já *está feito*, não viu?"

Agitado, Alex tira os óculos imundos e se põe a maculá-los ainda mais com uma ponta da camisa. "Não, Ads, não — esta não é uma questão zen. Quer dizer, esta não é uma questão na qual se possa aplicar o zen. Esta é uma questão de propriedade privada. Esta é uma questão de olho por olho, dente por et cétera e tal. Este é o momento para a aplicação da lei judaica. Você tem seus direitos. Você estava aqui *antes* deles."

Avançando pelo corredor externo para pegar um vaso de planta, Adam deixa que seus lábios vibrem com uma triste exalação de ar. "Bem, mas será que eu estava? Esse ponto é passível de discussão... Eu não sei, não sei mais... todos dizem, você sabe, uma coisa diferente..." Curvando-se sobre a mureta baixa, ele despeja a água da chuva e as folhas afogadas que se acumularam no vaso sobre a parte inferior do telhado do adversário. "Quer dizer, as pessoas que vêm alugar um vídeo compram frango deles e vice-versa. Eu não sei, cara. Não sei mesmo. Tipo assim, eu fui falar com eles faz um tempinho..." Ele empurra o vaso até a frente da porta. Alex se ajoelha para segurá-lo e mantê-lo firme no asfalto escorregadio. Adam sobe em cima. "... e eu até que simpatizo com a situação deles, sabia? Eles estão só tentando ganhar o pão de cada dia, como eu, já faz um tempão que têm esse negócio, e o dono ainda me vem com aquela conversa de que eu estou a fim de arruinar a vida dele, de que eu quero que os filhos dele morram de fome..."

"Adam, meus joelhos estão ficando molhados. *Por favor*, vê se entende, você não vai arruinar ninguém — ele deve ter mais umas vinte lojas espalhadas pela cidade."

"Não — espera aí — *onde é que foi parar*? Eu sei que está aqui, em algum lugar. De vez em quando escorrega pela calha, quando chove muito — *ah*!"

Adam retira a Coisa-Gancho (feita de dois cabides de arame, muitas tiras elásticas, mais a cabeça e os dentes de um garfo) de seu esconderijo na borda da calha.

"Me lembre de novo por que você..."

"Escuta só, cara, se você perdesse a chave com a freqüência que eu perco, faria a mesma coisa. Você põe o vaso de volta pra mim, por favor?"

Alex chapinha pelo corredor abraçado ao barro pesado. Volta com uma folha molhada imprensada como uma sanguessuga no pescoço. Adam introduz a Coisa-Gancho na fenda que há na porta, destinada à correspondência, e começa o processo de apalpar às cegas, em busca da chave de casa, perdida em algum canto do capacho.

Entediado, Alex espia por cima do muro para o lúgubre pátio de cimento do Frango Frito Feliz. No verão anterior, durante uma breve trégua no conflito de seis anos, até que eles tinham se divertido bastante por lá, Adam e Alex, depois de aceitar com muita cautela um convite informal (berrado lá de baixo para cima num dia escaldante: *Vocês jogam? É, é — querem tentar?*) para participar daquele jogo maluco (seria indiano?) em que todo mundo corre para um lado, depois todo mundo corre para o outro, com linhas marcadas a giz, no chão, mas sem bola nenhuma. Eles ficaram muito bons no jogo. Perderam peso, também, além de pegar um bronzeado; Alex ficou quase tão moreno e fininho quanto os rapazes de peito nu e silhueta de galgo que trabalhavam ali. É, tinha sido divertido. Mas acabara. Havia dois deles encostados nos imensos latões negros, tomando uma Coca, segurando cigarros, encarando Alex de volta, devolvendo insolência por insolência. Por impulso, Alex lhes mostrou o dedo médio e recuou mais que depressa do muro, bem quando as latas começaram a voar.

"Ads, eles estão *rindo* da sua cara. Você sabe, não sabe, que qualquer outra pessoa já teria processado esse pessoal há muito tempo? Acaba com a vida deles. Denuncia os caras pra porra do *inspetor sanitário*, isso já seria um bom começo. Você devia ir falar com o Joseph a respeito."

O rosto bondoso de Adam se contorce à passagem de um pensamento sombrio. "Quer saber de uma coisa", diz, virado para a fenda, "a única coisa que me deu nos nervos, de fato, que *realmente* destoou" — o braço permanece superestável; com todo o cuidado, e bastante concentração, ele atrai a chave para o seu lado da porta — "é que eles deram um jeito para que os caras da instalação viessem no Yom Kippur — *sabendo* que eu não estaria aqui. *Sabendo*. E eu achei que isso foi uma óbvia... *Ah! Peguei!*" Chave encontrada, porta aberta. "Mas chega desse assunto. Deprimente demais. Abre-te, sésamo. Chá?"

Tudo no apartamento de Adam sai de um único hall estreitinho. Uma saleta que é um caixote, um quarto que é um caixote, uma cozinha que também é um caixote e um banheiro que de fato é um caixote (na verdade, se você fosse *dar uma privada de presente* e quisesse um caixote para acomodá-la, você a poria ali). Sem chuveiro. Ou banheira. Sem *pia* (exceto a da cozinha). Se por acaso você tiver a imensa sorte de passar uma tarde inteira com Adam — você e ele, dois vadios preguiçosos chapados admirando a cidade —, irá usufruir, claro, das pirotecnias habituais produzidas pelo colossal intelecto de Adam (o conhecimento espantoso de tudo quanto é ninharia sobre música popular e seus curiosos companheiros de cama: os sublimes e variados *insights* judaicos). Mas também será levado a fazer uma turnê pelos serviços públicos da cidade onde Adam toma duchas e banhos de banheira. Piscinas cobertas, academias, abrigos para sem-tetos, saunas gays, conventos ("*Mentira* sua, Alex, tudo que as freiras *fazem* o dia inteiro é *sonhar* que em algum momento um rapaz malcheiroso, de preferência judeu, vai aparecer na porta delas, implorando para ser limpo"), casas de repouso, escolas.

2

A graça redentora do apartamento de Adam é a sala, composta de dois caixotes dotados de uma janela comprida, do tipo que existe nos ônibus de Londres, que toma toda uma parede. O aposento funciona de dois modos:

claro para estudar, escuro para fumar. No momento em questão, a cortina se encontrava fechada e tudo estava escuro. Achando que sua visão ainda não tinha se adaptado o suficiente, Alex acendeu outras duas velas sobre a mesinha de centro (uma tábua apoiada em tijolos). E eis que tudo continua fabuloso como sempre. O Caminho das Esferas, O Caminho das Letras. O mundo está quebrado.

Na parede que sobra, há várias prateleiras de livros, a maioria em hebraico. Acima delas, um enorme pôster em forma de cruz do conhecido músico Isaac Hayes, vestido com uma dashiki, usando óculos escuros, chamando a si próprio de MOISÉS NEGRO. Algumas fotos do conhecido músico Stevie Wonder. Uma gravura muito mal emoldurada do *Angelus Novus*, de Klee. O diretor Steven Spielberg, o conhecido cantor Michael Jackson e o alienígena de plástico E. T. sentados um no colo do outro. O artista de lutas marciais Bruce Lee com um pau *nunchuku* nas mãos. O sabichão Walter Benjamin carecendo de um pente, de um alfaiate melhorzinho e de sair da França. Um quadro de cortiça para avisos, lembretes, aforismos ("Todos os nomes e atributos são metafóricos para nós, mas não para *Ele*") e frases de orações. O mais agradável, no entender de Alex, é o canto oposto dessa mesma parede, lá no alto, perto da cornija do teto. Nove fotografias em branco e preto, formando a Cabala. Os postais são todos de gente famosa. Fazem par com os autógrafos que Adam humildemente encomenda de quando em quando. Ficaram tão bonitos lá no alto que Alex chega a perdoá-lo por suas mutilações filistinas (Adam paga um bom dinheiro por eles, *recorta* o nome do documento, compra um retrato em tamanho de cartão-postal da pessoa em questão e depois gruda o nome, com Blu-Tack, *em cima* do postal, tornando-os assim sem valor nenhum para ninguém, a não ser para ele mesmo. Ele fez isso com Kafka. *Kafka*).

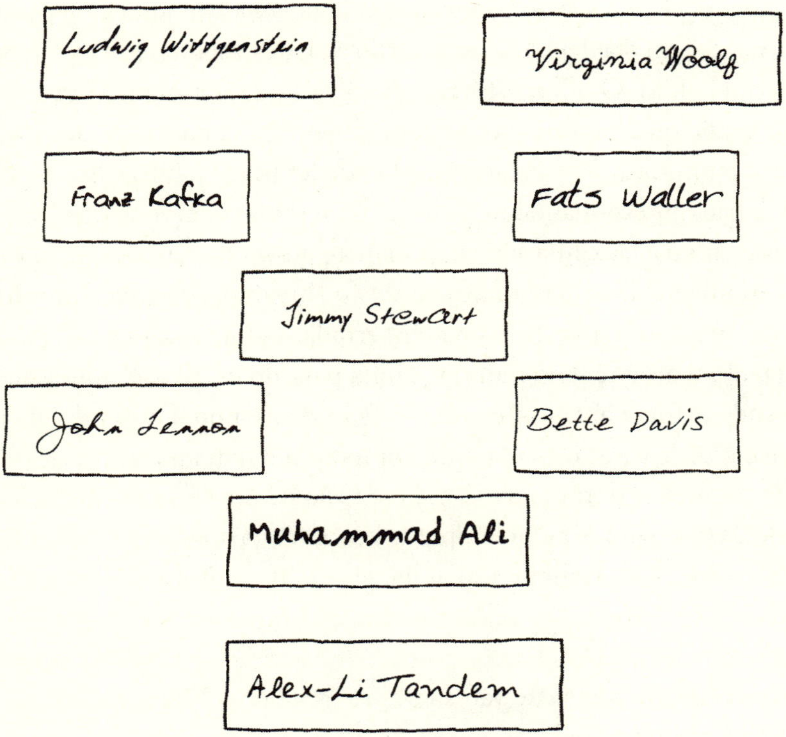

Eles representam a soma total da coleção de autógrafos de Adam, compradas ao ritmo de um por ano. A coleção parece a Alex uma das mais perfeitas que ele já viu. Pequena, desinteressada, quase toda arbitrária (a inclusão do seu autógrafo, ele imagina, é uma piada) — e com um intervalo de tempo tão grande entre uma aquisição e outra!

Se é, de fato, uma árvore, então é um bonsai. Miniaturizada, artificial, criada aos poucos. Mas com um galho faltando. Adam insiste que deveriam ser dez — uma coroa para a árvore, uma cabeça para o corpo —, no entanto já faz quase um ano que Alex não consegue tentá-lo com nada, nem astro nem esportista, nem cientista nem suicida famoso, assassinos ou assassinados, presidentes ou proletários, escritor nenhum (se bem que ele hesitou semanas a fio por causa de Philip K. Dick), lutador de luta livre nenhum. Nem judeu nem gói ("Mas por quem você acha que está esperando?" "Eu não sei. Não sei dizer. Quando eu vir, saberei, correto?").

Na altura do olhar de Alex, que está sentado, numa prateleira baixa, há uma fotografia fantástica de Esther. Empoleirada na beiradinha da pia da cozinha. Tirada um dia depois do enterro do avô, três anos antes. Foi Alex quem bateu aquela foto. O olhar está triste, mas os lábios ensaiam um sorrisinho que Alex sabe que é sexual, porque esteve dentro dela minutos depois que a imagem se imprimiu no acetato. Lembra de ter tirado a blusa dela com uma pressa danada, pressionando os dedos em seu seio esquerdo e, depois, abaixo dele, agarrando a caixinha sólida do marca-passo. Fizeram de pé, de encontro à porta da cozinha, enquanto na sala o shivah prosseguia. É muito importante que não se tire daqui a idéia errada: Esther era muito agarrada a Isaac Jacob, mais que todo mundo. Tinha passado os últimos meses no hospital, lendo a Torá para ele até ambos pegarem no sono. Esticando-se por sobre o avô até alcançar o armário de compensado, para pegar coisas que ele queria ver, cheirar, ler. Mas o sexo é o oposto da morte — era o que Esther havia declarado para Alex, ao empurrá-lo contra a parede. *O sexo é a resposta para a morte*. Eles tinham respondido.

Adam enfia a cabeça no vão da porta.

"De fruta ou normal?"

"Normal."

"Leite? Açúcar?"

"Os dois. Um montão."

"Assim vai engordar."

Alex levanta a camisa e dá uns cutucões exploratórios na dobra de carne que existe onde antes havia um umbigo. "Já engordei."

"Ônfalo obnubilado."

"Por obesidade operante. Sei, sei."

Adam dá risada e some; Alex o observa, ou o espaço onde Adam esteve. Sente um profundo amor. E também uma espécie de espanto, algo como: uga, meu, *como foi que isso aconteceu*? Bonito, inteligente, iluminado, magro — o que houve com aquele judeu negro muito esquisito e balofo dos tempos de menino? Que saltava de uma "identidade" mal assentada para outra todo verão; que foi hippie, grunge e rap, que seguiu inúmeros *raiz*ismos (Ebônicos, Repatriação, Rastafarianismo), anglofilia, americanização, afro, alisado, trançado, rapado, jeans largões, jeans apertadinhos, garotas brancas, garotas negras, garotas judias, garotas góis, conservadorismo, Conservadorismo, socialismo, anarquismo, festas, drogas, isolamento, piração, reabilitação — como foi que ele saiu de lá e veio até *aqui*? Como foi que ele ficou tão *feliz*?

Adam dirá *Deus*, claro. Exceto que ele não pronuncia Seu nome, e se você lhe pedir para escrevê-lo num papel ele vai escrever YHWH, ou, se tiver uma boa caneta por perto, יהוה. Sim, Adam dirá Deus. Já Alex se sente mais inclinado a dizer *fumo*. Alex é favorável ao argumento da *maconha*. Talvez, na verdade, esteja dividido entre os dois numa proporção de mais ou menos 60/40.

Alex recosta-se no sofá, lembra de algo e abre a sacola. Tira uma folha de papel dentre as páginas de um livro, desdobra e começa a berrar na direção da cozinha: "SEMANA PASSADA, ANTES DA CONFUSÃO, ACHEI UMA COISA ÓTIMA. AINDA ESTÁ AQUI NA MINHA MOCHILA. LISTA DE."

"DO QUÊ?"

"JUDEUS NEGROS."

"AH, É?"

"QUER DIZER, PESSOAS QUE SÃO. AUTÓGRAFOS QUE EU PODERIA CONSEGUIR. PRA COMPLETAR SUA COLEÇÃO, QUEM SABE?"

"CERTO. ALGUÉM BOM MESMO?"

"SLASH."

"SEI, NÃO... ESSE EU MANJO. É FRACO."

"CERTO — ESPERA — LENNY KRAVITZ, LISA BONET..."

"QUEM?"

"LISA BONET. EX-MULHER DELE."

"A PRONÚNCIA É BO-NÉ, CARA. FRANCESA."

"TÁ CERTO, TUDO BEM, OLHA AQUI — WHOPPI GOLDBERG, PAULA ABDUL."

"NÃO... APOSTO COMO SÃO TODAS NAÇÃO DE YAHWEH... OU ENTÃO PERTENCEM AOS GUARDIÃES DOS DEZ MANDAMENTOS..."

"A QUEM?"

"MINHA VELHA TURMA, AL, MINHA VELHA TURMA. QUE NÃO É MAIS MINHA TURMA."

Alex pensa a respeito. Depois de acabar de pensar, diz: "MAS VOCÊ NÃO TEM MUITA CARA DE QUEM TEM UMA 'TURMA' HOJE EM DIA, ADS, NÃO É MES-

MO? QUER DIZER, VOCÊ MEIO QUE PARECE ESTAR FAZENDO AS COISAS POR CONTA PRÓPRIA".

"É, XUQUISSIM."

"MAS O JUDAÍSMO NÃO É O TIPO DE COISA QUE SE POSSA *FAZER* POR CONTA PRÓPRIA, É? NÃO É A MESMA COISA QUE SER UM MARATONISTA AMADOR... OU UM PROTESTANTE."

"É O SEGUINTE", diz Adam, e Alex já começou a se arrepender de ter feito a pergunta. "EXISTEM DOIS ASPECTOS DE HASHEM, ALEX. HASHEM COMO ELE É NA MANIFESTAÇÃO E COMO ELE É EM *SI MESMO*. O PRIMEIRO FEZ UM PACTO COM O POVO JUDEU, E ELES PRECISAM TENTAR CAMINHAR JUNTOS NA DIREÇÃO DELE. ESSE É O PONTO ESSENCIAL DA COMUNIDADE. ESSE É O PONTO ESSENCIAL DO HASSIDISMO, POR EXEMPLO. MAS O SEGUNDO ASPECTO — *EIN SOF AYIN*, O QUE NÃO SE PODE CONHECER, O NADA INFINITO — ESSE SÓ PODE SER ABORDADO PELO VIAJANTE SOLITÁRIO."

"CERTO. E ESSE VIAJANTE É VOCÊ?"

"E ESSE VIAJANTE SOU EU. ALEX?"

Adam reapareceu, com dois chás e uma lata de biscoitos na dobra do braço. A expressão do rosto havia mudado. "Preciso falar com você", disse ele. "A sério."

Sentou-se ao lado de Alex, só que debruçado para a frente. Estava a própria imagem da concentração, curvo e exato, como Fats Waller ao piano. Alex se inclinou para a frente também. Agora eram dois pianistas, prontos para tocar em dueto.

"Falei com a sua mãe", disse Adam, com uma voz curiosa, cheia de cautela. Empurrou o chá de Alex na direção dele. "Faz uns dias isso — não fique bravo —, eu estava meio preocupado com você..."

"Não, tudo bem, tudo bem", disse Alex, querendo dizer justamente o oposto. "E? Como ela está?"

"Ah, ótima, ela estava ótima. Ela é sempre, você sabe... é tão repousante falar com ela. Muito zen, sempre."

"Mmm... é difícil acreditar que temos um parentesco, sabia? E ela disse alguma coisa?"

"Um... bem, você sabe, falou do Derek, das pulgas da Shoshana — eles agora estão com um filhote, pelo visto... ela me pareceu muito feliz. Se estendeu um pouco além da conta na questão das cerâmicas..."

Alex começou a desconfiar do rumo que a conversa ia tomando e não gostou nem um pouco. Como inglês, exerceu seu direito de cruzar os braços, sorrir e olhar como se estivesse apreciando de tal maneira aquilo tudo que a qualquer momento poderia explodir de felicidade.

"Pois é", disse, sorridente, atirando a cabeça para trás. "Ela faz muito isso. É só alguém tocar no assunto cerâmica que ela não pára mais de falar! Preciso dar uma ligada pra ela. Minha mãe é desse tipo — exige tão pouco que você acaba achando que está em contato constante e, quando percebe, não telefona há mais de..."

"Al", interrompeu Adam, naquele tom especial de delicadeza iminente. "Ela me lembrou da data. Na quinta-feira que vem."

"Ah. Certo."

"É dia 26."

"Mmm."

Alex pegou dois biscoitos e pôs um em cada bochecha. Fechou os olhos e ficou escutando a preleção de Adam, a mesma que ele fazia todos os anos, por volta daquela época. E apesar da regularidade anual dela, sentiu-se mais deprimido do que jamais havia se sentido antes. Ter como melhor amigo alguém religioso é contar (*resignar-se*) com a inexorabilidade de que, em determinadas datas, será fatal a ocorrência de alguma discussão constrangedora e empolada que em geral culmina num abrandamento tenso e enervante das hostilidades. Natal, Pesach, Ramadã. Você gostando ou não. O que não torna a discussão mais fácil. Para Alex e Adam, a discussão ocorria todos os anos mais ou menos perto do dia 26 de fevereiro. Em geral, durante as semanas que antecediam a data, Alex se preparava com uma contra-argumentação racional, mas dessa vez fora pego com a guarda baixa. Comeu mais três biscoitos, num silêncio moroso, antes que Adam, vendo que não estava indo a parte alguma, gemesse e desviasse o olhar.

"Mas por quê?", perguntou Alex, apertando um dedo na mesa. "Eu escuto tudo o que você me diz, escuto *mesmo*. Mas você nunca me diz de fato *por que* eu tenho que fazer isso. Que *bem* isso vai me trazer. Eu não tenho a menor pretensão de ser um cara religioso, tenho? Quer dizer, eu apareço para o Seder, meio forçado, é verdade — mas só por causa da minha mãe. Eu não *quero* ser um hipócrita. E não vejo por quê..."

"Trata-se de um ritual", Adam respondeu, severo. "Acho que os rituais são o próprio benefício."

"Certo, e eu *não*", teimou Alex. "Será que não dá pra deixarmos o assunto onde está, não?"

"Bom, estou vendo que você pretende fazer bem isso."

"Eu só... a coisa toda é tão *perversa*. Ele morreu há *quinze* anos, Ads. E nem judeu ele era. Já sei, já sei — antes que você comece —, mas eu sou. Já percorremos essa trilha antes. Vezes demais. Por favor. Vamos deixar barato."

Adam sacudiu a cabeça e esticou o braço para pegar o controle remoto. Durante um minuto, os dois assistiram, amuados, a uma bola amarela rolar com um vagar aflitivo até a caçapa.

"Olha só", disse Adam de repente, girando o corpo para o lado com renovado vigor, "você, o filho, é a expiação para o descanso dele. Será que não *entende* isso? *Assim é que o filho inocenta o pai*. Você lhe leva a paz, você o honra. E tudo que precisa fazer é ir à shul e dizer um Kaddish com dez amigos em volta. Mais nada. Todo ano eu faço e toda vez eu percebo o *valor* de..."

"Isso é *você*", retrucou Alex com firmeza, e abriu a caixinha de fumo, "não sou *eu*. Eu não quero discutir, Ads. *Por favor*. Só quero fumar um baseado, certo?"

Adam fez o Gesto Internacional para um dar de ombros judeu. E Alex fez outro de volta.

3

> **Haggadah** *(Responda Se Souber Nº 1)*
>
> **P.** Quando Alex e Adam fumam um baseado, quanto da diversão está no ato de enrolar?
>
> **R.** No livro está escrito: *Ah, uns 78%.*

Seguidor da escola tradicional. Sempre faz um filtro, uma linda espiral de cartolina — de tal sorte que o pacote de sedinha Rizla se torna um desastre arquitetônico; primeiro vão-se as laterais, depois os fundos, aí o telhado, até que não sobra nada. O enrolar é um ato elaborado, cheio de lentidão. Ah, uns 78% por cento da graça está no enrolar.

Já terminou com isso, Ads?

Não, ainda não. Só falta agora...

É pra hoje, esse baseado, Ads?

Comecei pelo lado errado da seda, tenho que...

A gente já fumou aquele lá?

Não, eu ainda não acendi.

A Alex, resta apenas sentar e esperar que aconteça. Tentativas, segundas tentativas, a melhor de cinco ("Adam, você faz isso *o dia inteiro*. Por que não pega a *manha*, cara?"). Vai até os caixotes de vinho que contêm elepês, se enfurece com o luddismo de qualquer criatura que ainda lida com vinil e agulha. Senta-se de novo e percebe que escolheu a música errada. Animada demais. Nunca se sabe, com Mr. Gaye, esse é o problema dele.

"Judeu negro, na verdade."

"Quem, o Marvin?"

"É. Não, bom, quer dizer, não do tipo que eu reconheça — tá mais pruma seita cristã com um certo fetiche hebreu. Ou vice-versa. Não me lembro dos detalhes. Li não sei onde. Em alguma coluna de fofocas, será?"

Adam espicha o rosto até uma vela e a ponta grossa do cigarro estala no fogaréu. "Mas que voz, a dele", diz. Exala magnificamente. A fumaça sai do nariz em dois arabescos enormes, como se fossem um bigode fantasma. "É como se Deus tivesse pegado o mel do Stevie para despejar sobre o cascalho."

Para Adam, o mundo é música. É algo muito peculiar dele: os filmes não lhe dizem nada. Ele vende vídeos para as pessoas do mesmo jeito que um barman abstêmio prepara bebidas, com uma curiosidade antropológica. Um filme, para ele, é um quadrilátero artificial e circunscrito — quatro paredes e nada além de Gestos Internacionais vazios lá dentro. Justamente o que leva Alex a amá-los. Dá para se *lidar* com. Ao passo que a música é antena, conectada de forma infinita, impossível. Cinema contra música. A última diversão pública que esses dois homens curtiram juntos foi uma luta livre, quinze anos atrás.

"Ele está cantando depressa demais", diz Alex, estendendo o braço, de modo prematuro, para o baseado.

Adam recosta-se no sofá. Põe os pés sobre a mesinha. "Você devia me conseguir um Sammy Davis", diz Adam, pensativo. "*Eis aí* um judeu negro. Ele abriu Las Vegas para os negros. Era um desbravador."

"Hum", diz Alex, pensando em drogas.

"Ei. Cadê o meu vídeo? *A garota de Pequim*. Cadê? É a décima vez que você aluga essa fita, desde que eu comprei pra pôr na loja. Por que você não compra de mim e pronto? Sairia mais barato."

Alex reflete sobre o assunto. "Se fosse minha", diz, com gravidade, "acho que eu não faria literalmente mais nada na vida, a não ser ficar vendo o filme."

"Só os idiotas usam a palavra 'literalmente' numa conversa", diz Adam, brincando. "Então tá certo, mas me devolve. Você está atrasado. Já me deve cinco paus nela."

"Deixa mais um pouco comigo. Acho que estou com vontade de ver de novo hoje à noite."

Adam sacode a cabeça e coloca uma das mãos na têmpora, como se na tentativa de facilitar a passagem de uma idéia. "Me diga uma coisa, o que tanto ela tem, exatamente? Não só ela. Todos eles. Não é apenas trabalho pra você, é? Nem pro Joseph. Qual é o lance, afinal?"

Alex acena de modo vago para a coleção de discos, para os caixotes que chegam até a metade da altura da sala. "Nada de mais. O que significa isso tudo, pra você?"

"Responda à minha pergunta."

Alex pega o baseado e dá uma tragada funda, até a boca do pulmão. Repete a mesma ação três vezes e fecha os olhos.

"Eu só quero saber qual é o lance", insiste Adam. "Eles são atores. E quem se importa com atores?"

"Você tem que entender", começa Alex, devagar. "Não são os *novos*. São os antigos. Não estou nem aí com os *novos*. Pouco me importa se fulano fez um paraplégico convincente. Estou cagando e andando pro nome idiota que ele tem na vida real — se era feio, se precisava mesmo ser mudado. E daí que o cara engordou vinte quilos e aprendeu a boxear? Me diga. E daí que ela morou com os chipanzés durante três meses? Me diga. Pouco se me dá se ele escalou o Everest. Não estou nem aí. Tudo isso é inútil pra mim. Não consigo ver nenhum filme feito depois de 1969. Eles me dão náuseas. Só gosto dos antigos."

"Por quê?"

"Porque... Não sei, alguma coisa assim como... Porque eles sempre interpretam a si mesmos, eles apenas desempenham uma essência de si mesmos."

"Explique."

"Olha só, quando alguém começa a criticar Hollywood... a dizer que é uma falsa religião que só adora o prazer e coisa e tal — bom, aí então, se é esse o caso, que *ao menos façam isso direito*. Correto? Pelo menos, *sejam* falsos deuses. Percebe o que estou tentando dizer? Sejam *honestos* a respeito. Meio como: *seja* Clark Gable, *seja* o deus da masculinidade. *Seja* Dietrich, a deusa do sei lá o quê, não sei direito, da promiscuidade, digamos. *Seja* Poitier, decididamente o deus de toda a dignidade pessoal. Et cétera. Se é pra ser Bogart, *seja* Bogart. Seja a *essência de Bogart*. Alguma vez você já reparou como a cabeça dele era grande para o corpo que tinha? Bogart parecia uma caricatura de *si mesmo*."

Adam franze o cenho, sem se dar por achado. "E com a Kitty — qual é a sua com ela?"

"Ela é a coisa mais linda", diz Alex, todo acanhado, "que eu já vi na vida. É isso. Sei que não significa nada pra você."

"O que eu acho é que a beleza, a beleza verdadeira, é a realização do divino na Terra. Um gramado recém-aparado. Um cânion. Uma fenda bem definida no calçamento. Você está falando apenas de sexo."

"Olha só, eu também gosto de árvores", suspira Alex. "E de montanhas. Gosto dessa coisarada toda. Só estou dizendo é que a *beleza nas mulheres* é a realização do divino na vida *humana*."

Marvin, por fim, está cantando algo adequado. Os olhos de Adam são grandes e tristes. Ele está comprimindo os maxilares. "A Esther me contou... ela me contou que, quando você bateu o carro, sua primeira providência foi verificar se ele continuava com você... não sei que nome você está dando — o *autógrafo*. O Kitty Alexander."

Alex abre a boca e torna a fechá-la.

"Alex? Me explica isso, por favor. Deusa do quê, ela é? Deve ser superimportante. Você está com a Es faz dez anos, Al. *Dez anos*."

"Isso não pode ser verdade — Ads, não me lembro de ter feito isso."

"Foi o que ela disse. E a Esther não mente nunca, como você sabe bem. Nunca mentiu na vida."

"Eu *sei*."

"Imagine se o impacto tivesse sido maior — se o marca-passo dela tivesse saído do lugar. Eu não teria como *justificar* uma coisa dessas. Não tenho como justificar você. É como se você achasse que o mundo é feito inteirinho do seu nome, de cabo a rabo."

"Mas — quer dizer, não é bem assim que *todo mundo*..."

Alex não completa a frase. Bravo, Adam se curva sobre a mesinha de centro para começar o processo de enrolar outro baseado, ainda que o primeiro não esteja nem na metade. Alex se curva ao lado dele.

"Ads."

"O quê?"

"Posso lhe perguntar uma coisa?"

"O quê?"

"Você me viu?"

"Vi você o quê?"

"Falsificando."

"Cacilda, vê se não entra nessa de novo, cara. Por favor."

"Responde."

"Certo. Não."

"E o Joseph?"

"Você tá cansado de saber o que ele disse. Disse que você entrou na cozinha e saiu de lá com ele."

Alex geme.

"É só com o que você está preocupado?", Adam indaga, espantado. "Com o nome de alguém que você nunca conheceu?"

Halachah (*Responda Se Souber* Nº 2)

P. Qual é a lei que regula o relacionamento entre um homem que está muito chapado e outro que não está tão chapado quanto o primeiro? Como devem se comportar esses dois, um em relação ao outro?

R. O que estiver menos chapado deve fazer o chá e, a certa altura, providenciar comida. O que estiver mais chapado terá o direito — durante o período em que se achar mais chapado — de dizer qual é exatamente o problema do outro.

"Vou lhe dizer exatamente qual é o problema com você", começa Adam. Seus olhos são duas laranjas raiadas de veias sanguinolentas. É tarde. As cortinas estão abertas. Alex vem tentando ir embora faz uns três anos. Flutua sobre o sofá na pose de um esquiador *cross-country*. Lá fora, um sol furioso despenca por trás do desvio da ferrovia. O vermelho está por toda parte.

"Ads, eu preciso ir andando, agora, sério mesmo. Preciso comer alguma coisa."

"Você quer saber ou não qual é o problema com você?"

"Não. Eu quero comer. Estou pra lá de chapado. Você não?"

"Estou", diz Adam. "Mas de uma forma muito lúcida." Levanta, vai até a parede oposta e, lá, coloca as mãos sobre ela, qual um curandeiro. "O mundo está quebrado, Alex."

"Ótimo."

"Quando o mundo foi criado", diz Adam, reproduzindo, com o gesto de uma das mãos, uma órbita e, com a outra, apontando para a lata de biscoitos, "Ele entrou com Sua órbita de luz; feito com as letras, Ele encheu o mundo com Ele Próprio. Mas HaShem é infinito — para poder criar seres finitos, Ele teve que se recolher, Ele teve que se *retirar*. A criação é um ato de retirada. Mas quando Ele saiu, Ele..."

"Ferrou com tudo?"

"Ele não saiu por completo. Deixou cacos de Si... salpicos de luz e... pedacinhos..."

"Pedacinhos? Um termo técnico, esse, é?"

"Pedacinhos de *essências*", diz Adam, apontando para as *sefirot*. A cabeça de Alex dói. Não está fazendo muita questão da palestra a respeito dos pedacinhos dos pedacinhos. Já escutou antes e nunca conseguiu entender. E já faz um tempo que vem sentindo algo de triste invadi-lo, disfarçado em fumaça. Talvez seja o rosto de Esther. Talvez o de Kitty. Mas não resta dúvida de que é a idéia de uma mulher, de uma maciez na qual ele poderá se enroscar. Precisa voltar para casa. Encontrar mulheres. Ligar para elas, escrever para elas. Fazer com que elas venham abraçá-lo, nem que seja só por uma hora.

Adam diz: "E nos termos mais simples em que se pode expressá-lo, o problema é o seguinte: a deidade está incompleta. Ele *precisa* de nós."

Há farelo de biscoito pelo sofá todo. A impressão que dá é que Alex esteve alimentando o móvel. A fome é tanta que ele nem tem mais paciência de mastigar os biscoitos. Quer apenas que eles se tornem parte do seu ser, que grudem nele por mágica.

"Juntar os cacos de novo?", ele pergunta, apanhando uma migalha para especular. "Esse é um trabalho e tanto, meu amigo."

"Reunir", diz Adam, "o que foi dispersado. Nós fazemos isso através das boas ações. A deidade não está acabada sem nós. Nós acrescentamos mérito à deidade com nossas boas ações. O objetivo é que *nós O recompensemos*, e não que *Ele nos recompense* — se você não sacar isso, nunca será capaz de entender Jó. Jó não faz sentido sem isso. Lembra-se de Scholem? *Um mundo sem redenção — vá explicar isso aos góim!* Os judeus curam a divindade, não o contrário. O Kaddish é o mesmo princípio. Curem o pai."

Chega. Tempo esgotado. Alex pega o amigo pelo cotovelo, no estilo Rubinfine, e se dirige para a saída. Na porta, Adam enfia um saquinho de alguma coisa na mão de Alex, para que ele leve para casa e, durante um minuto, executam o G. I. para *Um presente imerecido entre amigos*.

"Me faz um favor. Leva isto. E pense no que nós discutimos. E liga pra Esther. Ela tem uma coisa pra te dizer. Não cabe a mim fazer isso. Liga pra ela."

Com relutância, Alex guarda o saquinho dentro do bolso. "Vou pensar a respeito daquelas coisas, tá? E eu ligo pra Esther esta noite. Prometo. Tá anotado. Certo?"

"Obrigado. Muito obrigado, Al, de verdade."

"Olha, olha... mais tarde...", Alex beija o amigo na testa. "Estou indo embora e nem falamos de como vão as coisas pro seu lado. Eu ligo ou... mando um e-mail."

"Tudo bem. É tarde — eu preciso estudar. De toda maneira, estou estrelando no *seu* filme hoje, certo? Estou aqui só pelo..."

"Esclarecimento."

"Na verdade eu ia dizer entretenimento."

Adam abre a porta. A chuva cai grossa de novo. Impossível segurar dez gotinhas na mão fechada. Dá um guarda-chuva a Alex. "Al, lembra daquela coisa? De quando eu ia estudar as letras de uma piada, traduzi-la para o hebraico — permutá-las? Meditar sobre elas? Só pra ver no que ia dar? Tipo assim, a piada fundadora de todas as outras piadas?"

Alex juntou as mãos. "Só pode ser '*Cagadas acontecem*', não pode ser outra."

"Não, até pensei nessa daí, mas eu queria uma piada mais longa. Sabia que iria conseguir mais, com uma piada mais comprida. Quero ver se existem padrões na numerologia. Dá pra ser contada em seiscentas e treze palavras, por exemplo? *Isso* sim é que seria o grande *barato*. Olha só, você tem que ouvir essa piada, cara — levei semanas até escolher — vem, vamos, afinal você não tem exatamente um emprego, tem? Tem?" Adam faz, na soleira, aquela dança puladinha típica da impaciência. "Não? Sim? Eu lhe dou até permissão para usá-la no livro. Pense bem, é um ótimo negócio."

"Tá bem, mas que seja *rápido*. Estou com chuva entrando pela gola."

"Certo. É sobre o papa e o chefe dos rabinos..."

A *Piada sobre o Papa e o Chefe dos Rabinos*

Vários séculos atrás, o papa determinou que todos os judeus teriam de sair da Itália. Houve, é claro, um imenso brado de indignação por parte da comunidade judaica, de modo que o papa propôs um trato. Ele faria um debate religioso com o líder deles. Se o líder judeu vencesse o debate, seu povo receberia permissão de continuar na Itália. Se o papa ganhasse, os judeus partiriam.

A comunidade judaica se reuniu e escolheu um rabino idoso, chamado Moishe, para ser seu representante no debate. O rabino Moishe, no entanto, não sabia latim e o papa não sabia iídiche. Então, ficou decidido que seria um debate "silencioso".

No dia do grande debate, o papa e o rabino Moishe sentaram-se cada qual num lado e, durante bem um minuto, permaneceram em silêncio, até que o papa ergueu a mão e mostrou três dedos. O rabino Moishe encarou-o de volta e ergueu um dedo.

A seguir, o papa fez um movimento circular com o dedo em volta da cabeça. O rabino Moishe apontou para o chão, no local onde estava sentado. O papa então pegou uma hóstia de comunhão e um cálice de vinho. O rabino Moishe pegou uma maçã. Ao ver isso, o papa levantou e disse: “Reconheço que fui derrotado. Este homem é melhor que eu. Os judeus podem ficar”.

Mais tarde, os cardeais rodearam o papa, perguntando-lhe o que tinha acontecido. O papa disse: “Primeiro, eu ergui três dedos, para representar a Trindade. Ele respondeu erguendo um só dedo, para me lembrar que continua havendo apenas um único Deus comum a nossas duas religiões. Depois eu balancei o dedo a minha volta para lhe mostrar que Deus está por toda parte. Ele me respondeu apontando para o chão, para me mostrar que Deus está bem aqui, do nosso lado. Peguei o vinho e a hóstia para lhe mostrar que Deus nos absolve de nossos pecados. Ele pegou uma maçã para me lembrar do Pecado Original. Ele tinha uma resposta para tudo. O que eu podia fazer?”.

Enquanto isso, a comunidade judaica se reuniu em volta do rabino Moishe, perguntando o que tinha acontecido. “Bom”, disse Moishe, “primeiro ele me disse: ‘Vocês, judeus, têm três dias para sair daqui’. E eu então disse a ele: ‘Nem um único de nós vai sair daqui’. Aí então ele me diz que a cidade inteira vai ser expurgada dos judeus. Então eu disse a ele: ‘Escuta aqui, seu papa, nós, os judeus... nós vamos continuar bem aqui!’.”

“E depois, o que houve?”, perguntou uma senhora.

“Quem é que sabe?”, disse o rabino Moishe. “A gente parou para almoçar.”

“Ah, *cara*”, diz Alex, chutando a porta e limpando as lágrimas. “Ah, Ads... é por *isso* que eu te amo. Foi magnífica. Sério.”

“Não foi mesmo?”

SETE / *Gevurah*

Poder • Anita contra Grace • Impressões digitais • A vida moderna é uma porcaria solitária • Eliot era gói (e também um profeta) • Artistas contra trabalhadores • Kafka era judeu • América • O que querem as mulheres? • No cinema

1

"Olha só", disse Alex à sua vizinha de baixo, Anita Chang. "Não estou discordando de você. A gata é minha, a responsabilidade é minha. Mas não posso controlar tudo o que a Grace faz. Ela na verdade é dona dos próprios atos."

Anita Chang mordeu a parte interna da bochecha, o que deu àquele rostinho adorável um ar meio gelado. Nesse fim de dia, ela parecia toda retorcida e disforme. Por que um dos ombros erguido naquela altura, e os braços cruzados num ângulo tão esquisito, tão apertadinhos, e o tornozelo esquerdo inclinado, meio de banda — por que o salto alto dela atacava o capacho?

"Isso é um gato", disse Anita, a boca tão rápida quanto o obturador de uma câmera, "não gente."

Um novelo comprido e basicamente boa-praça de lã branca se enroscou em volta do tornozelo tranqüilo de Anita, especulou a respeito do outro, percebeu o perigo e se enfiou atrás de Alex, na soleira da porta. Ele se ajoelhou e apanhou Grace nos braços. "Certo. Gato."

"E eu não quero a sua gata", disse Anita, piscando muito rápido, "na minha casa. Nunca mais."

"Combi-*nado*", disse Alex, bem devagar. "*Como. Você. Quiser.*"

Tentou dar um beijo no focinho de Grace, como se para selar o pacto, mas Grace virou a cabeça de lado, baixou as orelhas e lançou para Anita um olhar diabólico.

"E também não quero", continuou Anita, batendo com o rolinho que fizera do seu vespertino no parapeito da janela da cozinha de Alex, "voltar para casa e encontrar sujeira da sua gata, nunca mais."

Ao dizer isso, o caderno cor-de-rosa com as notícias financeiras escapuliu do jornal e aterrissou no chão, entre os dois. Dentro da saia profissional (Mas qual seria a profissão? Alex sempre tivera um receio danado de perguntar), ela se curvou de maneira profissional e enfiou o caderno de volta no corpo principal do jornal, mantendo as dobras originais. Ela era fantástica. Ah, *Anita*!

"Mas o que eu não quero *mesmo*", continuou ela, abrindo sua pasta e estendendo para Alex uma folha de papel, "é ser tratada como uma idiota, além de tudo o mais. Você pode achar que este contrato é uma piada, mas eu levei um certo tempo para redigi-lo, com o intuito, justamente, de resolver esse problema, e todos os demais moradores do prédio já assinaram. Apartamentos B, C, D e o meu. Só sobrou você. O que eu acho é que se todos nós respeitarmos determinadas regras, referentes a animais de estimação, então ninguém precisará perder aquilo de que gosta. Portanto. Por favor, assine direito."

"Assinar...?"

"Eu coloquei isto aqui debaixo da sua porta *três semanas atrás*, com um bilhete explicando que havia uma certa urgência, e, depois de um tempão, você enfia debaixo da minha porta um negócio destes? Eu não acho", disse Anita, sublinhando com uma unha perolada uma seqüência de rabiscos estranhos — uma mesa, dois duendes cabeludos, uma outra mesa do lado, um graveto quebrado — "muita graça neste tipo de coisa. Por favor, corrija e enfie debaixo da minha porta."

Grace estendeu uma pata de reconciliação, mas Anita já tinha virado as costas.

Num único movimento econômico, Alex fechou a porta da frente, tirou os sapatos, depois a calça, pegou Grace com a parte dianteira do pé e, de leve, chutou-a para dentro da cozinha.

"Não *entendo* por quê", ele disse, em resposta a um miado interrogativo. "Não entendo o que ela tem contra nós. Nós gostamos *dela*."

Grace saltou para o balcão da cozinha, onde Alex se preparava para esquentar uma lata de sopa. Ela enfiou o lado errado de si mesma no rosto dele.

"Bom, *eu* gosto dela. Você sempre foi meio esquisita com as mulheres."

Anita Chang substituíra Roy (muito simpático, obeso) dois anos antes. Ao ouvir seu nome numa reunião de condôminos — mesmo sem nunca ter posto os olhos nela —, Alex ficara animado. Como um adolescente, fez compras: calça nova, chaleira chique, tapeçaria chinesa de parede, livros imponentes. Quando a van da mudança encostou na porta, ele redigiu resmas de ficção sem tinta, hipóteses fantásticas: xícaras de açúcar, emprestadas e devolvidas, *Bom, já que estamos ambos à toa, sem nada pra fazer esta noite*; sinergia oriental; maneiras delicadas de dar a notícia a Esther...

Porém as coisas não tinham saído bem dessa forma. Anita não era sentimental como ele, nem estava interessada em compartilhamento de raças, coincidências, ou coincidência racial compartilhada. (Exato, é isso mesmo. Ambos do Ano do Cachorro. Isso é lá motivo para comemorações? Vamos abrir uma lata de Pedigree, então?") Às vezes dava de cara com o namorado, um sul-africano robusto que tinha o hábito encantador de perguntar alguma coisa e depois olhar para o outro lado. Assim é a vida.

Discordando do cheiro acre que saía do fogão, e enojada, Grace fez questão absoluta de deixar a cozinha (rabo empinado, uma última olhada de comiseração), mas um minuto mais tarde já tinha mudado de idéia e passeava, furtivamente, de lá para cá na frente do armário onde ficava a comida para gato. Existem muitos gatos judeus neste mundo: a simpática e sombria Shoshana, a gata rajada de sua mãe, tinha filhotes toda hora. Ele poderia ter ficado com um. Que perversidade, então, o fazia viver com aquela bola de lã gói tão mal-humorada?

Purr-quisa, disse Grace, quer dizer, mais ou menos, enquanto lavava a cara.

Exato, pesquisa. E a pesquisa se transformara em amor. Alex pegou duas tigelinhas do armário, despejou a gororoba de Grace numa delas e sua sopa na outra. A dele era medicinal e nojenta. A dela também. Três semanas antes, Grace jazia com uma sonda de gato em algum tipo de hospital para gato com suspeita de AIDS de gato. *Não* AIDS de gato, no fim das contas. Uma outra coisa qualquer. Ele nunca viu a sonda de gato, mas o veterinário lhe assegurara que tinha sido usada. Ele imaginava o leito minúsculo, o tubo minúsculo, a bolsa minúscula. Trezentas libras, foi o que ele pagou pelo tratamento. Vinte libras pela gororoba de gato. Quinze libras pela própria gororoba. A gororoba de Grace provocava efeitos colaterais. Soltava os intestinos e a levava a vomitar, de vez em quando dentro do apartamento de Anita (ela entrava pela janela) ou então diante da porta da moça, como encomenda deixada pelo carteiro na ausência do morador. Sobre esse mesmo assunto, Alex havia escrito certa vez: *A medicina se encontra em seu mais puro estado gói quando os sintomas da doença e os efeitos colaterais causados pelos remédios receitados para combater tais sintomas se misturam.* Os efeitos colaterais da gororoba de Alex pareciam ser confusão mental, depressão, esquecimento, raiva, choro, violência, sentimentos de inutilidade, medo das mulheres e dores musculares. O remédio em si tinha por objetivo evitar que fosse ativado aquilo que ele acreditava ser sua bomba-relógio genética, seu gene do câncer. Dois góis que eles eram — Grace e seu dono — tentando afugentar o inevitável.

Uga, disse Alex ao despejar um pouco da gororoba de Grace na própria tigela.

Nháaau, disse Grace, *nhãuu-nháau.*

Ninguém falou nada a respeito da condição de morar sozinho. Nem sobre o que isso provoca nos que moram sozinhos. Do lado de fora, um outro homem que morava sozinho no mesmo prédio deu uma batidinha simpática na janela de Alex, mas não parou. Até Alex erguer a mão para acenar, ele já tinha sumido. Devagar, Alex repôs a mão sobre o balcão. Um barulho preciso de algo sendo cortado, feito uma guilhotina, lhe disse que o contrato de Anita Chang tinha acabado de se aninhar na fresta da largura de um fio de cabelo que havia entre a máquina de lavar roupa e o fogão. Ele se curvou sobre a fresta. Dava para ver o papel lá embaixo. Havia um *mundo* inteiro de nojeiras lá embaixo. *Olá*. Ele também pôde sentir...

Alex deu um salto para desligar o gás e continuar vivo. Encostou-se no balcão, sem fôlego. Pensou no outro resultado, caso não tivesse feito o que fez (você mora sozinho, acende um cigarro, BUM! Uma espécie de tragédia moderna). Em seguida repôs a tampa sobre a sopa fervida e depositou no lixo, debaixo da pia, a lata vazia de gororoba de gato. Passou um pano nas superfícies, na frente da máquina de lavar roupa, nas beiradas das prateleiras. Pegou uma esponja e com ela tirou a meleca de mais de uma semana acumulada na geladeira. Varreu algo para um outro lugar onde não poderia ser visto. Ajoelhou-se no chão para tirar um pelote de cera vermelha de uma lajota. Depois que a maior parte foi removida, arrumou uma faca de queijo e trabalhou nos rejuntes. Grace vagabundeava por perto e sagrou-o cavaleiro com a cauda. Uma vez. Duas vezes. Na terceira, ele a agarrou pela cabeça, examinou seus dentes e limpou-os com a ponta da chave de casa. Satisfeito, levantou-se do chão. Apagou a luz, depois tornou a acendê-la. O outro homem que morava sozinho havia deixado duas impressões digitais na sua janela, visíveis de onde estava. Faziam lembrar assassinatos, álibis.

2

No quarto, Alex sentou à escrivaninha e pôs Grace no colo. Coçou a gata atrás da orelha e ligou sua caixinha de macetes.

Ueialala leia fazia a música.

Alex tamborilou os dedos, esperando — Quinze segundos, apenas, mas parece *tanto tempo*...

(Ensine-nos a cuidar e a não cuidar... Ensine-nos a ficar parados)

Ualala leialala

Um mês antes, mais ou menos, enquanto Alex tomava um drinque num bar, um sujeito que se dizia artista projetou essa interface mundialmente famosa, essa janela, com sua tilintada musiquinha de abertura, na parede. Seguiram-se outras tolices, mas nada que superasse o efeito da primeira. Por alguns momentos, todo mundo no bar foi lembrado, *obrigado* a lembrar, do trabalho não concluído. Documentos por terminar. Cartas abandonadas no meio. A paciência interrompida que fica em casa, à espera de que Alex-Li e sua geração inteira voltem e terminem de jogar (e de perder).

Ualala leialala.
la la

Devagar, a janela de Alex ganha vida. Ela foi projetada, e ele sabe disso, para pôr uma ordem em seus pensamentos e proteger seu espaço. Pensando nisso, Alex toca a ponta dos dedos no plasma (arco-íris concêntricos!) e se sente um tanto orgulhoso de ver o sucesso com que abortou tais intenções. Ícones sobrepostos, amontoados sobre o papel de parede (a cantora Madonna, nua, pedindo carona com o dedo), espremidos nos cantos da tela. Todos os arquivos batizados com a maior incompetência: OUm, OUm2, Alex1, AlexLi2, AlTandem4, Alexi3, Tandemimportante. Ele tem um arquivo chamado NMRTLFNRUBINFINE, que contém o número do telefone de Rubinfine e nada mais. O importante, ele acha, é não deixar que essas interfaces tenham o poder, não *todo* o poder.

E então Alex abre uma pasta chamada CRTSKITTY, a única prova dos milhares de palavras escritas por ele no decorrer dos anos.

As Cartas para Kitty. Elas começam a vida no padrão habitual que todo Caçador de Autógrafos segue. São cartas de fã e, ao mesmo tempo, pedidos de autógrafo. Levam consigo envelopes previamente selados com o nome e o endereço do remetente, uma folha com fatos interessantes a respeito do autor da missiva e fotografias dela em papel cuchê.

Uma amostra das que foram escritas no período em que Alex-Li tinha apenas quinze anos:

Alex-Li Tandem
Humboldt Avenue. 37A
Mountjoy
Londres N23

Prezada senhorita Alexander,

Sou seu maior fã. Se por acaso existe uma visão mais linda do que a sua no filme A garota de Pequim, *eu ainda não vi! Como ávido Caçador de Autógrafos, sendo eu próprio mestiço de chinês, e interessado em cinema, sua assinatura ocuparia lugar de honra na minha coleção. Sou o tipo de pessoa que vê um autógrafo como um documento histórico, e qualquer museu de cinema estará desfalcado se não a tiver em seu acervo. Espero e rezo para que encontre um tempo para assinar esta foto para mim e devolvê-la no envelope selado que segue incluso.*

Continuo sempre seu dedicado admirador,
Alex-Li Tandem
P. S. *Que você apodreça nos infernos, Krauser.*

Max Krauser era o presidente do fã-clube KAAA (Kitty Alexander Association of America) e, conseqüentemente, o arqui-rival de Alex. Krauser era o responsável, na visão de Alex, pela não-divulgação do verdadeiro, e único, endereço postal. Krauser é que lhe mandava, vez por outra, aquelas humilhantes cartas padronizadas que começam com a frase odiosa *agradecemos o interesse manifestado*. Krauser era a Muralha de Jericó que separava Alex daquilo que ele queria, fato que não teria importância se a trombeta dele funcionasse.

Alguns meses depois de seu décimo sétimo aniversário, desesperado com o silêncio de Nova York, Alex mudou de tática. Chegou à conclusão de que as dicas para quem quer obter uma assinatura estavam equivocadas ao aconselhar um Caçador de Autógrafos a

> *falar de forma interessante sobre si mesmo, mostrando que você é mais do que apenas um simples fã, mais do que um mero integrante do populaxo* [sic] *... e deixando claro à celebridade de sua escolha que ela está diante de um indivíduo único!*
>
> A *Aventura Autográfica*, nº 197

Para Kitty, lógico, ele era apenas mais um. Um belo dia, escreveu a seguinte frase numa carta que não tinha mais que três: *Daqui por diante, vou passar a lhe contar coisas a respeito de você* <u>*mesma*</u>. E é isso que ele está prestes a começar a fazer, no momento, nesse novo documento que abriu. A mesma coisa que vem fazendo há dez anos. São centenas e mais centenas de cartas, e nunca nenhuma foi respondida.

Querida Kitty,

Ela entra na loja e se assusta com a idade do menino que a serve. Nem mesmo os nós dos dedos dele têm rugas. Ele deveria estar na escola, ela pensa.

Com carinho,
Alex-Li Tandem

Querida Kitty,

Sentada num banco de jardim, num parque público, ela repara num homem da sua idade que se dobra sobre si mesmo, como que passando por uma crise de dor. Ela fica assustada (Como ajudar? O que fazer?), mas em seguida se vê libertada da necessidade de tomar uma decisão: ele só se curvou para pegar uma moeda no chão. Ela sente um alívio furtivo e lembra da velha piada zen: Não faça nada! Fique quieto!

Com carinho,
Alex-Li Tandem

Querida Kitty,

Viajando atrás de um jovem, num ônibus, ela se descobre olhando fixo para o pescoço dele. O impulso de tocá-lo é quase incontrolável! E então ele coça o pescoço, como se soubesse.

Com carinho,
Alex-Li Tandem

Querida Kitty,

Ela visita uma região da cidade recheada de lojas de roupas usadas. Sorri feito boba numa padaria, incapaz de reprimir o pensamento de que todos, ali, estão usando a roupa dos outros.

Com carinho,
Alex-Li Tandem

Com o passar dos anos, aprendeu que algumas dessas cartas lhe vêm de forma instantânea, ao passo que outras levam mais tempo para sair. Hoje, com a página falsa em branco acesa diante dele, não sabe como agradecer.

Curva-se até o chão, para pegar a bolsa, e tira de lá de dentro o autógrafo. Coloca-o encostado à tela. E então as palavras lhe vêm sem o menor esforço.

Querida Kitty,

Alguém comenta com ela, durante uma festa em família (alguém que ela detesta), que seu jeito de cruzar as pernas é idêntico ao de seu pai. Ela diz que não, mas quando olha para baixo vê por si mesma que é verdade. Segundos depois, lembra de quando brincava de cavalinho na bota do pai. Sorrindo, balança a própria bota para cima e para baixo.

Com carinho e um muito obrigado
Alex-Li Tandem
(Seu maior fã)

3

Feita a Carta de Kitty, Alex aperta um botão e a caixinha de macetes começa a cantar. Com seus guinchos. Com seu *chuque-chuque*. Com sua música babaca. Em poucos segundos, ele estará conectado com o mundo. O mundo! Qualquer dia desses vai aproveitar esse recurso incrível. Vai descobrir tudo a respeito da antiga Babilônia e aprender estoniano comercial. Vai saber como fazer uma bomba. Qualquer dia desses. Por enquanto, pretende ir direto para seu cantinho no mundo, uma sala imaginária de leilão, onde confere diariamente o progresso de artigos que pôs à venda. Esse é seu objetivo — está muito sério, decidido mesmo. Afinal, esse é seu negócio verdadeiro, seu ganha-pão. E ele não se deixará, *em hipótese alguma*, tentar por aquela mulher simpática e desastrada, que perde o biquíni a todo momento, e que lhe faz um sinal de vem-cá no canto da tela...

Olha, são só cinco minutinhos, Alex diz a Grace, que aquiesce com um meneio de cabeça. Ela ronrona. Ele clica. A página abre. Grace passa de leve a pata numa lista de e-fêmeas, gente de plástico, as velhas, as grávidas, as estuporadas, as ginecológicas incansáveis, as retorcidas e as reprimidas. Pobre Alex; tudo o que ele queria, na verdade, era ver duas pessoas jovens, nuas, juntas. Lá no pé da tela, achou algo que iria quebrar o galho. Desabotoou-se e esperou. Grace lhe deu um olhar de superioridade. Ela desaprovava. Ele também — mas que opções tinha? Estava solitário. Em antecipação, os músculos de seu braço direito se flexionaram. *Vamos logo*, ele sussurrou, e uma fêmea saltou de seus joelhos e se enfiou debaixo da cama. A outra puxou um sujeito estranho, barrigudo, para si, e abriu as pernas.

Ualala leialala, gritou a mulher depois de um tempinho, *Ah, amor*!

Uga, disse Alex, depois de um tempinho, *Ah, isso. Uuuga*.

Em seis minutos, estava tudo acabado. Um segundo após o êxtase veio a transformação. Era só um animal sem pêlos apunhalando a ferida aberta de um outro. E depois se foi, como se jamais tivesse sido. Lenços de papel no cesto, Grace reinstalada, cigarrinho enrolado. De volta aos negócios.

No leilão, rápido e ágil, Alex aumentou o preço dos próprios artigos com lances falsos e depois correu para arrematar um Mickey Carroll, um dos Munchkins originais do filme de 1939. Pretendia vender esse autógrafo para a mulher de Rubinfine, Rebecca, que nos últimos tempos desenvolvera um interesse acentuado pelo caráter restrito do crescimento de certas pessoas. Os súbitos anseios caridosos de Rebecca representavam um bom mercado para Alex. Tinha vendido três cartas de Helen Keller para ela, durante o mês em que Rebecca angariou fundos para os surdos-mudos. Quando se envolveu com os sofrimentos dos norte-americanos nativos, ela lhe tirou das costas o peso de um chefe nativo caríssimo. E quando o pai de Rebecca morreu, Alex aproveitou a oportunidade para se desvencilhar de sua coleção inteira de *judaica*, vendeu *tudo* para ela: estadistas israelenses, humoristas judeus, cartões-postais de sinagogas, atores, inventores. E ela obrigava Rubinfine a pagar em dinheiro vivo por tudo. Sim, o ofício tinha lá seus pequenos prazeres, para quem se desse ao trabalho de descobri-los.

"Fique de olho nas coisas por aqui", resmungou Alex, deixando Grace em sua cadeira enquanto ia ao banheiro. Quando voltou, viu que Grace havia supervisionado, com sucesso, a venda de um Dick Powell, um Carole Lombard e um Gary Cooper. Mil libras pelo lote. Esse era o problema. Fácil demais. Toda vez que pensava na possibilidade de se empregar em algo mais proveitoso, era forçado a encarar a equação dinheiro/tempo/trabalho, muito conhecida de todos os que fazem strip-tease: em que outra profissão se ganha tanto dinheiro em tão pouco tempo com tamanha facilidade? Fazia já um bom tempo que confrontara essa opção horrenda, muito apreciada por sua geração:

1. Ser um artista faminto, porém feliz.
2. Ser um profissional rico, porém deprimido.

Alex optara pelo menos trilhado terceiro caminho do gênio ignorado, cujo princípio é o seguinte: basicamente, o mundo não gosta de gênios. Resumindo, o mundo tenta sufocar os gênios. Se o mundo quisesse gênios, teria cedido a Alex um minuto (apenas um minuto!) para abrir o arquivo chamado LIVROOUM.doc, após o que ele começaria a trabalhar. E não teria lhe permitido fazer mais nada a não ser trabalhar em *O judeu e o gói* e passar fome durante o processo. Mas não. O que o mundo queria, *exigia*, é que ele respondesse àqueles recados que piscavam, enviados pelos emocionalmente tolhidos. E assim ele fez. Garantiu a Jeff Shinestein, de Hoboken, New Jersey, que o Mata Hari dele estava no correio. Acalmou o furioso Jim Streve, de South Bend, Indiana, explicando uma vez mais que seu Gina Lollobrigida era o verdadeiro McCoy. Fez um acordo de cavalheiros com o texano Jim Eggerton: Veronica Lake e Viveca Lindfors em troca de Jean Simmons, Alain Delon e Lassie.

Disparando mensagens mal-humoradas (se ao menos o correio de verdade fosse assim tão rápido, tão sensacionalmente *satisfatório*), Alex refletiu sobre a infeliz condição do pobre Franz Kafka. O dia inteiro enfiado naquele escritório, desenhando a mão mutilada de estranhos, de vítimas de acidentes do trabalho. Seu gênio ignorado por tanto tempo. Sufocado pelos colegas. Ridicularizado pelos amigos e pela família. Quase na mesma hora, Alex se sentiu melhor. Sim, sempre havia *Kafka*. Alex achava muito reconfortantes os exemplos de gênios ignorados fornecidos pela história.

Concluídos os negócios, Alex imprimiu a Carta de Kitty da semana e colocou-a num bonito envelope cor-de-rosa. Virando-se de volta para a tela, deu uma conferida rápida na correspondência particular. Um e-mail maravilhoso e analfabeto em questões tecnológicas enviado pela mãe perguntava se ele tinha recebido o último “telegrama” dela. Joseph tinha mandado algumas piadas sem graça sobre gente que trabalha em televendas. O que mais? Propaganda, pornografia, tolices descartáveis.

Alex fez uma careta ao ver um Juízo Postal. Não passava um dia que não houvesse um. Esse era de Boot. Boot era uma moça. Trabalhava como assistente no Empório de Autógrafos de Cotterell, na Neville Court, uma viela calçada de paralelepípedos no centro, na parte mais antiga da cidade. Era uma loja fina, dirigida por um nobre já de idade, Sir Edward Cotterell — só que ninguém ali dentro sacava do negócio. Uma vez por semana, às quintas-feiras, Alex comparecia ao estabelecimento e embolsava trezentas libras para, em troca, dizer a eles o que era verdadeiro e o que era falso. Depois percorria o curto trajeto até Chinatown, para comprar remédios. Mas em três ocasiões, no ano anterior, em vez de ir ver o dr. Huang tinha ido fazer sexo fino com Boot durante a fina (e longuíssima) hora de almoço dela. Ah, Boot era fina (e *linda*). Mas Boot tinha ajudado a embaralhar as idéias de Alex no que dizia respeito a Esther. Ele estava fugindo da mocinha fina. Fugia havia três meses já. Portanto, por que me mandar um e-mail, Boot?

Assunto: Imagino que esteja se perguntando por que estou mandando um e-mail a você.

Bem, você deve passar na loja amanhã e Cotterell EXIJE que eu esteja lá amanhã e não vai dar para escapolir dessa e eu também não estou nem aí com a situassão, certo? Portanto não banque o extranho. Ou tente ser um pouco menos extranho que de ábito.

Isso é tudo.
Bj
Boot

P. S.: Sei que você anda me evitando e eu não estou nem aí.
P. P. S.: Cortei meu cabelo todinho. com ele se foi minha MOCIDADE, pelo visto. Por favor, não comente nada quando me vir.

Difícil evitar. Alex tinha lá seus fetiches de gói, e um deles era se embasbacar diante de alguém tão fino que não dava a mínima importância para constrangimentos. Ou para a *ortografia*.

Bem no momento em que está para fechar tudo, Alex percebe um e-mail piscando num canto. O assunto é AMÉRICA. O conteúdo parece ser a confirmação oficial das duas passagens que reservou para Nova York: um vôo noturno na sexta-feira. Retornando na terça. Ele não tem a menor lembrança de ter feito a reserva desses vôos. Na aflição, fuma três cigarros de ponta a ponta. Revira o quarto, à procura da agenda. Do mês de fevereiro sai voando um folheto.

Ah. Sim. Não. Certo. A Feira Autograficana, uma grande festa anual. Caçadores de Autógrafos do planeta inteiro compareciam para exibir seus produtos. Celebridades da vida real também davam o ar da graça, como astros convidados, em troca de dinheiro. No ano anterior, em Washington, as estrelas convidadas tinham sido Tom Ferebee e Paul Tibbets, dois dos homens que derrubaram a bomba sobre Hiroshima. A feira desse ano seria em Nova York. Astros convidados ainda por anunciar. A idéia era fazer uma surpresa para Esther e ganhar algum dinheiro de quebra — esse tinha sido o plano. Mas não era já no *próximo* sábado? E onde, exatamente, iria acontecer? E quem eram seus contatos, por lá? Teria providenciado um estande para expor suas coisas? Como cancelar o bilhete de Esther? Quer dizer então que ácido de boa qualidade causa de fato perda da memória recente?

Alex começa a enviar e-mails sobre essas questões para várias pessoas, todas norte-americanas. Espera até que elas respondam de volta. Enquanto espera, visita um site médico, faz um autodiagnóstico e constata uma rara doença no sangue e (a probabilidade é altíssima) um câncer linfático em fase inicial. Fuma mais um desesperançado cigarro.

Os americanos são tão eficientes. Lá vêm as respostas, com a ortografia correta e direto ao ponto. Honey Richardson, uma senhora de Nova York, dona de uma coleção respeitável, lhe escreve para dizer que claro que será nesse sábado, e que os dois podem se encontrar para negociar só os dois, depois do encerramento, na esquina de algo com algo — uma daquelas coordenadas de cinema. Don Keely, o organizador da Autograficana, diz que não tem registro de nenhuma reserva feita em nome de Alex para um estande e que agora é tarde demais, amigão. Tarde demais. A senhorita Alice McIntyre, da American Airlines, diz que é rigorosamente impossível restituir o valor pago pelos bilhetes. Rigorosamente impossível restituir o valor pago, pergunta Alex? Rigorosamente impossível restituir o valor pago, responde Alice. E no caso, pergunta Alex, de eu vender o bilhete para um amigo, dá para mudar o nome que consta do bilhete? Rigorosamente impossível restituir o valor pago e/ou trocar o nome constante do bilhete, diz Alice. E eu imagino, diz Alex, que uma outra data...? Rigorosamente introcável, diz Alice. *Introcável*, repete Alex, *ora ora, isso não é rigorosamente uma palavra, Alice.* Rigorosamente, começa Alice...

Alex, no entanto, desliga na cara de Alice e liga para Esther.

"*Esther*", ele diz, "espere. Me dá um minuto."

"Seu tempo está esgotado, Alex. Essa é que é a questão. Nem mesmo um minuto."

Ele nunca ouviu a voz dela sair assim tão dura.

"Espera, Es, espera. Por favor?"

Ela não diz não. Mas não desliga.

"Como tem passado, Es?"

"Estou uma bosta. E você?"

"É, não muito legal. Como vai seu dedo?"

"Continua quebrado. Rígido. Parece que eu passo o tempo inteiro mandando todo mundo pra aquele lugar. Escuta — o que você quer, Al?"

"Nada. Estou com saudade de você."

Ela não fala. Mas não desliga.

"Eu queria explicar, Es — sobre aquela noite, e o troço, você sabe, com o autógrafo. Acho que eu não devia ter ficado tão nervoso a respeito..."

Alex não chegou a terminar a frase. Pelo visto, não era essa a questão. A questão, sob a ótica de Esther, não era singular, não era um único incidente. Era enorme, amorfa. Era como um gás venenoso que ela estivesse inalando. O problema, segundo ela, era tudo. Alex enrolou um cigarro e escutou, enquanto ela desfiava o cuidadoso discurso dos relacionamentos modernos — um tempo pra pensar, reavaliar, minhas necessidades, suas necessidades. Ele tinha toda a intenção de acompanhá-la, mas se deixava distrair com muita facilidade durante conversas abstratas. Pegou-se pensando na maneira como ela conseguia puxá-lo para dentro de si com algum músculo interior e, depois, quando você saía, via aquela onda de vermelho bem imprensada entre duas dobras escuras, feito uma flor maluca. Seria errado, isso?

Ela estava dizendo *Você não me escuta, você me toma como uma certeza absoluta na sua vida.* Ela estava dizendo *E quanto àquela outra garota, a garota branca, seja quem for* — e isso o surpreendeu. Foi verdadeiramente levado ao silêncio por esse comentário. Teria Adam contado a ela a respeito de Boot? Alex ficou furioso com essa possibilidade, sentiu-se destruído — passou a ser *ele* a vítima de uma injustiça. E esse novo papel era tão mais fácil de desempenhar! Ele disse qualquer coisa áspera para ela. Ela devolveu na mesma moeda. E começaram a trocar asperezas. Lá pelo final, Esther chorava. Estava dizendo *Todas as mulheres são apenas símbolos para você? Tudo em que você...*

E Alex estava arrependido até não poder mais, dizendo *Não, não, não, você está enganada, eu amo você* para ninguém.

Ele ligou de novo. Ela não atendeu. Ele esperou cinco minutos, ocultou seu número e discou de novo. Dessa vez, quem chorava era ele; ela já havia recobrado o controle. Ela disse: "Eu tenho uma operação no domingo. Eles vão tirar o marca-passo. Já passou do prazo de validade há muito, pelo visto. Eu já sabia disso faz um tempinho, mas vinha adiando e agora virou uma pequena emergência. Não tem mais tempo. Tempo para o próximo capítulo. De modo que vou botar outro".

"Ah, *não*. Es, por que você não..."

"Olha só: isto aqui não é *Laços de ternura*, certo? Não é nada de mais. Rotina. Eles me abrem, tiram o aparelho. Substituem por outro de última geração. Eu só quero saber se você vai estar lá ou não. Vai ser no Saint Christopher."

"Mas... por que eu estou sabendo dessa história assim tão de última hora?"

"Ah, Alex, deixa pra lá, não se incomode comigo..."

"Não, espera... eu só... Que dia? Me diga só o dia."

"No domingo. Acabei de dizer. Neste domingo."

"Cee-rto. Domingo?"

"É, Alex. Domingo. Por quê? Você tem algum leilão marcado no domingo? Vai pôr o Kitty à venda? O dia não é conveniente pra você?"

"*Claro* que não."

"Ótimo."

“Es? Es. Ai, meu Deus. Eu sei como isso vai soar... escuta, o único problema com este domingo agora...”

Com três palavrinhas simples, ditas de forma violenta, Esther encerrou a conversa.

Alex foi para a sala, enfiou a fita no videocassete e tirou o presentinho de Adam do bolso. Enrolou. Fumou. Pensou naquela operação. Na retirada da caixinha de sua moradia. Abrindo aquela cicatriz. Fazendo outra. E pele negra marca muito. O que sobra permanece rosa e raivoso, sempre.

Chorou bastante. Depois de um tempo, limpou o nariz no pulso. Poderia ter levado a conversa de um jeito diferente, e sabia disso. Mas na vida não dá para rebobinar a fita, como as avós negras dos filmes gostam de dizer. Em vez disso, apertou o *play*. E, que Deus tenha piedade de sua alma, que Deus lhe faça justiça, mas, assim que os créditos de abertura começaram a subir, algo lá dentro dele mudou. Alex sempre se perguntava: *Será que as mulheres também fazem isso*? Será que conseguem passar de uma pessoa real (Esther, só ela, sempre) para uma de fantasia (Kitty, Anita, Boot, moças que trabalham em pornografia, moças de loja, moças em suma) e se sentirem aliviadas? Será que algum dia vão nos contar? Elas não contam nada. As mulheres não contam a verdade sobre si mesmas. Sobre o amor, sobre a *maneira como amam*. Ou então a verdade é de fato pura, não envolve profecias — e, nesse caso, quem suportaria ouvi-la? Grace entrou e acomodou-se em cima dos pés dele. Alex afundou-se na poltrona.

No filme, os olhos de Kitty estão repuxados para baixo, como sempre, e ela de novo está perdida em Nova York, uma moça de Pequim, sem amigos na cidade. Em menos de uma hora ela será o xodó da Broadway e, depois, de Hollywood, mas é claro que ela ainda não sabe de nada. Logo, todos conhecerão seu nome. Ela será famosa. Logo. Por enquanto, só lhe resta perambular pelas ruas, uma maria-ninguém, receosa até das sombras. Solitária. Corta o coração de Alex ver aquelas formas delgadas entrando nos cinemas, sentando no escuro. É que apenas nos filmes May-Ling Han encontra consolo. De sua cabine lá no alto, Jules Munshin, que faz o papel de Joey Kay, o projecionista, olha para baixo. Ele está apaixonado por ela, é evidente. Acha que não tem a menor chance. Ele tem cara de bobo, e é pobre. Mas irá conquistá-la. As coisas estão indo mais depressa do que ele se dá conta. Em uma hora e vinte minutos, tudo terá terminado. Mas, até lá, haverá algumas lágrimas. E depois risadas. Ele será seu agente, seu marido, seu tudo. Chama-se um final feliz. O milagre do cinema é ver como poucas vezes se quebra a convenção de um final feliz. Maior milagre ainda é que a convenção do final jamais seja quebrada. Alex observa Joey observar Kitty observar os imensos rostos tremeluzentes que, para ela, são deuses.

OITO / *Hochmah*

Sabedoria • Três rabinos • Algo parece uma moeda • Onde vivem os mortos • A sabedoria de Lauren Bacall • Andando a pé até o centro • Descrição de uma batalha / A defesa • Virginia Woolf era judia • O que fazer e o que evitar no suicídio • Prosperidade de fato

1

"E então", disse Rubinfine, "o que vamos fazer a respeito *disso*?"

Alex conferiu o relógio. Era quinta-feira. Nove da manhã. Os rabinos Darvick e Green pareciam exaustos. Darvick tinha bolotas brancas de remela nos cantos dos olhos. Green estava com as duas mãos apoiadas no memorial de Mountjoy, um joelho flexionado, ofegante como se tivesse corrido uma maratona. Rubinfine parecia ótimo. Estacionado na frente de todos eles havia um pequeno carro italiano. Ao lado dele, uma gigantesca mesa de jantar feita de nogueira.

"O que vocês estão *fazendo* aqui na rua?", perguntou Alex. "De novo? São nove horas."

"E *você*, está fazendo o quê?"

"Olha só, eu *moro* por aqui. E estou indo trabalhar."

O rosto balofo de Darvick começou a tremer. Ele ria com os ombros para a frente e a boca escancarada. Agarrou Alex pelos pulsos para se firmar. "Eu pensei que você não *tivesse* um emprego. Pensei que você fosse apenas o cara esculachado que não tem emprego."

"Bem, rabino, o senhor recebeu informações erradas. Eu *tenho* um emprego. Estou indo para Pemberton Hill. Tenho trabalho. Que precisa ser feito."

"Mas é *lógico* que sim", disse Green, conciliador. "Todo mundo tem coisas para fazer."

"Aaa-lex?", perguntou Rubinfine, com voz suave, estudando o céu. "Qual é a lei referente a teto-solar? E com isso eu quero dizer o seguinte: se nós pusermos a mesa pelo porta-malas, mas deixarmos as pernas traseiras, por assim dizer, saindo pelo teto-solar... estaríamos violando alguma regra de trânsito que você por acaso conheça?"

"Rubinfine", disse Alex, com os olhos fechados, "aquela mesa não vai entrar no carro."

"Pelo contrário", disse Rubinfine.

"Ela tem que entrar", disse Darvick.

"Ótimo. Fantástico", disse Alex, virando-se para partir e dando de cara com uma muralha de carne no formato de Green.

"É que a *Rebecca*", disse Rubinfine, agachando-se ao lado da mesa, "precisa dela. Para o baile country, no domingo. Para as... pessoas pequenas. É pra pôr as bebidas. Ela quer que seja no estilo bufê, e não um jantar sentado. Ela acha que será mais... adequado. Você conhece o jeito dela de achar isso e aquilo a respeito de tudo. Além do mais, esta mesa é mais baixa que o normal e, como você sabe, o crescimento deles é..." Rubinfine soltou um suspiro.

Green debruçou-se para a frente e disse: "Restrito".

"Você vai ao baile country?", perguntou Rubinfine.

"Não vai dar", respondeu Alex com firmeza. "Eu vou para os Estados Unidos. Desculpe. Tenho uns negócios lá."

"A Rebecca vai ficar *muito* decepcionada", disse Rubinfine, com as mãos alvoroçadas no ar. "Ela contava ver você lá. Não é mesmo, rabino Darvick? Ela não vai gostar."

Apesar dos pesares, Alex sentiu pena dele. "Diga pra Rebecca", falou, com bondade, "que eu tenho um autógrafo pra ela. De um Munchkin. Do Mickey Carroll. Ele integrava o trio de pirulitos, se não me engano. Isso deve acalmá-la."

"Talvez sim, talvez não", disse Darvick. Ele estava hospedado no ultra-enfeitado quarto sobressalente dos Rubinfine. Rebecca gostava de entrar sem bater para alimentar seus hóspedes à força. Alex tinha dormido lá uma noite, uma vez em que seu apartamento alagou. Era o mesmo que morar dentro de um violento abafador de chá.

"Eu hei de aparecer esta noite para pegá-lo", disse Rubinfine. "Hei de levar Joseph comigo.

"Há mesmo", disse Alex.

"Hei. Sei que o Joseph quer falar com você a sério."

"Ainda?"

"E então!", disse Rubinfine. "Continua achando que a mesa não vai entrar, não é?"

"Eu *sei* que não vai."

"*Fé*, Alex", trovejou Rubinfine, tornando-se arroxeado. "Meus colegas hão de conhecer essa história de cor e salteado, mas, se eles permitirem, gostaria de tornar a contá-la. É uma história narrada por Bahya ben Joseph Ibn Paquda."

"Ah, sim", disse Green, abraçando a si mesmo.

"*Sim*", disse Darvick.

"NA ESPERANÇA", disse Rubinfine, em voz bem alta, "de criar um caminho para atravessar um riacho, um viajante atirou todas as suas moedas de prata na água. Todas afundaram, exceto uma. Pegando esta moeda a tempo, o viajante usou-a para pagar o barqueiro, que o levou até a outra margem. A *fé*, diz Bahya, é como aquela última moeda. Quando todos os outros tesouros da vida se foram..."

"Ela sozinha é capaz de ajudar os homens a atravessar as águas da vida!", disse Green, com um sorriso radiante.

"Sim", disse Rubinfine, irritado. "Ela sozinha, percebe? E então?"

"Certo", disse Alex. "Agora preciso ir andando."

Durante todo o tempo, Darvick tinha massageado o queixo. Então disse: "Sabe o que mais, não acho que essa história seja a respeito da *fé*. Pelo que me lembro, a moeda é *bom julgamento*. Tenho quase certeza que sim."

"Bom, de uma forma ou de outra..."

"Além disso", continuou Darvick, sacudindo a cabeça, preocupado, "Bahya foi um dos místicos sefaraditas — é isso mesmo, não é? E vocês sabem que a *Cabala*..."

Darvick ergueu a mão espalmada para o alto e virou-a de um lado a outro. Green concordou com um meneio de cabeça.

"É, bem, eu usei a história como uma... advertência, mais do que no sentido literal...", disse Rubinfine, se esforçando. "Se vocês se lembram do que o rabino Zeeman disse na conferência, ontem mesmo..."

Decidido, Alex apertou a mão dos três rabinos.

"Estamos de saída, é?", perguntou Rubinfine, segurando-o bem firme. "Levando aquele Kitty para o mercado, é? O Joseph parece achar que você vai conseguir um precinho muito bom por ele."

"Não é da alçada do Joseph discutir os meus negócios. Na verdade, estou indo justamente conferir a autenticidade dele, agora, mais nada. Nem tudo na vida está à venda. Até logo, rabino Rubinfine. Rabino Darvick. Rabino Green."

"Claro", disse Rubinfine, quando Alex se soltou, "nós *vimos* a Esther."

Alex franziu a vista.

"Vimos, *sim*", disse Green. "Aquela moça negra bonita? Vimos, sim, ela passou por aqui agora há pouco. Contou pra nós sobre o coração. Tão comovente! Como se fosse algum filme."

Alex considerou os prós e os contras de matar Green com uma esferográfica quebrada que tinha no bolso, mas precisava de mais informações. "Bom? E como ela *estava*?"

Três rostos sem expressão.

"Quer dizer, como ela agiu?"

Mais coisa nenhuma.

"Ela parecia estar bem?"

"Ah, parecia — ela parecia de fato...", gaguejou Darvick.

"Ah, sim. Parecia *mesmo*", resmungou Green.

"*O quê?*"

Rubinfine abriu a boca, fechou e abriu de novo. "*Linda*", ele disse.

Existe a zona sul de Londres. E depois tem a zona *sul* de Londres. E, depois disso, tem a *zona sul* de Londres. E só aí vem Pemberton Hill. E Pemberton Hill deixava Alex mal. Não conseguia evitar. Sabia que não possuía um único argumento para explicar. Mas a gente sente aquilo que sente. E

Alex sempre se sentira um garoto da zona norte, ainda que afiliações não fossem uma característica de sua personalidade. Por instinto, detestava toda e qualquer *clique* — social, racial, nacional ou política —, nunca entrara nem mesmo para um clube de natação. Mas por aquele cantinho do mundo sentia um não-sei-quê irracional que lhe permitia, quase, compreender por que as pessoas se comportavam da forma como se comportavam em certos lugares sangrentos e contenciosos do mundo.

O Norte contra o Sul. Um tremendo de um embate uma vez, embate nuclear, sentados num parque, num verão, ele e Ads, durante uma onda de calor. Bermuda enrolada até as coxas, pernas para o ar, piquenique aniquilado. Uma tropa de formigas decidida a cruzar uma xícara de chá num território de patê. Em suma, um belo dia de verão na cidade de Londres, empanado por aquela antiga disputa sobre Norte e Sul. *Pose burra e ofensiva*, Adam tinha dito, demolindo uma a uma, e com uma fúria danada, todas as defesas levantadas por Alex (casas, parques, escolas, cervejas, garotas, fumo, transporte público), desmascarando-as pelo que eram: tendenciosas. Não demorou para que as formigas encontrassem um atalho por cima da barriga deles. Por fim, cansado de brigar, Alex se esticara na grama crescida para balir o único motivo honesto que tinha: *acho que é porque ninguém me <u>conhece</u> na zona sul. E eu não conheço ninguém. É como estar morto.*

Toda quinta-feira de manhã, Alex morria. Toda quinta-feira de manhã, Duchamp era o único a chorar o morto. Num mercado coberto, em Pemberton Hill, todo de concreto, debaixo de um viaduto. À venda, plantas, livros velhos e porcelanas desbeiçadas, o sol irrompendo no meio disso tudo em colunas, um balé de poeira nessas colunas. Triste até dizer chega, o lugar inteiro. Mulheres de idade, de chapeuzinho impermeável atado com laços joviais sob o queixo, passavam diante da fila de barracas, desassossegadas, solitárias, à procura de algo; qual viúvas de guerra caminhando por um cemitério de túmulos sem identificação. Alex sempre prendia a respiração ao passar por ali, e só soltava quando chegava a seu destino, na outra ponta: três carteiras de escola postas uma ao lado da outra, Duchamp, seus autógrafos e seu cheiro tóxico.

"E então... você é o Alex, né? O china. Minha vista...", disse Duchamp, aproximando-se mais. Alex recuou, meio zonzo. "Em que posso ajudar, patrão?"

Duchamp estava com um aspecto horrível. A deterioração, mesmo de um dia para o outro, era terrível. A mente dele já tinha desistido fazia um tempo, lógico, mas dessa vez era o corpo que começava a largar mão. E, desse ponto, não tem como voltar. Ele, entretanto, não parecia com medo. Essa era a rede de segurança da loucura, na opinião de Alex, a sua dádiva. Duchamp não tinha medos de gói, graças a essa rede. Só Alex se sentia apavorado. Um pavor egoísta. *Restam tão poucas quintas-feiras para Duchamp! E quantas <u>eu</u> ainda tenho?*

"Nada, na verdade", disse Alex, passando para o outro lado de Duchamp, o lado sem a boca. "Aliás no momento não estou comprando, Brian. Estou vendendo."

"Vai desculpar, patrão, não entendi muito bem..."

"Eu disse que não estou *comprando* nada no momento, Brian. Estou vendendo."

Duchamp pegou um lenço para abertamente cutucar o nariz. Explorando as gengivas nuas com a língua gorda, passou em frente à fileira de carteiras, terminou de bulir no nariz e levou o lenço até a boca. Enquanto falava, cuspiu uma substância amarelada com salpicos vermelhos e não quis ou não conseguiu parar de balançar a cabeça.

"Olha só, Tandem, olha só, eu não vou poder te ajudar não, amigo... Você não pode querer que eu agora... eu não vou comprar nada, Tandem — eu tenho mais é que *vender*, pra continuar vivo. Você não vai querer um velho feito eu comprando, não agora, não com o mercado neste estado, inundado de falsificações — eu tô é vendendo, Tandem, e não vou *comprar* nada. Eu tô igualzinho àquele cara, como é mesmo o nome dele?"

Alex fez o Gesto Internacional para *Como disse, Brian?* (mãos segurando uma bola de futebol invisível, olhos semicerrados, cabeça inclinada de lado).

"Ô, cara, não me venha com essa — pô, faz uma força, *como é mesmo o nome dele...* ô cacete — aquele, o gordo, pô, faz uma força, patrão! Você é o Alex, né? Tandem — é você, né? Bom, então, o *Tandem vai saber*. Não tem nada que o Tandem não sabe, no ramo. Ele é o *intelequitual*, né não? Qualquer filho-da-mãe sabe *disso*. Você devia perguntar pra *ele*."

"Brian... eu não sei..."

"Você sabe sim, faz uma força, amigo, o dos filmes... faz algo de útil uma vez na vida..."

"Brian, eu não *sei*..."

A cabeça de Brian passou a balançar mais rápido, e de forma mais assustadora.

"Ai, santo Deus, Brian, eu não sei... é o Oliver Hardy, por acaso?"

"Vai à merda."

"Brian, eu *juro que não* tenho tempo pra isso hoje — não, está bem está bem está bem... Charles Laughton? Sydney Greenstreet?"

"Não, não foi nenhum desses, não... muito mais engraçado que esses; um cara engraçado, sabe como é? Gordo. Imenso!"

"Brian, *por favor*. Será que nós não podíamos só..."

"W. C. Fields! Naquele que ele fez, você sabe qual, o do Dickens... Eu tô igualzinho a ele, de olho na minha grana... faz uma força, amigo, que você vai lembrar! Como foi mesmo que ele falou? Muito gozado. Vai, faz uma força. Foi ãn — ah, agora lembrei, foi alguma coisa mais ou menos assim: "*Gastos, doze libras e três xelins. Resultado: felicidade. Renda* — não, peraí, como é que era mesmo?... Cacilda, é o contrário, né, *Renda, doze*..."

Pessoas prestes a morrer e insanos. Pessoas nessa situação falam para um ponto a meia distância, os olhos toldados por uma espécie de película, como uma grossa lágrima que não pode ser chorada, e as mãos, agitadas, perturbadas, cutucam o peito. Na autobiografia de Lauren Bacall, um dos livros prediletos de Alex, há uma descrição parecida a respeito da morte de Bogart. O cheiro (*eu percebi que era de deterioração*), as mãos puxando os pêlos do peito, *como se as coisas estivessem se fechando e ele quisesse sair*. A luta para morrer. Duchamp continuava de pé, por algum milagre, mas a morte já estava com ele. Dava para Alex sentir o cheiro dela, enxergá-la, pressenti-la, como acontecera com Lauren. Lauren Bacall: *não* a deusa de todo o sexo (como já se disse), mas a deusa de toda a compaixão. E, ao se lembrar da honestidade de Lauren no livro, Alex avançou um passo, pegou as mãos agitadas de Duchamp, baixou-as, colocou-as ao lado do corpo e disse: *Está bem, Brian, está bem. E o que você tem pra mim, então?*

Um álbum destinado aos fãs da MGM, de 1936, sem assinatura, com foto da atriz Angela Lansbury, sem assinatura, um porta-escova de dentes, um chinelo (*um chinelo do Danny Kaye, amigo. Ele me deu*), seis fotos *still* assinadas pelo ator de filmes de horror Vincent Price, todas falsificadas, um retrato da irmã de Brian, June. E mais. E mais.

Começou a chover forte. Alex ajudou Brian a levar suas três carteiras escolares para longe do alcance das gotas errantes de chuva. Depois de carregarem toda a mercadoria por quase dez metros e apanharem os objetos caídos, Brian ofereceu uma pequena cadeira escolar de plástico para Alex sentar e pegou outra para si.

"Fica mais um pouco por aqui, tá?", disse Brian, tremendo.

Alex ficou. Tirou um caixote de sob a barraca e começou a fuçar nas pastas. Havia coisas boas naquele caixote. Um bocado de coisas boas. Duchamp tinha um Harold Lloyd de primeira, por exemplo. Alguns bons atores de estúdio dos anos 40 de status razoável: Tyrone Power, Mary Astor, Van Heflin, Joel McCrea. E um excelente Merle Oberon. Tudo embaixo da carteira. Em cima da carteira, ele oferecia ao público uma luminária de mesa quebrada. Sem de fato nutrir esperanças de obter uma reação, Alex sugeriu que a situação fosse invertida.

Brian resfolegou em cima dele e depois esfregou os olhos, várias e várias vezes.

"Mas, Brian, seria melhor se..."

"Você está namorando alguém no momento, Tandem?"

"Mais ou menos. Mas ela não está querendo me namorar muito no momento."

"Bem, eis aí, então", disse Duchamp, com firmeza. "As mulheres são a resposta. São, sim. Se você as deixar entrar na história, bem entendido. As mulheres. Elas são a resposta."

"E qual é a pergunta?"

Duchamp riu disso como se Alex tivesse acabado de contar a piada mais antiga do mundo.

Ele guardava uma garrafa térmica debaixo da cadeira, mais uma xícara sobressalente. Alex serviu chá para ambos. Viu ali perto uma barraca vendendo bolos caseiros e voltou com duas fatias de bolo de frutas secas, úmido e gordo de uvas-passas.

"Brigadinho. *Ora vejam*. Que surpresa. Bolo de frutas secas. Minha nossa."

Duchamp virou a fatia de bolo nas mãos algumas vezes e sorriu para ela com um misto de carinho e espanto, como que para uma relíquia de família. Passaram-se alguns minutos até ele dar mostras de estar disposto a comê-la. Sentaram-se lado a lado. Para tornar sua fatia macia o bastante para a boca sem dentes, Duchamp tinha de mergulhar os pedacinhos de bolo no chá e depois sugá-los da xícara.

"Isso estava muito *bom*", disse Duchamp, por fim.

"Brian", disse Alex, "na verdade *tem* algo em que você pode me ajudar. Será que você se importa em dar uma olhada nisto aqui para mim?"

Duchamp não se mexeu nem deu sinais de ter compreendido. Alex inclinou-se para a frente e tirou seu Kitty Alexander da bolsa. Pegou a xícara das mãos de Duchamp. E colocou o autógrafo no colo dele.

"Brian, será que daria pra você...?"

Brian levou o autógrafo para bem junto dos olhos. "Ah, *sim*."

"Brian?"

"Sim, *sim*."

"O quê, Brian?"

"Kitty Alexander. Vale uma nota."

"Você acha que é verdadeiro?", disse Alex, bem rápido.

Duchamp deu de ombros. "Parece de verdade. Mas não precisa ser, necessariamente. É como você falou. Às vezes as meninas não são a resposta, elas são a porra da pergunta. Ha!"

"Mas, na sua opinião, você *acha* que é real?"

"O que eu acho é que já vi umas putas de umas falsificações na minha época. Tá vendo isso tudo aí?"

Duchamp apontou para o caixote no qual Alex estivera fuçando. Alex apanhou-o do chão.

"Isto?"

"Quase tudo falsificado."

Alex arqueou as sobrancelhas.

"Falsificações *suas*?"

Duchamp fez que sim com a cabeça.

"Bom, pois saiba que elas são excelentes, Brian. *Eu* não saberia dizer a diferença."

"É, bom... pouca gente consegue. Já vendi umas pra *você*. Ha! Agora...", disse, sem olhar para Alex, mas estendendo o braço curto para ele, tentando por meios físicos ligá-lo a uma lembrança, "você é o cara do Kitty, né?"

Curvou-se sobre o caixote que Alex segurava no colo, à procura de algo, manuseando a papelada toda com grande perícia. De repente, puxou um de dentro. Uma foto.

"Um Kitty Alexander, patrão... falsificado, lógico, eu mesmo fiz, mas fiz na época... lá por volta de 1950... por aí... quer dizer que a idade da tinta bate. Filho-da-mãe nenhum neste mundo seria capaz de perceber que é falso."

Alex examinou bem de perto. Tirou a proteção de plástico e ergueu o cartão na luz. Colocou seu próprio Kitty do lado. Estavam próximos demais um do outro, e, com receio, sobrepôs os autógrafos e ergueu-os de novo. Talvez Brian estivesse confuso — talvez o dele fosse uma falsificação tardia, um autógrafo de Autopen? Se por acaso o de Alex se encaixasse de forma perfeita no de Brian, então isso significaria que eram ambos feitos por Autopen, porque ninguém consegue assinar exatamente do mesmo jeito duas vezes. Nós não somos assim tão precisos. Mas não. O A do de Alex se inclinava um pouco mais à esquerda. A majestosa perna elisabetana do *x* de Brian descia mais do que no de Alex.

"Parece tão de verdade", disse Alex, admirado.

"Mas num é, amigo. Eu mesmo fiz. Você tá se esquecendo, Tandem, que eu trabalhei naqueles estúdios. Não tinha ninguém melhor que eu." Duchamp limpou a foto com um pedaço de camurça que tirou do bolso. "Eu a vi uma vez. Linda. Não tinha outra igual. Mas, amigo, uma hora você tá com vinte e cinco e aí" — Duchamp estalou os dedos, incompetentemente — "você já tá com sessenta. Ninguém te falou isso, né?" Soltou uma risada sombria. "Gente como ela devia desaparecer. Puf! Esse pessoal que aparece nas telas, isso não é gente pra envelhecer. Ninguém quer ver uma bruaca, quer? As pessoas não querem isso."

Elas também não estão muito a fim de ver um velho filho-da-mãe como você, disse o cérebro de Alex, mas fechou a boca e estendeu a ponta dos dedos para pegar o tesouro. Duchamp afastou-o dele com um sorriso desagradável.

"Sei o que está pensando. Aposto como você podia vender isto aqui praquele pessoal lá de Neville Court, hein? Ou então no mercado do Jimmy. Se *você* não consegue ver a diferença, eles então nem se fala, certo? Três mil libras ou mais, sem dúvida! E você fica com uma porcentagem, né?"

"Bom, e daí?", disse Alex, corando. "*Você* não pode mais nem entrar nessas lojas, estou certo ou errado? Eu poderia vender pra você. Fico só com quinze por cento do que for apurado."

"Então por que é que você não vende o seu, se está tão a fim, hein?"

"Brian, o meu é verdadeiro. E eu sou o maior fã dela. O maior. Queria ficar com ele."

Duchamp manifestou sua impaciência com um estalo de boca. "Isso é chato, isso é muito *chato*. Isso no ramo não presta. Não dá pra ser sentimental. É só tinta. São só letras. *De verdade...*", disse. "Como se tivesse importância isso! A diferençazinha que faz toda a diferença. Que jeito mais louco de ganhar a vida, hein?"

"Posso levar então?"

"Primeiro você assina um acordo. Eu conheço a manha do negócio, amigo. Aqui, ó — neste papel. Eu escrevo. Você assina. Então. Eu, Alex-Li Tandem, concordo em ficar com no máximo dez por cento..."

"Dez por cento?"

"Dez — da venda do Kitty Alexander de Brian Duchamp. Assim já deu, né? Não ficou nenhuma Carta Magna, mas dá pro gasto. Olha aí — assina então."

Alex pegou a folha de papel. A letra era um horror. "Só me lê esse trecho aqui, Brian."

"Cacilda, será que você além de burro é surdo? Dez por cento — isso é tudo que você vai ganhar, de modo que vai assinando."

Alex assinou. Assim que terminou, Duchamp arrancou o papel da frente dele.

"Chama isto aqui de assinatura? Pra mim, parece mais um rabisco. Nunca confie num israelita. É em hebraico, é? Hein? Ha! Ha! Ha! Ha!"

Alex sentiu-se enojado. Levantou-se.

"Está bem, está bem — já chega. Me dá o Kitty. Dez por cento. Seu tratante desgraçado."

E, por um breve instante, de fato ele parecia um tratante. Feio, fedorento, rindo aquele seu imundo estertor — mas firme ainda. Ainda no controle de suas cenas. Sem aceitar por enquanto o papel que nos cabe a todos representar um dia: o papel de figurante (declinante), sem falas.

2

Alguém numa estação de metrô quis ser famoso. Quis ser conhecido, pela cidade inteira, nem que fosse por quinze minutos. Deixou então que o salto do sapato cruzasse as linhas brancas da plataforma, deu uma respirada rápida e saltou rumo ao para todo o sempre. Por causa desse *ato praticado por um passageiro* (um novo eufemismo verdadeiramente majestoso com ênfase na falta de consideração demonstrada), Alex levou quase duas horas para ir da zona sul até o centro da cidade. Na boca da saída do metrô, esperando de cara enfezada, estava Adam, que abriu um gigantesco guarda-chuva listrado, usado em campos de golfe, e, com rispidez, instruiu Alex a pegar em seu braço. E assim partiram, debaixo do pé-d'água, dependentes de um pedaço de pano, como dois homens num balão. Passaram por um grandioso teatro, por um bar decadente, por moças pagas para atraí-los e para quem não olharam nem com o rabo do olho, pela Loja dos Canhotos (*Sim, Al, tudo muito gói. Mais tarde você anota, certo?*), por bares gay, por bares mistos, por bares de strip-tease — como dois hassídicos resolutos, direto, sem cair em tentação! Chegaram a uma de suas confeitarias prediletas. Adam parou na porta, para fechar o guarda-chuva, enquanto Alex procurava uma mesa lá dentro. Um minuto depois, estavam de novo do lado de fora, sendo levados para um desolado arquipélago de mesas em cima de água suja, os tampos mal-e-mal cobertos pelo toldo de uma barbearia. Um garçom italiano magrinho tentou dar uma corrida assim que os dois sentaram. As pessoas que freqüentam o centro da cidade são conhecidas por seu mau humor e impaciência.

Chegaram os bolos e os cafés. Logo falavam com rapidez, sem nada que pudesse ser chamado de alheio no código de velhos amigos. Só que não estavam felizes nesse dia. Estavam meio dissonantes. Tudo tinha começado com o atraso, e agora continuava numa falta de coreografia — ambos conseguiram a proeza de, um de cada vez, derrubar um açucareiro absolutamente estável — e depois mal semelhante se espalhou pela conversa. Nenhum dos dois conseguia se fazer entender. Cada um parecia aos olhos do outro vaidoso e egoísta. Ambos achavam que aquele que estava sentado em frente só sabia falar de si mesmo. Adam discorria de modo animado e incompreensível a respeito de seus mais recentes estudos. Levantou para mostrar a Alex como as dez *sefirot* também correspondem a pontos do corpo humano; abriu os braços feito um louco. Alex se encolheu na cadeira.

"Olha só, a minha *espinha*", disse Adam, "passa por onde está Tif'eret — que é Beleza, Compaixão —, minha espinha passa por onde está Tif'eret. De modo que para ir de Netsah — que é minha perna direita — para Tif'eret, eu medito na idéia de minha espinha. Esse é o caminho de Yod. Existem trinta e dois caminhos, segundo Ari. Mas *aqui*", e arremessou então a base da espinha e, com ela, seu traseiro, para o ar; os bonecos do outro lado da rua sorriram, apontaram, "aqui é onde a alma vai além do seu lugar terreno para encontrar sementes melhores. Sinto que estou na metade do caminho, cara. Depois de todos esses anos." Apontou para o ar acima de sua cabeça. "Estou indo em direção à coroa, a Ayin, ao Nada. À *essência* de Deus."

"Tá. Pra você deve ser uma maravilha. Garçom! Uma garrafa de tinto, por favor, e duas taças."

Ficaram em silêncio. O vento soprava com certa força. Adam olhou melancólico para uma outra mesa, como se desejasse estar ali. Alex pegou seu tabaco e tentou enrolar um cigarro do jeito de um homem que foi injustiçado. Ele tinha sido traído — era assim que se sentia. Por que contar a Esther sobre a Boot? Que tipo de amigo faz uma coisa dessas?

Bem na hora em que estava prestes a fazer a acusação, o vinho chegou. Adam mandou sua taça de volta; Alex encheu e esvaziou a dele como se fosse suco de uva. Adam o observou, uma das mãos coçando violentamente a cabeça no espaço entre duas trancinhas. Alex serviu-se de mais uma taça de vinho e começou a falar sobre o assunto Boot, com sutileza, na esperança de captar alguma culpa nos gestos de Adam. Nada. Necas. Mas talvez a ausência total de culpa fosse, em si mesma, um sinal. Ninguém consegue parecer tão inocente o tempo todo, não é verdade? Não é verdade? *Alguém* deve ter denegrido Alex T. E se não foi Adam, então quem foi?

Alex continuou bebendo e matraqueando a toda a velocidade sobre nem ele sabia bem o quê. Quinze minutos mais tarde, tinha consciência de que a boca continuava se mexendo, mas já fazia um tempo que o cérebro se desligara das palavras. Entediado, Adam explodiu um morango glaçado debaixo do garfo.

"Mas essas mulheres todas", disse, interrompendo, "elas são todas a mesma mulher, no fundo. Será que você não *vê* isso, Alex? Kitty, Boot, Anita — elas apenas se sobrepõem. Pense num restaurador de quadros descascando a tinta de um retrato para encontrar outros retratos por baixo. Você estraga uma pintura mais do que satisfatória por causa de uma curiosidade inoportuna — por causa da possibilidade de que haja outros retratos por baixo. É uma espécie de substituição interminável — e tudo porque você não sabe como lidar com as coisas como elas são."

Alex fez um Gesto Internacional: jogou a cabeça para trás, mordeu muito de leve o lábio inferior e soltou um som parecido com *pfui*. Depois ergueu a taça, a terceira.

"Obrigado, Sigmund."

Adam deu de ombros. "Entenda como achar melhor."

"Não, não. Estou achando tudo muito fascinante. E a Esther — é o primeiro rosto? O último?"

"Bom, isso aí é óbvio, cara", disse Adam, com frieza. "Ela é a tinta."

Alex desencavou, com a língua, uma pelota de massa folhada que havia grudado nos molares. "Certo. Uma bela analogia. E bem no seu estilo: tudo é símbolo de alguma outra coisa. Mas isso me ajuda *como*?"

Adam olhou com uma expressão de interrogação para Alex. "Você tem essa idéia estranhíssima", disse, abanando a cabeça, "de que todo mundo está aqui para ajudar *você*!"

Por uns tempos, discorreram sobre o Problema com os Outros, um substituto agressivo para a conversa que desejavam ter, a saber: o Problema com *Você*. Rubinfine era obsessivo. Joseph era reprimido e triste. Alex olhou o relógio. Era esperado em Neville Court dali a dez minutos.

"Atrasado, é?"

"Um pouco."

Alex esvaziou o resto da garrafa no copo e só então encenou o teatrinho de girar e cheirar a bebida, como se não tivesse se dado conta do que era até aquele momento.

"Precisa mesmo fazer isso? Mesmo, mesmo?", perguntou Adam, enxugando uma poça vermelha onde Alex tinha girado a taça com excesso de força.

"Ah... *Puxa vida*... sabe de uma coisa? Por que você se dá ao trabalho de sair se você é... quer dizer, por que você não está bebendo nada? Vai ficar aí só me espiando? O que significa isso? Estou me sentindo uma porra de um quadro: Gordo com Tinto na Chuva. Estudo de um Fracassado em Vias de..."

"Pára com isso, você tá bêbado."

"Não consigo parar de estar bêbado, Ads. É viagem só de ida. Tchuc tchuc tchuc até o fim da linha."

"Então reduz a velocidade."

"É pra já, meu capitão."

"Você está bravo comigo. Por quê?"

"Porque sim. Próxima pergunta."

"A Esther me disse que você não vai ficar com ela no hospital, no domingo. Estou tentando entender isso, mas estou achando meio difícil."

"A culpa não é minha — tenho de ir a Nova York. Está reservado — não dá pra saltar fora. *Sinto* muito."

"Que dia você vai?"

"Na sexta à noite. Olha — por que você não vem comigo?", perguntou Alex, com espírito apaziguador. Adam, no entanto, desviou o olhar para onde um homem, embrulhado num acolchoado, fazia um sapateado na chuva.

"O centro *desta* cidade já é difícil o suficiente. Eu não quero estar no centro do centro. Duro demais pro papai aqui."

"Bom, então tá. Ninguém vai forçar ninguém. Foi só uma oferta."

"Na quinta-feira é o yahrzeit do seu pai", disse Adam, virando-se para Alex de novo. "Você pretende estar de volta?"

"Ainda que eu não lhe deva a menor satisfação, volto na terça."

"Bem", disse Adam, batendo uma colherinha na borda da taça de Alex, "falei com o Rubinfine. A shul dele não pode fazer no dia em que você precisa, mas ele conhece outra que está disponível. Para o minyan, pode contar comigo — embora você não me mereça —, mais o Joseph, o Rubinfine e a sua mãe; a Esther, talvez dê pra ela ir. Todo mundo está disposto a comparecer com o maior prazer — tudo que você precisa fazer é parar de encher o saco por *um segundo*. Quer dizer então que você não vai mesmo acompanhar a operação da Esther?"

Por algum tenebroso acidente, Alex tinha levantado o pulso para olhar o relógio no exato momento em que saiu essa palavra, "operação". Ele abriu a boca para explicar, mas não conseguiu atinar com nada e tornou a fechá-la. Não entrava na sua cabeça que pudesse haver um acidente no mundo dos gestos. Pois nossos gestos não dizem exatamente o que devem dizer?

"Se você precisa ir, então vá de uma vez", disse Adam, insatisfeito, "porque eu tenho que achar um chuveiro. Faz dias que estou só lá sentado naquela sala. Não me lavo faz um tempão. Ligo mais tarde."

Eles racharam a conta.

Descendo uma rua famosa até onde há um monumento, Alex dá a volta e pega uma alameda que pouca gente usa. Mas, antes de ir aonde precisa ir, se esgueira para uma viela chamada Goodwins e escorrega por uma parede úmida até se ver agachado no chão. Nessa posição, é encoberto pelo parapeito saliente da janela do apartamento de alguém. Ali, enrola um baseado, um baseado bem grande, e fuma todo. Em vez de se sentir relaxado, o fumo acrescenta uma dimensão nova à embriaguez, uma camada mais densa de poluição entre ele e o mundo. Não demora para que, com os olhos ardendo e um coração gaguejante, galopante, pegue um lápis e sucumba à paranóia. Anota, num bloco, referências sobre o almoço que acabou de fazer, os fiapos de conversa que já estão escapulindo, o que vê como a desonestidade de seu melhor amigo, os altos significados disso e daquilo, o simbolismo daquilo outro. É tudo uma espécie de horrível traição de si mesmo, de toda a sua vida. A vida não é apenas símbolo, judaico ou gói. A vida é mais que um quebra-cabeça. Nem tudo se encaixa. Nem todo caminho leva à epifania. Isto aqui não é televisão, Alex, isto aqui não é televisão.

Ah, quer dizer então, pensa Alex, *que você está tendo uma epifania a respeito da importância de não ter epifanias. Mas que ótimo.*

Sentindo-se sombrio e confuso, Alex se põe a andar a passos rápidos, desejando poder superar a si mesmo, sair de si mesmo, escapar da própria pele, só por um *minuto*. É muito provável que isso seja tudo o que eles querem, aqueles famosos passageiros de metrô responsáveis pela prática de atos. Só que não dá para ter apenas um minuto — nem com um *skunk* ultraforte como aquele que tinha acabado de fumar, nem com álcool, com ácido nem com nada parecido. Não há atalhos. Você está sempre *lá*. E eles então resolvem reduzir os prejuízos. Optam pelo todo o sempre. "E isso já são outros *quinhentos*", diz Alex consigo mesmo, sentindo pela primeira vez o *peso* do suicídio, a profundidade da proposta. "Isso requer *colhões* de verdade."

Alex segue meio cambaleante pela rua, debaixo de um céu enorme, sentindo-se humilde diante daqueles passageiros que saltaram sobre o caminho dos trens. O mínimo que ele pode fazer, *diante desse tipo de colhões de verdade*, é ser uma pessoa de substância, também ele. No cruzamento, à espera de um momento seguro para atravessar a rua, Alex tenta imaginar as defesas que usaria se sua vida estivesse num tribunal, quer dizer, se tivesse que provar seu valor. É uma espécie de texto imaginário que carrega consigo, junto com seu obituário, porque, em algum lugar lá no fundo da cabeça de Alex, ele é a pessoa mais incrível e mais famosa de quem você nunca ouviu falar. E, como tal, precisa se defender tanto das calúnias quanto da obscuridade. Não tem mais ninguém que possa fazer isso, tem? Afinal, não há ninguém que seja seu fã.

Por favor, não se esqueça. Por favor? Por favor, não se esqueça disso. A vida é mais do que apenas um quebra-cabeça [VOCÊ NÃO ESTÁ VENDO TELEVISÃO]. É mais que isso. Você está bravo porque eu estou falhando, mas eu *lhe digo* que a vida é mais do que isso — mais do quê.

Por favor. As coisas na verdade não se encaixam do jeito como a evidência faz, quando a ponho por escrito — por favor, lembre-se disso, por favor. O almoço não foi apenas assim tão, tão certinho; eu não desci uma rua para distrair você; as cenas não se sucederam de maneira impecável, cheias de significado — por favor, não se esqueça de que esta é a minha *vida* [VOCÊ NÃO ESTÁ VENDO TELEVISÃO]. Isto é a descrição de uma batalha. Julgue segundo esse parâmetro. Um segundo dela é tão longo quanto todos os livros já escritos. E também tão curto quanto o nome de Deus. Por favor não se esqueça disso. Perdoe as mentiras gêmeas de entreter e educar [VOCÊ NÃO ESTÁ VENDO TELEVISÃO]; por favor, não se esqueça de que eu

. . .

...

caminhei, como você caminhou, com os cotovelos dobrados e as costas encurvadas até que minhas mãos tocaram a barra da minha calça, às vezes aterrorizado pela morte e por outras questões que não entretêm nem educam ninguém — não se esqueça de que eu não consigo organizar as coisas para você do jeito como você as quer organizadas. Por favor não se esqueça de que eu apenas caminhei sem direção, era tudo que eu podia fazer, pois a vida é mais do que apenas um quebra-cabeça, mais do que isso, mais do que isso, por favor, não se esqueça de que você não é — de que eu não sou —

que este sou apenas eu, totalmente chapado (este fumo é *forte, este fumo é psicotrópico*), andando por uma viela estreita, achando o lugar seguinte onde eu deveria estar e batendo na vitrine...

Tandem está batendo na vitrine do Empório de Autógrafos, uma lojinha ultracharmosa que funciona numa casa com telhado em duas águas, localizada no meio de Neville Court, no centro chique de Londres. Vê lá dentro primeiras edições, objetos colecionáveis de cristal, fotos assinadas e o brocado gasto de um assento de cadeira onde um dragão chinês, bordado, salta rumo à liberdade. Vê lá dentro as figurinhas que acompanhavam os antigos maços de cigarro. Selos, programas de teatro e cartões de Natal. Certidões de nascimento e lenços com monogramas. Nas paredes, vê fotos dos muito famosos, fotos que eles tocaram e marcaram com as mãos, fotos que qualquer homem pode comprar. Qualquer homem pode ser dono delas e compartir (por menor que seja a participação) da fama dessas pessoas e da extraordinária habilidade com que roubaram da Morte uma de suas satisfações: a obscuridade. Um homem oscila entre a admiração e a raiva diante dos muito famosos, assim como diante da idéia de Deus. Nessa tarde, Alex sente raiva. Está tendo um interlúdio psicótico.

Vê lá dentro algumas pessoas, pessoas de verdade. Uma moça alta e bonita, com uma tira de veludo negro em volta da garganta branca. Um gordo de cara vermelha, com paletó de tweed e relógio de bolso, agitando os braços. Vê lá dentro uma platéia.

3

Então. Num momento, você está de fogo e chapado, está tendo um interlúdio psicótico. No momento seguinte — especialmente se estiver chovendo e houver uma moça bonita berrando com você no meio da rua — não está mais. E Boot parecia cheia de perguntas. Perguntas como:

> O que significa tudo *isso*?
> Você ficou louco *de vez*, é?
> Está tentando fazer com que eu seja *despedida*?
> Que tipo de pessoa aparece para trabalhar nesse estado?
> Será que não percebe que ele pode processar você?
> O que passa pela sua *cabeça* quando fica assim?
> Você acha que *ofender* as pessoas ajuda *alguma coisa*?
> Será que quebrou?
> Precisa de um médico?

"Qual foi a última vez mesmo?", perguntou Alex, beliscando o nariz para estancar o sangue.

"Ai, *Deus*. Escuta, vem. Eu levo você. Tenho um tio em Harley Street. Você é *tantã* da cabeça."

Ela pegou na mão dele e deu um passo adiante, mas Alex não se mexeu.

"O que foi? Qual é o problema? Machucou as pernas?"

"Eu não consulto médico ocidental", disse Alex, mal-humorado, furiosamente consciente de que sangrava, de que seus olhos estavam congestionados e de que ele estava ensopado diante de uma garota que lhe desejava tudo isso e um pouco mais. "Conheço um em Chinatown. É melhor. Vamos nele."

Apoiado no magnífico bíceps de Boot, Alex seguiu cauteloso pelo calçamento de paralelepípedos saltados, gemendo baixinho para si mesmo. Que forte que era Boot, e que linda! Da última vez que se viram, ela ainda não tinha cortado o cabelo como o de um garotinho, o que destacava seu maxilar um tanto masculino. A saia que usava era feita de um tecido áspero, marrom, parecido com cabelo, e as pernas estavam dentro de um par de longas botas pretas que rangiam quando os lados se encontravam. Uma moça alta, tão bem-criada quanto um cavalo de raça. Ela conseguia suportar quase todo o peso dele e seguir em velocidade máxima pela rua, sem se perturbar com a chuva que escorria pelo rosto.

"O que eu não entendo", disse ela, furiosa, ao atingirem a agitação de uma praça muito popular, enquadrada de todos os lados por cinemas gigantescos, "é como você teve a cara-de-pau de aparecer na loja no estado em que está, de bancar o *palhaço* completo — e ainda por cima — *ainda por cima* — tentar vender pra ele um Alexander. Deus é testemunha de que você *merecia* um soco por isso. Juro, Alex. Depois da última vez!"

Dois anos antes, Alex tinha conseguido vender, a um grupo de paspalhos, alguns Kittys falsos que ele próprio, ludibriado, havia adquirido. E não se lembrara de que Sir Edward tinha sido um dos paspalhos.

"*Uga*", disse Alex. "Isso foi dois anos atrás."

"Gato escaldado, água."

Boot parou. A chuva amainara. Ela o empurrou para uma parede. Acima deles, os cinemas se impunham, iluminados como cidades de reis, catedrais. Colossal do outro lado da rua, por sobre o ombro de Boot, Alex via a imagem de seis metros de altura do rosto da conhecida atriz Julia Roberts, a veia teimosa sempre saltada na testa, o sorriso mais radiante que o de Buda. Alex sentiu um forte ímpeto de se pôr de joelhos, mas Boot o segurou firme pelos cotovelos. Alex fitou Boot, tentando obter uma idéia de como ela era. Quanto mais perto você chega dos cartazes de cinema, ele havia descoberto, mais difícil fica entender o rosto das pessoas. Mas a visão de Boot não era tão decepcionante quanto seria de se imaginar. Havia pontos correspondentes: algo parecido em volta do maxilar, dos olhos.

Ela disse: "Bom, você pode me beijar agora, se quiser".

"Como é que é?", disse Alex.

Muito perto dele, nesse momento, havia o rosto largo e anguloso de Boot, a fisionomia franca, dois olhos castanhos com cílios de um comprimento extravagante, uma centena de sardas clarinhas e um grande e surpreendente nariz. Ela passou a língua nos dentes.

"Eu disse que você pode me beijar agora. Eu *presumo* que a questão seja toda essa. Sua maneira de expressar seu amor et cétera e tal. Seu jeito sem jeito."

"Boot", pediu Alex, erguendo os braços para se proteger, "eu posso ter quebrado o nariz."

Ela afastou a cabeça num gesto de genuína surpresa e mordeu o lábio inferior. Era uma freqüentadora assídua dos cinemas, a Boot. Contava sempre com mais cedo ou mais tarde ser beijada.

"Ah. Certo. Não, não, tudo bem, sério. Tudo *bem*. Na verdade, não estou constrangida, não. Mas desconfio que você acha que eu devia estar... Ai, mas que coisa. Eu não sei. Eu apenas *achei*..."

"Não, tudo bem, Boot, sério..."

"É que eu... só achei, você sabe, eu pensei que você de fato..."

"É, estou vendo, Boot. Eu..."

"Bom, de todo modo", ela retrucou, rápida, assumindo o controle do queixo bambo, "isso foi igualzinho àquela hora em que ela tenta beijar o Lytton — ou foi o Lytton que tentou beijá-la? Bom, de todo modo, *eles* não perderam tempo se sentindo uns tolos por causa disso. Portanto, não pense você que eu vou me sentir."

O rosto de Alex doía. "*Quem?*"

"Virginia Woolf. Nos diários dela. Estou lendo. Por acaso você escuta alguma coisa do que eu falo?"

É, algumas coisas. Digamos que uns vinte e cinco por cento num bom dia. E bem mais que isso, bem mais, quando estava tentando convencê-la a se deitar com ele e fazer a besta de dois costados. Mas a ocasião em questão era outra. Boot agarrou a mão dele de novo e avançou, cruzando o falso arco oriental que anuncia o começo do bairro chinês.

"Confesso que, para alguém que supostamente está apaixonado por mim, você não se esforça lá muito, não."

"Mas, Boot... Boot, eu *não* estou apaixonado por você. Eu nunca disse isso. Nós mal nos conhecemos. Eu tenho namorada."

Boot lhe deu um sorriso indulgente. Dois jorros de sangue se cruzaram no queixo de Alex. Boot pegou um lenço de papel da bolsa para enxugá-lo.

"Boboca. Você não precisa *dizer*. Está tudo no olhar. Nesses seus estranhos olhos chineses. E onde *está* essa sua namorada? Ninguém nunca *vê* essa garota. Estou achando que ela é espírito puro, separado do corpo, se quer saber." E depois, pensativa, num exemplo daquelas suas famosas guinadas de um assunto para outro completamente diferente, Boot acrescentou: "Tenho pensado muito sobre o suicídio nos últimos tempos. Por causa da Virginia e tudo o mais. E por causa da Sylvia. Por que *será* que as mulheres brilhantes vivem fazendo isso? E aí comecei a pensar no seu livro — ah! Está sentindo o cheiro? Aquelas panquecas recheadas com aqueles pedacinhos *deliciosos* de pato. Estou com tanta *fome*."

Ela parou de novo e espiou cheia de desejo um pato laqueado pendurado por um gancho na vitrine.

"O que era mesmo que eu estava dizendo?"

Alex inclinou-se para um menu exposto na porta e cuspiu sangue no chão. Na frente dele, um peruano com cara de gato tocava uma balada popular numa flauta antiga.

"Ah, já lembrei. Sabe aquela sua mania de dividir tudo entre coisas do tipo judeu e coisas do outro tipo? Naquele livrinho gozado que você está escrevendo, sabe?"

E você *tinha* de dizer "sei". Mesmo que ela tivesse perguntado: *Sabe aquela coisa de o céu ser azul? Sabe que eu sou um ser humano?*

"Sabe naquele seu livro?"

"Sei, Boot."

"Então, eu estava me perguntando qual deles seria. Em que categoria iria se encaixar. O suicídio, quero dizer."

Ora, ora, essa era uma pergunta muito boa. Alex apontou para a clínica do dr. Huang, para a pequena placa pendurada em ângulo na parede do andar de cima de um restaurante chamado Noites de Pequim.

"Essa é uma boa pergunta."

Boot sorriu, mostrando uma fileira de dentes enormes e perfeitos, seu sorriso Panavision.

"É, eu *sei*."

Chegaram à entrada lateral. Boot apertou a campainha e, um segundo depois, o falsete gritado e apavorado do dr. Huang lhes disse para empurrar a porta e subir.

"Gói, no geral...", disse Alex bem devagar, enquanto Boot o ajudava a subir a escada, "pedras no bolso, cabeça no forno, essa coisa toda. Mas há um outro tipo, acho. Uma espécie de arroubo... a morte corre para você, de braços abertos, e meio que... te abraça. Você salta obstáculos para ir ter com ela. Você vai dançando para ela. Ela explode sobre você como uma nuvem de chuva ou um rasgo de céu ensolarado. Você não precisa se debater numa luta mesquinha. Nada de nós complicados nem de escapamentos de carro — sabe como é — ligados a tubos de aspirador. É mais como uma, uma espécie de *mescla*."

Quando terminou esse pequeno discurso — feito na verdade de improviso —, percebeu que sorria de orelha a orelha. O rosto de Boot estava retorcido numa carranca infantil. "Certo. Não sei bem se *entendi* isso. Soou meio... sensual. E isso é judeu, não é?"

Alex meneou a cabeça pesada. O dr. Huang abriu a porta do consultório.

4

"Pega isso", disse Huang, passando uma compressa fria para Boot. Era um pedaço de musselina úmida, recheada com coisas inidentificáveis, cheirando de leve a hortelã. Não estava fechada, apenas torcida numa das pontas. Moça sempre muito empreendedora, Boot tirou a faixa de veludo negro do pescoço e usou-a para amarrar a outra ponta. Depois segurou a compressa junto ao rosto de Alex. Sua mão tremia por causa do frio.

"Põe nariz dele, ponte nariz!", gritou Huang, saindo em direção aos cubículos lúgubres que havia nos fundos, de onde, logo depois, veio o barulho de uma descarga.

"As coisas que eu faço por você!", trinou Boot, muito alegrinha.

Cabeça inclinada para trás, Alex olhava para o teto. Freqüentava aquela clínica desde a adolescência e conhecia o progresso da umidade; ela viera à tona e saturara o estuque todo. Nódulos de água pingando e estalagmites de mofo espalhadas por toda parte. Era uma sala que parecia estar sempre chorando. Tinha ido lá pela primeira vez uma semana depois da morte de Li-Jin, ocasião em que o aposento se enquadrava com seus sentimentos. Na manhã em que Sarah encontrou em casa um frasco de remédio receitado pelo dr. Huang. Naquela mesma tarde, o dr. Huang se viu diante de uma bela e jovem senhora, histérica, banhada em lágrimas. Ela queria saber por que Huang havia envenenado o marido dela. *Olhe para o meu filho!*, ela disse. *Explique isso para ele!*, ela disse. Os cabelos de Sarah estavam por toda parte. As meias, desparelhadas. Na mão esquerda, segurava a mão de um menino sombrio, de aspecto estranho, e, na direita, um remédio de ervas que Huang não receitava havia anos. Levou algum tempo para tudo se endireitar. Para o dr. Huang explicar que não via Li-Jin fazia muito tempo, para Sarah despencar numa cadeira, chorar e aceitar uma oferta de chá. Aquela foi a primeira vez que Alex tomou chá verde, ou pelo menos a primeira vez que guardou na memória esse fato. Lembrava, também, que o dr. Huang tinha contado uma história para as visitas. Depois de ouvi-la, Alex se sentira confuso, tanto por causa da história como porque sua mãe voltara a chorar:

A História que o Sr. Huang Contou a Alex e Sarah

Um homem rico, famoso em toda a corte, pediu a Sengai que escrevesse algo para a prosperidade contínua de sua família, algo que pudesse ser guardado e transmitido de geração a geração.

Numa folha de papel, Sengai escreveu:

O pai morre, o filho morre, o neto morre.

O homem rico ficou bravo.

"Eu lhe pedi que escrevesse algo para a felicidade de minha família! E o senhor transformou isso numa piada!"

"Minha intenção não foi fazer piada", explicou Sengai. "Se por acaso, antes de o senhor morrer, morresse seu filho, isso o deixaria muitíssimo triste. Se por acaso seu neto morresse antes do seu filho, tanto o senhor como seu filho ficariam arrasados. Se a sua família, geração após geração, falecer na ordem em que eu escrevi, seguirá o curso natural da vida. E a isso eu dou o nome de real prosperidade."

Ele não parecia ter envelhecido nada, o médico. Continuava ágil, magro, sem uma ruga. Usava uma malha azul já desbotada, comemorativa de um Festival de Jazz de Viena no qual o último trompete soara pelo menos vinte anos antes, um jeans coberto de logotipos de imaginários abrigos e pistas de esqui, e um boné de beisebol laranja tão velho e gasto que os famosos calcanhares alados da deusa vitoriosa tinham sumido.

E lá estava ele, abrindo a cortina de tiras de plástico colorido que marcava a linha divisória entre a clínica e sua casa.

"Jovem senhora. Seu nome é?"

"Boot. Eu me chamo Boot."

"Boot? De bota?"

"Na verdade é Roberta, mas todo mundo diz só Boot. Boot basta."

"Bem, senhorita Boot", disse o dr. Huang com certa rispidez, "a senhorita amiga Alex. Muito bem. Mas tem dinheiro para pagar?"

Boot, que crescera no interior, tinha um receio instintivo e hereditário de todo e qualquer chinês em toda e qualquer situação, excetuando-se a de entrega de comida. Ela recuou um passo. "E por que *eu* deveria lhe pagar, se o Alex acabou de entregar um cheque para o senhor?"

Mantendo a compressa sobre o nariz de Alex com uma das mãos, Boot estendeu a outra para pegar o que o dr. Huang tentava lhe mostrar.

"Ele não muito bem", disse Huang baixinho.

Era um cheque. Mas onde deveria estar a assinatura, Boot viu uma mesa mambembe, uma luva de beisebol e a metade inferior de uma cadeira.

NOVE / *Binah*

Compreensão • Todo mundo na Inglaterra já esteve num programa de perguntas e respostas • Identificação de objetos • Uma situação de Bogart/Henreid • Wittgenstein era judeu • Rubinfine leva as coisas adiante • Escrever cartas • Marvin explica • Anita diz não • Adam diz sim • Quem cortou as plantas?

1

O professor de matemática de Alex da quinta série estava na televisão. Tinha cento e oitenta e quatro pontos. Precisava de apenas mais uma resposta correta para obter a condição de campeão e garantir um lugar nas semifinais. Sem tirar o olho da tela, o convalescente tentou mergulhar um *nacho* no molho e comê-lo sem usar as mãos. Segurou-se enganchando os pés em volta da curva oposta do sofá. Começou a se inclinar para o chão.

O apresentador do programa disse: "Qual foi o filósofo que se mostrou encantado ao saber que um aluno seu tinha desistido da filosofia para ir trabalhar numa fábrica de enlatados?"

Alex repetiu a resposta oito vezes, bem depressa, depois outra vez em câmera lenta e, por fim, cantou-a. O professor de matemática deu uma resposta que revelava crenças alarmantes com relação à produção de comida na Grécia do século V. Alex mergulhou o nariz dolorido no molho e o deixou ali por um tempo. A dor estava com ele. A campainha soou.

"PORTA!", berrou Boot da cozinha. "PORTA. PORTA. *PORTA!*"

Isto é uma porta. Lá está uma tigela de molho. Aquele é meu professor de matemática. Isto é uma porta.

* * *

"Pois não, em que posso ajudá-lo?"

"É justamente o contrário", disse Rubinfine, fazendo o Gesto Internacional de oposto. Usava uma malha felpuda, cor de salmão, com os seguintes dizeres no peito: ERRAR É HUMANO, MAS *??!@# PRA VALER REQUER UM COMPUTADOR.

Alex ficou firme na soleira. "Se é a Torá que está vendendo, já tenho uma."

"Olá, Alex", disse Joseph. "A gente pode entrar? Só queremos conversar."

"O que houve com o nariz?", perguntou Rubinfine, empurrando Alex para a parede. "Discutiu com o punho de alguém? Alguém não gostou do corte do seu... *Olá*."

Boot tinha acabado de sair da cozinha com um ar ao mesmo tempo estridente e coquete, uma combinação que havia apurado já durante a infância para obter o que desejava.

"E seu nome é?"

"Boot."

"Mas é *claro* que sim. Amiga da Esther?", perguntou um confuso Rubinfine, cuja última amizade com o sexo feminino terminara quando a menina em questão resolvera urinar no tanquinho de areia dele. "Ou...?"

"Do Alex, na verdade. Quer dizer, nós... nós... quer dizer, nós temos alguns interesses comerciais em comum."

Até mesmo Boot, pensou Alex, fazia aquela mesma entonação culpada de filme B, aquele numerozinho da Outra falando com voz entrecortada — era tudo uma grande decepção.

"Boot, este é o rabino Rubinfine, um velho amigo, e este..."

Alex compreendeu rapidamente que a apresentação seguinte era desnecessária. Boot e Joseph caminharam sem jeito na direção um do outro (um desajeitado balé de cotovelos e lugares macios quando um casaco foi tirado), culminando em beijos desengonçados para os quais não havia ficado decidido nem qual face nem em que quantidade, outra convenção de filme B. Alex sentiu uma onda de fúria invadi-lo ao encaixar a última peça do quebra-cabeça de uma simplicidade ofensiva. Nem por um instante imaginou que os dois pudessem se conhecer.

"Vocês dois já se...", disse Rubinfine, enquanto avançavam para a sala. Nessa altura, sorriu e acomodou-se numa poltrona, indiferente tanto ao fim da própria pergunta como à onda escarlate que tomou conta do pescoço de Joseph e subiu até as orelhas pontudas. Rubinfine apanhou o primeiro livro que lhe caiu nas mãos — uma história das vieiras voltada para o público leigo — e folheou até as fotos do meio.

"Há pelo *menos* o quê, uns três meses?", disse Boot, empoleirando-se na beira do sofá. "Nunca *imaginei* que vocês dois também fossem amigos. Mas é claro que seriam. Não é muito grande o nosso mundinho, não é verdade? Imagino que, no fundo, todo mundo que entra na loja conhece todos os outros freqüentadores. Mas que engraçado isso! Joe e Alex! Parece até uma peça ruim de teatro. Nossa. Joe, por falar nisso, fico contente que não tenha comprado aquele Irmãos Nicholas. É uma peça bem bacana, mas não vale nem a *metade* do que o Cotterell está pedindo. Ele é teimoso demais pra baixar o preço, pra admitir o engano... Ele acha que o mercado para os fãs de música está prestes a explodir, entende..."

Boot não era nenhuma tola; pressentia a tensão extraordinária na sala. Desgostoso, Alex observou a moça concluir, em silêncio, de que fora ela, e o desejo por ela, a causa daquela atmosfera. Com a unha, enquanto Boot tagarelava sem parar, Alex desenhou na palma da mão uma silhueta que lembrava de propósito os famosos contornos de clepsidra de Marilyn. Costas arqueadas, abdômen contraído, espichando os lábios como pétalas ruborizadas, inclinando bem a cabeça para baixo, mas olhando para o teto — que dom mais poderoso, esse, incrível! A última palavra em Gestos Internacionais Sexuais: a metamorfose da mulher em vaso.

"Você simplesmente iria achar que não era *possível*", disse Rubinfine, arqueando uma sobrancelha, mas voltando a olhar para o livro que continuava aberto sobre seus joelhos. "Duzentas e não sei quantas páginas falando de vieiras. De um molusco. É preciso admirar o escritor. De onde é que ele tira a *força de vontade*?"

"Joseph", disse o pobre Alex, tremendo de raiva, "chá — será que você pode? Me ajudar? Trazer algumas coisas pra cá? E uma bebida — quem sabe a gente toma alguma coisa — exceto os rabinos, claro."

"*Inclusive* os rabinos. Pelo que lhe sou muito grato. Que *dia* eu tive."

Joseph, que ainda não havia sentado, começou a avançar com os passinhos de pombo de um condenado. Alex seguia logo atrás, apressado.

"Bom", Alex ouviu Boot dizer, enquanto dava uma pequena cutucada sub-reptícia nas costas de Joseph, na saída, "na minha opinião você não tem muita *cara* de rabino..."

Na cozinha, Alex encontrou Grace e pegou-a no colo, segurando a relutante gata bem perto do peito, para não correr o risco de esmurrar alguém. "Eu compreendo", disse ele, sombrio.

"Alex", disse Joseph, dando uma olhada para a porta, para ver se estava mesmo fechada, "eu não sei direito se você *compreende* de fato."

Alex esticou uma das mãos por baixo de Grace para apontar um dedo no ar e mandar Joseph para aquele lugar. "Você me dedou. Em proveito próprio."

"Isso é meio dramático, não é não?", disse Joseph, mexendo na gravata. Com os olhos bonitos baixados, pegou a chaleira e encheu de água. "Isso está me cheirando meio a sub-Garbo, confere?"

"Foi você que contou para a Esther sobre a Boot", esganiçou Tandem, "não o Adam. *Você*. E é muito provável que esteja tudo acabado entre a gente. Um relacionamento de dez anos que você simplesmente destruiu. Muito obrigado."

"Alex..."

"E eu estou aqui parado tentando apenas entender *por quê*. Você acha mesmo, Joe, será que você acha mesmo que a Es largaria de mim pra ficar com *você*?"

Joseph parecia alarmado — levantou rápido a cabeça, com um ar espantado. Riu, porém mais de desespero.

"A *Esther*? Não, Alex, você entendeu tudo errado — do que é que você está falando? A Esther é como uma *irmã* pra mim."

"Você sempre competiu comigo", disse Alex, falando por cima do outro. "Era essa a questão então? Quer dizer que você ia apenas ficar com ela *por ficar* — por que está rindo? O que tem aqui de tão engraçado?"

"Nada!", gritou Joseph, batendo o pezinho pequeno no chão. "Escuta, me dá só um segundo pra eu me recompor... eu *quero* explicar — isso não tem *nada* a ver com a Esther, quer dizer, não *dessa* forma."

Alex sacudiu a cabeça, como se tentasse endireitar uma idéia. "A *Boot?*

Então é isso? Está achando graça? Escuta aqui, Joe, você pode *ficar* com a maldita da Boot, cara, não precisa ferrar com a *minha* vida pra isso."

"Não, escuta, espera, isso está indo rápido demais", disse Joseph, empurrando ambas as mãos para baixo, no ar, o Gesto Internacional para calma. "Eu apenas achei... Ela é minha *amiga*, a Esther é *minha* amiga também — e eu apenas achei que ela merecia saber, só isso. Eu sinto muito, de verdade — eu apenas... ela não parava de me *perguntar*, estava desconfiada de *algo*. Por favor, vamos esquecer essa história toda. Eu *sinto* muito. É claro que cometi um erro."

Alex xingou com ferocidade. Joseph vacilou e pôs uma das mãos na lateral da pia.

"Não é nada do que você está pensando", começou Joseph. A frase — aquela horrenda frase de filme — fez Alex dar risada.

"Joseph, eu não *acredito* em você. Você *sempre* competiu comigo. Você não *suporta* me ver — mas espera um pouco, *espera aí*, porra"... Alex largou Grace no chão. "*Cacete*, como eu sou idiota. Você avisou o Cotterell que eu ia aparecer com aquele Alexander, certo? Estou certo ou não? Você contou pra ele que eu estava vagando pela cidade com um autógrafo falso. Seu *miserável*. Bem, pra sua *informação*, eu estava vendendo o troço pro Brian Duchamp. Que precisa, e muito, do dinheiro. Portanto, meus parabéns. Joseph, qual é o *problema* com você? Por que está tentando me ferrar....?"

Joseph engasgou um pouco, na tentativa de soltar um riso zombeteiro. "Olha só, não dá pra eu ficar com todos os créditos por isso — não no momento..."

Alex esmurrou um armário a sua frente. "Você *contou* pra Esther. E eu tratei o Adam feito lixo, hoje, por sua causa. Você *me dedou*."

Joseph mordeu o lábio. Dava a impressão de estar prestes a cair no choro. "Eu contei pra ela", começou, com voz incerta, "o que ela merecia saber e teria ficado sabendo de todo modo, no fim. Todo mundo sabia. Sério, mesmo, Al, foi uma demonstração tão grande de *desprezo* por ela, como se a Esther nem sequer existisse..."

"Olha só, cara — uma coisa que eu dispenso é conselhos sobre relacionamento vindos de *você*. No dia em que você conseguir *ter* um relacionamento, Joe, então venha falar comigo, tá?"

"Desprezo mesmo", prosseguiu Joseph em voz baixa, recuando um passo, "e, porra, meu, você sabe... no que diz respeito à Boot, como você fez questão de me lembrar, com tanta gentileza, eu sou um cara solteiro. Você não. Olha só, eu nem sequer... eu não acho que esteja interessado nela pra valer, de qualquer modo e... Alex, a questão não é bem essa. Você não está agindo de modo civilizado. Nós viemos aqui esta noite, o Rubinfine e eu, como amigos, pra tentar..."

Alex apanhou uma garrafa enorme de vodca polonesa do aparador, agarrou-a pelo gargalo e apontou-a para Joseph Klein. Lá dentro flutuava um fio amarelo de capim, boiando perto da boca. "Está vendo isto aqui? Começamos com dez pontos. O que é isto?"

"É vodca polonesa. O quê? O que eu deveria ter dito? O quê — que é uma bebida? O quê?"

"Sim, mas não apenas. É uma bebida, certo. Mas pense melhor. Vamos lembrar dos nossos diplomas de faculdade. Vamos lembrar do nosso Ludwig Wittgenstein. Fale-me a respeito da natureza de uma proposição."

"*Alex* — se controla, cara — não, não, tá bem — calma *aí* — certo, certo, o significado de uma proposição está no seu *uso*."

"Portanto?"

"Portanto sempre pode vir a ser uma arma."

"Dez pontos! Nós vamos beber isto aqui até ficarmos incivilizados. E então, quando estivermos incivilizados, eu vou te arrancar o couro. Com isto. Meu amigo. Meu querido amigo de infância. Entendeu bem? Estamos entendidos, nós dois? Vamos fazer uma espécie de luta livre. Esta é uma nota promissória, Joe. Um mandamento."

"Alex... você não *entende*. Não *mesmo*."

"Mas antes nós vamos beber. Vamos ficar de porre. Coisa da metade do filme. Vamos beber à saúde de Esther — ela vai ser operada no domingo, você sabia? Eis aí um fato pra você. Muito bem, vou pegar isto, e isto — tem mais aqui embaixo, pronto, cá estamos. Você abre aquele armário lá. Pega alguma coisa pra beliscar. Tem refrigerante na geladeira. Segura isto. E isto. Não, me dá isto aqui. Pega uma bandeja pra essas..."

"U-lá-lá!", disse Boot, alguns minutos depois, já empoleirada no braço da poltrona de Rubinfine. "Olha só pra vocês dois. Isso tudo é pra mim?"

"Estamos dando uma festa entre aspas", disse Alex-Li, sombrio.

* * *

"Que gozado", disse Boot algum tempo depois, e em voz mais alta do que imaginava, "eu na verdade queria ser atriz. Mas não dá pra todas serem. Quer dizer, nem *todas* podem ser atrizes neste mundo. É meio como tirar a sorte grande, no fim, ou algo parecido, sei lá. Um bilhete premiado, sabe como é?"

Ela estava encostada ao lado da falsa lareira e de seus carvões de plástico reluzentes, com uma taça de vinho tinto, a terceira, entre as mãos em concha. Rubinfine continuou a menear a cabeça mesmo depois que ela terminou de falar, e a pegar todos os cartões de cima do consolo da lareira para ler as mensagens.

"Você alguma vez desejou ser alguma coisa, rabino? Quer dizer, além de, você sabe, um rabino?"

Rubinfine ergueu um minúsculo ídolo mexicano pelo pênis pela quinta vez. Começou a revirá-lo nas mãos. "Eis aí um fato interessante", disse, com animação, atirando a cabeça para cima. "Outro dia fui fazer uma palestra para algumas crianças a respeito do significado do Purim, mas no fim minha apresentação não preencheu a hora inteira, eu tive uns probleminhas com o PowerPoint e houve outras complicações adicionais — bom, isso não vem ao caso para a história —, mas, continuando, para preencher o tempo eu perguntei às crianças o que elas queriam ser quando crescessem e..."

Boot soltou uma risada inesperada e depois deu a impressão de estar a ponto de chorar. Rubinfine franziu o cenho, mas foi em frente.

"Exato, e de uma classe de trinta e cinco alunos, nove queriam ser modelos, quatro queriam ser atores, dois queriam ser cantores, dez queriam ser jogadores de futebol e os restantes queriam trabalhar com 'entretenimento', apenas isso, com 'entretenimento'. Tentei obter mais detalhes deles, mas não adiantou. Nunca vi pessoinhas mais — só um pouquinho mais, obrigado, assim está bom —, mais ambiciosas que aquelas."

Boot engoliu o que restava na taça e começou a se servir de mais uma dose. "Rabino, sinceramente, eu tenho que contar isto pra você — sei que vai entender —, mas quando eu estava na escola..."

"Olha, só um instantinho, com licença", disse Rubinfine, que tinha horror a confissões. Precisava ligar para Rebecca a respeito das novas providências, já que trinta por cento dos anões (o termo tinha se alojado em seu cérebro e não havia como tirá-lo dali), conforme havia transpirado recentemente, seguiam uma dieta vegetariana.

"E vocês dois, como estão indo?", disse Boot, meio desesperada, encaixando os cotovelos no consolo da lareira e virando o corpo para o sofá. Sentados ali desde o início das festividades, Joseph e Alex bebiam vodca e travavam uma conversa rabugenta sobre os conhecidos de infância. Tinham varrido os bons tempos e distorcido a ordem e a gravidade das desfeitas sofridas segundo o gosto de cada um. E se voltaram para Boot qual uma platéia ébria e hostil de matinê.

"Nunca me senti tão bem", disse Joseph, deixando cair a cabeça.

Boot roeu uma unha. "A *festinha* não está lá grande coisa, não é mesmo? Toda hora eu sinto que quero *chorar*. Isto aqui está mais pra como é que é mesmo — um velório, ou algo assim. É como se alguém tivesse morrido, mas ninguém sabe de fato quem foi. Nada me tira da cabeça que há um limite pra quantidade de músicas de Leonard Cohen que uma festa consegue aturar. Pra falar a verdade", ela continuou, emborcando seu vinho e tropeçando um passo à frente, "acho que vou andando agora, Alex, se você não se importa. É, acho melhor eu ir andando."

"Fique, Boot", disse Joseph, sem maiores rodeios, ainda de olhos fixos na mesinha de centro diante dele. "Se você for embora, ficaremos só nós, os homens. E não tem a menor graça, só homens. Vamos ver um filme ou coisa parecida. Será divertido."

"Obrigada, Joe, mas acho melhor..."

Alex lambeu a seda do baseado e olhou em volta. "E onde foi que se meteu o rabino agora?"

Boot deu de ombros. "Sei lá. Deve ter ido lá pra cima, acho."

"Desaparecido", disse Joseph. "Provavelmente morto."

"Se você for", disse Alex, com o sotaque arrastado do conhecido ator John Wayne, "o rabino ganha."

Lá em cima, o rabino Mark Rubinfine conseguiu permanecer desaparecido por mais um tempo. Tinha ligado para Rebecca, mas a conversa acabou sendo curta e mal-humorada, graças a sua inabilidade em aceitar a frase "minicoxinha-coquetel" com a mesma seriedade com que fora dita. Era possível que tivesse bebido um pouco demais. E chegara àquele ponto que qualquer um que organiza um jantarzinho, mesmo pequeno, para quatro pessoas, acaba atingindo: *por que eles não cozinham a própria comida, contratam o próprio DJ e dançam na porra da casa deles?* Para Rubinfine, essa sensação se via aumentada exatas quarenta e oito vezes, uma para cada um daqueles encrenqueiros em miniatura que estava sendo coagido a entreter.

Tinha desligado o aparelho enquanto Rebecca ainda falava. E, em vez de voltar lá para baixo, se viu sentado sem nenhum propósito na cama de Alex. Viu as moedas de chocolate, pegou um bom punhado delas e começou o intrincado processo de soltá-las de suas peles metálicas. Imagine viver desse jeito! Rubinfine estremeceu e colocou a mão livre sobre a mancha amarelada que Alex imprimira na parede. O amor que Rubinfine sentia por Alex jamais o impedira de ser franco consigo mesmo a respeito da superioridade inerente de sua própria situação, quando comparada com a do pobre Tandem. O rabino Mark Rubinfine tinha um pátio e uma esposa, cortinas e tapetes, um chuveiro possante e uma mesa de jantar com doze lugares. Assim que o dr. Guy Glass curasse Rebecca de sua tocofobia, a casa se encheria de crianças. Entendeu? Ele havia colecionado coisas durante sua vida, que é o que você deve fazer, colocá-las com todo o cuidado entre você e a morte, como numa corrida de obstáculos. O quarto de Alex era igualzinho a um quarto de estudante. Não havia diferenças visíveis entre o quarto de Alex quando ele tinha dezesseis anos e o quarto dele agora. As calças continuavam formando uma montanha. As meias ainda berravam por suas companheiras.

Rubinfine inclinou-se para a frente para olhar para Mountjoy. Lá fora, era o mundo dele. Não conseguiria se imaginar desprovido de poder ali no bairro, sem platéia. Alex e Adam, como Akiva, escondiam-se em suas cavernas! O rabino Rubinfine sorriu com afeto para a excentricidade de seus amigos mais antigos. Viu a famosa nota sobre a escrivaninha de Alex, ao lado de uma valise. Tinha sido uma tortura para Rubinfine lembrar de não gastar a sua. Depois, pararam de imprimir cédulas de uma libra e isso o aliviou da responsabilidade.

Chutando fora os mocassins, agarrou o pé direito e ergueu o calcanhar para examinar a pele dura da sola. Descascou uma grossa beirada e jogou na direção de um cesto cheio até a borda. Olha só este lugar! Alguns dos pôsteres tinham quinze anos ou mais. Ainda ali, em cima da cama, o falso anúncio que prometia o enfrentamento de quatro jovens matadores — *Mark y Joseph y Alex y Adam* — com um gigantesco touro espanhol. Devorando a última moedinha de chocolate, Rubinfine foi espiar mais de perto uma reprodução de um texto cabalístico mantuano do século XVI, uma única página do Zohar, talvez, ou do Sefer Yetsirah. Rubinfine, pelo menos para si próprio, não se fingia de entendido no assunto. O texto estava escrito dentro de duas mãos com polegares pontudos. Pássaros em torno de roseiras adejavam nas margens, de ambos os lados. O nome de Deus, rodeado de flores, fora posto no alto. Era delicado, era magnífico. *E quanto já não fizemos, no decorrer dos tempos!*, murmurou o coração contente de Rubinfine, porque, não obstante tudo quanto Mountjoy pudesse achar, ele não se tornara um rabino apenas para agradar ao pai. A seu modo, por modesto que fosse, queria *levar as coisas adiante*. Como o encarregado da continuidade nas filmagens. Na época, Adam não se satisfazia com essa analogia, para ele o rabinato tinha de ser inteiramente puro, como uma discussão que um homem tem com Deus. Deus, entretanto, nunca tinha conversado com Rubinfine, não de fato. Rubinfine era apenas, e com toda a honestidade, um fã do próprio povo. Amava e admirava sua gente. Os livros que escreviam, os filmes que faziam, as músicas que cantavam, as coisas que tinham descoberto, as piadas que contavam. E não conseguira encontrar outra forma de demonstrar esse afeto. Durante a infância, a terapia já apontava para o problema de Rubinfine. Relações pessoais não eram seu forte. Sempre se sentia mais feliz lidando com uma multidão. Com o povo de Mountjoy! Com o povo! Nunca nutriu esperanças de contribuir com alguma coisa, de poder dar algo ao povo, nunca se imaginou capaz de oferecer qualquer grande compreensão rabínica — tudo o que almejava era guiá-los por um período breve. O período compreendido entre o rabino que viera antes dele e o que viria depois.

Foi então que tropeçou no próprio pé, ameaçou ir para trás, deu um soluço, riu, endireitou o corpo, fez um movimento de boxe imitando o pôster de Ali, apanhou a bolsa de Alex do chão e atirou-a na cama. Sem perder a porta de vista, para onde olhava a cada poucos minutos, revistou rapidamente todas as divisórias, à procura. Pensou, por um instante, que Louise Brooks fosse Kitty, mas Kitty era posterior, não? E tinha um rosto diferente. Mais moderno. Havia tantos ali. Há tanta fama no mundo. Taylor, Pickford, Grayson, Cagney, Chevalier. E aqui estamos nós.

Rubinfine tirou a fotografia de Duchamp da proteção de plástico e levou alguns momentos para admitir que ela era espetacular. Se alguém fosse perder a cabeça por causa de uma mulher e da assinatura dela, não havia melhor candidata. Olhou um pouco mais, embevecido com a arquitetura das maçãs do rosto. Depois rasgou a foto em seis pedaços.

A satisfação foi considerável. Era o que ele e Joseph haviam resolvido fazer, a caminho de lá, embora jamais tivessem imaginado que seria assim tão fácil. Previram uma noite inteira de drama, uma enxurrada de lágrimas, montanhas de lenços. A intenção era entrar e prensá-lo até Alex entregar o autógrafo. Porque a fixação dele não terminaria enquanto aquilo não sumisse. Esse era o argumento de Joseph, e Rubinfine concordara, ou decidira concordar. Pronto. Agora tinha acabado.

Contentíssimo consigo mesmo, Rubinfine juntou os fragmentos da foto nas mãos e levantou da cama. Entreteve-se alguns momentos com a analogia de pais que obrigam o filho destroçado pela heroína a deixar o vício na marra. Refletiu com grande prazer sobre os axiomas "amor bruto" e "tudo pelo melhor". Estava já prestes a sair do quarto quando três fotos na parede mais próxima chamaram sua atenção: Norma Shearer, Debbie Reynolds e Deanna Durbin. O que me lembra, pensou Rubinfine (Debbie Reynolds→Eddie Fisher→Carrie Fisher→princesa Leia?Han Solo?Harrison Ford): aposto como ele está me escondendo algo. Aposto como o safado miserável está me escondendo o Ford, esperando para vendê-lo para outra pessoa, para alguém mais rico.

Rubinfine voltou até a cama e abriu a bolsa. Achou um Ford em dois tempos. Em silêncio, xingou Alex. Depois olhou mais de perto. E então se balançou na cama e soltou um grito extasiado por trás da mão. Para Mark! Por um longo minuto, achou que fosse chorar. Seu aniversário estava próximo, seria dali a duas semanas. E pensar que Alex escondera isso dele, e tão bem! O trabalhão que ele devia ter tido para conseguir isso para ele, personalizado, perfeito! Rubinfine ficou emocionadíssimo. Pensou em levar o autógrafo e mostrá-lo a todos aqueles professores, terapeutas e rabinos que haviam dito que ele não possuía a menor habilidade para relações interpessoais.

Olhem o que meu amigo fez por mim! Olhem o que meu bom amigo Alex-Li Tandem fez por *mim*! Com muita relutância, Rubinfine guardou o autógrafo no mesmo lugar onde estava. Faria ar de surpresa na próxima vez em que o visse. De surpresa e de satisfação imensa, o que era verdade, mesmo que fosse preciso encená-la de novo para a platéia.

Sobre a cama, um pequeno montinho composto de uma foto rasgada. Por alguns momentos, tinha se esquecido por completo daquilo, mas lá estavam os pedacinhos de papel para censurar o que fizera. Rubinfine recolheu tudo, enfiou nos bolsos e saiu do quarto. Parado no hall, ouviu o tiroteio entre Joseph e Alex. Boot, sem muito sucesso, tentava acalmá-los. O mote era *me dá aqui*. E o outro mote era *só passando por cima do meu cadáver. Se esta casa estivesse em chamas*, Alex ia dizendo, *eu pegaria meus autógrafos antes de qualquer outra coisa aqui dentro, inclusive você.*

O aflito Rubinfine deu um passo adiante e em seguida um para trás, depois, devagar, desceu a escada. Estava na entrada da sala. E, com uma clareza de estarrecer, ouviu o amigo dizer: "Escuta, você tem seu trabalho, não tem, Joseph? E o Rubinfine tem a família. E o Adam tem Deus. E isso é o que eu possuo. Minhas pequenas obsessões. Você também costumava ter, mas ultrapassou essa fase. Sorte sua. Mas eu não, certo? Será que deu pra entender? Isso é o que existe entre mim e meu túmulo. Isso é o que eu *tenho*".

Pobre Rubinfine. Enfiou a cabeça no vão da porta, disse aos presentes que o eczema de Rebecca piorara de novo, que se Joseph quisesse uma carona que fosse com ele naquele momento e desapareceu de vista.

2

Uma etapa bem posterior da festa; apenas duas pessoas estão presentes. O vídeo continua passando. Alex e Boot estão derreados no sofá, tendo um mal-entendido silencioso a respeito de sexo. Boot tirou as meias e espera ser apalpada, sem que exista para isso um motivo que ela possa apontar. (Certamente que não por *desejo*, por exemplo. Mais por uma espécie de *indignação*.) Alex, por seu lado, está decidido a não apalpar sem que para isso exista um motivo que ele possa entender. (Não por *falta de desejo*, como tal. Talvez seja uma objeção moral. Talvez a bebida.) Boot finge estar dormindo, embora esteja acordadíssima. Alex finge estar acordado, embora mal consiga manter os olhos abertos. Boot se sente ultraconfortável, mas não pára de se mexer, numa tentativa de reacender o debate. Alex está com uma câimbra danada, mas não ousa se mexer. Kitty está nos minutos finais de sua jornada, na canção de encerramento:

Você foi minha estrela da sorte...
Você disse que eu iria longe...

Por fim, enquanto rolam os créditos, Boot vira de costas para ele. É um dos maiores e inequívocos Gestos Internacionais, do tipo que é impossível ler errado.

cacadordeautografos habilitou o messenger (02.03)

cacadordeautografos: Es, estou vendo seu icone. Vc estah aih?
cacadordeautografos: Esther?
cacadordeautografos: Nem um alo vc vai me dar?
cacadordeautografos: Nem uma palavrinha vc vai me dizer?
Missticto c: Uma palavrinha.
cacadordeautografos: Oi!
Missticto c: Oi
cacadordeautografos: Ainda estah acordada. olah.
cacadordeautografos: Toque toque.
Missticto c: Não estou interessada.
cacadordeautografos: o cavalo entra no bar...
Missticto c: O Ads diz que viu vc hoje. diz que vc estava agindo feito
cacadordeautografos: o garçom diz: por que essa cara triste?
Missticto c: um completo idiota.
cacadordeautografos: Humm...
Missticto c: Tenho que ir p cama.
Missticto c: cansada, cheia
Missticto c: O Adam m fz ficar olhando as paredes a noite td
Missticto c: pirados tdos vcs
cacadordeautografos: espera...
Missticto c: boa noite Alex
cacadordeautografos: espera!

cacadordeautografos: POR FAVOR!

Misstictoc: o q?

cacadordeautografos: espera soh um pouco.

Misstictoc: ....?

cacadordeautografos: vou p NY amanha. Ainda nem fiz a mala.

Misstictoc: faço operaçao no domingo. ainda nem me submeti aos principios de uma das principais religioes.

cacadordeautografos: olha. Meu nome eh Alex-Li. Sou um desperdício total de espaço. *Desculpe*

Misstictoc: Pelo menos significa que eu n preciso ir ao baile do Rubinfine.

cacadordeautografos: graças ao senhor

cacadordeautografos: pelas pequenas mercês.

Misstictoc: bem pequenas. 1m e 30.

Misstictoc: Badum bum bum.

Misstictoc: obrigudiiiiinho

cacadordeautografos: vc engraçada. sodade de vc

cacadordeautografos: mt mesmo.

Misstictoc: dah lmbrç p Ny por m

cacadordeautografos: Eh td um porre

Misstictoc: dah lembraç p a Kitty por m (ela mora lah, certo? 109 anos de idade...)

cacadordeautografos: sem vc. Falo serio. nd funciona

Misstictoc: na rua 109.

cacadordeautografos: Falo serio. O mundo estah quebrado.

Misstictoc: meu concurso para mulheres centegenarias (? eh assim que escreve?).

Misstictoc: boa noite alex.

Misstictoc: pois eh, mas quem eh que vai consertar?

Misstictoc desabilitou o messenger (02.18)

cacadordeautografos: esther??

cacadordeautografos desabilitou o messenger (02.19)

3

A sexta-feira amanheceu azul, sem uma nuvem no céu. As sombras compridas faziam com que casas tímidas de cores clarinhas se debruçassem para a frente e trocassem um beijo. As árvores espichavam o corpo para brigar com dedos de lutadores profissionais.

"Aquela? Aquela lá era a Boot", explicou Alex a Marvin, seu entregador de leite, que se encontrava na soleira da porta.

"E? Ela serve?"

"O quê?"

"A Boot. Ela serve?"

"Ah, entendi. Não. Não exatamente. Uma excelente mulher, porém. Fantástica na verdade."

Virando ao mesmo tempo, Marvin e Alex ficaram vendo Boot, vestida com as roupas da véspera, descer pela calçada e desaparecer naquele ponto onde a ruazinha amarela e bonita de Alex se encontra com a rua comercial de Mountjoy e com todos os fatos obscuros e contestáveis do mundo.

"Cara, se eu tivesse o que você tem...", disse Marvin, acompanhando sua frase com um assobio. Marvin era um fã ardoroso de Esther e dava em cima dela aberta e incansavelmente. Era um dos que a chamavam de "princesa africana", descrição que ela considerava um insulto, junto com todos os outros redutores femininos: Boneca, Gata, Monumento, Gostosa, Amiguinha.

Alex estalou os dedos. "Ah! Marvin, antes que eu me esqueça — não preciso de leite até a semana que vem. Estou indo pra Nova York."

Marvin devolveu o bloco de pedidos ao bolso do uniforme. "Vai pra Nova York. Não quer leite. Mantemos contato. Continuo trabalhando no bairro et cétera e tal."

Em seguida Marvin enfiou a mão numa sacola que trazia pendurada no ombro e tirou lá de dentro um pacote de tamanho médio. "Antes que *eu* me esqueça, você recebeu mais um troço destes. O Gary Fitz — eu conheço ele faz tempo, *muito* tempo —, é ele que entrega a correspondência aqui no pedaço, mas não curte muito vir até aqui, não — muito fora de mão, e numa ladeira ainda por cima —, de modo que ele começou a me passar estes troços, quando vão pra ele. Tá lembrado? Eu te dei um na semana passada, ou sei lá quando."

"Me deu, é?", disse Alex, distraído, pegando o pacote de consistência macia nas mãos e rasgando a tira vermelha. Olhou por cima dele para o carro imprestável, pensando se deveria dar um pulo até a Hollywood de A a Z para pedir desculpas a Adam, ver Esther.

"E como vai a cabeça, falando nisso? Onde foi parar a sua cabeça, Alex? Ela voltou pra casa?"

Do meio de duas folhas grossas de cartolina, Alex puxou uma foto imaculada da conhecida atriz Kitty Alexander, assinada em letras bem grandes no lado mais claro da foto. Ele estendeu um braço na direção de Marvin, para se apoiar.

"Você não tá bem?"

"Não estou entendendo", sussurrou Alex, olhando desesperado em volta.

"Não é física espacial, não, cara. É só o correio. Alguém manda, você recebe. Bela foto. E quem é essa aí? Ei, *ei*, não fecha a porta ainda não, você tem que assinar o recibo, Alex — espera aí, cara — senão eu não recebo minha comissão, compreende? Não tem dindim pra mim."

Alex segurou a foto contra o peito, depois a esticou à frente. Se aquilo não era verdadeiro, ele não se chamava Alex-Li Tandem. A dedicatória: *Para Alex, finalmente — Kitty Alexander*. O rosto de Alex explodiu em tecnicolor.

"Isto aqui foi obra do Adam? Adam Jacobs — da loja de vídeo, você sabe quem, no final da rua. O meu amigo. Ou foi coisa do Rubinfine, o rabino? Por acaso foi armação de alguém pra cima de mim? De onde *veio* isto?"

Marvin suspirou, tirou o pacote da mão de Alex e virou do outro lado. "Endereço do remetente, americano, envelope... americano. Eu diria que veio dos Estados Unidos, cara. Olha só, eu não posso ficar parado aqui o dia todo. É só uma encomenda. Parece igualzinha à que eu dei pra você na semana passada..."

"Por que você fica repetindo isso? Quando?"

"Na semana passada — chegou um pacote dos Estados Unidos pra você, e eu entreguei. Eu sou o Marvin. Isto é uma casa. Aquele é o seu carro. Lá está o céu. Até, cara."

Como de hábito, Marvin fez sua lenta retirada rumo ao portãozinho da frente, mas antes que chegasse lá Alex resolveu encarar o chão gelado e saiu correndo atrás dele, descalço.

"Espere, Marvin, espere. Quando você me entregou esse outro pacote, por acaso você... por acaso você abriu? Quer dizer, você me *viu* abrir?"

Marvin fez o Gesto Internacional de puxar pela memória: a testa franzida. “Ãn... *Nossa*, cara, eu não me lembro. Não, acho que não. Você tava todo apressado, não tava? Ia pra algum lugar, tava de saída — sei lá. E depois eu não te *vi* mais por cinco dias seguidos. Você resolveu curar a ressaca *dormindo*, se entende o que eu quero dizer. Ah, cara — eu tinha esquecido —, assina aqui, por favor.”

Alex assinou a prancheta de Marvin, fazendo um pingo tempestuoso no *i*. Agarrou as bochechas de Marvin e lhe deu um beijo na boca.

“*Oi!* Sem essa, meu. Eu não sou desse tipo, não, cara. Sou um entregador de leite. Um entregador de leite. E tenho dito. Espere — *essa* é a sua assinatura? Isto aqui nem inglês é. Isto aqui é chinês, cara?”

“Agora olha só, Marvin”, disse Alex-Li, sorridente, “isso é um bom sinal. Você não me viu abrir o pacote. Esse é o fato mais importante até agora. Porque significa... você não percebe? Eu não sou louco. Eu devo ter aberto a encomenda na casa do Ads, quando já estava chapado. O que é uma temeridade. Mas não insanidade. Eu não sou louco. Ao contrário. Eu entendo. Eu *entendo*.

“Meio cedo ainda pra epifanias”, disse Marvin, em tom de desaprovação. Deu uma sacudida geral de adeus na camisa e fechou o portão atrás de si.

“Anita”, disse um Alex-Li Tandem sem fôlego, alisando o cabelo amassado de sono e colocando a caixinha das necessidades da gata no chão, a seus pés. “Nossa, você está com um aspecto ótimo. Olha só, que bom que eu te encontrei em casa antes de você sair pro trabalho... é que, isto é meio incômodo, mas o negócio é que estou indo pra Nova York esta noite, coisa meio de última hora, compreende — e eu queria saber, na verdade... como são só uns poucos dias, se você não gostaria de ficar...”

“Não”, disse Anita-Chang.

Na Hollywood de A a Z, antes do horário de abertura da loja, os tolos deste mundo tentavam enfiar os vídeos não devolvidos dentro do prazo pela fenda que havia na porta de entrada. Só que Adam conhecia a jogada. E a fenda fora feita com dois centímetros a menos que os vídeos. Aquele era o portão por onde homem nenhum passava, exceto os verdadeiramente resolutos. Todas as manhãs, às nove horas, Adam assumia com muita calma seu posto ao lado da fenda e, sentado numa cadeira desmontável, punha o Zohar nos joelhos. As pontas negras e macias dos dedos corriam pela aspereza branca da página. Ele lia em voz alta e em hebraico.

O rabino Shim'on disse
"Este aqui não é conhecido por nome nenhum neste mundo,
pois há algo de sublime dentro dele.
É um segredo!
O fluxo de luz de seu pai brilha sobre ele!
Este segredo não se espalhou entre os Camaradas".

Alex, porém, tinha a manha. Sabia em que ângulo devia enfiar o seu vídeo de forma a arrancar uma lasca de tinta da porta e cair, com estardalhaço, no cesto de coleta.

"Tandem?"

"Sempre."

A emoção exagerada de Alex, naquela manhã, tornou a abertura da porta uma provação. Também transformou o chá numa agonia, assim como escutar aquela história inacreditável. Até pedir para Adam tomar conta de Grace, Alex já estava esgotado. Adam disse sim depois que sentaram nos três degraus que formavam o desnível entre os dois ambientes da locadora, os canecos de chá verde aninhados nas mãos, olhando do alto para um mar de histórias.

"Você conta pra Esther, combinado? Do mesmo jeito como eu te contei? Você conta pra ela todos os fatos. A história inteira."

"Assim que ela voltar da biblioteca. Prometo. A história inteira. Alex, você pensou um pouco mais a respeito..."

"Não é uma sensação incrível", disse Alex, "quando tudo se encaixa?"

Grace enroscou-se em volta dos calcanhares de Adam. Adam apanhou-a e segurou-a no colo.

"Quando o Lovelear vir isto aqui!", disse Alex, abraçando o pacote. "Tem o endereço do remetente, nítido feito o dia!"

"Hum."

Continuaram sentados em silêncio por mais um tempo, escutando a manhã.

"Adam", Alex perguntou de chofre, "o que você acha que o Joseph tem?"

Adam ficou visivelmente mais animado e virou o corpo para encarar o amigo. "O que você acha que ele tem?"

Alex franziu o cenho. "Bom, se eu soubesse não estaria perguntando pra você, certo?"

"Entendo", disse Adam baixinho.

Adam levantou, com Grace numa das mãos e *A garota de Pequim* na outra. Suspirou e repôs Kitty em seu devido lugar, entre *Gilda* e *Música e lágrimas*.

"Você parece decepcionado comigo", disse Alex.

Adam deu de ombros. "E no entanto essa história da Torá", disse ele, "é apenas a roupagem da Torá. Aquele que porventura achar que a roupagem é a verdadeira Torá — que seu espírito murche! A Torá tem um corpo: esse corpo está coberto por vestimentas: são as histórias deste mundo. Os tolos vêem apenas a roupagem, a história da Torá; nada mais sabem. Por baixo da roupagem está a verdadeira Torá, a alma da alma. Eles não olham o que há por baixo da roupagem. O Zohar nos ajuda a olhar debaixo da roupagem. Portanto, olhe apenas para o que existe debaixo da roupagem! Portanto, todas aquelas palavras e todas aquelas histórias — são roupagens!" Adam disse tudo isso em hebraico. A única palavra que Alex entendeu foi Torá.

4

"Não, agora não vai dar pra parar", disse Alex, contornando o estrado de uma cama de ferro. "O trem. E eu pretendo pegá-lo."

No entanto, Rubinfine, Darvick e Green abriram os braços e formaram uma parede. "Isto é danado de importante, com o perdão da palavra", disse Darvick, agarrando o cós do jeans de Alex.

"Sabe o que é, o negócio é que o rabino Rubinfine", disse Green, com voz de súplica, tomando o rosto de Alex nas mãos, "bom, ele tem algo muito importante para lhe explicar — ele quer explicar os motivos. De ter feito o que fez. Algo que, embora sendo bom na essência, pode não parecer assim tão bom de imediato. Entendeu?"

"Como é?"

"É *importante*", insistiu Darvick, agarrando Alex com mais firmeza, "que o rabino tenha a chance de oferecer ele mesmo um relato do ocorrido — de expor seus argumentos, como todo réu!"

Alex se desvencilhou da mão do rabino, levantou o pacote que levava e puxou Kitty de dentro da capa de plástico como se fosse uma espada. Empunhou-a por sobre a cabeça. Sentiu-se como o conhecido ator de cinema John Cusack. Disse: "Estão vendo isto?" — Rubinfine gritou como uma mulher — "Hoje isto é mais importante. Certo? *Certo*. Rubinfine, o que está havendo com você?", perguntou Alex, enquanto Rubinfine, depois de sentar no lugar onde estava parado, bateu a nuca três vezes no monumento.

"Percebe o que estamos tentando conseguir aqui?", trovejou Darvick, com um gesto na direção do estrado e do Deux Chevaux ao qual ele estava destinado.

"Entendo", disse Alex com simplicidade. "Mas não estou nem um pouco interessado. Ãn... ei... Rubinfine, você está..."

"Quatro rabis", interveio Green, olhando bem firme para Rubinfine, "entraram no Pardêss, o jardim paradisíaco. Um olhou e morreu, um ficou louco, um cortou as plantas e apenas um, o rabi Akiva, sobreviveu incólume."

Rubinfine ficou arrasado. Darvick disfarçou a risada. E Green, com um sorriso beatífico de orelha a orelha, recuou para deixar Alex passar.

"Rubinfine, será que eu..."

"Vá", disse Green. "Você já está atrasado."

Com o coração repleto de gratidão, Alex correu para apanhar o trem que já se fazia ouvir a leste, por sobre o pico do morro artificial que dá nome ao grande subúrbio de Mountjoy. Ainda pôde escutar a voz de Rubinfine, levada por um rabicho do mesmo vento leste, dizendo num tom profundamente ofendido. "Cortou as plantas? E isso significa o *quê*? Posso saber?"

DEZ / *Keter*

Coroa • Mercado do Jimmy • Coquetel com Lola-Lola • Teorias de conspiração • A Marca Jovem • Rádio Zen • Voando rumo ao nada • *Casablanca* zen. O colecionador salva

1

Mais tarde, na fila do *check-in*, Alex-Li começou a refletir com prazer sobre as glórias do dia. Depois do encontro com os rabinos, tinha tomado o trem para a zona leste e ido até o Jimmy's Antiques (mercado fundado em 1926), sentindo-se de ponta a ponta um conquistador heróico. Cruzou os arcos e passou por barracas molambentas que vendiam todo tipo de nostalgia: roupas, cristais, discos, pôsteres, selos, distintivos, moedas, autógrafos. Conhecia alguns dos comerciantes havia quase quinze anos, desde os tempos em que, ainda garoto, ia lá gastar a mesada. Sempre tivera uma certa afinidade com eles, por mais que relutasse em admitir. Mas naquele momento a sensação era diferente. Ele fora eleito. Quantos antiquários, ali, haviam encontrado aquilo com o que sonhavam, o seu graal particular? Por acaso Lola-Lola conseguira usar aquele vestido de Marilyn Monroe inflado por um vento subterrâneo? Por acaso Stuart Pike tocara a guitarra de Hendrix? E o conhecido escritor J. D. Salinger algum dia se dignara a rabiscar um bilhetinho amável para seu pobre e dedicado fã, Oliver McSweeney?

O peculiar, em obsessões do gênero, é a especificidade. Assim como um homem que tem um fetiche por japonesas frágeis de braços penugentos não se entusiasma por loiras curvilíneas e ousadas, também é muito improvável que alguém louco pelo calçado do conhecido astro do sapateado Donald O'Connor se entusiasme quando o dono da barraca ao lado lhe mostra a camisa de babados que Henry Daniell usou em *Camille*. Todo fanzinato implica perda de visão periférica: você enxerga um panorama quente, escuro e infinito numa única direção.

Alex marchou por todo o mercado, à procura de gente interessada. Foi informado pelo próprio Jimmy (neto do Jimmy original) que Lovelear e Dove estavam por ali, em algum lugar, mas que ele não sabia dizer onde. Pela primeira vez na vida, Alex queria, de fato, cruzar com Lovelear, ou pelo menos mostrar o seu Kitty a alguém que caísse de joelhos e erguesse as mãos para o alto.

No entanto Stuart Pike o viu primeiro. Coagido, Alex parou na barraca de Pike, com sua montanha de tralhas do século XX (perucas dos Beatles, coqueteleiras no formato de dançarinas de hula-hula), e ficou lá sentado alguns minutos, vendo a correspondência que ele trocava com assassinos em série. Um dos "amigos" mais infames de Stuart tinha sido executado fazia pouco tempo, no Texas. A marca registrada do sujeito era esculpir o nome das vítimas na testa delas. No corredor da morte, casou-se duas vezes e foi pedido em casamento por mais outras dez ou doze interessadas. Stuart estava inconsolável. "Cada uma das cartas que ele me mandou", disse, mostrando um exemplo a Alex, "eu podia vender pra uma americana. Quatrocentos, quinhentos dólares. Eu iria ganhar a maior grana, porra."

Stuart vinha de uma boa família de Yorkshire. Fizera parte de uma banda de rock no passado. Possuía três telas do conhecido psicopata John Wayne Gacy.

"Você sabe quem é a Kitty Alexander, Stu?"

"Aquela que matava os bebês no Arizona?"

"Não, não, ela é, ela *era* uma atriz. Dos anos cinqüenta. Russo-ítalo-americana. Muito linda. Atriz."

"Atrizes", disse Pike, como se estivesse diante de uma variação inusitada da espécie. "Nunca fui muito chegado em atrizes. Mas tenho o termo de fiança que a Lana assinou para tirar a filha da cadeia. Aliás, conheço um sujeito que tem as receitas de calmante da Judy. Verdade que só estão assinadas pelo médico, mas mesmo assim. Melhor que um chute no traseiro. Te interessa?"

Foi na loja de Lola-Lola, especializada em artigos dos anos 50, que Alex encontrou Lovelear e a satisfação. Já de pileque, Lola-Lola, uma divorciada moscovita de cabelo oxigenado, sentada em seu pufe cor-de-rosa, ingeria um coquetel e mostrava a Lovelear e Dove um baralho ilustrado com imagens da *pin-up* Bettie Page. Na frente da loja, Misha, seu sobrecarregado rapaz ("*moy malchik!*"), procurava desesperadamente a mão esquerda de um par de luvas de pelica branca pelo qual uma cliente se interessara. Na saleta dos fundos, Bobby Darin cantava a respeito de um planejado encontro embaixo d'água. Uma lâmpada zumbia e lançava uma luz avermelhada sobre visons aflitos, raposas flácidas, torradeiras em forma de discos voadores e saias que pareciam guarda-chuvas abertos. Na parede dos fundos, a projeção granulada de uma família americana qualquer, num gramado ensolarado, revivia seus tempos áureos num eterno churrasco.

Alex sentou de pernas cruzadas no chão, ao lado de Dove. Pôs o Kitty na frente de todo mundo. E começou sua história — já encurtada, àquela altura, e refinada. Lola-Lola soltou um gritinho de prazer no momento-chave e colocou a palma da mão sobre o copo de bebida. Lovelear abriu a boca para dizer algo, olhou mais de perto e permaneceu em silêncio. Dove estapeou de leve as costas de Alex e lhe deu um abraço, o que deixou Alex mais comovido do que gostaria de admitir.

"Ela simplesmente mandou pra você", disse Dove com respeito. "Sem bilhete. Sem explicação."

"Sem bilhete", repetiu Alex, engasgando. "Sem explicação. É apenas um presente. É um *presente*. Acho que ela quer me ver. Acho que ela quer que eu vá lá."

"Aaaalex", ronronou Lola-Lola lá dos arabescos de sua garganta, "mas que fantástico isso — depois de tempo, tanto assim, você mereceu. Mas eu acho que não é muito chiiic o tempo inteiro sorrir feito gato que lambeu o creme todo!"

"Se você quiser passar pra nós o endereço do remetente", disse Lovelear, com uma certa dose de galhardia na derrota, "eu e o Dove aqui podemos ir lá dar uma espiada pra você. Que tal? E na volta a gente te conta tudo."

"Obrigado, Lovelear", disse Alex alguns segundos antes que a ficha, como dizem os jornalistas, caísse. "Ótima idéia, mas você pode levar meses, ainda, até ir pra lá, e eu na verdade estou de partida agora mesmo, não, quer dizer, estou indo hoje à noite, vou dar uma espiada naquela tal de Autograficana, de modo que... pois é , estou a caminho da famosa... da grande..."

As glórias do dia, portanto, tinham ficado meio empanadas. Lovelear e Dove estavam, naquele momento, vinte e três passageiros atrás dele na fila que levava ao balcão do *check-in*. A cada curva acenavam os braços como franceses fazendo mímica, numa tentativa de transmitir recados simples, coisas do tipo: *Valise aberta*, *Melhor não levar fumo na mala* e *Olha só aquela gorda*. Doía em Lovelear que Alex não pudesse ouvir todos os seus comentários sobre as várias fases da fila e seus participantes. No último trecho, pelo visto, o incômodo tornou-se forte demais para que pudesse agüentar; desesperançado, Alex o viu abrir caminho à frente, contornando a pança por entre os conjuntos de malas das pessoas. Usava uma camisa branca apertada e alguma marca famosa de jeans, tendo lido numa revista que não havia como errar com uma combinação dessas. O artigo fora ilustrado com fotografias dos conhecidos atores Marlon Brando e James Dean. Alex gostaria de enviar uma foto de Lovelear ao jornalista responsável pela matéria.

"Então!", diz Lovelear, soltando sua colossal sacola no chão, "qual seria a jogada dela na sua opinião?" A sacola de Lovelear desaba e se esparrama em volta dos pés de Alex. Lovelear lhe dá um chute, mas ela só se move poucos centímetros, apenas o suficiente para atrapalhar outra pessoa. Dizendo algumas palavras de baixo calão, Lovelear apanha a sacola de volta, apóia no quadril, como se ela fosse uma criança, depois arremete para a frente para pegar impulso e joga a sacola nas costas. Lovelear é um dos poucos na fila com uma bagagem que necessita ser apanhada. Os demais têm bagagem com rodinhas ou malas rígidas, com alça. Os góis como Lovelear, que arrastam suas sacolas pelo mundo, podiam muito bem estar andando por aí agarrados ao pescoço de dodôs. Alex enfia a mão no bolso para pegar seu bloco de notas, mas o bloco ficou em casa. Assim que os dedos registram o vazio, percebe que na verdade não quer anotar nada, não naquele momento. Talvez nunca mais. Isso talvez seja a morte do livro. Ele se cansou de arquivar.

"Eu estava lá atrás", diz Lovelear, "remoendo o assunto, correto? E pensando: será uma *armadilha* ou algo do gênero? Quer dizer, será possível que seja? Por exemplo, e se o cara dela, o tal do Krauser, tiver alguma carta na manga, do tipo assédio ou coisa parecida, contra você? Aconteceu *igualzinho* com um colecionador amigo meu. E depois aquele troço que houve entre mim e a Sheedy, hoje mais conhecida como a moça dos papéis secundários — não estou dizendo que seja *isso*. Estou apenas salientando que não *sabemos*. Não temos os fatos todos. Você está simplesmente voando rumo ao desconhecido, é tudo que estou tentando dizer."

Essa obsessão conspiratória de Lovelear havia começado à tarde. Não lhe entrava na cabeça a possibilidade de que um objeto pudesse ter o status de "presente". Não acreditava, por exemplo, que um filme fosse mais que sua publicidade ou que uma pintura fosse mais que uma forma abstrusa de ganhar uma grana. Não acreditava que músicas ou livros fossem, de um modo ou de outro, substancialmente diferentes de sanduíches ou pneus. Um produto é um produto. Ele não acreditava em almoços por conta da casa. E não acreditava que uma mulher apenas...

"Sabe como é, que ela apenas *se vire* e faça o que vem se recusando a fazer há mais de vinte *anos*, e sem nenhum motivo? Quer dizer, por acaso isso faz algum *sentido* pra você?"

Alex lhe diz a mesma coisa que disse três horas antes e que vem tentando, de um jeito ou de outro, lhe dizer desde o dia em que se conheceram: isto não é um filme.

No avião, Alex fica aliviado ao descobrir que não está sentado com nenhum dos dois. Foi colocado num assento do corredor, com a ausência de Esther bem do lado. Reclinando a poltrona ilegalmente, abre a sacolinha plástica, presente do avião. O avião é uma marca famosa de avião, parte de uma marca mundial que abrange desde coisinhas como refrigerante até coisonas como um jumbo. Este é um avião para pessoas jovens e/ou jovens de espírito. Com pendores intelectuais. E um estilo natural. É uma marca que se utiliza da mais desavergonhada bajulação para obter o que quer.

Nossa juventude nada mais é que uma noite breve: que ela seja cheia de êxtase!

Pelo menos é o que está escrito, com uma fonte muito peculiar, na sacolinha de plástico. Alex não sente o menor êxtase ao abri-la; não sente nada, nada, nem mesmo se reconhece. Para quem é a sacolinha? Quem *é* esse jovem? E pra que ele quer lencinhos umedecidos para limpar o rosto em embalagens individuais? Por que ele gosta de todas as fontes em negrito e de todas as cores em blocos chapados, inequívocos? O que ele faz com um bloquinho tão pequeno de notas? — que notas ele toma?

Alex experimenta os fones de ouvido. No rádio, são três gêneros de música à disposição do jovem, nenhum de seu agrado. Há também um canal humorístico cujo humor provém da sensação de familiaridade com a vida do jovem comediante (*Aí então você vai à lavanderia, certo? E a sua namorada entra de repente, certo?*) que deixa Alex com vontade de cometer suicídio ao reconhecer a semelhança. Por fim, existe uma fita de relaxamento sub-zen na qual uma terapeuta de Los Angeles fica sussurrando koans, com o barulho de mar ao fundo. O mar só pode ter sido modificado, para ter aquela musicalidade que nunca parece possuir quando você está lá na beira d'água, preocupado com a poluição.

"*Uma mãe desesperada*", diz a terapeuta, "implorou a Buda que curasse o filho morto que trazia nos braços. Buda não fez nenhum milagre. Ele disse: 'Tragam-me uma semente de mostarda de uma casa onde ninguém...'."

"Poderia fazer a gentileza de afivelar o cinto, cavalheiro? O aviso ainda não apagou", diz a comissária de bordo para Alex, que nem sequer reparou que já estão no ar.

2

A colcha outonal de retalhos vai reduzindo de tamanho (do alto, é sempre outono na Inglaterra), até subirem acima das nuvens. Alex viaja no avião imaginando-se da perspectiva de uma criança entediada, presa dentro de um carro, olhando para o alto. Eles deveriam trocar; o avião foi desenhado para os muito jovens e os muito entediados. Tudo que cabe a Alex fazer durante as próximas seis horas e meia é comer, assistir televisão e dormir de vez em quando. Tudo isso é requerido com toda a sinceridade por ele e *dele*. Ninguém jamais desejou tanto o conforto e dormiu tão mal desde que era pequenino.

Há um grande empenho para fazer com que Alex não sinta que está ocorrendo algo importante, como voar, por exemplo. Em nenhum momento existe a sugestão de que ele e outros quatrocentos estranhos em condições ignoradas de saúde mental se encontram presos numa embarcação de quatrocentas toneladas que voa a mais de dez mil metros de altura, embarcação esta que se fia em equações de energia e velocidade que ninguém a bordo conseguiria esboçar, mesmo em sua formulação mais básica. Tudo no avião é uma interface, como as janelas do seu computador. Nada no avião tem algo a ver com voar, assim como sua máquina não tem nada a ver com processamento de informação. Imagens bonitinhas. Relatos agradáveis que contamos uns aos outros para nos distrairmos. Se Alex se debruçar o suficiente no corredor, pode fazer uma idéia do brilho da ilusão: essa experiência privada que ele supostamente está tendo é repetida até onde a vista alcança. As mesmas refeições, os mesmos detritos (a meia que some, a esferográfica que quebra, o cobertor amarfanhado, o copo de plástico estourado), o mesmo ângulo de inclinação das poltronas, as mesmas telas de televisão mostrando o mesmo pai e filho jogando bola, a mesma preocupação incessante com o espaço individual de cada um. Nesse contexto, deixar a interface e cruzar a linha branca é impensável. É tarefa para heróis — ou loucos. Acompanhada por cantos de pássaros, a senhora zen diz: "O conhecimento é a recompensa da ação, pois é fazendo coisas que nos transformamos. Executando um gesto simbólico, vivendo verdadeiramente um papel, esse é o momento em que percebemos a verdade inerente ao papel. Quando sofremos suas conseqüências, vislumbramos e exaurimos seu conteúdo". Alex muda para o canal seis, preparando-se para assistir ao famoso clássico do cinema *Casablanca*.

Deus é testemunha (pensa Alex cerca de uma hora e meia depois, banhado em satisfação) de que a Europa fez muitos filmes americanos, mas os americanos só fizeram um filme europeu: *Casablanca*. Ah, Casablanca! Rick joga xadrez, e não cartas. Todos os atores europeus que na época haviam emigrado para os Estados Unidos estão no elenco. A música, o roteiro, a fotografia — ouvidos, mentes e olhos europeus. Vejam o milagre que saiu! Um filme norte-americano sem final feliz, feito por europeus, quase todos judeus europeus, no meio de uma Guerra Mundial! Alex não consegue pensar num exemplo melhor da natureza acidental da grande arte. Ele conhece todas as lendas. O caos em que o roteiro foi escrito diariamente, os atores que não sabiam quais seriam suas falas até recebê-las nas mãos. Alex inclina a poltrona um último ponto (guardou-o para esse momento) e se maravilha com o tamanho da cabeça de Bogart. Acompanha em silêncio as falas que, para ele, parecem de uma pureza quase zen:

RENAULT: *Já me perguntei várias vezes por que você não volta para os Estados Unidos. Por acaso fugiu com o dinheiro da esmola dos pobres? Será que deu no pé com a mulher de um senador? Prefiro pensar que matou um homem. Esse é meu lado romântico falando.*

RICK: *É uma mistura dos três.*

RENAULT: *E o que foi que o trouxe a Casablanca?*

RICK: *Minha saúde. Vim pra Casablanca por causa das águas.*

RENAULT: *Águas? Que águas? Nós estamos no deserto.*

RICK (lacônico): *Fui mal informado.*

Fatos. Quando Bergman e Bogart se beijam, aquilo que dá a impressão de ser a lua é uma lanterna. Quando Lorre está contra a parede, seus olhos fazem um giro completo. Você sabia que Ronald Reagan foi cogitado seriamente para o papel de Rick? Que aquele *play it again, Sam* nunca foi dito? Que Ingrid Bergman achava Bogart um chato?

"Que os mecânicos — está vendo aqueles caras em volta do avião? Na cena final? Eles eram anões, na verdade. As pessoas não sabem — os fatos simplesmente se perdem. Sério, não é brincadeira, não. O avião era só uma cartolina recortada e eles não conseguiam acertar a perspectiva, de modo que contrataram anões para fazer os mecânicos, *acredita* numa coisa dessas?", pergunta Alex para o vizinho da direita, que está apenas tentando ver o filme em paz. O colecionador é o salvador de objetos que, de outra forma, se perderiam.

LIVRO DOIS

Roebling Heights
O zen de Alex-Li Tandem

Isto aqui é a minha vida, entende? Sempre será. Não há nada além disto. Só nós e as câmeras — e aquele pessoal maravilhoso lá no escuro.
Crepúsculo dos deuses, Charles Brackett,
Billy Wilder e D. M. Marshman Jr.

No século XII, o mestre chinês Kakuan desenhou a imagem de dez touros e fez uma anotação. O touro é o princípio eterno da vida, é a verdade em ação. Os dez touros representam os dez passos seqüenciais na realização da verdadeira natureza de cada um.
Zen flesh, Zen bones, Paul Repps e Nyogen Senzaki

UM / *À Procura do Touro*

1

"O mais longo Shabbat de toda a minha vida", concluiu Tandem, e xingou Lovelear, cuja bagagem ele carregava. Parando um instante, largou a sacola no chão, abriu a mão e viu uma paisagem intumescida de saliências vermelhas e ilhotas exangues, como uma vista aérea do Japão. Pela segunda vez, no mesmo dia, era manhã bem cedinho de um sábado gelado e inclemente. De que outra confirmação um homem precisa para se certificar da amarga futilidade das viagens internacionais?

Curvou-se de novo e apanhou a sacola. A seu lado, Dove estava no piloto automático, empurrando de olhos fechados um carrinho por um aeroporto batizado com o nome de um presidente morto. Lovelear, apesar das bravatas, tinha, na verdade, um profundo pavor de voar e se recolhera a um banheiro para vomitar de alívio.

"Olha, Ian: Nova York", disse Alex, enquanto se aproximavam de uma imensa porta giratória.

"Nova York, é", disse Ian.

"Já esteve aqui alguma vez, Ian?"

"Não posso dizer que estive, não."

"Está a fim de dar uma volta pela cidade?"

"Tudo parece...", resmungou Ian, já do lado de fora. Nevava. Alex abriu a boca para fazer uma pergunta, mas uma rajada atingiu-o bem no rosto, fustigando-lhe a língua com um gosto sujo e metálico de paraíso.

"... a mesma coisa às duas da manhã", disse Ian, baixinho, deitando a cabeça no ferro do carrinho. "Tudo."

Em meio à interferência provocada pela neve, Alex conseguiu divisar os famosos táxis, chegando e partindo sem parar, de modo que não havia nunca falta nem abundância, e homem nenhum era obrigado a esperar muito tempo.

"Sinto como se já tivesse estado aqui antes, um pouco", disse Ian, erguendo as pálpebras assim que um táxi parou ao lado deles e baixou o vidro. "Uma familiaridade, como Se de uma outra vida ou coisa parecida. Esquisito, né não? Tendo em vista que eu..."

"Taxi Driver", disse Alex, meio rude, tirando as malas do carrinho. "Manhattan, Noites Violentas no Brooklyn, Sindicato de Ladrões, Caminhos Perigosos, De Ilusão Também Se Vive, Amor, Sublime Amor, Um Dia em Nova York, Serpico, Uma Dupla Desajustada, A Escolha de Sofia..."

"A Malvada", interrompeu o taxista, "King Kong, Wall Street — Poder e Cobiça, O Feitiço da Lua, Primavera para Hitler, Forasteiros em Nova York, o original e o outro, O Chefão, partes um e dois, Kramer vs. Kramer e aquela maluquice de Os Caça-Fantasmas. A gente pode ficar aqui fazendo isso a manhã toda, amizade. Mas o taxímetro tá correndo."

"Todo mundo já esteve aqui antes, Dove", disse Alex abrindo a porta do táxi.

"Você tá *brincando*, não tá?", berrou Lovelear, cuspido de supetão pelas portas giratórias e pensando num filme muito diferente. "A gente pode arranjar uma limusine em qualquer lugar aqui."

"Ah, isto é que é *vida*", disse Lovelear, enfático, fazendo o canhestro Gesto Internacional para luxo (mãos atrás da cabeça, pernas estiradas e pés cruzados). "Quer dizer, isto é que é *a* vida."

Alex não tinha certeza. Por alguma razão, a limusine, ainda que fantasticamente comprida vista do lado de fora, não parecia ser mais espaçosa que qualquer táxi amarelo normal, depois que se entrava nela. E estava meio suja também; o estofamento, puído e todo manchado pelos entusiasmos dos que buscavam emoções. (Quantos boquetes, pensou Alex, e quantas rolhas de champanhe? Por que motivo tanta gente acaba acreditando que essas coisas são para se fazer dentro de limusines?) De dois *decanters* empoeirados saiu um uísque pálido, morno, ao qual Lovelear acrescentou, feliz da vida, uma Coca choca e morna também. Ergueu o copo para o tintim de praxe à neve, à cidade, aos policiais, aos prédios, ao cachorro-quente ideal e à moça curvilínea do pedágio que ainda não tinha se suicidado. Lovelear era de Minnesota.

E ainda não tinham chegado lá. Por eles passavam os últimos bairros dos subúrbios, encolhidos de frio, calados como um domingo. Alex sentiu um anseio todo especial pelos bairros entre o aeroporto e a cidade; queria parar o carro e bater numa daquelas portas de pinho, queria se espremer entre o bombeiro e a mulher até que alguém se levantasse para fazer o café e as crianças começassem a gritar. Mas é preciso ter um endereço específico para parar nos subúrbios. Apenas no centro de uma cidade é que você pode ser deixado na frente de estátuas e atrás de casas de ópera. Nos subúrbios, só se entra com convite. E de todo modo já dava para avistar a cidade, insistente, inevitável. Lovelear agarrou a nuca de Dove e apontou-a para a direção correta.

"Agora, agora, agora, Dove — fica atento, não, chega mais perto da janela, agora, está pronto? Agora... olha... já!"

O carro chegou ao fim da lombada e como por milagre a cidade surgiu diante deles, contornada pelo luar, um eletro concreto da visão extasiada que as pessoas têm de si mesmas. Alex ficou tão comovido com ela quanto qualquer homem, ou mais até — era a única outra cidade do mundo pela qual sentia desejo. Mas às vezes é preciso desviar os olhos de uma amante, caso contrário você nunca mais volta para casa e para sua cara-metade; Alex desviou então a vista e olhou pela outra janela, para o porto e, além dele, para o melancólico Brooklyn (do holandês, *Breuckelen*, terra partida); teve uma rápida visão da dama de pedra em pessoa. A espada em sua mão parecia ter acabado de ser erguida para o alto, e a neve rodopiava em torno.

2

Do trânsito direto para a cidade. Para o hotel Rothendale, um prédio enorme e desolado. Os velhos tijolos haviam sido cobertos de tinta nova e duas pavorosas alas construídas dos lados. A rua tinha subido na escala social; o Rothendale fora obrigado a seguir o exemplo. Pelo lado de fora, parecia ainda meio estonteado por sua súbita respeitabilidade, como um avô devasso obrigado a pôr terno e arrastado para um casamento.

Do lado de dentro, um vírus corporativo se espalhara desde as bordas vermelhas e douradas do papel de parede até as flores inodoras, contaminando a fonte de mármore falso, o monograma multiplicado por todos os tapetes e o sorriso profissional exibido a Alex naquele exato momento.

"E os cavalheiros", disse o jovem meticuloso, "estão na cidade para a Feira Autograficana?"

Alex refletiu sobre a maneira como atravessara o saguão. Que gesto o entregara? Tristonho, pegou seu kit promocional da Autograficana e ficou ouvindo Lovelear interrogar o funcionário a respeito das facilidades do hotel.

"São três da manhã", disse Lovelear com voz triunfante, alguns minutos mais tarde, ainda parado no hall, "e eu posso ir para a jacuzzi lá na *cobertura*. Vocês acham que daria pra fazer algo parecido numa daquelas espeluncas londrinas? Hein? Eu posso tomar banho de jacuzzi lá na cobertura *agora mesmo*."

"Então por que não vai?"

"O quê?"

"Então por que não vai?"

O elevador chegou. Eles entraram.

"Eu vou com você, se quiser", disse Dove, amável, quando o sexto andar afundou sob eles. "Estou me sentindo superacordado agora, pra falar a verdade."

"São três horas da madrugada, Dove", disse Lovelear, com voz cansada, depois abanou a cabeça e saltou no sétimo andar.

"Claro que não há décimo terceiro, vocês sabem", disse Dove, que sempre considerava qualquer silêncio num espaço confinado como fruto de um fracasso pessoal. "Nos elevadores norte-americanos. Eles não têm o décimo terceiro andar."

Era muito raro que Dove conseguisse apresentar algum fato que Alex já não soubesse, mas esse ele desconhecia. Ergueu os olhos sem grandes expectativas para as luzes seqüenciais — e se surpreendeu.

"Imagine só", disse Dove, sonolento, "superstições tão antigas como essa numa cidade grande e moderna como esta. Piração. É o mesmo que acreditar na fadinha dos dentes. Ou na maldita da ressurreição."

"Boa noite, Dove", disse Alex, com um sorriso generoso.

"É. Noite, Tandem."

Da janela de seu quarto, Alex divisava mais vistas famosas do que qualquer Caçador de Autógrafos tem o direito de esperar. Estava sendo convidado a se maravilhar diante da escuridão que batia em retirada e a pasmar com a alvorada e a contagem diária de objetos encantados: vidro verde, torres que pareciam espetar nuvens gordas, estréias teatrais, assassinos notórios, homens cuidando de sua vida. Hesitante, Alex fuçou na mala à procura da máquina. Na hora em que seus dedos roçaram a tampa da lente, viu com o rabo do olho uma revista de cortesia, sobre a cômoda, que optara por colocar na capa a vista que ele descortinava da janela. Sentindo-se curiosamente oprimido, fechou a cortina e abriu um mapa.

Estava à procura de Roebling Heights, no Brooklyn, o endereço do remetente que viera no pacote. Não tinham posto o número da casa nem nenhum outro detalhe. Teria simplesmente de ir até lá e fazer algumas perguntas, como o conhecido detetive Philip Marlowe. Se não desse certo, tinha o plano B, que era ir até o Lower East Side, encontrar o presidente do fã-clube de Kitty, o tal do Krauser, e lhe dar a maior surra, como o conhecido ator Jimmy Cagney. É, como Jimmy Cagney, o rei da pancadaria.

Qué qui foi?

Qué qui cê disse?

No mapa, localizou Roebling Heights, abreviado e com letrinhas minúsculas, espremido entre a região dos negros, a região dos bacanas, a região hassídica e a região dos polacos, no final de uma linha de metrô que ele nunca usara e da qual jamais ouvira falar. No índice de seu guia turístico, Roebling Heights fazia apenas uma aparição e dava margem a um único comentário. *Roebling*, leu Alex, *já teve dias melhores. Também já teve dias assim-assim e dias bem piores. Agora está se acomodando para ter apenas "dias".* Todo mundo se acha um comediante, até mesmo escritores de guias turísticos.

Alex parou no meio do quarto e respirou fundo algumas vezes. Estava longe de casa, muito longe. A única maneira de conseguir viajar a esse tipo de distância era tornar o lugar onde estivesse tão parecido com Mountjoy quanto possível. Para tanto, ao fazer as malas, levava o que todo mundo sempre leva — roupas e artigos essenciais —, mas também costumava varrer o tampo da escrivaninha com o braço e jogar o que houvesse em cima para dentro de uma sacola de supermercado, sacola esta que ele agora esvaziava sobre a cama do hotel com a intenção de, em seguida, espalhar os objetos pelo quarto. Isso se chamava viajar sem se mover. Recibos, contas, livros por ler com a lombada rasgada, retratos de pin-ups, papeizinhos para lembrete, a famosa nota de uma libra (esta ele colou com Blu-Tack em cima da porta), uma presilha de cabelo muito velha de Esther, uma rosquinha envelhecida e meio baseado. O baseado foi uma surpresa e ele caiu babando em cima, fumou dentro e fora do chuveiro, durante suas rápidas necessidades no banheiro e chegou à espiral do filtro na hora em que entrou, pelado, na cama muito esticada e começou a lutar com os lençóis pelo espaço que havia comprado. Uma luz vermelha no telefone acendia e apagava na altura de seu olho. Ele levantou o fone, mas o pisca-pisca não parou, de modo que ligou para a recepção.

"A luz, cavalheiro? Essa é a luz que indica que o senhor tem recados para ouvir na sua caixa postal."

"Eu acabei de chegar ao hotel."

"Exato, cavalheiro, mas sua caixa postal está ativa desde o meio-dia."

"Minha caixa postal me precede."

"Sem dúvida que sim, cavalheiro."

Alex tinha três recados. Estava já na metade do primeiro quando reconheceu quem falava — aquele som grave e gutural dos nova-iorquinos. Alguma coisa no timbre lhe disse que ela era negra. Honey Richardson. Nunca encontrara com ela ao vivo, mas tinham feito negócios umas quatro ou cinco vezes, nos últimos dois anos, por telefone ou computador. E lembrou-se então de que combinara vê-la ao meio-dia, antes do grande evento. Alex apagou o baseado na perna da mesinha-de-cabeceira. A voz dela era magnífica. Como ser estapeado e acarinhado ao mesmo tempo.

Afundando no travesseiro, escutou a música sem ouvir as palavras. E de repente estava terminado. Teve de tocar de novo para descobrir que ela queria mudar o lugar do encontro: em vez de ser na esquina disso com aquilo, ela preferia que se encontrassem em outra determinada esquina. O que seria, disse ela, mais adequado. Adequado?

Alex ergueu o corpo sobre um cotovelo, intrigado, e apertou de novo o botão. Era Honey outra vez, agora com maiores explicações de por que o arranjo anterior não fora considerado satisfatório. Uma região muito movimentada, todo mundo sempre *numa maldita de uma pressa*, e na situação dela... Mas essa frase ela não terminou. Dava a impressão de achar que Alex sabia algo da situação dela que ele não sabia. Tudo que Alex sabia é que ela era uma negociante inexperiente, uma negociante *mulher*, que comprava coisas que Alex não conseguiria passar para mais ninguém. No escuro, Alex apalpou até achar uma caneta para anotar o número do telefone dela, mas até ele conseguir botar o lápis no bloco de cortesia o número já se fora. Honey, no entanto, continuava falando — o recado era *interminável*. Alex sentou-se na cama enquanto ela narrava uma história deambulatória sobre uma ida recente às compras com a irmã, Trudy, que era técnica dentária, entende, e que vai se casar em julho, e elas de repente se viram numa área muito movimentada, e duas pessoas surgiram do nada e começaram a berrar e tentaram — mas nessa altura o bipe tocou alto nos ouvidos de Alex. Atônito, Alex pressionou o botão para escutar o terceiro recado. Honey disse: “Olha só, o negócio é o seguinte. Acho que o melhor, para todos os envolvidos, é eu me encontrar com você no saguão do hotel, assim nós vamos direto para o restaurante, fazemos nosso negócio e saímos, e eu não quero ouvir mais nenhuma outra sugestão ou indireta, e a minha história é minha e já é notícia velha e eu estou aqui só pelo negócio, como todos os que estão nesse ramo poderão atestar. Já fui piada na boca de todo mundo e não vou ser na sua. Estarei de luvas. Boa noite.”

Alex ligou para a recepção para saber se Honey Richardson estava hospedada no hotel. Ela estava no quarto ao lado.

DOIS / *Atrás das Pegadas*

1

Foi um banquete e tanto. Toalha de mesa de linho branco, tão imaculada quanto a manhã, exibindo desjejuns do mundo inteiro. Ovos quentes aguardavam em porta-ovos de porcelana, lindos como Buda. Metade de um porco, fatiado e frito, fora disposto numa montanha, em volta do qual ovos mexidos cintilavam e tremiam. Mingau de aveia, num caldeirão colossal, aguardava sobre um pano de padronagem escocesa a hora de ser levado em conchas até o prato. Uma escolha interminável. Finas fatias de um queijo holandês ceroso, mortadela italiana, presuntos alemães, compotas alardeando a Cornualha em jarros de barro *de antanho*, *cream cheese* da Filadélfia, chocolate suíço derretido, *ackee* macias do Caribe ou, para quem quisesse, doze arenques ingleses grelhados, tristes como solas de sapato, dispostos em forma de estrela. Como complemento, um jarro de gargalo comprido, como o pescoço de um cisne, cheio até a boca de *maple syrup*, uma torre de panquecas, cestos de croissants e muffins molhadinhos, mingau de milho chiando de quente, o yang dos bagels separado de maneira muito conveniente de seu ying, tiras de salmão defumado (re)formadas numa silhueta de peixe (de boca aberta, de maneira a dar a impressão de estar comendo uma colina lustrosa de suas próprias ovas), cereais para os sérios, café em quantidades ilimitadas (mas nada de chá à vista), todos os sucos do mundo conhecido e uma esplendorosa cascata de frutas de quatro andares, mantidas frescas por uma escultura de gelo imitando o monte Rushmore.

Haviam sido necessários três retornos, mas por fim a batalha do bufê ia chegando ao fim. Tandem e Dove estavam intercalando doses de café com cigarro. Lovelear vistoriava os resíduos do desjejum dos três, enquanto levava adiante um de seus tópicos prediletos: a Invenção Esquecida. Ele tinha a firme convicção de que seu café-da-manhã poderia ser simplificado pela tecnologia, poderia ser beneficiado graças a um óbvio (depois de descoberto) utensílio doméstico. E lá estava ele de novo, uma vez mais ausente da mesa, berrando para ser inventado. Algo que resolveria uma antiqüíssima (e até aquele momento não identificada) tarefa doméstica e traria a Lovelear fama da noite para o dia, riquezas. Se ao menos ele atinasse com o que era. Vinha buscando por isso todas as manhãs, desde garoto.

"Alguma vez você já pensou", disse Alex-Li, conferindo o relógio, que historicamente nós podemos ter atingido um ponto de saturação no que se refere a *facilidades*? De tal forma que não há como tornar esse café-da-manhã mais fácil do que já é? A menos que, bom, que a gente tome por via intravenosa?"

Lovelear estendeu o braço para o suco de goiaba e serviu meio litro para si. "Tandem, ninguém achava que se podia melhorar o desenho da caixa de fósforos, certo? Aí alguém foi até a fábrica..."

Alex quis um nome, algum tipo de detalhe corroborante.

"Uma fábrica, certo? Não temportância pro cenário geral — e o ano é 1926 e esse sujeito entra no escritório do dono e ele é meio do tipo — quer dizer, o *cara* é daquele tipo que chega e diz Eu vou me sentar aqui e lhe dizer como economizar milhões de dólares todo ano, mas *em troca* quero vinte mil dólares por ano pelo resto da vida, até morrer — isso era um bocado de dinheiro, naquela época, hoje em dia não cobre as despesas de supermercado de um ano, mas continuemos com a história — e o pessoal meio que, que diabos — o pessoal pensando que o cara é meio biruta ou sei lá o quê — mas mesmo assim eles se acomodam na cadeira e dizem Certo, que seja, vamos ouvir o que ele tem pra dizer. Afinal, não têm nada a perder. E o cara diz: *Ponham a lixa num lado só*. Até aquele momento, eles punham aquele troço áspero dos dois lados. Ponham de um lado só. Viveu feito um rei até morrer."

"Eu preciso ir", disse Alex.

"Você não precisa ir a lugar nenhum. A feira só começa daqui a uma hora. Aonde você vai? Você não conhece ninguém em Nova York."

Nos últimos minutos, Dove estivera cara a cara com uma caixinha de leite, lendo o que havia nas laterais enquanto terminava uma última tigela de cereais. Bem na hora em que Alex afastou a cadeira para se levantar, ele ergueu a cabeça, empurrou a caixa para o lado de Alex e apontou para uma imagem impressa num dos lados. Uma pessoa de catorze anos desaparecida, uma tal de Polly Mo, do Upper East Side. De dente quebrado, ansiosa, de encontro a um lápis-lazúli extraterreno; distanciada da família e dos móveis, como em todas as fotos de escola. Sozinha no imenso mundo azul. Vista pela última vez pelo circuito fechado de televisão de uma loja, comprando dez bilhetes da loteria. Com carinho, Ian tirou uma mancha de leite do rosto da menina.

"Eles vão achar logo a garota, provavelmente. Vamos torcer. Pobrezinha. Deve estar num milhão dessas caixas. Uma ótima idéia, por sinal — deviam fazer isso na Inglaterra também. Ei, o que você acha?", ele perguntou para Lovelear, erguendo a caixa de leite e pondo o rosto da menina junto com o de Alex. "A irmã gêmea que sumiu? Lembra, não lembra? Sobretudo os olhos."

"Dove, se o seu critério é esse, tem mais meio bilhão de garotas neste mundo que poderiam ser a irmã gêmea desaparecida do Tandem. *Santo Deus*", Lovelear censurou, agarrando a caixa das mãos de Dove. "Que jeito mais estranho de se transformar num nome conhecido. Deprimir os pobres coitados desse jeito, logo cedo, no café-da-manhã."

"Marquei de encontrar uma mulher, uma negociante estranhíssima", disse Alex, apanhando a bolsa sob a cadeira. "Já estou atrasado. Vamos fazer algumas transações, espero. Mas nada muito especial. Acho que ela não sabe bem onde está pisando. Vão na frente, a gente se vê por lá."

"Como quiser. Você não é uma perda muito grande mesmo. Eu e o Dove aqui: a gente é zen, a gente topa qualquer parada. Floresce e murcha", disse Lovelear, arpoando os restos de uma lingüiça mexicana com a ponta da faca e levando à boca. "Só não se esqueça de botar camisinha."

Na mesma hora, Alex percebeu que havia reconhecido Honey. Não fazia idéia por quê. Espichou-se para poder ter uma visão melhor por trás do móvel do maître, deu um passo à frente e acenou — mas nesse exato momento ela descansou a cabeça de encontro ao sólido vidro silencioso; do outro lado, nevava sem parar e as coisas pareciam cada vez menos consigo mesmas e cada vez mais com ainda outra nota de uma sinfonia do branco. Esse era o pano de fundo dela, essa a cena que ela roubava. Era negra e vestia vermelho. Achava-se completamente sozinha, bem no fundo do restaurante decorado com temas marinhos, entre estrelas-do-mar de papel machê, camarões de plástico e um mural com os tentáculos de um polvo fazendo menção de agarrá-la. Alex se aproximou. Mais de perto, deu para perceber que o vestido era bastante comum, de gola alta e laivos maternais, os brincos, um ajuntamento quase larval de pequenas pérolas. Havia um certo peso escultural sobre ela; devia estar na casa dos trinta. Alex fixou-se num par de grandes lábios hipnóticos, brilhantes, da mesma cor do vestido, um acréscimo luxuoso a um rosto que tinha suas linhas e desgostos. Segurava uma imensa laranja californiana na mão direita e havia quase conseguido descascar a fruta inteira num único movimento fluido de saca-rolha.

"Olá, como está? Tem peixe que baste pra você? Tem *neve* que baste pra você?"

Alex apertou a mão que lhe foi oferecida. Ainda que vivesse mais cem anos, não esperava encontrar nunca mais outra mulher usando luvas negras justíssimas de borracha num restaurante. No momento em que se aproximou da mesa, ela produziu um ruído abafado de triunfo e ergueu a casca da laranja por uma das pontas. Balançou a espiral por sobre o tampo da mesa.

"Muito bem descascada."

"Sempre penso que é tão mais *legal* desse jeito. Como se a laranja tivesse se libertado sozinha. Como se ela tivesse escorregado pra fora da própria pele."

Alex deu um sorriso débil e continuou lutando para fazer o paletó assentar no encosto encurvado de sua cadeira. Ela falava, portanto, para as costas dele. Tinha uma voz roufenha, porém bombástica e séria. Não havia o menor elemento de flerte em seu tom, nem nada que fosse obviamente louco. Por fim, Alex se acomodou. Houve uma pausa. Era tudo que podia fazer para não olhar para as luvas, só que não estava funcionando: ele estava olhando para as luvas.

"Eu lhe disse ao telefone que estaria de luvas, não foi?", ela perguntou sem rodeios. Todo o calor esvaiu-se de seu rosto. Afastou a cadeira da mesa.

"Desculpe. Eu não enten..."

"Olha aqui, se você não quer fazer negócio do meu jeito, então não precisamos desperdiçar o tempo um do outro, correto? Pensei que tinha deixado isso bem claro ao telefone ontem."

Alex não se lembrava de nenhuma outra ocasião em que tivesse se sentido tão intimidado. Encolheu na cadeira e, sem dar na vista, agarrou-se à toalha. "Não, você não entendeu..."

"Eu sempre prefiro", continuou ela, firme, "tirar as piadas e as curiosidades do caminho antes que os negócios comecem, porque quando eu negocio *não* gosto de comédia."

Honey aproximou de novo a cadeira da mesa, olhando fixo nos olhos de Alex como um caubói. Alex tinha o pressentimento de que ela já fizera esses mesmos gestos, na mesma ordem, muitas vezes. Ou isso ou então tinha visto aquilo tudo em algum filme.

Ela disse: "De modo que, antes que você me pergunte, as respostas são: porte médio, musculoso, ele é que me procurou, vinte e cinco dólares pelo pacote todo e, não, eu nunca cheguei a ganhar muito dinheiro. Você acha que se eu tivesse ficado rica ia estar aqui negociando? Quanto ao negócio, sempre fui fã de cinema e meio que acabei partindo pra esse lado de autógrafo, portanto aqui estou eu. Então. Vamos aos negócios?", ela perguntou, num tom de enfado, erguendo uma grande pasta preta do colo. "É bem provável que os outros já tenham avisado você, mas, repetindo, as regras são: número um, não é permitido tocar na mercadoria, a menos que esteja usando luvas, que eu posso lhe fornecer; dois, se você me pagar com algum dinheiro em que tenha tocado, o que eu presumo que tenha ocorrido, vou ser obrigada a passar um aerossol em cima, e, se for muito dinheiro, eu agradeceria se pudesse me ajudar; três, quando eu estiver manuseando os *seus* produtos..."

Ela parou de falar e tirou os olhos do local, na mesa, onde vinha cercando seus vários pontos com um dedo de borracha. Alex assentia com a cabeça naquele jeito humilde dos ingleses, com rapidez e por nada.

"Ei. Tudo bem com você?"

Alex abriu a boca, não conseguiu achar por onde começar e fechou-a de novo.

Ela arqueou uma sobrancelha enquanto sua fisionomia passava velozmente por uma expressão de suspeita, de compreensão e por algo semelhante a um pesar jocoso.

"Você não faz a mínima idéia de quem eu sou. Estou certa ou não?"

"Você é Honey Richardson", disse Alex, devagar, usando seu tom sereno, destinado aos surdos, aos deficientes, aos loucos e aos irrecuperavelmente estrangeiros. "Eu lhe vendi um Flowers McCrae — um contrato para um média-metragem assinado por ela, de 1927? No mês passado, se não me engano. E algumas figurinhas de maço de cigarro com as Wheelerettes. Além de um monte de coisas diferentes, em outubro. Eu sou Alex-Li Tandem." E estendeu a ela um cartão seu. "Espero que isto não seja — quer dizer, ai, meu *Deus*", disse Alex, levantando da cadeira, imediatamente ruborizado só de cogitar na possibilidade de que fosse ele, e não ela, quem tinha um problema, "*diga-me* que estou na mesa certa..."

Honey Richardson abriu bem os olhos, sorriu, pegou o cartão que lhe fora oferecido e fez um gesto para que Alex tornasse a sentar. "Tudo bem, tudo bem. Eu sei quem você é. É que eu esqueço", disse ela, olhando em volta do salão e chamando um garçom com um dedo veloz, "que nem todo mundo passa a vida lendo os jornais. Vou pedir um chá inglês para nós. Desculpe se fui tão..." A frase se perdeu num movimento das mãos, um gesto silencioso, de quem balança algo, como se estivesse pesando dois pacotes idênticos de farinha.

"Mas seja como for", disse ela, quase que para si mesma. Apanhou uma garrafa de água e encheu dois copos. "*Droga*. Acho melhor começarmos do começo de novo. Eu sou a Honey e você é o Alex-Li. Olá, Alex-Li."

Virou-se para olhá-lo de frente, sorriu — tinha um bocado de dentes — e estendeu a borracha preta outra vez. Cumprimentaram-se.

"É que, em geral, os piores são os ingleses. Uma vez cruzei com uma mulher em Méri-li-bone — é assim que vocês dizem? Eu sempre confundo as estações todas — Merilí-bone?"

Alex corrigiu-a. Ela tentou umas duas vezes imitar a pronúncia certa, depois desistiu com um pequeno suspiro.

"Seja lá como for que vocês dizem, o fato é que eu estava em Londres a trabalho, cuidando da minha *própria* vida — e não é que a vaca vem e me dá uma cuspida na cara? No meio da *rua*."

"Minha nossa — eu sinto muito", disse Alex, concluindo que tinham acabado de ter uma longa conversa inusitadamente obscura sobre racismo. Foi mais ou menos por aí que começou a se sentir à vontade. Era como chegar ao vigésimo sétimo minuto de um filme francês, altura em que, em geral, o espectador começa a ter uma vaga idéia do que está acontecendo.

"Sente pelo quê?", disse Honey, com o cenho franzido e abrindo a pasta. "Você não me fez nada. Vamos começar?"

Honey empurrou um Erich von Stroheim para Alex, um belo retrato feito em estúdio, autografado com letras grandes, em excelente estado, um autógrafo de qualidade. Era a primeira coisa que Alex entendia de fato desde o momento em que entrara naquele restaurante. Fez menção de tocá-lo, mas ela puxou a foto de volta mais que depressa.

"Deixe eu explicar outra vez. Você não pode tocar em nada *meu*, até que venha a ser definitivamente *seu*. Se quiser isto aqui, e tiver certeza, então pegue, mas se por acaso mudar de idéia, vou ter que borrifar com aerossol, o que é meio cansativo, não acha?

Alex não achava nada.

"Se estiver preocupada com *germes* ou algo assim...", ensaiou ele, espantado; ela o interrompeu com um uivo em voz baixa.

"Eu sei, eu sei, você não tem verme, confere?"

"Como disse?"

"*Todo mundo* tem verme. Acho melhor pegar essas luvas aqui, ó."

Foram sessenta minutos desconcertantes. Toda vez que Alex se decidia por algum artigo, ela pegava o dinheiro e ia para o banheiro. Quando voltava, o dinheiro parecia iluminado — e exalava um cheiro gozado. Num determinado momento, o braço de Alex raspou no de Honey. Ela pulou da cadeira. Levou vinte minutos para voltar, cheirando igualzinho a um corredor de hospital; e com um olhar de desvairada exaustão.

"Imagino que você já sabe", disse ela, na volta do banheiro, segurando seu dinheiro recém-polido, "qual é a definição de um produtor de cinema."

"Ãn-ãn, não sei, não. Me conte."

"Um homem que sabe o que quer, mas não como soletrar seu desejo."

"Essa é boa; muito boa", disse Alex, rindo com a boca cheia de pão doce. Honey tinha aquele charme desinteressado que Alex tanto invejava e que poucas pessoas possuem. Um talento nato para não se preocupar com a opinião dos outros. Viu suas próprias mãos de borracha subindo até o rosto, como se estivesse sendo alimentado por estranhos.

"Hum, é boazinha. Mas meu favorito é o Sam Goldwyn. Ele era o rei de *todas* as tiradas. Teve aquela vez, ele estava com uma atriz estrangeira em seu escritório, e ela lá, insistindo muito pra ele fazer mais filmes de conteúdo político..."

"'*Olha só, boneca*'", interveio Alex, imitando o sotaque, as mãos e tudo o mais. "'*Filme é pra divertir. Mensagem é coisa pra Western Union.*' Eu também gosto muito dessa. Tenho certeza de que é apócrifa."

"Como é que é?" Honey o olhava brava, como se Alex tivesse violado a confiança estabelecida entre os dois. "Você tem certeza de que é o *quê*?"

"Não — desculpe —, tudo que eu quis dizer foi que muito provavelmente ele nunca *disse* isso... como ãn, por exemplo, você sabe, o *Play it again, Sam* — é só uma frase, mais nada."

"Ah..."

Honey baixou a cabeça e olhou para Alex por sob a fronte — um olhar emotivo, penetrante, como se fosse uma cantora de blues buscando o tom certo.

"Então por que não disse logo isso? Detesto gente que fala como se tivesse engolido um dicionário."

"Eu também. Desculpe. Não faço mais.

"Está vendo esta aqui?"

Ela apontava para uma foto da pilha que Alex acabara de lhe vender — uma caixa cheia de itens disparatados que havia adquirido no Jimmy's Antiques e que mal tivera tempo de olhar. Apenas pusera uma etiqueta que dizia quinhentos dólares na tampa e chamara de coleção.

"Sabe quem ela é?"

"Theda... Bara", disse Alex, e teve de escarafunchar a memória para lembrar o nome. "Vamp? Dos tempos do cinema mudo?"

"Isso mesmo, quer dizer — o nome dela era algo como ARAB DEATH, morte árabe, só que todo embaralhado — como é que chama isso mesmo?"

"Um anagrama?"

"Justamente, Senhor Dicionário, um *anagrama*. E ela tinha nascido à sombra da Esfinge, sido amamentada com sangue de serpente et cétera e tal. Tudo segundo a publicidade. A idéia era que ela sugerisse sexo puro. Difícil de acreditar."

Juntos, olharam a foto. Uma mulher grandalhona, sem maiores atrativos, com os olhos besuntados de kohl e braços roliços. Uma serpente comprimida no seio.

"O nome verdadeiro dela era Theodosia Goodman", disse Honey, indiferente. "Nascida em Cincinnati. Era bochechuda e tinha má circulação. Quando a família dela em Ohio ficou sabendo da história do Nilo, levou o maior susto."

Alex riu com vontade.

"Viu só? Eu também sei uma coisinha ou outra. E a senhorita Beavers aqui" — Honey apontou para a foto de Louise Beavers, a quem Alex reconheceu vagamente como sendo a empregada negra de uma dezena de filmes — "ela não era naturalmente gorda, de modo que tinha que comer o tempo inteiro, sabe, para ficar gorda. Também não era do Sul, por isso precisava fingir um sotaque sulista, e quando fez o papel de Tia Delilah, alguém teve de ensinar a infeliz a fritar panqueca."

"É mesmo?", disse Alex começando, de verdade, a se divertir. "Mas quanto trabalho. Será que eles não podiam simplesmente ter *contratado* uma mulher que fosse gorda e sulista? Quer dizer, se era isso que eles queriam."

"Não é uma questão do que eles podiam ou não fazer, é uma questão do que as pessoas fazem para ser famosas. É uma questão de humilhação. E o Baixa e Cata nem se abala."

"Quem?"

"O que vive girando o zoinho, sabe como é, aquele que só diz Sim sinhô, no elevador ou na plantação de algodão. Todo mundo em Hollywood aparecia com um nome infame e os estúdios mudavam: Frances Gumm, Archibald Leach, Lucille LeSueur, Phyllis Isley — todo mundo ganhou belos nomes novos, todo mundo, sem exceção. O negro que chegasse lá chamando Lincoln Theodore Monroe Perry, eles rebatizavam com o nome de Baixa e Cata. Chega uma hora que *cansa*, sabe?"

Essa lembrança pelo visto levou embora a risada de Honey. Ela olhava tristonha para os dedos. "Me faz querer erguer as mãos e dizer MU! para a coisa toda. MUUUU!"

Alex deu uma olhada rápida em volta do restaurante, mas não havia mais ninguém para se constranger, além dele.

"É uma palavra budista", disse Honey, recuperando as mãos lá de cima e colocando-as de volta sobre o colo. "É assim que eu desabafo."

"Você é budista."

"Do meu jeito. Por quê? O que há de tão estranho nisso? E você, que diabo é?"

Alex recolheu sua cabeça de tartaruga. "Ãn... nada, na verdade. Judeu. Quer dizer, de nascença."

Honey fez um ruído de satisfação. Alex retribuiu.

"Você até que é bastante belicosa pra uma budista, foi isso que eu quis dizer. Não tive intenção de ofender."

"É, tá, bom... sou do meu jeito, como eu falei. Mas estou *longe* do satori, essa é que é a verdade verdadeira. Mas estou aprendendo, a estrada é longa, próxima pergunta." Ela se debruçou para ele, na expectativa. "Manda ver, manda *ver*, você é um jovem tão cheio de perguntas — não quer saber mais nada?"

O rosto de Honey era de um desafio despudorado, do tipo que mulher nenhuma na Inglaterra ousaria ostentar, exceto quando bêbada ou falando com a própria mãe.

"Olha aqui, eu não *tenho* mais nenhuma pergunta. *Cara*", disse Alex, cruzando os braços, "você é muito... sabe como é? Quer dizer... você é um tanto..."

Honey abriu um sorriso imenso, de forma a deixar à mostra, para Alex, toda a extensão das gengivas cor de vinho. "Sou mesmo, não sou?" Deu-lhe um tapinha na mão. "Estou só brincando com você, Alex-Li, sério mesmo. É que eu sou meio desinibida. Era essa a palavra que você estava procurando. Sabe quem é essa aí?", disse ela, apontando para uma foto que ficara entre os dois, uma moça de seios fartos, com uma torre de cabelos escuros. Alex identificou-a de modo correto.

"Certo", disse Honey, "e eu sou um pouco como a 'Cigana'. O nome dela na verdade era Louise Hovick, por falar nisso — mas foi a única mentira que pregou. Ela nunca fingiu ser quem não era. Como eu."

Alex, que não fazia a menor idéia do que estavam falando, assentiu com a cabeça, afável, e começou a juntar suas coisas. Quando Honey se pôs a fazer o mesmo, uma mecha se desprendeu do coque, caiu sobre o rosto e, de repente, ela voltou a ser uma figura familiar.

"Será que eu...?", principiou Alex, recolhendo a bolsa do chão e colocando-a sobre a mesa.

"Será que você o *quê*?"

"Nada — é só que... Será que eu... *conheço* você? Ou...?"

"E eu é que sei?", disse Honey, ríspida. "Conhece?"

Tudo parecia muito quieto. Alex buscou uma expressão facial apropriada, mas não achou nada adequado.

"É melhor irmos andando", disse Honey, desviando a vista. "Por aqui nós já encerramos. E está na hora."

"Certo, certo", concordou Alex, estendendo a mão para pegar a conta. Tirou as luvas que ela lhe dera, mas Honey não quis aceitá-las de volta, de modo que enfiou o par na bolsa. Lá fora, estrilava uma balbúrdia de buzinas. Enquanto Honey olhava pela janela, passou um garçom e Alex atrapalhou-se na hora de entregar a bandeja do chá ao rapaz. Ela pendeu para um lado, o garçom tentou endireitá-la e, sem querer, o braço de Alex tocou no dela.

Ela saltou da cadeira e, de novo, dirigiu-se para o banheiro; no caminho, em meio à enxurrada de desculpas que jorravam de Alex, ela disse, por cima do ombro: "Vai indo, vai indo. Eu te vejo lá. Não se preocupe. Cagadas acontecem. Isso também é budismo. Foi legal fazer negócio com você, Alex-Li Tandem."

2

A loirinha minúscula a postos na entrada providenciou um crachá para Alex e um mapa do local. Espetou uma unha em forma de meia-lua e apontou as salas imperdíveis daquela Autograficana: a Sala Jedicon (onde intérpretes menores de filmes famosos se reuniam), uma Sala dos Astronautas da *Apollo* (uma missão sem destaque que ele desconfiava nunca ter ocorrido e sobre a qual nunca ouvira falar) e uma alcova diante da qual as pessoas poderiam fazer fila para obter o autógrafo de dois homens que haviam explodido Hiroshima, presentes pelo segundo ano consecutivo na feira. Todas essas salas saíam direto do salão principal, o enorme e sufocante salão de baile Miami Dream do hotel Rothendale. Palmeiras de plástico, murais de cenas tropicais (o Rothendale era chegado a um mural) e o quadro com os horários de todos os eventos. No dia seguinte a Autograficana teria de abrir espaço para o bat mitzvah de Lorna Berkowitz. Havia ali no mínimo uns mil Caçadores de Autógrafos zanzando de um lado a outro. Em suas calças vagabundas. A primeira reação de Alex foi virar e correr, gritando *MUUUUUUUUU* pelas ruas da cidade.

Só que havia coisas, ali, que ele queria. Coisas que, para ele, atuavam num nível subterrâneo, bem abaixo do racional — precisava delas. Vai daí que... Bem-vindo ao século XX em miniatura. A assinatura de Castro, a camisa de Oswald, os canhotos de cheques de Connery, o programa do concerto de Streisand, o AT-AT (ainda na caixa original), as luvas de Ali, um envelope que Joyce esqueceu de pôr no correio, uma foto de Darth assinada por ambos, voz e corpo, os sapatinhos de rubi de Dorothy (de cristal, mas tão caros quanto rubis agora), o cartão de Natal de Kennedy, o caderno de Himmler...

"Um caderno de Himmler?", repetiu Alex, esticando o pescoço.

Karl e Anna, um agradável casal de jovens alemães, a quem pertencia o estande, sorriram. Anna espanou a poeira da guarda do caderno.

"Exatamente", disse Karl, encolhendo os ombros. "Muito raro. Ele tinha quinze anos na época. Era aqui que ele fazia os deveres de casa, compreende? E aqui ele cometeu um erro, compreende? Muito engraçado, quando as pessoas vêm isso, sabe?" Karl riu, como se para demonstrar que som tem uma risada. "Eles gostam disso porque de certa forma é mais pessoal, sabe, desse jeito. E o preço dele está por volta de mil e quatrocentos dólares, sabe? Raro, muito raro."

"Algumas pessoas têm problema com isso", disse Anna, sorridente. "Mas nós não."

"Certo", disse Alex.

"Algumas pessoas, sabe", continuou Anna, embora Alex não soubesse de nada, "algumas pessoas estabelecem uma regra, e então elas dizem, sabe, comigo nazista não tem vez, nem assassinos em série. Mas..." Anna sorriu outra vez. Ela tinha o tipo de rosto absolutamente simétrico, para quem o sorriso é desaconselhado. Quanto mais mostrava os dentes, mais parecida ficava com um anúncio de seguros residenciais.

"A história é a história", disse Karl, decidido, virando a página. Comprimido entre folhas plásticas, surge um guardanapo que Sinatra autografara.

"Certo", disse Alex.

Karl virou outra página. Comprimida entre folhas plásticas, surge a diminuta assinatura de Hitler num documento rotineiro da polícia. Karl franziu o cenho.

"O Sinatra está na seção errada", disse. "Devia estar com os cantores dos anos 50."

"Você por acaso acha...", principiou, mas não terminou porque bem nessa hora sentiu um tremendo murro nas costas. Era Lovelear.

"Ei, hombre, curtiu mais alguma coisa?"

Puseram-se a vagar pelo salão, Caçadores de Autógrafos perdidos numa multidão de colegas. Como técnica de sobrevivência, Alex insistiu na idéia de que não era um deles. Que caminhava entre eles, mas que não tinha a natureza deles.

"Lovelear..."

"Hein?"

"Como é que você se sente a respeito... como dizer... a respeito de troços como o caderno de Himmler... a respeito de diversos nazistas? Tem muita coisa nazista este ano. Não reparou? Como se este fosse o ano do fascista, algo assim."

"Ah, claro", disse Lovelear, sério. "Mas quem haveria de imaginar? Eu tinha um Goering há dez anos e ninguém queria nem ouvir falar disso, que dirá comprar; as pessoas me deixaram com um tremendo sentimento de culpa... No fim acabei vendendo por, sei lá, quase nada. E sabe quanto vale hoje em dia? É pra você ver, cara, as coisas giram sempre em ciclos."

Alex abraçou o corpo. Estava com náusea. O ar-condicionado continuava ligado, apesar da neve do lado de fora. Sentiu-se como se estivesse respirando o ar artificial de uma geladeira, como se estivesse sendo refrigerado e artificialmente preservado para algo. Sentiu a própria histeria aumentando.

E o pessoal colecionando sem parar! Como se o mundo pudesse ser salvo dessa forma! Como se a impermanência não fosse a regra de ouro! Será que eu consigo o autógrafo da Morte também? Será que tem uma capinha de plástico pra ele, Seu Caçador de Autógrafos?

"O Dove ainda está lá na fila dos caras de Hiroshima", disse Lovelear todo alegrinho; tinha acabado de descobrir um *muffin* no bolso. "Dois sujeitos muito decentes, se quer saber. Jogam golfe. Mas o quente não é lá. Ei, Tandem, você está machucando meu braço! *Meu Deus*. Calma aí, meu — não é tão mau assim. Até que é divertido. Não, o *quente* é o canto da Playboy. Ouça o que estou te falando, cara, elas já estão meio madurinhas, mas estão assinando fotos do tempo do Onça por vinte e cinco paus cada. Não quer conhecer a Miss Janeiro 1974? Acabei de conhecer, cara. Samantha Budnitz. Ela tá meio acabada, mas ainda dá bem no couro."

Fizeram fila para pegar autógrafo das Coelhinhas que já não pareciam mais consigo mesmas. Fizeram fila para pegar autógrafos dos agentes acidentais da destruição em massa. Fizeram fila para pegar autógrafos dos cinco velhos astronautas, comoventes em suas jaquetas de cores brilhantes. Uma senhora nervosinha, com um penteado republicano, fazia todo mundo escrever o nome num papelzinho que era, então, passado aos astronautas, que, com olhos rasos d'água, olhavam do papelzinho para a pessoa, da pessoa para o papelzinho, à espera da alquimia do conhecimento, míopes demais para ler os nomes... Na Sala Jedicon, enquanto Lovelear discutia com um Ewok sobre determinado trecho obscuro de um diálogo, Alex observava Lo, a filha dele, de dez anos (já uma cabeça mais alta que o pai), entediada, se pôr de ponta-cabeça junto à parede, língua à mostra e olhos envesgados. Um inconformado Ewok contou a Alex que ficava com apenas vinte e cinco por cento do preço de varejo de uma foto assinada porque os Ewok, para começar, tinham que comprar os retratos direto do estúdio. Um outro disse a Alex que, pessoalmente, como alguém de crescimento restrito, sim, como um... ha-ha, sim, tudo bem, sem problema, pode dizer, como um *anão*, considerava o conhecido diretor de cinema George Lucas um dos grandes libertadores de seu povo.

No entanto, depois de encerrada a parte infantil, vinham os negócios. E os negócios estavam por todo lado. A atmosfera mudou de carnaval para conferência. Impossível atravessar o salão sem fechar um negócio ou ouvir algum outro sendo fechado. Gente que Alex conhecia apenas no mundo virtual aparecia diante dele sob pavorosos formatos materiais: Freek Ulmann, de Fildadélfia; Albie Gottelmeyer, da Dinamarca; Pip Thomas, do Maine; Richard Young, de Birmingham. Todas essas pessoas agora tinham o próprio corpo, a própria cara. Negociou com todos eles, escutou todos eles. Eles precisavam falar. Talvez o próprio negócio fosse apenas uma desculpa para essa necessidade. Alex ficou sabendo das insatisfações de esposas em cidades que nunca tinha visitado nem nunca tinha tido vontade de visitar. A média escolar de várias crianças lhe foi apresentada para exame. Richard Young contou que jamais conseguiria amar de verdade uma mulher sem peito, por mais gentil que se mostrasse com ele. Um estranho chamado Ernie Popper falou para Alex que na maioria dos dias desejava estar morto.

Rostos familiares também. Alex e Lovelear cruzaram com Baguley no momento em que ele negociava a compra, veja só, de um Kitty falsificado com um conhecido malandro sueco. Na hora em que Alex chegou, os dois acreditavam estar prestes a aplicar um golpe magnífico. O sueco sabia que estava vendendo uma falsificação. Baguley achava que estava comprando uma coisa autêntica por uma pechincha.

"O sueco", disse Baguley, virando a cabeça para cochichar no ouvido de Alex, "é um rematado pateta. Já foi ginecologista. Antes disso, andava de *moto* ou algo assim. Não sabe porra nenhuma. Não sacou o que tem nas mãos. Achou quatro Kittys num sótão, na casa de um velho diretor — nem sabe quem ela é! Vai levar oitocentos dólares por cada Kitty sem sacar coisa alguma. *Maravilha*."

"Ah, senhor Tandem", disse o sueco, com um repuxão aterrorizado da cabeça amarelo-morango, "o especialista. Bom vê-lo por aqui. Como está?"

Calculando a aversão que sentia por aqueles homens, Alex resolveu dar uma chance ao sueco.

"Bem. Estou muito bem. E esse é um belo Alexander. Um belo exemplar. Sorte do Baguley."

"Pois é, pois é, fico contente que pense assim." O sueco enxugou o suor do rosto com um lenço bordado, no qual se entrelaçavam um *H* e um *I*. "O Baguley tem muita sorte mesmo."

"Andam correndo boatos por aí", disse Baguley, com voz arrastada, levantando a aba do chapéu com a ponta de um dedo, "de que você veio a Nova York com a intenção de encontrá-la. Encontrar a Kitty. É o boato que corre. Aposto cinqüenta pence que você não passa dos portões. Ela vai soltar os cachorros atrás..."

"Ei", gritou Alex para o outro lado do salão. "*Ei*." Tinha visto Honey perto do estande das sufragistas, remexendo num caixote de vinho cheio de cartões-postais.

"Pra quem você está acenando?", perguntou Lovelear, virando o corpo. "Pro Dove?"

Alex conseguiu atrair a atenção de Honey, que sorriu e ergueu a mão; mas depois a fisionomia dela mudou. O sorriso sumiu e aquele ar de mortalmente ofendida voltou a predominar em suas feições; ela deu as costas e se infiltrou apressada no meio de um grupo de amáveis e ovaladas turistas do Meio-Oeste. Em seguida desapareceu numa sala dedicada àquele conhecido desastre, o naufrágio do *Titanic*.

"Que cazzo...", Lovelear começou a dizer.

"Mas que coisa mais *esquisita*... eu tive um encontro com ela não faz nem uma hora — achei que a gente tinha de fato..."

"Volta a fita: você *conhece* a Honey Smith?"

"Honey o quê? Aquela lá é a Honey Richardson. Com quem eu fui negociar hoje de manhã."

O sueco pôs as mãos em concha sobre a boca e gargalhou como um colegial inglês.

"Honey Smith — eis aí um nome que fazia um tempo que eu não escutava. Rapaz, os suecos adoram essa história. E como. Se bem que eu teria pagado um pouco mais pra ela, certo? Vinte e cinco não me parece lá grande coisa pra tamanho serviço. E ele tinha muito dinheiro, claro."

"Você sabia", interveio Baguley, ansioso para participar, "que ela agora é do ramo? Pois é, pois *é*. Um colega meu comprou um Fatty Arbuckle dela em Berlim. Juro pelo que há de mais sagrado. Ele falou que ela fez com ele debaixo da porra da mesa. Sortudo de uma figa."

"Eu acabei de *ver* a mulher, cara", esganiçou Lovelear, apontando para o espaço que Honey tinha ocupado. "Juro por Deus. E o Tandem estava acenando pra ela! O Tandem está em negociações com a *Honey Smith*! Tandem, você tá mandando ver na Honey Smith? Ela é uma das putas mais famosas do *mundo*. Certo, você vai ter que dar o serviço completo *agora*."

O nome revelou o segredo. Alex lembrou-se então das duas fotos: o atarantado ator escocês franzindo os olhos para o flash da máquina, a vigarista, impassível, acostumada com esse tipo de câmera. Deu o quê, primeira página por uma semana? Duas semanas? E depois se arrastou por algum tempo, em todos os seus lúridos capítulos: a história dela, a dele, a da namorada dele, a do cafetão dela, a do público, a entrevista confessional e, por fim, a solução: a volta de Honey à obscuridade.

3

Um quarto de hotel é um lugar ímpio. Você não liga para nada que há ali dentro. Nada do que há ali dentro liga para você. Em seu quarto, já bêbado, o solitário Tandem liga para a Inglaterra. Mas em Mountjoy são cinco da manhã — o persistente silêncio das secretárias eletrônicas. Na de Esther, ele cantou "All the Things You Are" em quatro tons diferentes para evitar as notas mais agudas; na de Rubinfine, ficou agressivo e, na de Adam, brutalmente sentimental. Joseph atendeu, mas até lá Alex já estava envergonhado. Abriu a boca e não aconteceu nada. Joseph desligou. Já era bem tarde. Depois de beber todo o conteúdo do frigobar, Tandem aproximou-se da fase final do relacionamento que vinha mantendo com ele: otimismo surrealista. Estava estendendo a mão para apanhar um pacotinho de amendoins caramelizados quando alguém bateu na porta. Esperava a ira de algum cristão vizinho (a televisão transmitia sexo a altos brados), mas pelo olho mágico divisou uma Honey convexa, toda testa e globo ocular, assomando no hall, em cima de um par de pezinhos minúsculos. Alex saiu em busca das calças e do controle remoto. Mudou de canal. Ela tornou a bater, mais alto.

"Não acho educado fazer uma senhora esperar..."

"Oi", disse Alex, lançando-se para a maçaneta da porta e subindo o zíper da braguilha. "Honey. *Oi*. Já é tarde."

"Ora, ora, você...", ela sussurrou, estreitando a vista para a confirmação do diagnóstico inicial, "você está bêbado. Está sim, ô se está. Nem tente negar. Você está *bêbado*."

"Você é budista."

"Você é judeu."

"Isso é uma cadeira", disse Alex, apontando para a cadeira de diretor que Honey levava na mão enluvada com borracha. Vestia um pijama de cetim vermelho em estilo chinês e usava o cabelo repartido ao meio e puxado para trás, em duas grossas cordas trançadas.

"Sempre trago a minha. Vai mais pra lá."

Ela passou meio vacilante por ele e armou a cadeira na frente da televisão. Na tira de lona do encosto estava escrito HONEY. Ela sentou. Alex empoleirou-se na beirada da cama, a poucos centímetros de distância.

"Então", disse ele.

"Pensei que já tivesse te avisado", disse a televisão, "você está fora deste maldito caso. Está próximo demais dele, McLaine."

"Tem alguma bebida?", perguntou Honey.

Alex tentou pensar: "Não... nããão, quer dizer — peraí... *peraí*... talvez. Talvez... vinho tinto. Onde mesmo? É, vinho tem, de garrafinha, mas é vinho... Isso mesmo, vinho. Duas garrafinhas! Com tampa de rosca — oba! É só virar... isto... assim...".

"Tem algum copo aqui? Não, esquece. Assim está ótimo."

Honey pegou sua garrafa e enfiou-a na boca de tal forma que seria impossível não pensar em outras coisas. Os olhos dela giraram pelo quarto como se só naquele momento tivesse se dado conta de que não estava no dela.

"Um pouquinho maior que o meu. Tem um cheiro gozado. O que é aquilo? Grudado perto da porta?"

"Hum... uma nota. Uma cédula. Dinheiro inglês. Um troço que o meu pai me deu."

"Tudo o que meu pai me deu na vida foi uma concussão", disse Honey, dramática, virando meia garrafinha de vinho numa única golada.

"Honey, tem algo que eu possa..."

"Shhhhh. Eu gosto desse cara, esse cara é bom. Tem amplitude."

Calados, assistiram aos últimos vinte e cinco minutos de um filme. Idéias insustentáveis de sexo flutuaram pela cabeça de Alex, entrando e saindo, nenhuma delas muito precisa.

"Tem mais alguma coisa passando?", ela perguntou, enquanto um sax melancólico acompanhava a passagem dos créditos que substituíam a silhueta dos prédios de uma cidade.

"Bom, *claro* que tem mais coisa passando... há pelo menos mais uns setenta e dois canais. Escuta, Honey..."

"Pare de sofrer com penosos exercícios diários", dizia a televisão.

"Honey", disse Alex, desligando o aparelho, "já é supertarde. Você queria... conversar a respeito de alguma coisa? Ou quer alguma coisa?"

"Bom", falou Honey para a parede, "eu fui chupar um pau muito famoso um dia — e foi o maior escarcéu —, mas imagino que você tenha escutado a respeito, quer dizer, *a respeito disso* hoje, lá na feira."

O silêncio que se fez em seguida parecia um buraco de Alice pelo qual estivessem ambos caindo, ambos rolando e em busca de algo curioso. Honey fechou os olhos durante alguns momentos e, deles, saltou uma lágrima ponderosa.

"Lembrou de mim agora?", ela disse por fim.

"Honey, eu sinceramente não..."

"Quer um autógrafo meu? Olha só, o truque é obter o meu num canto de um papel qualquer, depois ir lá pra Londres, parar o ator na marra, em Mar-li-bone ou sei lá como é que vocês dizem, e fazer ele assinar o mesmo papel, só que sem saber do meu autógrafo. Assim, vende por uns cem dólares. O meu, sozinho, não alcança mais que vinte e cinco."

Alex não havia reparado, até então, no grau de embriaguez de Honey. Ela calçava apenas uma luva. Lembrou-se de Lady Day naquelas últimas sessões de gravação — o olho descontrolado, o lábio repuxado, pronto para uma briga.

"Pois é. Estive na televisão e tudo o mais. Programas de entrevista. Fiz um filme." Lidou então com aquelas duas lágrimas, apertando uma das mãos no queixo e lambuzando os dedos com elas. "Na verdade, parece que você estava assistindo ao meu filme quando eu bati na porta. Pelo que sei, passa muito nos hotéis."

Honey deu uma risada lúgubre e bateu palmas.

"Você conhece o Richard Young?", disse ela, tirando uma miniatura de uísque do bolso e abrindo a garrafinha. "Um filho-da-puta supermeticuloso? Inglês? Judeu? Com umas calças sempre impecáveis. Muito bem-sucedido."

Alex passou em revista todas as fisionomias com que havia cruzado durante o dia e acabou desembocando num sujeito meticuloso, bem-apanhado, cabelos pretos, que tinha em torno de si um ar de garoto prodígio, qualidade que costumava deixar Alex deprimidíssimo, depois que seus próprios dias de garoto prodígio ficaram para trás.

"De Birmingham. É, conheço, sim. Ele está despontando no ramo. E tem uma coleção fantástica, o Rich."

"Pois então, como eu ia dizendo, o *Rich* ficou sabendo da boca de um cara, que ficou sabendo da boca de um outro cara, que ficou sabendo da boca de algum babaca que você veio pra Nova York pra encontrar a Kitty Alexander. Kitty Al-ex-ander. É verdade isso?"

Alex tentou tomar seu vinho de modo descuidado, e a bebida encaminhou-se para um catastrófico trajeto camiseta abaixo. "Uga... Sabe... É que... ela me mandou um autógrafo. Não é nada... não tem nada de mais nisso. Não é que eu tenha *vindo até aqui* pra encontrar a Kitty. Nada disso. Eu não sou nenhum maluco atrás de nomes famosos nem nada. Eu só queria agradecer. Sou apenas mais um fã."

Honey enfiou no rosto de Alex uma unha que fazia uma curva improvável. "Não, não, não — *o maior* fã, pelo que ouvi dizer. E devo confessar que fiquei surpresa. Você não me dava a impressão de ser muito fã de nada. Achei que fosse uma pessoa totalmente zen — acima de tudo isso, sabe como é?"

Honey levantou e cambaleou até a janela, pisando com certa inépcia sobre os monogramas que se repetiam no chão. Encostou na cortina e apontou.

"Mora no Brooklyn. Eu cresci no Brooklyn. No domingo, todo mundo sentava na porta. Todo mundo se conhecia. Antes da igreja, depois da igreja..."

"Vou fazer um café, acho", disse Alex, escalando a cama e esticando-se um pouco mais para alcançar a chaleira elétrica na mesinha-de-cabeceira.

"Mais gente te conhece do que você conhece gente... olha só, é só isso, mais nada. Não tem nada além disso no fundo. A fama é para os amputados. Quer dizer, pra gente a quem falta algo vital. Só isso. E eu vou te dizer o que mais tá ferrado. Na minha região, *eu sou* uma celebridade. Acredita numa coisa dessas? Em certas áreas do Brooklyn, eu sou Elizabeth Taylor."

"Eu fui apresentado pra ela uma vez", disse Alex, errando a tomada para ligar a chaleira e caindo da cama.

Honey virou-se e riu até precisar do banheiro. Não demorou para que

Alex a ouvisse vomitar lá dentro, apesar do barulho de torneiras abertas. Foi até a porta do banheiro com uma toalha e se ofereceu para ajudar, mas ela não o deixou entrar.

Depois, tomaram café. Conversaram até a cidade se iluminar de novo em dois estágios incoerentes, primeiro laranja-elétrico, seguido por um azulzinho ralo e enfezado. Honey não acreditava mais em aborto, embora nem sempre tivesse sido dessa opinião. Alex achava que as campanhas beneficentes televisionadas eram administradas por vigaristas. Honey não via por que deveria tocar em coisas cuja proveniência desconhecia. Alex não via razão para unhas postiças e dança no gelo sobre patins. Honey achava que havia alguma coisa de estranho nas crianças inglesas. Ambos não entendiam por que precisavam pôr tanta maionese em tudo.

"Eu conheço Roebling. Roebling me conhece. Posso lhe mostrar onde fica Roebling, acompanhar você por lá", disse Honey, dobrando a cadeira.

"Ótimo. Tá fechado."

"Hein? Fechado o quê?", perguntou Honey.

"Vamos nessa", disse Alex-Li.

TRÊS / *A Presença do Touro É Captada*

1

No fim, Honey inverteu os planos. Mente prática que era, votou por primeiro ir ver Krauser no Lower East Side, e só depois iriam a Roebling. Apesar das proporções diminutas exibidas pelo mapa, ela se lembrava da região de Roebling — dos tempos de batente — como um emaranhado complicado de ruas, onde o traçado quadricular instituído em quase toda a cidade cedia lugar ao antigo jeito de ser das coisas. Ruas caóticas com nomes peculiares, ruas que somem, que entortam, que escondem do olhar do público o número das portas dos prédios.

"E faz um frio danado por lá", disse Honey, calçando luvas de couro no saguão do hotel. "E eu não estou a fim de vagar por aí com uma puta de uma ressaca sem ter idéia de onde estou indo. Eu *sei* que esse sujeito, o Krauser, vai ajudar a gente. Não tem como não ajudar. Nós vamos mostrar pra ele que cara legal você é. A gente vai *encantar* o filho-da-mãe."

Alex lutou alguns momentos com o zíper do blusão e em seguida sucumbiu feito um garotinho quando Honey, entediada com o espetáculo, o agarrou pelo blusão, puxou-lhe o zíper até o pescoço e, sobre sua cabeça, baixou o capuz gigante debruado com um halo de pele sintética. Já o casaco de Honey, ajustado no corpo e cor de caramelo, acrescentava e subtraía curvas nos locais exatos. Ela acertou as pontas do cinto e apertou-o num laço à esquerda.

"Certo? Estamos prontos agora?"

Alex levou um beliscão maternal na bochecha, já rosada devido aos floreios prematuros que o porteiro executava na entrada do hotel.

"Estamos. Você... você tocou em mim."

"Que venham os rojões. Não sei o que você tem, mas, seja o que for, agora eu também tenho."

"Estou me sentindo meio mal", disse Alex, quando o dia os atingiu em cheio em toda a sua fúria. "Por causa dos meus... colegas. O Lovelear, o Dove. Eu devia ao menos..."

Honey enganchou o braço no dele. "Eles têm serviço de quarto, não têm? Televisão? E tem uma camareira pra limpar tudo depois. O que é mais ou menos o equivalente ao nirvana hoje em dia. Além do mais, o que vem a ser isto, uma excursão de escola? Dois já bastam."

Era uma caminhada de cinco minutos até a estação do metrô, mas longa o suficiente para despertar o turista que havia em Alex-Li. Ele caminhava como um visitante, de cara para o paraíso norte-americano. Quando um táxi buzinava, ele olhava para ver por quê. Pouco antes da entrada do metrô, um japonês de macacão laranja saiu de ré de uma porta, enganchou o salto do sapato num paralelepípedo mais saliente e derrubou um caixote inteiro de lichias na calçada. Honey esmagou algumas e lá de dentro saíram as polpas brancas.

"Vamos, *anda*, vamos acabar logo com isso." Honey estava virada para trás, chamando Alex, cuja primeira reação tinha sido contornar o desastre. Mas já começava a extrair um certo prazer em destroçar uma dúzia delas por passada. Apressou-se e alcançou-a na escadaria da estação. Esta era a cidade dela, não dele. Alex tinha que se entregar à sensação de não saber, de não ter poder. Sentia-se como o garoto que encontra o mapa do tesouro e o mostra para o amigo mais competente; embora esteja vendo o X, não tem a mesma capacidade para descobrir onde está a arca.

"Frio", disse Honey assim que se viram debaixo da terra. "F.R.I.O. *Fri-io*."

Abrindo a boca, ela fez o O do fumante e soltou uma nuvem de vapor.

Um pouco mais além, na plataforma, dois garotos negros faziam gestos animados um para o outro, diferentes aglomerados de dedos, primeiro dois dedos separados dos demais, depois três — Alex observava, lembrando de diagramas que tinha visto, de gestos realizados pelos altos sacerdotes no Templo.

"Você me faz um favor?", disse Honey, por sobre a trovoada do trem. "Põe isto aqui, ó" — e da bolsa tirou um pedaço de pano de uns trinta centímetros de comprimento, um tapete em miniatura com a padronagem xadrez de algum clã — "assim que você vir um lugar vazio. Eu não gosto de sentar direto nessas coisas, não."

Mesmo naquele curto percurso, era espantosa, para Alex, a quantidade de pessoas que haviam reconhecido a fisionomia de Honey. Quando as portas do trem se fecharam atrás dos dois, três pares de olhos foram direto para ela. Um garoto fez uma Mímica Internacional obscena para o amigo dele (a língua tateando na bochecha); depois uma moça tentou repassar na memória os instantes fugazes de uma imagem vista anteriormente sob a centelha de algum rápido neurônio. A boca se abriu, ela desviou a vista, olhou de novo e, então, com uma flexão indiscreta e triunfal do punho, lembrou! Sorriu e fez um esforço para voltar a seu mau romance. Mas a toda hora os olhos largavam a página do livro. E voltavam para a famosa boca vermelha de Honey.

E assim foi. Quando saltaram na estação que queriam, colegiais impiedosas mandaram uma do bando subir as escadas de quatro em quatro degraus só para vê-la de frente. No nível da rua, Honey atravessou a avenida e comprou um pretzel. Deu uma mordida e Alex perguntou: "*Qual* é a sensação?". Ela o encarou por um tempo, deu de ombros e desdobrou o mapa da ilha oferecido como cortesia pelo hotel.

"Esse endereço que você tem aí fica em Chinatown. A dois quarteirões daqui. Vamos ter que dobrar à esquerda aqui — é, à esquerda, isso mesmo. Certo, então", disse ela, impondo um ritmo acelerado ao passeio, "Alex-Li quer saber. Ele quer saber."

"Eu quero saber. É assim uma coisa tão horrível? Estou curioso. Só pra saber qual é a sensação."

Ela enterrou as mãos nos bolsos e encompridou os passos, colocando os pés, de propósito, na pegada anterior deixada por terceiros sobre a mistura de lama e gelo amolecido que cobria a calçada. Passavam poucos carros e menos gente ainda.

"Eu odeio", disse ela por fim. "Eu odeio, claro que odeio. Mas é estranho. Eu odeio, odeio, odeio, e no entanto..."

Passaram por um jogo de xadrez (dois russos, três cães), foram envolvidos por seus gritos e depois fizeram esforço para escutá-los. Caminharam um quarteirão inteiro sem dizer palavra. Tinha começado o cheiro de pato. No farol, Alex olhou para a direita e avançou sem pensar. Honey agarrou seu pulso e salvou-lhe a vida.

"Toda vez eu fico com enjôo", disse Honey, um minuto depois, enquanto atravessavam correndo a rua. "Mas o esquisito é que se ninguém olha, eu reparo. Eu simplesmente reparo — e me sinto... Nem sei como explicar. Meio assim fora de foco. Indistinta."

"Indistinta?"

"Você perguntou, estou respondendo. Indistinta. Como se não estivesse conseguindo me sentir. É meio nojento, não é não?"

Na esquina seguinte, um anúncio muito antigo de pianos começava logo acima da cabeça de Alex e terminava vários quilômetros mais ao alto, bem onde um guindaste inclinava a cabeça curiosa sobre os telhados. As publicidades se tornam elas mesmas quando não resta mais nada para vender: e aquela era especialmente comovente. As letras apagadas e esbranquiçadas de LAIRD & SON, sua malfadada aventura musical.

"Olha lá, tá vendo, *ela* é a coisa verdadeira", disse Honey. Interpretando mal o interesse de Alex, apontou para um cartaz ainda maior, à direita. Era uma foto colorida de uma linda mulher. Vendendo uma loja de roupas. As colossais pernas bronzeadas se estendiam por toda a altura de uma delicatéssen e alcançavam um aquário humano dentro do qual todo mundo corria ou pedalava numa agitação danada, rumo a parte alguma, avançando a velocidades extraordinárias na direção de um vidro imperturbável.

"Ali você já está num outro nível, é muito diferente", disse Honey, respeitosa. "Você virou divina. Meio milhão de passageiros olhando pra sua você sabe-o-que todo santo dia? Gente batendo o carro, gente perdendo a vida? Aí então você saca que chegou lá. Ei, sabe do que mais? Aquela lá, a vermelha. Aquela é a porta."

Alex parou, olhou para a porta e para a caixa postal por onde entravam as cartas com uma expressão neutra no rosto. Toda a correspondência que enviara na sua juventude tinha caído por aquela fenda. Tantas cartas! Havia se feito homem enquanto escrevia tudo aquilo. Olhando para aquela porta, naquele momento, sentiu-se tristíssimo. Se estivesse sozinho, teria ido embora. Mas lá estava Honey, fazendo pressão para que lesse o rol de nomes junto às campainhas: empresas, pessoas sozinhas, ateliês de artistas, famílias inteiras ensardinhadas lá dentro. Krauser, eles encontraram sob o nome comercial, presidente do KAAA. Alex continuava querendo dar meia-volta-volver, mas, na hora em que Honey foi apertar a campainha, a porta se abriu por vontade própria e um entregador, ainda contando a gorjeta mesquinha, saiu e os deixou entrar.

"E agora?", gemeu Alex, tremendo no saguão de entrada. Estava mais frio que do lado de fora, e isso se devia à traição, porque dali de dentro se *esperava* calor.

"E agora é o que é", disse Honey.

Uma voz falava havia já alguns minutos. E naquele momento dizia: "Estou falando inglês ou não? Então fora. Vão. Sumam daqui. Vão caçar sapo. Ainda não entenderam? Eu não estou no mercado pra ser extorquido."

"Não, olha, espere", disse Honey, erguendo a voz e grudando os lábios no painel de madeira. "Só um instantinho. Se o senhor... Nós não queremos lhe vender nada, senhor Krauser — e não estamos pedindo donativos. Nós — ele, o meu amigo, Alex, ele só quer conversar com o senhor, mais nada."

A voz seca atrás da porta começou de novo, uma salmodia curiosa, arquejada, arranhada, parecida com um daqueles discos antigos de vinil em que certos escritores lêem a própria prosa em tom monótono: "E eu digo que não gosto de ladainhas chatas. Vão bater em outra freguesia. E olhem que ainda vou fazer o favor de dar uma dica pra vocês: este prédio está cheio de trouxas. Tentem o Castelli. Lá no alto, no quinto andar, junto com as águias. Vocês nem calculam como o Castelli adora um vigarista. Ha!".

"Senhor Krauser, será que nós não poderíamos só..."

"Vai catar coquinho, moça."

Ambos ouviram ruído de passos se afastando da porta, água correndo, um rádio. Honey recuou e Alex se aproximou para substituí-la. Ele tocou, na verdade martelou a campainha uma vez mais. Esperou um pouco e repetiu seu nome completo. A água parou de correr. Devagar, a seqüência de sons se inverteu e Alex pressentiu a presença, de novo, de Krauser ali perto, do outro lado da porta. E pôs-se então a desfiar os fatos relativos a ele.

"É, sei, sei, companheiro", interveio a voz debochada. "Eu sei quem eu sou. Não se preocupe comigo, que eu continuo no prumo."

Mas Alex insistiu: "E, antes disso, nos anos cinqüenta, o senhor era o editor dos roteiros dela, se não me engano... e, depois disso, passou a atuar basicamente como agente dela, não é mesmo?".

"Ora, ora, ouçam só isso. Você é o quê, vendedor de enciclopédias?"

Nesse momento, a porta se abriu. E, como acontece nos velhos desenhos animados, foi preciso baixar a vista uns trinta centímetros além do esperado para ver o local onde a abóbada calva do presidente Max Krauser ocupava espaço entre os ombros de Alex e os seios de Honey. Então era aquela a nêmesis postal? O rosto da criatura era comum, dominado por bifocais pesados de lentes coloridas por uma crescente névoa laranja, como um pôr-do-sol de televisão. Tinha uma boca carnuda, rosada e vulnerável, que merecia um homem mais jovem, com um punhado de pêlos úmidos e adolescentes crescendo em volta. No corpo um abrigo de ginástica marrom, de tecido atoalhado, com o zíper puxado até em cima, no pescoço a echarpe de seda do diretor-autor e nos pés um par de tênis. E uma barriga igual a um presente que estivesse escondendo de algum sobrinho. A uma segunda olhada, porém, Krauser não era de todo careca: fios prateados muito crespos margeavam toda a parte de trás da cabeça, como uma franja de nuvens.

"Max Krauser?"

"Como dois e dois são quatro."

Deixando a porta aberta, sem no entanto a menor sugestão de um convite para que entrassem, Krauser deu as costas e voltou para dentro. O efeito, de onde Alex estava, era monacal: Krauser, um monge de cabelos grisalhos, todo de marrom. E o aposento da frente era uma caverna dedicada a Kitty, claro. Cartazes, *stills* de filmes, recortes de jornal em molduras, capas de revista. Uma obra-prima do kitsch: um óleo de Kitty em tons sentimentais, reclinada sobre um pedaço de veludo negro, numa moldura dourada. Alex, no entanto, reconheceu de imediato que aquela era uma igreja de denominações variadas. Um aparelho de som, em algum lugar (o aposento sucumbia ao peso do supérfluo), cantava sem parar a respeito de *Minnie the Moocher... a red-hot hoochie-coocher*, e à volta toda havia retratos de negros com clarinetas, trompetes, sax, contrabaixo e microfone, e também havia os discos deles, e as biografias, os cartazes dos shows, os programas dos concertos, ou seja, tudo que aqueles músicos tinham deixado para trás. A mobília fora adicionada depois. Havia apenas quatro peças: uma pequena mesa de jogos desprovida das necessárias cadeiras, uma luminária alta de latão, de haste rígida e cúpula pendente *art déco* (lágrimas desarmônicas, chorosas, de vidro lapidado verde-água), e uma mesa de bilhar espremida numa parede. O feltro estava coberto por propagandas enviadas pelo correio, embalagens de pizza e capas de disco. No meio da sala, uma cadeira de barbeiro.

"Certo, eu sou um prisioneiro", disse Krauser, virando o corpo e desabando na cadeira. "Abram logo o jogo de vocês."

Honey deu uns passos mais para a esquerda, colocou seu tapetinho num canto da mesa de bilhar e, com cuidado, empoleirou-se nela, a mão esquerda enluvada enfiada num bolso. Alex empurrou os óculos mais para perto dos olhos e fitou o homenzinho na cadeira giratória.

"Olha só", disse, dando de ombros como se a pedir desculpas pelo que estava prestes a dizer, "meu nome é Alex-Li Tandem."

Ao ouvir isso, Krauser deu a impressão de ter levado um safanão; um dos pés escorregou para o chão. Recolheu-o bem devagar e voltou a pousá-lo no descanso da cadeira. Depois, já recomposto, introduziu a novidade de um sorriso benevolente no rosto e acomodou-se melhor. Alex, encorajado com isso, começou a se explicar, abrindo para si uma pequena trilha entre o local onde estava e a entrada da cozinha em plano aberto. Ele ia e voltava. Mas Krauser não estava nem olhando nem escutando. Krauser estava espichando as pernas. Krauser estava esfregando os pés no carpete.

"Ta-ta ta ta-taaa", tartamudeou de improviso, fazendo o *scat* enquanto estendia os braços como um cantor de musical, "este aqui é o sapateado da cuca, meu jovem. Eu tenho diploma em Sapatologia. Você ainda está falando?"

Honey gemeu, levantou, dobrou seu tapetinho e fez o Gesto Internacional para doidice (dedo batucando na têmpora). Apontou para a porta. Alex, porém, insistiu.

"Rubi, rubiácea, rubi, rubiácea", continuou Krauser num murmúrio pensativo, enquanto Alex, sem nenhum plano especial na cabeça, se aproximava dele. No momento crucial, porém, Krauser se levantou de um salto, passou por Alex e foi direto para a cozinha. Ali, se inclinou sobre o balcão e apanhou dois pacotes de café.

"Este aqui", disse ele, puxando o lábio superior para cima das gengivas, "este aqui é forte feito o diabo. E este aqui é menos forte, porém mais ético. Todo mundo recebe sua graninha, inclusive as senhoras morenas que vão para o campo, se é que, de fato, o café vem do campo — estou indo só pelo que me diz o neto. Mas acontece que de tão chatos vocês são capazes de me matar de tédio, de modo que vou tomar do forte e necas de lactáceas. Me mantém animado. Alguém mais?"

Suspendendo a pequena pança até alcançar o balcão, ergueu os pés do chão e fez um movimento em direção a Honey, que se encolheu e derrubou uma pirâmide de caixas de pizza no chão.

"Ei, você. Eu não te conheço de algum lugar, não? Você faz cinema? Esse daí não, esse até agüentava mais uma engraxada ou duas, a cara-de-pau dele ainda não ficou bem lustrosa — mas *você*. Você é mais escorregadia que quiabo."

Krauser virou o rosto para o teto, encostou os lábios grossos num trompete invisível, tocou e depois cantou: "*Strutting... strutting with some barbecue, barbecuooooo*... Sabe qual o nome do meu neto? Jamal Queeks. A mãe é igualzinha a você. E assim acabou a história e morreu a vitória. Quem quiser que conte outra. Lá se vão dois mil anos de tradição. É uma pena, uma maldita pena. É ou não é?"

Honey apertou a bolsa no peito, caminhou até a porta, abriu-a e parou ali, orgulhosa, esperando. Alex insistiu.

"Senhor Krauser — por favor, me escute. Acho que Miss Alexander — acho que ela talvez fique contente em me ver. Mais do que isso: *eu* preciso falar com ela. Sei que soa meio esquisito. Não sei como lhe explicar... Esperei tanto tempo — e de repente ela me manda um autógrafo. Duas vezes."

"Ponha isso por es-crito", disse Krauser, ao ritmo de um solo de sax, marcando a batida com a parte gorducha das palmas. "Qieu gru-udo nu meu álum de reco-or-tes."

"Ele está com os autógrafos na bolsa", disse a veemente Honey, afastando-se da soleira. Os olhos queimavam, as mãos tremiam e Alex sentiu então um latejo surpreendente de gratidão e amor por essa nova amiga, que, por ele, abandonava dessa forma os princípios zen.

"Escute aqui", ela dizia, "nós viemos até aqui, não viemos? Nós viemos até aqui. Este moço é de Londres, na Inglaterra. Não precisava ter vindo? Ninguém *precisava* ter vindo? Eu vou dizer um troço, porque ele é educado demais pra dizer: este menino vem escrevendo feito um *louco* pra você faz quinze anos..."

"Treze, na verdade", corrigiu Alex, erguendo a mão. "Treze anos."

"Certo, que seja, *treze* — sem nunca obter uma resposta, mas e daí? Daí que ele *merece* isso. Gente como você não significa nada sem gente como ele — será que até aí deu pra entender? Deu? *Cretino*", disse Honey, em resposta à cara de palhaço feita por Krauser. "*Racista* cretino. E vamos cair na real, aqui, de uma vez por todas. Miss Alexander não está exatamente no auge hoje em dia. Estou mentindo, por acaso? Estou dizendo alguma coisa aqui que não procede?"

Krauser se lançou do balcão para a sala e aterrissou oito centímetros aquém de um homem sério. Uma veia monumental que ia da têmpora até a parte posterior da orelha esquerda levantou-se, irada.

"Muito bem", disse Krauser, "não me venha agora querer roubar a cena, senhorita Thang. Eu não sou mais doido do que sua mãe era. É o seguinte: eu não tenho paciência com dois tipos de gente — parasitas e caçadores de autógrafo. Eis os fatos: a senhorita Alexander não envia nada pra ninguém a menos que *eu* mande em nome dela. E eu nunca envio nada pra ninguém. Aí está, de cabo a rabo, a história completa. A senhorita Alexander não tem *tempo* pra Caçadores de Autógrafo. Ela é a maior estrela deste nosso firmamento, como se costumava dizer no tempo em que isso significava alguma coisa. Ela é biscoito fino. A senhorita Alexander precisa ser protegida de gente enxerida. É o que eu faço. E até rimou. Senhoras, senhores."

Foram escoltados até a porta.

2

Centro de Roebling. Ali, uma rua larga e bonita sobe sem descanso o morro, e limpar seu quinhão de neve é responsabilidade cívica de todo cidadão. Honey e Alex passaram uma tarde inteira subindo e descendo essa rua, fazendo perguntas nas lojas, vagando incessantemente pelas transversais. Cada qual esperando o outro desistir primeiro. Quando um café se apresenta na frente deles pela oitava vez, é Alex quem ergue os ombros, põe o braço em volta da cintura de Honey e conduz ambos na direção do calor. E o mundo continua. Um garoto falando espanhol passa berrando qualquer coisa. Mergulha atrás de um jipe, desvia da bola de neve do irmão mais velho, levanta a cabeça de novo e recebe uma no pescoço. Garotos negros passam engomados em direção à igreja. Há um rabino perdido. Algumas pessoas são inacreditavelmente gordas, mas apenas algumas. Um caminhão municipal espalha areia rosada nas ruas como se fosse algum doce industrializado. Este é o lado bom de Roebling: nas transversais, alinham-se velhas casas de arenito pardo, senhoras meio caídas que já no quarteirão judeu começam a arrebanhar as saias surradas e somem, pouco antes de chegar à área dos negros. Consta que pelo menos um romancista norte-americano idoso mora por lá. Costuma ser visto, exposto com proeminência na vitrine da livraria, e às vezes em carne e osso, tentando convencer jovens norte-americanos a jogar basquete com ele.

Na crista do morro fica o zoológico de Roebling, meio largado. Ali, uma capivara bunduda ou até mesmo uma família reclusa de roedores podem se sentir, com toda a legitimidade, grandes atrações. As serpentes se foram todas. Nunca houve nenhum tigre. E, aos domingos, o zoológico atrai apenas os bem-de-vida, gente que busca uma distração para sua ressaca, quem sabe, ou que apenas se deixa hipnotizar pela dança ensandecida das lebres cativas. De sua mesa junto à vidraça do café, Honey e Alex observam o fluxo constante deles, desses adoráveis e aflitos garotos que jamais têm pressa. Compridos, encurvados, bonitos, vestidos com os casacos esquecidos pela geração anterior, eles sobem a ladeira debaixo da neve.

"Quer dizer então", Honey comenta, salpicando chocolate, "que vai ser hoje a operação dela? Mas não tem nenhum risco, tem? Porque, do contrário, você não estaria aqui, claro, se fosse uma cirurgia arriscada."

Alex está convencendo Honey, que está convencendo Alex, que está convencendo Honey que a retirada de um marca-passo é procedimento de rotina. Ambos usaram a expressão *procedimento de rotina*, roubada de uma série de televisão no ar há séculos. Frenéticos, concordam um com o outro ("Certo", "Certo", "*Certo*").

"É justamente isso — eu só quero os fatos relevantes. Perguntar a alguém, pedir que alguém me diga. É com isso que estou acostumado. Eu cresci... meu pai era médico."

"É mesmo? E o que ele faz agora?"

"Se vira no túmulo a maior parte do tempo. Ele morreu."

"Bom. Eu sinto muito."

"E devia mesmo. Foi tudo culpa sua, pra começo de conversa. Ei", disse Tandem, deixando de lado sua xícara sem graça de porcelana e estendendo a mão para o copo fumegante nas mãos de Honey, pleno de camadas sedimentares em tons de bege, castanho, marrom-escuro e branco. "Como é que está o seu? Por que tem uma cara muito melhor que o meu?"

Honey juntou uma colherada da espuma de cima e deu para Alex experimentar. "É que você", disse ela, levando o aço até os lábios dele, "você pediu um café preto descafeinado. Porque você é do tipo que gosta de se privar. Acha que vai se beneficiar bebendo isso aí. Mas a verdade é que você está um trapo. Não há benefício nenhum envolvido nisso. Agora *isto*, isto aqui tem chocolate, moca e caramelo em pó — tá vendo como é bom? — com creme semidesnatado batido, uma dose de Kahlúa e pedacinhos de tofe por cima..."

Alex abriu a boca e tornou a fechá-la em volta da colher.

"Viu só, é bom, não é?"

Sem ação, Alex meneou a cabeça em sinal afirmativo.

"E me ensina sobre a impermanência do prazer — e esse é meu lado zen de novo, percebe? Não vai me trazer nada de bom, mas é um prazer, enquanto dura. E, quando eu morrer, posso acrescentá-lo à lista de prazeres fugaces. Que voam. Existe essa palavra, fugace?"

Alex tirou a colher da boca e encarnou os olhos esbugalhados e atônitos do conhecido comediante Buster Keaton.

"Tá tão gostoso que até *dói*."

Honey riu, baixou a cabeça e levantou-a com um bigode de creme. "E o engraçado é que, depois que você sentiu o gosto do prazer, do prazer *de verdade*, é muito fácil abrir mão dele. Não custa nada. É uma *barbada*."

"Você devia ir trabalhar no canal de vendas. Eles precisam de mais budistas, naquele canal. Na verdade, eu acho..."

"Krauser."

"Como?"

Honey se apoderou do jornal de um outro homem e abriu-o, de encontro à vitrine do café. De trás da manchete local (um coitado de um depravado tinha sumido com a enteada) Krauser se materializou, uma mistura traiçoeira de homem e letras impressas sob um sol vidrento. Tentava atravessar a rua no seu ponto mais perigoso, vestido com uma capa de chuva de tecido encerado, o capuz amarfanhado, braços estendidos, como se isso de alguma forma fosse útil para os carros que passavam. Desapareceu alguns instantes atrás de um anúncio de letras escuras se dizendo capaz de melhorar a memória e reapareceu no meio de um escândalo político.

Hoje em dia é impossível seguir um homem ou largar um emprego sem que uma avalanche enciclopédica de gestos cinematográficos nos acompanhe. Honey resfolegou para Alex, que imediatamente se pôs a andar rente a uma parede, na ponta dos pés, e não demorou para que ela própria recorresse a óculos escuros e a um assobio pouco convincente. Depois constatou-se que o chapéu de Krauser estava conectado com um rádio transistor — o fio dava a volta na aba, passando por trás da orelha dele, e havia uma antena espetada no bolso —, no entanto ele nem percebeu a presença dos dois, tão entretido estava num noticiário político qualquer ("Zimbábue!", escutaram-no berrar, na hora em que virou à esquerda e entrou numa rua calma. "Agora ele está falando do *Zimbábue*?").

A quatro casas antes do final da rua, ele parou. Desligou o dial no fone. Honey e Alex espreitavam atrás de algumas latas de lixo. Viram quando subiu saltitante os degraus dianteiros de uma casa da virada do século, de arenito pardo, tocou a campainha e foi admitido pelo interfone. A porta se fechou atrás dele. A exemplo dos bons detetives, Honey e Alex ficaram vigiando o local onde ele estivera por último, correndo para cima e para baixo da rua, bafejando as mãos. Alex enrolou um cigarro.

"Isto é ridículo — não é *possível* que o lugar seja este."

"Por que não?"

"É fácil demais — é... essas coisas não acontecem assim sem mais nem menos, de eu querer uma coisa e essa coisa estar simplesmente *ali*. Sem nenhum *esforço*. Não é assim que as coisas acontecem."

Honey pôs as mãos em volta da cintura dele e apertou. "Boneco, é *exa-*

tamente assim que elas acontecem. Tem dias que a bolada vem e senta bem no colo da gente, pode acreditar, porque eu sei. Me dá uma tragada quando isso aí ficar pronto, tá?"

"Quer dizer então que é esse o plano, esse mesmo? Ficar esperando?", ele perguntou, tentando usar a lateral do corpo de Honey para acender o cigarro debaixo do vento.

"O plano é não ter plano. E esperar é o que estamos fazendo."

"E quando terminar a espera?"

"Aí então pinta uma outra coisa qualquer, imagino."

A espera não foi demorada. Dez minutos depois, a porta se abriu de novo e Krauser surgiu. Um par de braços lhe passou uma trouxinha que se contorcia inteira e uma guia; a porta se fechou, ele atrelou a ponta da guia na outra ponta e lá se foi, morro acima, puxando um cãozinho compacto. Vestido com um casaco vermelho de veludo cotelê, a criatura tinha um rabicó espiralado e andava de um jeito meio emproado, como se o mundo todo, mais o presidente, estivesse olhando para ele.

QUATRO / *O Touro É Apanhado*

1

Não ainda! Ele não a queria pega, não ainda! Os passos, no entanto, subiam — amplos, frios, minerais. Honey já estava lá na porta, dedo na campainha. Virou-se e sorriu. Alex continuava na escada. Admirando um tufo de musgo, a maneira como ele vencera a pedra. Verde por entre a neve. Para onde levavam aqueles degraus? Ele estendeu um braço, mas Honey tocou assim mesmo. Mais um passo, gelado. Que o levava mais para perto de um mundo contendo uma coisa sagrada a menos. Porque os fãs fazem isso: preservam algo, como um rodopio de cor na superfície do mármore, no vidro sólido do entusiasmo. Ele próprio tinha feito isso. Durante treze anos, Alex a mantivera tão perfeita e especial quanto uma lembrança de infância.

Uma voz grita de uma janela lá no alto, pelo menos uns três andares acima. Ele não enxerga nada. As janelas cintilantes dessas casas de arenito pardo partilham o sol, dividem-no. Ela grita para dizer que está indo. Honey vira de novo para trás, dá outro sorriso. Depois faz para Alex o Gesto Internacional de tudo bem, o polegar na vertical.

Alex franze o cenho para o estuque que se desprende do alto do arco dessa fachada de Roebling. Depois fecha os olhos. E eis que surge o substituto: a imponente frente palladiana do Celebration Pictures, esplêndida sob o sol da Califórnia, muitos anos atrás. É uma foto que Alex tem. No momento em que foi tirada, alguém, Crawford ou Cooper, estão passando num Rolls-Royce branco fora de foco. Três escritores atormentados (mangas arregaçadas, mordendo cigarros) estão encostados no pilar direito, junto com uma das encarregadas do guarda-roupa do estúdio, sem cabeça, fora do enquadramento. E, em primeiro plano, uma recém-chegada: Kitty Alexander, sorrindo com dedicação para uma grande-angular que acarinhou doze principiantes de uma vez só. Segunda fila, terceira à direita.

Não era uma foto famosa, mas ele tinha paixão por ela. Porque era o começo de Kitty. Fazia pouco tempo que além do verdadeiro nome, Katya Alessandro ("Russo demais", tinha dito o produtor, Lee J. Komsky; "e sobretudo muito italiano"), tinha perdido também um pouco de peso (o estúdio a colocara na infame dieta MCF: maçã, café e fumo), e já haviam terminado os primeiros ataques contra seu extravagante sotaque (providência que nunca deu muito certo. Ela continuou sendo uma filha ítalo-russa de Capri).

Esse é o rosto. O que ele adora. Por que submetê-lo às regras de impermanência de Buda? Esse é o rosto. A testa escorre para o nariz qual creme de leite numa concha, como acontecia com Garbo. A estrutura óssea é a de uma ninfa, em formato de coração, malares altos. Os olhos são verdes, o cabelo é preto, curtinho. As sobrancelhas delineadas a lápis não conseguem esconder sua curvatura natural, emotiva, como duas pontes suspirantes por sobre águas italianas. Alex já assistiu a esse rosto interpretar de tudo, desde princesas russas deserdadas a bailarinas parisienses doidivanas, passando por imigrantes chinesas. Talvez tenha sido a própria fluidez de sua fisionomia que a impediu de ser uma estrela de primeira grandeza. É um rosto que faz o que você pedir, tão cheio de gestos e movimentos que os críticos se sentiram obrigados a tecer comentários fúteis, consoladores, sobre a morte prematura do cinema mudo, antes que seus maiores expoentes tivessem saído do jardim-de-infância. É um rosto, como queria Hedda Hopper (a aliteração em si já traz tanta nostalgia), de extrema importância, feito de magia, um rosto que não existe mais.

2

"Max? Mas você não é o Max. Pra onde foi o Max? Você veio da parte do Max?"

O sol está em todo canto, um holofote cósmico; ela lhe agarra a manga com firmeza. O rosto todo pregueado ainda faz sentido. Continua sendo uma bela mulher. A maquiagem não é excessiva, apenas umas escamas de azul-centáurea nas pálpebras. Não há roupões de hotel, tampouco chinelinhas parisienses de seda negra, com dentes-de-leão explodindo no bico. Nem sinal daquela toalha alvíssima e majestosa embrulhando uma profusão de madeixas molhadas. Em vez disso, um jeans comum, de cós na cintura, tênis vermelhos e camiseta preta. A curva dos seios é esquisita, jovem. Há uma presilha lisa no cabelo ralo e curto, todo grisalho. O único enfeite é aquele broche fabuloso que leva no pescoço, uma borboleta incrustada de rubis.

"Você entende alguma coisa de computador? Estou tentando enviar uma mensagem e faço exatamente o que eles me dizem, sigo todas as instruções e assim mesmo *não consigo* — não sei o que é, mas tem algo errado com a máquina. Eu devo ter feito alguma burrada, *Deus* é testemunha disso. Já imaginou? Eu é que tenho que lidar com isso sozinha, eu, o dia inteiro — bom, o Max leva a Lucia para passear, de modo que, bom, acho que é isso mesmo, mas já *imaginou*?"

"Miss Alexander?", perguntou Honey com um sorriso deslumbrante, curvando-se para ela, pois Kitty era menor, bem menor do que o esperado, como sempre acontece com as atrizes.

Kitty ergueu os olhos, confusa, a palma da mão ainda pousada sobre o punho de Alex. A pele nessa parte parecia intumescida, crescida como massa de pão. A perna de Alex agia de modo incontrolável. Do mesmo jeito que a cidade. Que continuava seguindo seu curso — não havia como impedi-la. Um garoto na rua esmurrou um outro garoto no braço, mesmo que o garoto não existisse e tampouco o amigo. E Alex viu quando aconteceu. Assim como viu Kitty. Dessa vez, não havia vidro entre eles. E o panorama era de mão dupla. Também ela estava vendo. E inspecionava a ambos, Alex e Honey: um estudo perspicaz e divertido.

"Exato", respondeu Kitty com animação. "Exato, esse, claro, é meu nome. Mas não creio que conheça vocês — eu teria me lembrado, vocês são impressionantes, os dois — por isso, desculpem, mas terão de ir agora, a menos que entendam alguma coisa de computadores e que você não seja um assassino psicopata, coisa e tal — mas como é que eu vou acreditar?"

Soltou uma risada rápida e pousou um dedo trêmulo e involuntário no braço de Honey.

"Acho que é quando a *Lucia* sai para passear", confidenciou. "Aí eu perco a concentração e as coisas se complicam sem a menor necessidade, aliás eu sempre digo ao Max, eu posso andar, não sou uma inválida, mas a verdade é que ele também está meio apaixonado pela Lucia, ele é o *outro* dela — ou pelo menos é isso que eu imagino, mas olha só que coisa, arre!" Soltou os dois, Honey e Alex, e levou as mãos esvoaçantes até o oco delicado das maçãs do rosto. "Está muito frio aqui fora e sinceramente não posso ficar na escada de conversa fiada com vocês, nem falando de Jesus e esse tipo de coisa, de modo que vou me despedindo, não quero ser indelicada, claro, mas, por favor, se me dão licença..."

Para Alex, a fala ainda levaria um minuto a voltar. Foi Honey quem colocou a mão no batente da porta.

"Miss Alexander, eu me chamo Honey Richardson. Viemos até aqui pra vê-la."

Ao ouvir isso, Kitty fez aquele soberbo e pequeno *piuf!* característico do exaspero russo, juntando as mãos.

"Sei que sim, minha querida... mas eu não estou aqui para ser vista. Garanto que Jesus e eu somos — como é que se diz, mesmo? Completos desconhecidos."

Ela deu mais um sorriso franco de encerramento e recuou um passo para dentro da casa, largando a porta para que se fechasse.

"Mas eu sou Alex-Li Tandem", disse Alex-Li Tandem e ela se abriu de novo como se fosse um daqueles antigos e lendários portais destinados a um único homem, pois que apenas o nome de um homem seria capaz de abri-los.

Na escada, o máximo que Alex conseguiu foi dizer a si mesmo, muitas e muitas vezes, que aquilo eram degraus, que aquelas eram suas pernas e que, àquele movimento, davam o nome de subir uma escada. No hall de cima, apertado e todo espelhado, regrediu até os mantras físicos: não toque, abra espaço, recue. Chegando à sala de estar, deu uma respirada preparatória — mas ela já tinha saído do aposento, insistindo em fazer um café. Honey disse sim e não às indagações sobre se queria com leite e açúcar feitas de uma cozinha fora de vista. Tandem tentou se orientar. Estava ali. *Ele* estava *ali*. Não havia sensação de decepção. Era (como previra!) um paraíso de bugigangas européias, resgatadas (imaginava ele) de incêndios, assaltos e revoluções. Era a casa de um colecionador. Tinha lá seus toques nova-iorquinos, claro — janelões imensos, arte indecifrável e modernosa (da sala dava para ver, para além do hall espelhado, passando pelo interior de um quarto, um banheiro típico de Nova York, todo azulejado de branco, um chuveiro antiqüíssimo, pingando água, e o incansável azinhavre comendo as torneiras de cobre), mas a alma do lugar, essa era, sem sombra de dúvida, Velho Mundo. Um imponente Buda de pedra, do tamanho de um garoto de oito anos, sentava-se à porta, arcando com a perda do nariz com grande dignidade. Com uma flor de lótus de arame e seda descansando no colo. Uma menina, num desenho, olhava por cima do ombro. Imagens de cães se repetiam por todo lugar — em forma de aparador de livros, corporificadas como bibelôs, bordadas em almofadas, pintadas em canecos —, mas depois, numa segunda olhada, todas se dissolviam num único cachorro de raça aristocrática: pernas curtas, corpo comprido cor de creme, focinho curto e preto, olhos saltados e testa enrugada. Dois móveis de mogno com acabamento de madrepérola, um diante do outro, repousavam sobre oito patas de madeira. Por toda parte, toalhinhas de linho, arcos árabes e gravuras venezianas, tapetes fininhos de pele de boi, seda rosada escapando de almofadas cor de creme, se desfazendo. Espelhos em molduras de prata trabalhada, pendurados em ângulos precários, pareciam refletir o aposento um segundo antes de ele ruir por terra. Tudo feito com muito cuidado e manuseado de forma idêntica. Alex pensou em seus dias e nas salas onde haviam se escoado esses dias, locais em que a mobília chegava em caixotes e exigia uma certa capacidade de convencimento para parar de pé e se manter. Mas naquele momento estava na sala dela, nos dias dela. E como eram bem do jeito que antecipara, começou a se sentir muito calmo. Seu lado zen dominou. Honey folheava uma revista; as mãos dele, porém, estavam sossegadas. Logo mais Kitty iria entrar ali, eles conversariam e seria o que tinha de ser. *A primavera chega e a relva cresce por si mesma.*

De repente, da cozinha vem o barulho de uma pequena calamidade de louça. "Devo ir ajudar?", cochichou Honey, pondo-se de pé de um salto junto com suas gêmeas de vidro para atravessar o hall espelhado, de novo multiplicada e acompanhada por uma quantidade infinita de Honeys espectrais, companheiras.

O tempo avançou.

"Mas estou contando pra vocês de trás pra frente!", lamentou-se Kitty, pondo mais uma colher de açúcar, a terceira, na xícara. Por alguns minutos, havia falado muito rápido (ou assim pareceu a Alex), numa variedade de línguas. Por fim, parou de se agitar e se acomodou numa poltrona. Sentava-se como uma mulher bem mais jovem, com um dos pés descalços dobrado sob o corpo e um joelho puxado na direção do queixo. Alex e Honey sentaram-se num sofá vizinho. Kitty abrira um sorriso largo para eles. Alex não estava muito certo quanto à expressão com que retribuíra o gesto. Ela apanhou uma fivela de dentro de uma fruteira de prata vazia, sobre a mesinha de centro, segurou-a na boca, juntou o cabelo na nuca e prendeu-o num coque diminuto.

"Esperem, *esperem*", disse, puxando uma mecha para emoldurar o rosto. "Vamos por partes. Alex-Li Tandem! Alex-Li *Tandem*. Mal posso *acreditar* que seja você. Sou uma enorme fã sua, de verdade. Mas você não é *nada* do que eu esperava. *Nada*, nada. Aliás, acho que eu me sento bem do jeito como você falou, não? Uma perna para cima, outra para baixo..." Ela deu uma olhada para baixo, para si mesma, depois voltou a fitar Alex com uma expressão que só os mágicos e os médicos merecem. "Como é que você *sabia* uma coisa dessas!"

Alex abriu a boca, mas Kitty bateu palmas uma vez apenas, esmagando o que ele tinha para dizer entre as mãos.

"E aquela então, você se lembra? *Querida Kitty, Ela tem muito orgulho dos pés e mexe neles com freqüência. Quando de pé, sente o ar sob o arco deles e acredita, teimosamente, que poderia ter sido dançarina. Com carinho, Alex-Li Tandem.* Verdade, tudo verdade! Eles são minha maior vaidade, os meus pés", diz ela, rindo e estendendo o esquerdo com os dedos apontados para o teto. "Você merece aplausos por isso!", continuou, aplaudindo. Honey fez coro, num ritmo sardônico. Alex, que não tinha experiência no assunto, sorria de modo abobado para a animação da platéia. Seus joelhos estavam cedendo de novo. Kitty parou, aproximou-se e pôs as duas mãos sobre eles.

"Nervoso. Não fique. Bobagem ficar, por favor", ela sussurrou, com uma fisionomia que sugeria que ela o entendia perfeitamente, até a medula, como todos nós queremos ser entendidos. Alex, sentindo uma gratidão enorme por isso, queria concordar com a cabeça, mas não conseguiu. Qualquer movimento ali poderia provocar caos nos canais lacrimais. Um carrilhão pequeno soou em algum lugar da sala. Alex se descobriu meditando sobre o dorso verde-dourado de um livro de jardinagem. Kitty sorriu para Honey e Honey sorriu de volta. O que havia começado como um silêncio incidental entre eles foi se estendendo pela sala feito uma lona.

"Você sabe", começou Honey, ao mesmo tempo que Kitty ia dizendo algo. Honey riu, Kitty também.

"Não, eu ia só...", disse Honey.

"*Por favor*", disse Kittty, e levou a xícara de café aos lábios.

Do outro lado da rua, uma janela de guilhotina fechou-se de repente. Alex levantou a mão, gesto que não fazia desde a escola.

"Eu tenho que... quer dizer, você precisa me deixar...", principiou ele, pensando, com tristeza, no que esse discurso sempre fora em sua cabeça, tão glorioso, tão cristalino. "Não, começando de novo — o que eu quero *dizer* é que... eu gostaria muito de dizer... sem, sabe como é, me estender demais... o quanto eu sempre *admirei* você... quer dizer, não só no cinema, mas muito mais, você sabe, como uma pessoa que..."

Kitty respirou fundo, com uma certa irritação. "Ah, não, não, não, *não*", disse, espantada, "você há de saber que eu não ligo nada pra coisas assim, nada. Arre! Acho que você escreve melhor do que fala. Mas é claro que o nosso querido Sirin disse que isso pode ser aplicado a todos os grandes escritores, e ninguém melhor que ele para saber dessas coisas. Ele foi um *grande* amigo do meu terceiro marido. E então. Biscoito?"

Alex abanou a cabeça. Sua boca travara no estado seis da manhã. Tão seca que não dava para ter certeza se as palavras sairiam ou não.

"O que eu estava *tentando* dizer", continuou Kitty, sem se abalar, "embora de trás pra frente — olha só: lá vou eu de novo. Estou tentando falar sobre as suas cartas, porque acho a história *muito* incomum. Porque, não sei se você sabe, mas eu não recebo quase carta nenhuma falando desse assunto.

Quer dizer, cartas relacionadas com a minha *carreira cinematográfica*" — e, ao dizer isso, deu uma fungada debochada — "*se* é que se pode dar nome tão grandioso ao que houve. Talvez receba umas poucas, uma por ano do pessoal do Oscar — *quando* eles se lembram. Mas eu não dou a mínima para essas coisas, para falar a verdade. Minha vida foi em frente — quer dizer, eu *espero* que tenha ido em frente, e quero crer que tenha, de fato, ido em frente."

Nessa altura, Kitty fez um gesto muito familiar a Alex. Era o gesto da cena do camarim, quando May-Ling implora ao diretor de cena que a contrate como atriz suplente. Um rápido avançar de cabeça, queixo para o alto, olhar de súplica — em seguida, um recuo insuportavelmente dolorido. Tudo de volta a sua caixinha, inclusive os sentimentos. Alex sabia de cor a fala seguinte (*Sinto muito, mas não vai dar, meu bem*) e por alguns instantes achou que fosse repeti-la.

"Além do mais", prosseguiu Kitty, toda animada, com aquele ar de egoísmo engenhoso, infantil, que pertence aos que estão acostumados à atenção de uma platéia, "a celebridade é como um jardim. É preciso trato, percebe? Eu estou com setenta e sete anos agora — e só tenho um rim sobrando. Já tive câncer e, por algum milagre, conservei meus tesouros" — ela colocou as duas mãos nos seios — "mas não vai ser possível ter tanta sorte o tempo todo. Preciso cuidar das coisas enquanto o tempo ainda existe — e eu lá tenho tempo de cuidar de um jardim tomado por ervas daninhas? Mais do que isso: fazer como diz o Max, fingir que o jardim se cuida sozinho?"

Honey, que havia muito perdera o fio da meada da metáfora, concordou ansiosa com um meneio de cabeça. Pegou um *biscotto* do prato de porcelana que Kitty estendera para ela e mordiscou em volta com aquela inépcia ímpar que levamos ao terreno das comidas que não reconhecemos.

"Eu queria agradecer por...", começou Alex, para em seguida fechar os olhos e tentar de novo. "Os autógrafos. Obrigado por fazer os..."

Kitty soltou uma exclamação e levou dois dedos aos lábios. "*Deus* do céu, não seja *ridículo*! Era o *mínimo* que eu poderia fazer — mas ainda você não me deixou explicar, me deixe explicar. De modo que, nos últimos tempos, têm acontecido coisas ruins por aqui — já, já chegamos lá —, mas por causa dessas coisas ruins, entende, eu não gosto de ficar sozinha em casa. E naquele dia, deve fazer três semanas, não sei bem por que motivo, entrei em pânico!", e ao dizer isso reproduziu a sensação na expressão da face. "Não sei direito o que houve — pode ser que, quem sabe, eu tenha escutado algum barulho na escada, fiquei meio doida — então chamei um táxi, peguei a Lucia e lá fomos nós pra casa do Max; eu tenho uma chave de lá, claro, mas quando cheguei, nem sinal dele. Muito provavelmente", cochichou num aparte para Honey, "devia estar numa dessas casas de banho estranhas, onde eles fazem sexo com atendentes de bar e nunca mais ninguém se vê... De qualquer maneira, não é da minha conta... já era muito tarde, fazia muito frio e eu não queria voltar tudo de novo, já não sou tão jovem pra ficar saçaricando por Nova York. Então nós entramos na casa do Max, aí eu comi alguma coisa, a Lucia comeu alguma coisa, e nos pusemos a esperar. Espera que espera e nada, e nós duas ultra-entediadas, vocês já imaginam o quanto. Naquele apartamentinho acanhado, sujo, tão sujo, aonde eu não ia fazia quinze anos, talvez, e onde a Lucia nunca tinha estado! E lá estávamos as duas, morrendo de tédio, de modo que resolvi xeretar um pouco. Para encurtar a conversa, foi então que encontrei você! Na verdade foi a Lucia. Nos armários da cozinha — centenas delas! Nunca tinha ouvido nem falar das cartas, que dirá ver. Todas elas: Alex-Li Tandem, Alex-Li Tandem, Alex-Li Tandem — recuando no tempo até sei lá quando. Quase todos os envelopes fechados. Sem ler! De modo que então eu abri, claro, porque eram pra mim. Cartas pra *mim*. E o que eu vi lá dentro... ah, foi tão lindo..."

E assim continuou Kitty, falando sem parar. Alex estava sendo elogiado. Era excelente e talentoso. Algo que ele escrevera tinha afetado alguém, tão certo quanto se tivesse empurrado a pessoa com ambas as mãos. Tudo isso foi dito. E ele ouvia o ruído da fala, a maneira como ela cantava as palavras, mas elas não significavam nada para ele. Durante treze anos, havia acreditado ter uma audiência, ainda que fosse apenas de Krauser, lendo as cartas e rasgando em seguida. Tinha ouvido falar daqueles artistas zen que escrevem livros e pintam quadros sem a menor expectativa de uma platéia, e que põem fogo no trabalho assim que terminam. Mas essa era uma opção lá deles.

Kitty se levantou e foi até um dos móveis com pés de cachorro, tirou uma chave pequena do bolso da calça e enfiou-a na fechadura. O tampo dianteiro se franziu como um leque de madeira e surgiu então uma escrivaninha, com dez gavetinhas delgadas de cada lado. E foram elas que Kitty se pôs a abrir, à procura de algo.

"Espere um pouco — você nunca viu *nenhuma* das cartas que eu escrevi?", perguntou Alex com o que lhe sobrara de voz. "Nesse tempo todo?"

"Nunca! Foi o que eu disse. Não sou tão grandiosa assim para ignorar tantas cartas."

Alex estava ficando de um tom meio estranho de roxo. Honey pôs a mão sobre a dele e apertou-a, num gesto de apoio.

"Eu não entendo", disse Honey, "quer dizer que ele nunca mostrou nenhuma delas a você?"

"Isso mesmo. É bem isso. Ele escondeu tudo, acho. Já imaginou?" E estalou a língua, como se para censurar a peculiaridade de alguma criança.

"Mas você não perguntou pra ele?", insistiu Honey. "Você não perguntou ao menos *por quê*?"

"Não, eu não *pergunto* a ele, ele nem sabe que eu achei as cartas — eu abomino isso, de qualquer maneira, essa exposição *dramática*. Uma coisa de uma crueldade sem fim, descobrir alguém dessa maneira, como se fosse televisão ou algo igualmente horrendo. Mas é claro que me perguntei por que ele iria... Ah, sim, aqui está."

De uma gaveta, Kitty pegou um pequeno maço de cartas dentro dos envelopes cor-de-rosa de Alex. Depois colocou um cotovelo na lareira apagada. "Elas são tão bonitas, na verdade. Li quase todas — nem levou tanto tempo assim, são tão breves. O que isso lhe custou de selo, eu nem imagino. Peguei só algumas, para ele não reparar. Gosto muito desta: *Querida Kitty, Toda vez que ela abraça uma criança, olha por cima do pequeno ombro direto na direção dos pais, e então sorri, para provar que não odeia crianças. Com carinho, Alex-Li Tandem.* Isto é perfeito demais! É o que eu faço, sempre!"

Alex tentou sorrir.

"Eu gostaria tanto", continuou ela, "de ter encontrado essas cartas antes, quando meu terceiro marido ainda era vivo. Ele era pintor. Talvez tenham ouvido falar dele."

Kitty disse um nome estrangeiro e Alex, que estava completamente paralisado de raiva, não deu o menor sinal de reconhecimento.

"Bom, Alex, acho que ele teria *adorado* você. Ele teria levado você muito a sério, eu sei. Ele amava os escritores que conseguem dizer muito com pouco — e as pessoas para quem ele teria apresentado você, minha nossa! Este apartamento vivia cheio de escritores e artistas, o tempo todo — eles adoravam este lugar, sentiam-se em casa aqui." Kitty afagou a parede de pedra branca atrás de si.

"Sabe por que eu gosto tanto?", disse ela, melancólica. "Das suas cartas? Porque não têm nada de cinema. Nada a respeito de cinema. Elas são apenas uma mulher, andando pelo mundo. E isso é bonito, eu acho."

"Que tipo de pessoa...", começou Alex em voz alta. Tremendo, levantou do sofá.

"Alex", disse Honey, com rispidez, "*senta aí.*"

Alex sentou de novo e baixou o tom de voz. "Que tipo de pessoa esconde as cartas de um garoto durante treze *anos*? Foram treze anos da *minha vida.*"

Kitty olhou preocupada para ele, depois virou os olhos para a janela. "Eu sinto muito por tudo isso. Por *você*", disse, e levou a ponta dos dedos até os lábios.

Alex odiou-a por isso — pelo gesto dramático no exato momento em que ele estava a zero, sem reação, sem defesas.

"O único motivo que me ocorre, talvez, é que as poucas cartas que eu recebo são muito parecidas, entende? Sempre o mesmo: *Eu sou seu maior fã* — tão vulgar essa palavra, esse "fã", *detesto* essa palavra, para começo de conversa —, mas acho que, talvez, as suas... são cartas tão singulares, e parecem me *conhecer*, quase, e para Max isso é uma afronta, entende? Porque ele se vê dessa maneira. Como a única pessoa neste mundo que me entende. Para ele, isso é muito importante. Acho que ele queria, talvez... não sei, *preservar* uma idéia, uma idéia platônica, que ele tem de..."

Alex não quis ouvir a filosofia e martelou o punho na mesinha de centro, entornando as xícaras.

"Deixa ver se eu entendi isso", ele disse, empurrando para o lado a mão que Honey pusera em seu ombro. "Vamos lá. Quer dizer então que ele só tinha uma birra? Contra mim? Você recebia outras cartas de vez em quando, não recebia? Ele só vetava as minhas, é isso? Fazia isso assim por farra? Só queria desperdiçar treze anos de..."

"Não!", exclamou Kitty, segurando as cartas junto ao peito. "Ele também me *protege*. Ele é muito *paranóico*, o Max, vive preocupado, com medo de que alguém fique meio maluco, ele é muito apegado, como um Norman Bates ou alguém assim. As pessoas são meio estranhas quando o assunto é cinema. E ele acha que a tarefa dele é me proteger dos malucos. O que não deixa de ser uma ironia, se você conhecesse o Max... ele próprio é meio maluco, eu fui casada com ele uma época, de maneira que sei muito bem — durante sete dias no Havaí, mas foi o suficiente, e no fim ele era homossexual, o que no nosso ramo é muito comum — ah, sim", disse ela, para a boca aberta de Honey, "minha cara, todo mundo deveria se casar com um homossexual ao menos uma vez na vida. É o suficiente para despir uma moça bonita de toda e qualquer vaidade sexual. É *muito* saudável. E depois, quando tornei a me casar, Max veio morar conosco. Não consegui impedir, minha cara", continuou ela, falando direto para Honey, que estava fascinada, "ele sempre foi assim. Max costumava servir as bebidas durante as nossas festas como se fosse um mordomo!"

"Isso não é...", disse Alex, abanando a cabeça. "Será que eu poderia dizer o que tenho a dizer sem... Será que posso dizer alguma coisa? Por favor?"

Kitty parecia abalada e estendeu os braços na direção dele. "Mas claro que pode!"

Alex, tendo entrado em cena, de repente sentiu vontade de sumir entre as dobras das cortinas.

"Vamos, diga", falou Kitty num tom súplice, colocando um biscoito na mão dele. "Você precisa falar o que lhe vai pela cabeça. Nos Estados Unidos, isso é praticamente lei."

"Bom, olha, quer dizer...", começou Alex de novo, em meio a um ignóbil bocado de migalhas, "do *que* você precisava ser protegida? Das minhas cartas? Alguma vez eu lhe dei algum maldito motivo para..."

"Al", disse Honey, pegando-o pela nuca, "você está sendo muito grosseiro mesmo, certo? Vamos dar isso por encerrado. Nós já estamos indo embora, Miss Alexander. Já desperdiçamos bastante seu tempo."

Honey levantou, mas Kitty, inclinada sobre o aparador da lareira, lhe fez um gesto para que voltasse a sentar. Alex fechou os olhos e pediu desculpas pela grosseria.

Balançando com delicadeza a cabeça, num gesto de quem perdoa, Kitty voltou até a secretária e abriu outra gaveta. Com um novo punhado de cartas, foi se sentar ao lado dele, numa proximidade quase desconfortável. Ela suspirou e espalhou as cartas sobre a mesa. "Entenda, por favor, que é claro que eu não preciso ser protegida contra *você*", disse. "Mas nem todos os meus supostos fãs são como você."

Estavam sentados em fila naquele pequeno sofá da sala, Honey, Alex e Kitty, uma cena que ele jamais poderia ter imaginado uma semana antes. Comprimido de ambos os lados por celebridades, o sonho de todo Caçador de Autógrafos. Kitty ergueu um envelope e entregou a ele.

"Esta é a coisa ruim. Começou há seis meses. A polícia diz que não pode fazer nada. Já imaginou? Só o Max se preocupa comigo."

"Posso?"

Ela acenou que sim, Alex espiou dentro do envelope rasgado e tirou de lá uma carta.

"É tão horroroso", disse Kitty com um estremecimento proposital. "Ele parece saber de tudo. Aonde eu vou, o que eu compro e o que eu visto. Está claro que ele me segue. Para mim, mais do que assustador, é *maçante* — o Max mal me deixa sair de casa por causa disso. Pareço quase uma prisioneira por causa desse maníaco chato que não tem coisa melhor para fazer na vida do que seguir uma velha e seu cachorro pelas ruas de Nova York. Isso é *ridículo*."

Alex fez uma verificação rápida da carta. Estava escrita numa caligrafia infantil e tão cheia de clichês que daria para tirar quatro projetos de filmes só daquela meia página. Além dos problemas de estilo, era um texto bem desagradável. Obsessivo nos detalhes e muito específico.

"Para onde foi mandada esta aqui? Só tem estas aqui?"

Kitty apontou para o chão, de um jeito áspero, mas os olhos a denunciaram. E a mão esquerda, que Honey havia tomado entre as suas num impulso, tremia.

"Elas vêm para cá. E eu não entendo — quase ninguém tem o endereço, na verdade, a não ser uns poucos amigos próximos. E o Max, claro."

Acabou derrubando a pequena leiteira de prata em forma de vaca e não houve como impedi-la de sair correndo para a cozinha, em busca de algo para enxugar o leite derramado. Honey e Alex mal tiveram chance de trocar um Gesto Internacional de longo e nobre passado, o olhar significativo. Segundos depois ela estava de volta e, numa linha ineficiente de montagem, os três transferiram xícaras e livros de lugar (o leite surpreendera a todos ao escorrer para duas direções diferentes), enquanto Kitty descrevia uma situação insuportável. Max e seu excesso de proteção ("Não posso nem mesmo sair para dar uma volta com a Lucia!"); uma vida cada vez mais solitária e restrita; um bairro onde a loucura anti-social era tão comum que qualquer lunático tinha que se esforçar muito para atrair a atenção da lei.

"Veja, Miss Alexander, não é que eu queira ser...", começou Honey, o que sempre significava que ela *queria* ser. "Mas será que alguma vez já não lhe passou pela cabeça que pode ser esse cara, o *Max*, quem..."

Kitty acomodou-se em sua poltrona.

"Miss Richardson, eu não sou idiota. Claro que já me passou pela cabeça, sobretudo depois que achei um monte de cartas escondidas — não foram só as do Alex, tinha mais coisas também. Algumas solicitações, alguns pedidos, convites e assim por diante — não estou dizendo que eu teria atendido, mas ao menos gostaria de ter tido a oportunidade de *pensar* a respeito..."

Deixou cair a cabeça e piscou fora uma lágrima.

"Mas não, eu *não consigo* acreditar que foi o Max quem escreveu essas cartas. Não *quero* acreditar. Estamos juntos há quarenta anos. Ele é o meu melhor amigo. O que ele faz é sempre para me proteger. Era isso que ele achava que estava fazendo ao esconder suas cartas de mim. Não há nada de malicioso em Max. Não acho que ele seja capaz disso, de me ferir."

Foi preciso um esforço, mas Honey, educadamente, não disse mais nada.

"Vou levar uma dessas", disse Alex, muito firme, enfiando uma carta no bolso e sentindo-se de uma capacidade sem precedentes, feito um Charlie Chan. "Conheço todos os americanos do ramo, pode ser que tenham recebido alguma coisa desse cara — talvez seja até um dos próprios comerciantes. Dá pra comparar a letra. Essa é a minha especialidade. Talvez seja algo do gênero."

Kitty fez o gesto de quem desiste e se entrega.

Na pia, abriu as torneiras e pareceu se esquecer deles. Alex entrou e fechou-se lá dentro com ela, pouco antes de irromper a cascata.

"Eu às vezes tenho vontade de deixar a cidade", disse Kitty, colocando um dedo na superfície oleosa da água. "Esta é uma cidade para quem é alguém. Não tanto quanto Hollywood, pelo menos era o que eu achava antes, mas agora já nem sei mais..."

Esfregou os olhos e virou-se para ele. O sorriso era idêntico ao daquele momento em que a mulher do Exército da Salvação oferece a May-Ling uma cumbuca de canja de galinha.

"E agora você já tem a revelação, agora já nos conhecemos. E eu não sou absolutamente ninguém. Apenas uma velha faladeira com problemas demais. Uma tremenda decepção para você, Alex-Li Tandem."

"Não é verdade. Não está nem *perto* da verdade."

Ela apontou para um par de luvas amarelas de borracha e Alex pegou-as da prateleira. "Obrigada — e você enxuga, por favor. *Querida Kitty, Tudo que ela espera da vida é tempo firme e uma resolução. Ela quer terminar direito, como uma boa frase. Seu, Alex-Li Tandem.* Essa eu até decorei — é tão boa. E, ao mesmo tempo, Alex, se não for falta de educação demais dizer isto, me *preocupa* que você fique escrevendo essas coisas. Por quê? Você na verdade é jovem demais para se lembrar até do meu último filme, que dirá do primeiro. Eu acho", sussurrou ela em tom brincalhão, "que isso sugere uma falta de intriga sexual na sua vida, esse interesse todo que você tem pela história antiga. Acho que não existe uma namorada, ou então ela não é eficaz. Há uma falta, em algum lugar. Para mim, essa é que é a verdade."

"E por que não vai embora, se é o que quer?", perguntou Alex, sincero. "Quer dizer, se o Max a faz viver o tempo todo enfurnada aqui dentro? Isso não é jeito de viver." Ele pegou uma xícara molhada das mãos dela. "Na Europa, você tem pencas de fãs, na verdade. Eu poderia ajudá-la a organizar..."

"Vai guardar isto aqui ou?", disse Honey, aparecendo na porta com um pires cheio de biscoitos molhados de leite. Kitty fez sinal para que ela se aproximasse, para poder examiná-los.

"A Lucia come. Lá, está vendo? Na tigela. Essa tigela é uma Wedgwood inglesa, mas fazer o quê? Ela é uma diva, a minha Lucia. Ela preenche as minhas falhas nesse departamento. Ah, e você sabe, minha cara, que pode tirar as luvas dentro de casa."

"Por que não vai embora daqui?", insistiu Alex.

"Você... seu rosto me é muito familiar. A impressão que tenho é que já conheço você — uma fisionomia tão simpática, tão surpreendente. E a sua altura, então, é quase aterradora. Eles dizem que é por causa de todos esses aditivos na comida. Os norte-americanos — eles são todos tão altos. Ou isso ou então crescem ao contrário. Ou as duas coisas."

"Você poderia ser mestre-de-cerimônias de festivais de cinema. Seria como um retorno às telas. Uma turnê. Paris, Veneza, Londres..."

A voz dele tinha se tornado inesperadamente apaixonada, raivosa, e silenciou a cozinha minúscula. Honey lhe deu uma olhada e fez um Gesto Internacional (dedo indicador passado na horizontal pela garganta), mas o rebelde Alex olhou para o outro lado. Ele estava irritado com a incapacidade de Kitty de lidar com a própria fama. Essa é uma peculiaridade de todo Caçador de Autógrafos, e se por acaso ele fosse um escravo libertado pelo dono, nós o encontraríamos no dia seguinte de volta ao trabalho, se autoflagelando.

Kitty havia terminado de lavar as xícaras. Estendeu as mãos enluvadas para Alex. Ele as retirou sem uma palavra, como se estivesse a serviço dela havia mais de vinte anos.

"Eu não tenho dinheiro", disse ela com simplicidade. "Este apartamento tem o aluguel controlado. E com quem eu iria? O Max jamais concordaria. Ele nunca saiu do país. E agora terminamos com a louça, certo? E fazemos o quê? Já sei — você é jovem, será que não quer me ajudar com o computador, antes que eu enlouqueça de vez?"

Foram juntos até o quarto. Honey pediu licença e usou o banheiro, enquanto Alex recebia ordens de sentar à escrivaninha, momento em que passou pela aflição de um pensamento malandro, ao sentir o volume quente dos seios de Kitty que desceram até ele e lá ficaram, quase roçando seu rosto. Ela apontou para uma tecla do laptop. Apertou-a e mostrou o defeito. Alex pôs o dedo no suporte do mouse. Barulho de descarga vindo do banheiro. A campainha tocou.

"Quem é?"

"É o Max!", gaguejou Kitty, recuando da janela pequena do quarto. "Mas, oh... isso é ridículo demais... e eu não posso impedi-lo, ele tem uma chave."

"Ótimo", disse Alex, decidido. "Eu quero mesmo falar com ele."

"Não, não, não... espere... é, tudo bem — ele não sabe quem você é. Eu digo que você veio consertar o computador. É uma boa desculpa, na verdade. E você vai conhecer a Lucia! *Isso*, sim, é uma verdadeira honra."

De curta duração. Alex viu apenas o traseiro de Lucia; ela mal havia entrado no quarto quando foi arrebatada do chão como se estivesse correndo perigo; Max a pegou no colo e, com a cachorra se debatendo desajeitada em seu colo, ele começou a berrar, com os cômicos punhos minúsculos erguidos para o alto.

"Vocês me ouviram direitinho, vão dando o fora, já. Não estou brincando. Há quanto tempo vocês *estão* aqui, hein? Arrombaram a porta, é? Como foi que descobriram o endereço?"

"Ah, Max, você está sendo ridículo — por favor, não grite desse jeito, *Max*, espere um pouco, você nem sabe quem ele é; ele veio consertar o computador, eu não estou correndo perigo nenhum, Max — eu peço desculpas, sinceramente, não sei por que ele está se comportando dessa forma tão..."

Honey saiu do banheiro, toda agitada.

"O que vem a ser todo esse... *oh!*"

"E aí está ela", disse Krauser, em tom triunfante. "Bonnie. E Clyde. Eu conheço esses dois vigaristas, pode me acreditar. E eles já estão saindo."

Seguiu-se uma discussão operática, executada a quatro vozes, em três movimentos (o hall, uma volta pela sala de estar e em seguida escada abaixo, ao estilo italiano), durante a qual não foi trocada nenhuma informação útil, apenas um punhado de falas repetidas várias e várias vezes. Com um *finale* na soleira da porta.

CINCO / *O Touro É Domado*

1

"Mas que baita decepção, a sua, Tandem", disse Lovelear, solene. "Um verdadeiro anticlímax. Ainda bem que eu não saí *daqui* pra escutar *isso*."

E mergulhou mais fundo na água revolta, assumindo uma expressão de tranqüilidade suprema. Alex recolheu os pés para cima da espreguiçadeira e abraçou o corpo para se proteger do frio. O sol não estava se pondo. Estava simplesmente indo embora, se evaporando, num daqueles dias que empalidecem até esbranquiçar por completo antes da chegada da noite. Sob essa luz moribunda, observou os estragos que a cidade tinha feito na neve. Por toda parte ela fora macerada, emporcalhada, coberta de areia. Mesmo sobre os telhados, os tubos de ventilação do ar quente tinham criado ilhas onde antes havia continentes. E lá embaixo, nas ruas, eles continuavam pisoteando tudo. Milhões de colegas, pontilhismo minúsculo de gente, uma bolota para a cabeça e outra para o corpo. Tomando táxis, disparando pelas calçadas. Todo mundo indo para casa, menos Alex.

"Você devia tentar isto aqui, cara; estaria prestando um favor a si mesmo", comentou Dove, cuja pele adquirira uma certa semelhança com lagostas semicozidas, vermelha com laivos azulados. "É o melhor banho que alguém já tomou na vida."

"Isto aqui não tem nada a ver com banho, cacete", disse Lovelear. Agarrado às bordas curvas, ele boiava. "Isto é divino. Isto é magnífico. Isto aqui é iluminação pura. Esta é a banheira onde o frio e o quente não existem. Ela está sempre na temperatura exata. Isto é como *nascer*."

"Eu examinei a carta que ela me deu", disse Alex, arrastando os dedos pelos cabelos. "E a letra é do Krauser. Quer dizer, está na cara, pra qualquer um — não precisa ser nenhum especialista. Não é possível que ela não *saiba*."

"Deus do céu, Tandem, os dois estão provavelmente juntos nessa — alguma treta pra fazer você sentir pena dela e lhe dar algum dinheiro ou coisa parecida. *Eu* não sei nem quero *saber* dessa história toda. E eis outro detalhezinho que cheira muito mal mesmo: como é que ela *pode* estar falida, Tandem? Como? Me responda. A mulher está sentada em cima de uma puta mina de ouro. Tudo que ela precisa fazer é assinar o nome dela pra ganhar seis mil dólares. Isso é dinheiro que brota no ar."

E se eu saltasse, pensou Alex, deste telhado para aquele, daquele outro para o seguinte, e largasse meu corpo no Brooklyn, minha mente em New Jersey, e chegasse à Inglaterra com meu verdadeiro eu, minha natureza de Buda, você me reconheceria, minha querida? Você seria a mesma, com seu coração novo? Você dormiria comigo? No escritório do prédio em frente, uma garota negra com a cabeça raspada de Esther, só que vestida de forma diferente, num *tailleur* de executiva. Ela pôs o casaco e fechou a persiana. Todo mundo estava indo para casa, menos Alex.

"Certo, eis aqui mais uma coisa", disse Lovelear, estendendo a mão para um coquetel absurdo. "Que tipo de Caçador de Autógrafos vai até a casa de Kitty Alexander e sai de lá sem conseguir um autógrafo? Por acaso isso é normal? Não pergunta a ela nada de nada, não aparece com nada de interessante, nem uma historinha que seja, não rouba nada da casa — não estou dizendo que precisasse ser algo *grande*..."

"Tipo coisa pequena", explicou Ian. "Do banheiro. Uma coisa de que a pessoa não sentiria falta."

"Exato — se bem que o banheiro não seria a minha primeira escolha — e não volta com nada, *nada* que pudesse ajudar pessoas tementes a Deus, como eu e o nosso Dove aqui, a acreditar que você esteve mesmo lá, pra começo de conversa? E, pra completar isso tudo, meio tipo a cereja do bolo, você *não* dorme com a Honey Smith, algo que é assim... faça-me o favor! Se você não consegue dormir com a Honey Smith, você tem algum problema no pau. Sinto muito — mas tem. Quer dizer, essa é a *função* dela. Ela na verdade é *famosa* justamente por chupar pau. E você não conseguiu? Então me diga o quê, *exatamente*", enunciou Lovelear, com grandiosidade, cruzando os braços sobre o peito, "havemos de fazer de um Caçador de Autógrafos como você?"

"Me responda o seguinte", disse Alex, levantando da cadeira. "Como era meu rosto antes que meus pais tivessem nascido?"

"Ãn... não vai dar pra responder essa, não, Al", disse Lovelear, piscando. "Pergunta outra."

"Certo. Posso ir, agora?"

"A porra do mundo onde a gente vive é livre", disse Dove, com uma certa empáfia.

"Uma vez na vida", disse Lovelear, saindo da banheira, "nosso amigo Dove tem razão. Vivemos num mundo livre. Pelo menos aqui em cima, de qualquer modo", continuou, estapeando a testa. "Você sempre pode ir, Alex. Você sempre *pode*."

Lovelear era um homenzarrão enorme, não tinha quase pêlo no corpo e estava completamente nu — uma visão ao mesmo tempo vulnerável e obscena. Alex se sentiu na obrigação de lhe passar a toalha.

Lovelear prensou a língua na bochecha. "Você só precisa se decidir a ir embora, mais nada."

De volta ao quarto, Alex encontrou um bilhete de Honey, sugerindo que jantassem juntos, e um questionário do hotel. O questionário, ciente de sua própria natureza monstruosa, oferecia, como suborno, umas férias européias, cujo vencedor seria sorteado em algum momento. Apenas me entregue, dizia o questionário, na recepção, na hora de ir embora. Por três vezes o questionário se referia a si próprio na primeira pessoa. Alex levou-o, junto com uma caneta, para o banheiro, tirou a roupa e abriu a torneira para encher a banheira com água quente demais para qualquer ser humano. Voltou até o quarto para pegar uma garrafa de vinho e uma taça. Sentando sobre a tampa da privada, suando com o vapor, emborcou rapidamente uma taça imensa de vinho branco e preencheu o formulário com nome, sexo, perfil racial e endereço. Não tinha o menor problema em fornecer informações pessoais. Isso era coisa que possuía em abundância. Uma vez dentro da banheira (após se abaixar de modo lento e estóico), encontrou um telefone em posição perfeita, bem ao lado da cabeça, e uma prateleira de madeira na altura da mão esquerda, projetada, era o que parecia, para sua taça de vinho, seu questionário e sua caneta. Lavou o pênis com uma das mãos, ensaboando com delicadeza embaixo do saco, enquanto com a outra terminava de preencher o questionário. Em casa, quando no banho, vivia na expectativa da entrada de Esther, apressada, seminua, atrás de um desodorante ou parando durante alguns momentos diante do espelho para pôr as lentes. E então, se você a tivesse satisfeito, ela podia, quem sabe, se virar e lhe dar um beijo na testa, ou passar um dedo por sua barriga molhada, ou encontrar o pênis ensaboado e dar um beijo na ponta dele. Ela amava você pela manhã porque o dia era novo. As discussões ficavam largadas sobre os travesseiros da noite anterior, junto com o rímel escorrido com as lágrimas. Alex tomou outra taça de vinho e, de repente, viu que estava passando o dedo pela borda do copo, sem parar, à espera de que ele cantasse. A bebida, a água quente o tinham relaxado o suficiente. Ligou para Adam. Pegou uma linha cruzada. Duas pessoas, em algum lugar ao longe, falavam japonês.

"Não, você não pode", disse Adam.

"Oi, sou eu. Eu estava só..."

"Eu sei que é você e está tarde, cara. E não, você não pode."

"Não posso?"

"Ligar pra ela. A enfermaria fechou às sete."

"Por favor, Ads. Preciso falar com ela."

"Eu sei, mas escuta só: ela está legal. Deu tudo certo. Eu te dou o número do telefone de lá amanhã."

"Ela está legal? Foi tudo bem?"

O alívio veio numa onda espantosa, como em geral acontece. O queixo não conseguiu manter a forma, tropeçou e caiu. Lágrimas desgraciosas escorreram pelo pescoço e chegaram até um dos braços.

"Você falou com ela?"

"Fui lá de tarde. Ela ainda estava meio zonza, mas fazendo piada. Eu disse que não deu pra você escapar da viagem a Nova York."

"Não *deu* mesmo, Ads. Já estava tudo pago."

"Certo."

"E... eu não sei... ela me deu a impressão de não me querer muito lá."

"Se não me engano a questão toda é que era pra *você* querer estar lá."

Silêncio de ambas as partes. Alex começou a engolir em seco, e alto.

"Escuta", disse Adam, com um suspiro, "o coração dela funciona. Sempre funcionou. Melhor do que muitos. Olha só, Alex — você está legal, ela está legal. Vê se se *acalma*. Andou bebendo?"

"Um pouco."

"Mais uma razão pra deixar pra depois, então. Liga pra ela amanhã. Certo? Como está Nova York? Melhorzinha?"

"Como é que é? Não escutei o que você disse."

"Eu disse: *melhorzinha*?"

"Ah. Difícil saber."

"Bom, logo você vai estar de volta", berrou Adam, por sobre a linha cada vez mais cruzada. "Você sai daí amanhã, é isso? Então. Você vai sobreviver. Coisas piores acontecem nos mares. Ah — e é na quinta-feira, certo? De modo que é melhor ir decorando."

"Ah, Ads, cara... pô, eu já não falei que..."

"Você compra em qualquer livraria aí. Não se esqueça que é o dos *enlutados*, Kaddish Yatom. Tem uns quatro, todos diferentes. Certo?"

"Não escutei o que você disse."

"O QUÊ?"

"EU NÃO VOU FAZER. JÁ DISSE QUE NÃO."

"Escuta só, eu preciso ir pra cama, cara. Esta linha está um horror e eu estou morto. Mal dá pra ouvir o que você fala. Nos falamos amanhã, tá bom?"

"Espere, *espere*..."

"E a Esther está ótima, juro. Só zonza, mais nada. Ah, sim, e a Grace está indo bem também. Shalom, Alex."

"Adam?"

"Shalom aleichem, Alex."

"É, tá, shalom."

Alex escorregou na banheira, submergiu e ficou vendo o teto nadar.

Quando voltou à tona, tinha molhado o questionário e teve de pendurá-lo no aquecedor, para secar.

A opção de canais de televisão foi suficiente para as suas necessidades?

Televisão é sempre suficiente.

O que achou da qualidade da cama?

Solitária.

Que mudanças faria no cardápio oferecido?

Menos comida.

Cite uma coisa que teria melhorado bastante o padrão dos serviços recebidos durante sua estada:

Serviço prestado por macacos.

Você gostaria de que programássemos atividades de grupo para você e seus companheiros de viagem durante sua estada?

Eu precisaria de mais detalhes antes de dar uma opinião.

Nós, do Grupo Hoteleiro Burns Baldwin, temos uma filosofia muito simples, gerada em nossa própria empresa, que levamos como uma promessa a nossos hóspedes:

Todo dia é um novo começo.

Acreditamos que todo quarto de hotel deve ser devolvido a seu estado inicial de perfeição, dia após dia, noite após noite, e trabalhamos para manter essa promessa. Também gostaríamos de saber o máximo possível sobre nossos hóspedes, suas opiniões e desejos — dessa forma, poderemos lhe fornecer ainda mais daquilo que você quer! Ao reservar alguns minutos para me preencher, você ajudará a boa gente do Burns Baldwin a ajudar você. Por favor, sinta-se à vontade para anotar a sua própria filosofia de vida no espaço abaixo.

Arrependa-se de tudo e sempre viva no passado.

Por volta das sete, Alex já havia terminado a garrafa de vinho e passado para o *bourbon*, dando golinhos de moça na bebida. Começou a ver uma propaganda. Meia hora depois, continuava vendo a mesma propaganda. Fora mal assessorado, agora estava atrasado. Vestiu sua aproximação de um traje para a noite (camiseta branca, jeans preto), saiu do quarto. O elevador tinha mudado de lugar. Não estava à esquerda, virando no corredor, sua última localização conhecida. Tampouco estava à direita. Todas as flechas apontavam para placas de saída de incêndio e tristes rotas de fuga e, embora estivesse apenas no segundo andar, Alex se irritava até mesmo com a *idéia* de escadas num contexto hoteleiro. A questão, ali, era conforto. Sempre o conforto. Mesmo que tivesse de ser aquele tipo de conforto que torna tudo mais difícil.

Por fim encontrou o elevador à esquerda e virando no corredor, num lugar de onde podia ver com toda a clareza o número da porta de seu quarto. Uma seta acendeu.

"Tem lugar pra mais um?", chilreou ele, julgando-se suficientemente simpático, americano. Bateu palmas. Havia uma equipe de documentaristas ali dentro, quatro homens com fone de ouvido e equipamentos, e uma moça com uma prancheta. Sem sorrir, deram um passo coletivo atrás.

"Tá descendo?"

"Não", disse um rapaz com uma câmera. "Subindo."

Alex olhou à direita e viu o número trinta e sete aceso em âmbar. Apertou o T.

"Sabia", disse ele para o rapaz do microfone, "que quando solicitadas a escolher um número entre um e cem, em geral as pessoas escolhem o trinta e sete?"

O microfone escapou da girafa e ricocheteou no ombro de Alex. O rapaz pediu desculpas. Em silêncio, Alex se perguntou que parte de si mesmo queria estar no documentário deles. Que tamanho teria o papel? Do décimo segundo passaram ao décimo quarto.

"Sobre quem é?"

"Como?", disse um rapaz. Como os outros, tinha a palavra EQUIPE escrita na frente da camiseta. Alex olhou mais de perto e viu o laminado com o rosto de uma adolescente famosa.

"Shylar", disse ele, meneando a cabeça em sinal de aprovação. "Ela é *muito* boa. É espantoso o que ela faz com..." Alex apontou para a própria barriga pronunciada. Mexeu-a para a direita, depois para a esquerda. "Quase impossível."

Chegaram ao vigésimo quinto andar. Desse ponto em diante, pensou Alex, uma queda seria cem por cento fatal. Espatifados, todos nós, ao passo que um anel ou um colar mantêm sua nobre forma metálica; não somos tão fortes quanto as coisas. As coisas vencem. O elevador estremeceu, parou e abriu. Uma mulher e a filha pequena se espremeram lá dentro. Alex ficou bem junto ao rapaz da girafa, de frente para ele, com o microfone pendurado em cima da cabeça, como se fossem suas palavras o que eles queriam gravar. Foi então que se deu conta de um forte cheiro de álcool exalando de sua boca.

"As três palavras — li isso não me lembro onde, mas é verdade —, as três palavras mais tecladas — tecladas como em *digitadas* nos computadores quando... vocês sabem, as três palavras mais coisadas são: Deus", falou Alex, mostrando um polegar ereto, "Shylar e..." Acrescentou então uma obscenidade que levou a mãe americana a produzir um ruído de contrariedade e, numa orgulhosa mostra de sua técnica gestual puritana, após dois segundos de silêncio absoluto, também a tapar, com as enormes mãos rosadas, as orelhas da filha.

Ela estava um assombro. Dentro de um vestido de cetim cor de ameixa, sem mangas, dessa vez, e sem braços tampouco, igual aos que costumavam ser usados pela conhecida atriz Rita Hayworth. As luvas eram de cetim negro e chegavam até os cotovelos. O cabelo parecia completamente diferente do cabelo do dia anterior. Cerca de uns dez centímetros mais comprido, com laivos de cobre.

"Você está um assombro", disse Alex, arriando na poltrona.

"Obrigada", disse Honey, de um jeito atrevido, acomodando-se também. "Levou mais ou menos cinco horas. Uma parte doeu e o resto foi só muito chato. É *tão* bom ser mulher. E você está um pavor — muita consideração da sua parte."

"As queixas, você faz pro bispo. E então", disse Alex, apanhando um pedaço comprido de cartolina, "o que vamos comer?"

"Um monte de pedacinhos minúsculos de comida empilhados, formando uma torre."

"Ótimo. Nós *adoramos* comidas altas. Eu quero o que tiver de mais alto no cardápio."

"Essa é a carta de vinhos, coração. E está de cabeça pra baixo. Qual é o grilo? Por que você está tão *nervoso*?"

"Eu não estou nervoso."

"Eu não estou nervoso", imitou Honey, num sotaque até que sofrível. "*Touro*."

"Acho que você vai acabar percebendo que está confundindo dois estados diferentes, o 'nervoso' e o 'de fogo'."

Alex pegou um cubo de gelo de um copo cheio deles e apertou-o na mão, um velho truque para voltar ao normal.

"Dia meio estranho que nós tivemos, hein?"

"Já tive mais estranhos, pra falar a verdade."

"Conferi a letra. É do Krauser, não tem dúvida. É só olhar, não tem erro."

"É, logo imaginei que fosse", disse Honey, abandonando a taça de vinho antes de encostá-la na boca. "*Meu Deus*, mas isso é muito triste, não é não? Eu acho isso tão *triste*. Pra eles dois. *Jesus*. E você não pode contar nada pra ela — porque ela não vai admitir a verdade. É óbvio que ela não *quer* saber a verdade. Eis aí um excelente exemplo de viver uma mentira, confere? *Meus Deus*."

Honey escorregou a mão pela mesa e colocou-a sobre a de Alex.

"Honey?"

"Ai, nossa, puxa, *por favor*, não diga Honey desse jeito, como se a gente estivesse fazendo um enlatado de televisão. O quê? O que é? Diga, seja lá o que for."

"Eu não quero, mas não quero mesmo, que você leve a mal o que eu vou dizer."

Honey franziu o cenho e retirou a mão.

"Deixa eu te dizer uma coisa. Não existe isso de levar uma coisa a mal ou a bem. O que existem são palavras e o significado delas. Seja um americano da gema. Diga o que tem a dizer."

Alex pôs os cotovelos sobre a mesa. "Eu só queria que... quer dizer, eu só queria ter certeza... ou, melhor dizendo, deixar claro que isto não é... porque, você sabe, eu parto amanhã e porque tem alguém mais que... pois é, eu queria então só esclarecer as coisas e dizer que isto não é..."

Honey pegou-o pelo pescoço, puxou o rosto dele para perto e lhe deu um dos beijos mais voluptuosos que Alex já experimentara. Foi como comer algo muito bom. Estavam lhe servindo algo muito raro e saboroso.

"Não", disse ela, recuando e erguendo a mão para o garçom. "Isto não é um namoro. Não se deixe enganar. Foi só um ponto ao fim de um dia muito incomum." Devido a uma ligeira divergência semântica, houve então uma ruptura nas comunicações transatlânticas, algo raro nos dias que correm. "Sabe o que é um ponto? Aquela bolinha preta no fim de uma frase — como é que vocês dizem lá do outro lado? Olha aí, *quase* tivemos um, mas como foi uma pergunta não chega bem a... e também não é bem isso. E agora eis aqui a coisa verdadeira, sabe como é? Atenção, assim que eu terminar de falar."

Ela fechou as mãos em concha ao redor do vazio, no ar, e balançou uma vez a cabeça, de forma inequívoca.

Logo depois que chegaram as sobremesas, Alex reparou que o hotel pendia para o lado e que todo o ar desaparecera do salão. Honey falava alguma coisa a respeito de uma exposição de "troços judeus" numa galeria que, ela achava, Alex poderia apreciar, mas todo mundo no restaurante estava sendo dragado para um vácuo que acabara de surgir, junto com uma comitiva, para os lados do bar.

"Minha filha simplesmente *adora* ela", disse a garçonete, derramando o café. Alex ergueu-se uns poucos centímetros da cadeira. Viu a garota minúscula, o guarda-costas do tamanho de um búfalo e cerca de quinze pessoas daquele tipo que o pessoal do meio chama de "operadores". A aura estava sendo efetivamente operada. Embora a moça estivesse a cem metros de Alex, parecia estar a uma galáxia de distância.

"Será que ela não podia ter pagado um hotel melhorzinho, não?", disse ele, sentindo-se curiosamente ofendido com o fato de ela ter se mostrado tão acessível a ele.

"Pois é, *justamente*", concordou a garçonete.

"Por acaso eu estou sendo muito *chata*?", perguntou Honey em voz bem alta. Alex examinou o buraco negro, sua natureza incomum. Todo mundo tinha consciência da presença dele e, de fato, ali estava, dentro do seu uniforme: shortinho e frente única; já estavam todos dentro dele (na pele dela, como ela própria ou em algum orifício, fazendo o papel dela), mas nem uma única pessoa olhava direto para o buraco negro.

"Acho que a gente não devia ficar encarando", disse Alex, que certa vez passara três horas olhando a cabeça dela colada ao corpo nu de várias outras garotas.

"Ai, *cara*. Está falando sério? Quer dizer que você não sabe o que *é* aquilo ali?", perguntou Honey, virando-se finalmente para o bar. "Aquilo é merda seca no espeto. Aquilo ali é um cipreste no jardim. Aquilo ali é um quilo e meio de linho. O Buda é o Buda é o Buda é o Buda. Então qual é o grande lance exatamente?"

"Vórtice sexual", disse Alex, sentindo o tal vórtice tanto quanto todos os outros homens. "Vórtice sexual simbólico, aumentado por meio de uma repetição infinita, brilho televisual. Não que seja necessariamente mais bonitinha que a garçonete. Ou que você. Ou eu. Irrelevante, isso. Ela *é* o poder dos dezessete. Lembra do poder dos dezessete? É nuclear. Ela está com dezessete anos diante do mundo todo."

Honey atirou o guardanapo sobre a mesa. "Eu sei que não há nada no mundo que uma mocinha bonita não consiga ter por uns tempos neste país. Até ela não conseguir mais ter. Símbolo uma pinóia. MU! Vem, vamos dar o fora daqui."

Ao abrirem caminho pelo saguão, passaram pela equipe de documentaristas que se preparava para filmar um funcionário dando as boas-vindas a Shylar, embora ela já estivesse hospedada no hotel havia três dias.

"Aquela lá era a Honey *Smith*", disse o câmera para a continuísta, esmurrando o balcão da recepção.

2

Eis aqui a cidade. Aqui está ela. Cá está. Na televisão. Numa revista. Escrita numa toalha. Numa foto atmosférica em branco e preto pendurada sobre a cama enquanto você permanece entre quatro paredes nesta cidade tecnicólor. Aqui está de novo. No canal nove, no vinte e três, rapidamente no sete, em forma de desenho animado no catorze e sempre no número um, que é o canal da cidade. E também está do outro lado daquela janela, pelo menos é o que se ouve. Buzinas de carros, gritos em espanhol, risadas de mulher, ritmos sincopados, latidos. Passa uma sirene de polícia, arrebatante, como um pássaro pré-histórico. A seu lado, espalhados pela cama, estão os segredos do frigobar, garrafas multicoloridas em ordem descendente: terminada uma, é jogada ao chão. Terminada outra, é jogada ao chão. Dez garrafas verdes. E essas são só as de cerveja. É muito divertido! Honey foi para o quarto dela. Mas quem precisa das mulheres? Olhe só a televisão! O canal de história oferece história em segmentos precisos de meia hora. A única história é a história de Hitler. O canal de entretenimento entretém, sem dó nem piedade. Ele quer sua risada. Para tanto, fará qualquer coisa. O canal de sexo parece sexo, soa como sexo, mas não trabalha com cheiros. Os cheiros são importantes. O canal da nostalgia mostra as atribulações de gente morta durante horas e horas, o tempo inteiro. Elas contam piadinhas bobas, agarram-se às cortinas e choram, às vezes dançam um sapateado. O canal da nostalgia é o canal de filmes antigos e — Deus do céu — lá está ela! *Lá está ela*. Bem ali, na tela. E aquela era a beleza que tinha, e aquelas eram as pérolas de seus olhos, e, sim, você *sabe* que os problemas de duas pessoas não significam lá muita coisa neste mundo maluco, mas, ainda assim. Mas ainda *assim*. Eis aqui seu casaco, aqueles ali são seus sapatos e lá está a porta.

E não se trata de um plano de verdade, claro, até você estar parado na porta da frente do hotel, um tanto oscilante, ébrio e horrorizado com o frio e com a neve. É uma da madrugada. De onde vem toda essa coisa branca? No canal quinze era final de verão, as folhas tinham apenas começado a enrugar e a corar. O porteiro, que compreende o que é incapacidade, chama um táxi.

Na sua própria cidade, uma corrida noturna num táxi representa um caixote insípido dentro do qual você viaja junto com os próprios pensamentos. Numa outra cidade, só existe a viagem. Não há luz suficiente para fazer uso de seu olhar de turista. Nada pode ser visto até que se esteja aos pés ou ao lado daquilo que se quer ver — não existem vistas, tão-somente formas que se tornam elas mesmas apenas quando estão diante de você. A iluminação pública é um contínuo debrum. Os táxis correm pela cidade como um suprimento de sangue, levando os bêbados aos bares. Está surpreso consigo mesmo por estar fazendo isso. Mas Honey dissera que ele faria e ela conhecia os Caçadores de Autógrafos. Talvez a melhor definição para eles seja a de que têm dificuldade em abrir mão.

Alex se inclina para a frente e pede ao sujeito chamado KRYCHEK, GARY que, antes, dê uma passada pela praça famosa por seus museus e prostitutas. Praça essa que tem, Alex se dá conta pela primeira vez, um nome quase metafísico. Há até um painel, no topo de uma torre, fazendo a contagem regressiva de alguma data zero impossível de conceber quando se está embriagado. Nota que as portas dos museus estão todas escancaradas. Arte bizantina, esculturas renascentistas, armaduras francesas medievais. Há um festival de incentivo à cultura ocorrendo na cidade e por isso deixam os museus abertos (como eles dizem) "7 por 24", vinte e quatro horas, sete dias por semana. Mas os grandes aglomerados continuam do lado de fora, deixando que aquela vil contagem luminosa lhes devore a vida. Eles comem pipoca enquanto esperam e espreitam o noticioso que passa lá no alto de um edifício. Um presidente morreu: não foi o deles. A neve está temerosa; cai em flocos leves que não conseguirão sobreviver ao chão molhado. Sobre um caixote de sabão, quatro rapazes negros vociferam a respeito da reencarnação. Anúncios brilham, se movimentam, falam e se transformam. Esparramada por toda a extensão vertical de um arranha-céu, a imagem gigantesca de um gato branco em movimento, lambendo um pires de leite. Este último é muito bonito, como um sonho que todos estivessem sonhando juntos. Os dias dos museus estão contados. Uma puta rechonchuda de cabelos cor de fogo pára o táxi em que Alex viaja com uma sacudida da bunda por este ter tido a presunção de atravessar o caminho dela. Depois de mostrar a eles o Gesto Internacional do desprezo (dedo médio), sai trotando na direção de uma mostra de pinturas de ancestrais chineses.

"Viu só, esta região aqui não é muito boa pra fazer turismo motorizado", diz Krychek com secura. "Muito pedestre. De bundão grande."

"Então vamos pra Roebling", diz Alex-Li, ao que Krychek solta uma risada e pára o táxi; Alex tem que lhe entregar vinte dólares para que dê a partida de novo.

E assim é que atravessam tanto uma ponte quanto as águas que passam debaixo dela.

3

Todas as falas de abertura nas quais consegue pensar exigem uma mulher mais jovem no papel (*"Eu não poderia ir embora sem ver você de novo"*, *"Nós precisamos conversar"*). Acaba parado diante da porta de boca aberta. Mas nenhum dos dois faz barulho, e há apenas o cicio sibilante do penhoar de seda no momento em que ela deixa que Alex entre em seu apartamento e o leva até a sala de estar. Ali, pega um relógio que estava em cima de um móvel e o segura nas mãos, como um filhote de passarinho.

"Uma hora muito peculiar, eu acho. Para visitar uma senhora. Mas talvez eu esteja meio fora de moda."

Alex franze os olhos, tentando achar o foco.

"O Max está por aqui? Você vai me pôr pra fora?"

"Piuf! Você fala como se eu fosse uma força da natureza."

"Pois acho que é", ele diz, com voz entrecortada, vendo-se obrigado a arrancar os sapatos ou enlouquecer com a umidade que vem dos pés. As pernas cedem e o sofá o acolhe. Kitty senta na frente dele. Ficam assim por um minuto mais ou menos, Alex inconsciente, com a cabeça apoiada na parede, os olhos fechados e a boca uma caverna aberta; Kitty observa. Toma um dos pés dele nas mãos, tira a meia e massageia a sola.

"Não", sussurra ela. "Você comete um engano aí: a natureza é *fascista*, o valentão é a natureza. Eu sou o oposto disso. Não sou das mais aptas e não sobreviverei. Sou refinada. Finjo estar calmíssima e tenho um estranho dentro da minha casa à uma e vinte e seis da manhã.

Alex consegue desgrudar a pálpebra e abrir um olho. "Esse pé é meu. Que horas são? Minha nossa, eu sinto muito", diz, retirando o pé. As mãos dela parecem muito secas. "Estou meio de fogo. Eu não deveria ter..."

"Ah...", diz Kitty, brejeira. "Entendo. Quer dizer então que você não veio até aqui para uma massagem nos pés? Veio por paixão?"

A porta do quarto se abre de par em par e um triângulo amarelo de luz toma conta do hall, uma trilha luminosa para um animal ofegante, de passos ligeiros, quente, vivo e, de repente, entre ambos.

Kitty se vira no pufe e abre os braços para recebê-la.

"Lucia, veja a nossa visita, isso! Ah! *Lucia, Lulu, Lo-Lo*, coitadinha, nós acordamos você com o barulho — e olha só como ela gostou de você também; você tem que pegá-la no colo e fazer uns carinhos, a Lucia é uma verdadeira *prostituta* quando o assunto é afeto, qualquer afeto — olha só como ela se atira nele!"

Alex, vendo-se na posse de um punhado canino muito vigoroso, impede as contorções do animal com pulso firme e olha para seu focinho peculiar. Os olhos, enormes e saltados, são de um negro oleoso, com manchinhas de sangue no corpo vítreo. Ambos estão cobertos por uma película de muco, como duas coisas não nascidas.

"Ela é meu anjinho, claro...", diz Kitty, entrelaçando os dedos. É difícil para ela não tocar no cachorro. "E estamos contentes que você tenha vindo — a verdade é que não dormimos muito bem. Um café?"

E lá estão eles de novo na cozinha. Ela lhe pergunta de onde ele é e o que ele é exatamente. Quando Alex conta, ela diz bem, confesso que achei você com *jeito* de judeu. Uma das grandes peculiaridades góis dos tempos modernos. Mas Alex não tem como ficar bravo com ela. O tempo inteiro vê o rosto da juventude. Talvez esteja lá para ver, por ela, o rosto da juventude de Kitty.

"A Lucia também é chinesa", diz ela, passando-lhe uma bandeja. "Toda a família dela é de cães imperiais. Pelo menos foi o que o criador me falou. O curioso, a meu ver, é que ela é uma grande fã de pato à moda de Pequim. Ela fica doida por um pedaço, verdade!"

Alex pega os biscoitos oferecidos e aceita o pano de prato posto em seu braço.

"Que... legal."

"Se é legal ou não, não sei — mas que é caro, lá isso é. E agora vamos ver televisão", diz ela, passando rápida por ele, com Lucia bem atrás, trançando entre suas pernas. "Conhece a televisão americana? É mais ou menos como se todas as melhores comidas do mundo tivessem sido postas dentro de um mesmo balde e mexidas com um pau. Venha."

Por uma dessas coincidências, ou talvez porque o comercial siga um organograma circular de exibição, os dois assistem ao mesmo informe publicitário que ludibriou Alex mais cedo.

"Se me dá licença", diz Kitty, pondo uma manta sobre os ombros e subindo na cama. "Uma simples brisa pode me matar — atingi finalmente a idade da brisa letal. Quando lembro de como as *maçantes* das minhas tias russas reclamavam a respeito, lamúrias, lamúrias — não podiam sentar ali, não podiam sentar acolá, e eu não tinha piedade nenhuma, nem uma gota, e agora sou eu que chego a essa idade terrível. Não, não, você fique aí, não se preocupe. Como alguém pode acreditar que um creme num pote consegue fazer isso com os seios, eu nem imagino. Você não quer assumir o controle do clique-clique?"

Ela lhe passa o controle remoto e ele escorrega da beirada da cama para o chão, onde senta de pernas cruzadas. Embora, na visão dele, a televisão se recuse a ficar parada (triplica as imagens ou dança embriagada para a esquerda), Alex faz o possível para controlá-la. Ele aperta botões. Ele acha. O conhecido ator Jimmy Stewart está desesperado, agarrado a dois punhados de papel, olhando na direção do divino.

"Detesto esse canal", diz Kitty com veemência. "Para mim, é mórbido demais. Cemitério dos meus amigos."

Alex se ergue sobre os joelhos e olha para a cabeceira da cama. O abajur antipático que ilumina alguns trechos onde o couro cabeludo aparece debaixo do cabelo ralinho ressalta também, sem a menor simpatia, sem o menor cuidado, a fisionomia gasta. Ele a protegeria dos planos fechados. Lucia dorme junto ao peito dela, feito um bebê.

"Eu almocei com ele uma vez."

"É verdade?"

A posição é cansativa. Alex descansa a cabeça aos pés dela.

"É verdade. Tínhamos amigos em comum, o Charlie Laughton e a mulher dele, Elsa, uma criatura adorável. Tinha uma aparência curiosa, mas nunca demonstrou ciúme nem nada. Os dois eram muito ingleses, muito elegantes — o que para mim valia demais, já que todo mundo em Hollywood era tremendamente *vulgar* e eu sentia uma falta imensa de casa. Além disso, eles conheciam um pouco de Capri et cétera e tal — de modo que, um belo dia, Jimmy Stewart foi ao Texas, não me lembro mais fazer o quê, eu estava lá para me casar com um *idiota*, o Stewart não conhecia ninguém na cidade, então o Charlie lembrou que eu tinha ido para lá, deu o telefone do meu hotel e nós nos encontramos para almoçar. Um homem muito alto, com um padrão de voz que nunca mais eu vi nem ouvi. Ele gostou de mim um pouco, acho — mas eu me senti lisonjeada demais para saber o que fazer.

Além do mais havia o tal do casamento com um sujeito ridículo, que mexia com petróleo, que tinha uns pés horrendos..."

E essa é a pedra de toque. Eles conversam sobre filmes, sobre momentos únicos nos filmes, sobre gestos. Ele vai até a sala, procura onde ela lhe havia dito para procurar e retorna com uma fita. Com destreza, avança até um determinado quadro.

"Isso?", exclama ela, pondo os óculos. "O que tem de mais? O que tem de especial?"

Na tela, Joey Kay, agente e marido, está no palco com May-Ling Han, recebendo os aplausos depois da *première* do primeiro filme dela. A cortina é uma paisagem de pregas de veludo vermelho. Estão atirando flores, enormes lírios de boca escancarada. Até mesmo a orquestra no fosso abandonou seus metais para bater palmas. Ela é um sucesso! E ele estende a mão para ela, o rosto cheio de amor, mas ela não se vira. Seu foco está todinho concentrado agora nas três primeiras fileiras. Algo mudou. O pulso que ele segura vibra de forma imperceptível. E conta uma bíblia inteira. Ela fez sua escolha. Entre o homem que ama e aquelas pessoas maravilhosas ali no escuro.

"Eu não vejo nada aí", diz Kitty, olhando com a vista franzida, "a não ser uma pantomima danada. Aliás, o filme é de um ridículo só. E eu de chinesa não tenho absolutamente nada."

Eles revêem filmes como esse, avançando até um ponto, congelando a imagem. A risada de Kitty é sonora e destoa da boquinha pequena. Histórias de coadjuvantes lascivos, diretores cruéis, chiliques de diva.

"Você é uma biblioteca de mim", diz ela, abanando a cabeça, enquanto ele tira outra fita do gravador. "Ninguém lhe pediu para organizar uma biblioteca. E de tamanhos absurdos!"

"Mais um", implora Alex.

Mais tarde, a luz aparece.

"Meu Deus, viu só isso?! A noite acabou. Preciso fechar a persiana." Ela remove a manta e, devagar, se levanta. Ele vê mais do que devia: um pedaço da coxa, a pele de um branco de vela, sem elasticidade, sem músculos, despregada do osso. Veias arroxeadas, grossas como lápis. Ela fecha o robe. Ao passar pela televisão, Alex assiste a uma cena. Kitty num duas-peças, secando o cabelo. Ela pára. Estanca acima do aparelho, olhando para a imagem de um ângulo oblíquo, de cima para baixo, quase zombeteiro.

"Olha só para isso. Já imaginou?"

"Você é *tão* linda. Para além..."

"Não, não, não. Você não tem como saber o que vê."

"É espantoso. Você pode ver isso sempre. Está em filme. Você meio que vive para..."

"Agora você está sendo ridículo", diz ela com severidade, e atravessa o resto do quarto para chegar à janela. "As pessoas nunca dizem a verdade. Como se passássemos com facilidade de uma para a outra. Da juventude para a velhice. Não — não é verdade, nós somos é arrancados à força. E o *medo*, sobre isso eles mentem também. Não consigo dormir de tanto pensar que está quase terminada. Minha vida. E que irei embora sozinha. Daqui dos Estados Unidos. Isto, eu jamais planejei. Ninguém comigo, a não ser o Max."

"Kitty, você não acha que o Max... tem... *Deus* — quem sabe um pouco de *controle* demais sobre..."

"Estou tão cansada agora", resmunga Kitty, voltando para a cama. "Por favor, me desculpe."

"Eu vou dormir aqui", diz Alex, decidido. Na sua cabeça, vai ficar ali montando guarda feito uma sentinela, de olho na morte. Desliga o aparelho. Ela fecha a persiana. Um cinza morno e indistinto enche o quarto, fazendo deles duas formas negras e vagas, sombras de si mesmos.

"Claro que vai", diz Kitty, com igual firmeza, dando-lhe instruções sussurradas de onde encontrar cobertor, travesseiros. "E a sua amiga?", pergunta. "Não vai sentir falta sua? Ela era talvez um tanto alta demais para você, eu achei."

"Por que", pergunta Alex, jogando um cobertor sobre os ombros, "de repente nós começamos a cochichar?"

Kitty entra na cama e aponta para Lucia, que de algum modo foi se desviando e agora dorme no outro extremo da cama, como se fosse uma almofada, bem na beirada. Alex faz sua cama. Kitty se deita. Alex se deita. A respiração de ambos começa a entrar em sincronia, pois ele segue as inalações dela, segue precisamente. O coração de Alex se distende ao som de uma tosse eventual de Kitty, ou de um chiado. De todas as mortes possíveis que rondam todo mundo todos os dias, a dela parece a mais insuportável naquele momento. Isto só pode ser, ele pensa com satisfação, o ápice e o fundo do amor. São cinco da manhã. Num gesto apaixonado, dramático, levanta dentro de uma cueca cinzenta, que não demonstra conformidade com a paixão e o drama do momento (retorcida e grudada numa das pernas, entrando atrás), e lhe diz que ela precisa partir com ele e abandonar esse lugar, pois não há outra forma de ela ser livre e, além do mais, ele tem um plano. Pensou nesse discurso durante uma hora, no escuro.

"A gente conversa no café-da-manhã, está bem?", diz ela, tão neutra quanto possível, virando-se para encontrá-lo ajoelhado do lado, num pânico artificial, e com uma expressão no rosto com a qual já havia contracenado várias vezes. "Agora vamos dormir. É muito tarde — tarde demais para encenarmos um filme B."

Ela se afasta e se enrola nas cobertas. Seus dedos estão gelados. Mesmo quando fazia aqueles filmes, mesmo na época em que era uma mocinha que não sabia de nada, já dormia mal devido a uma desconfiança: quantas pessoas, entre todos os espectadores, todos aqueles cinéfilos, teriam o hábito de pegar uma fala ou um olhar para usar com o ser amado?

SEIS / *A Volta para Casa Montado no Touro*

1

O parque lembra um prospecto russo. Há uma basílica ortodoxa folheada a ouro espiando por entre as árvores e uma pista de cooper plantada bem no meio, ao estilo soviético. Montes de gelo encardido amontoam-se junto a troncos, bancos e ao redor da fonte; até no meio da pista há uma curiosa ilha de gelo que obriga o pessoal a desviar. Alex jamais teria acreditado na possibilidade de alguém se dispor a correr em pleno mês de fevereiro, mas lá estão eles. São exatamente onze da manhã. Roebling ficou para trás em algum lugar e ele busca uma estação de metrô que o leve de volta à cidade. Fez planos para o dia, e compras também: comida, uma passagem de avião, um livro para ser uma pessoa melhor. Como os executivos da publicidade adoram dizer, Alex teve uma puta manhã.

Encontra lugar num banco e fica vendo a mistura de descolados e polacos que marcam cada qual seu terreno num círculo perfeito. Os descolados correm de testeira e roupa esportiva de tecido atoalhado feita por grifes famosas dos anos 70. Os polacos também, só que com um espírito diferente. Esses dois grupos não se falam na pista de cooper nem junto à fonte; mantêm distância. Alex reparou que aconteceu quase a mesma coisa na loja onde comprou o *muffin* que está comendo. Arenque, *latke*, *kilbasa* e *perogi* de um lado, café *latte*, *falafel* e *cheesecake* de outro. E, na livraria, junto a uma prateleira repleta de livros do conhecido escritor Charles Bukowski, uma mesa com pilhas e pilhas de bíblias em polonês.

Nas ruas, os polacos parecem compreender a natureza da neve e vestem-se de acordo. Os descolados acham que podem espantar o frio por meio de acessórios diversos ou, então, ignorá-lo por completo. As mocinhas polonesas têm pele de cera e olhos de gato. Elas não sabem que Alex existe. As descoladas têm faces coradas, cabelos apontados para lados variados e podem ou não dar bola, dependendo de quanto interesse você demonstre pela arte que fazem. Embora esteja há vinte minutos na área, não mais, Alex se sente qualificado para investigar mais a fundo o estranho convívio de descolados e polacos e entender as leis que regem o relacionamento entre os dois grupos. Será que é assim ou será que é assado? Ele toma um gole de café. Ressurge com o seguinte:

O Terreno do É Assim

1. Os polacos precisam dos descolados porque os descolados trazem dinheiro novo à região.
   A primavera chega e a relva cresce por si mesma.

2. Os descolados precisam dos polacos porque os polacos são a prova de que os descolados — apesar de sua crescente estabilidade financeira — continuam sendo boêmios. Viver perto dos polacos é a única marca de autenticidade que restou aos descolados.
   A montanha azul não se move.

3. Os descolados são polacos. Os polacos são descolados. Os polacos vendem camisetas retrô de postos de gasolina dos anos 50. Os descolados comem arenque em conserva.
   Nuvens brancas flutuam de lá para cá.

Contente com isso, Alex espichou os braços por cima do encosto do banco gelado. No bolso, uma passagem aérea, no colo um livro aberto.

"Yitgadal ve'yitkadash", leu em voz alta, em seguida repetiu a frase, com um pouco mais de confiança, em sua língua natal. Fuzilou com os olhos a escrita aramaica, da qual compreendia tão-somente suas formas básicas (*yod, tav, gimel, dalet, lamed*), mas nada de nada dos pingos e traços de acompanhamento. Irritante. Pousou as mãos sobre o texto. Respirou pelo diafragma. Não havia um único bom motivo para fazer aquilo, a menos que aceitasse que a própria falta de motivo era o que tornava aquilo digno de ser feito — uma formulação judaica impecável. Mas não era essa a questão. Ela tinha dito algo, essa era a questão.

Ele estava no chuveiro, na ocasião, e ela diante do espelho, olhando sem disfarçar. E isso lhe parecera quase normal. Ela se maquiava e fazia perguntas sobre sua família.

"Meu pai também", ela respondeu para o reflexo dele, "se bem que, na minha idade, claro, é de se esperar isso. Mas eu sei como é, sentir uma perda. Minha mãe morreu quando eu ainda era muito pequena, onze anos. Eu tinha adoração por ela."

Alex se preparou para trocar aquele palavrório enlatado e superficial de consolo que todo mundo da geração dele sabe de cor. Mas, sem fazer nenhuma pausa, Kitty já tinha começado a contar sua história, como se tudo até aquele momento tivesse sido um prólogo para a narrativa dela.

"Uma *romena*", disse, com uma entonação significativa. "Terrível! Eu tinha tanto ódio dela! Foi essa a mulher, entende, com quem meu pai se casou em segundas núpcias. Como num romance ou num conto de fadas, ela era uma grande malvada. Uma ladra, uma adúltera e uma alpinista social. E me *odiava*. Eu era muito bonita, claro, e ela *horrorosa*, como uma gárgula ou coisa que o valha. Ela me batia quando meu pai não estava vendo. Mas o pior é que nós tínhamos um quase-*palácio* de verão em São Petersburgo — e o que você acha que ela fez? Tirou tudo que havia lá dentro, depois que ele morreu, todos os quadros, os móveis, os pires ingleses rosados de sob as xícaras! Tudo foi vendido para quem ofereceu o maior lance, verdade, foi assim! Algumas daquelas coisas estavam com minha família havia pelo menos uns trezentos anos, já imaginou?"

Esse detalhe sobre os pires, dito com tamanho horror, fez Alex sorrir sem querer, e por isso virou o rosto para a parede. Incansável, Kitty continuou falando, tombando a cabeça para um lado, depois para o outro, para colocar um par de brincos de pérola. Alex fechou o chuveiro e recuou para evitar os últimos pingos de água fria.

"E olhe, esse é um dos objetos mais preciosos, esse aí, bem na sua frente", disse ela, virando e apontando. "Esse é o resultado da minha labuta."

Alex olhou para a miniatura do século XVII, com moldura circular de ouro, encostada junto à janela. Era a tataravó da tataravó russa de Kitty, ligeiramente danificada pelo fogo e sem um olho. Kitty havia passado os últimos anos dando dinheiro a Max para que ele desse dinheiro para que outras pessoas rodassem pela Europa à cata de objetos de sua infância.

Alex aceitou a toalha que ela lhe passou.

"E foi nisso que você gastou seu dinheiro."

"Claro, onde mais? Não tenho essa mania de champanhe e gigolôs. Mas é muito estranho; sempre achei que odiava meu pai por ter se casado com aquela mulher, e agora gasto a vida e todo esse dinheiro resgatando as coisas dele. Da maior parte, eu nem sequer gosto. Mas, de certa forma, é um gesto, acho eu. Nunca se sabe, até que aconteça, o que você deve aos mortos."

"Glorificado e santificado", disse Alex em voz alta, "seja Seu excelso nome."

Reparou, com pesar, que esta última frase saiu com a voz do conhecido ator James Earl Jones, um grave opulento que muitas vezes surgia em sua garganta quando tentava pisar em terreno religioso. Ergueu os olhos do livro.

O que você deve aos mortos.
O que você deve aos mortos.
O que você deve aos mortos.

Uma descolada luminosa, de longos cabelos loiros, mochilinha e patins, estivera voando pela pista feito uma deusa. E naquele momento se ajoelhava a menos de um metro dele para amarrar os cadarços. Usava uma saia famosa da década de 80. Os joelhos tinham arranhões e hematomas. Parecia altamente improvável, aos olhos de Alex, que ela algum dia tivesse que descobrir como chorar um pai morto havia quinze anos numa língua também morta.

"YITGADAL VE'YITKADASH!", disse ele com uma voz estridente demais; a garota ficou roxa de vergonha e pediu desculpas. Saiu patinando antes que ele pudesse explicar. Ele a viu minutos depois, atravessando o portão do parque, calçada com um par de tênis, uma garota humana de novo, andando sobre dois pés de gente.

2

Mas voltemos a fita: quem acordou primeiro? Ou será que tinham ambos, de fato, como parecia ser o caso, acordado ao mesmo tempo, despertados pelo mesmo esvoaçar da cortina, pela mesma estocada de luz intrusa? A intenção de Alex era surpreendê-la na cama, ele havia se imaginado entrando com uma bandeja de suco de laranja feito na hora, ovos fritos na manteiga, uma única rosa num solitário e os demais acessórios cênicos de todo filme, mas, assim que seus olhos se abriram, os dela fizeram o mesmo. Sentaram-se na cama. E então, de repente, ela já tinha se posto de pé, sem que ele conseguisse impedi-la ("Imagine só, nesta idade, se a gente não faz de imediato, não faz mais!"), e sumido. Foi encontrá-la na cozinha, abrindo uma lata de sardinhas para Lucia, assanhada, ofegante, com a língua fazendo uma volta na ponta.

"Uga", disse Alex, segurando a cabeça para evitar que o cérebro escorresse pela orelha.

"Igualzinha à do Karloff, a sua cara", disse Kitty.

Comeram ovos cozidos e uma cumbuca de cereais na conversadeira junto à janela da sala, e viram o jovem casal da casa em frente discutir. Alex pegou os dois comprimidos de paracetamol que Kitty lhe dera e colocou-os na última porção de leite, no final da granola.

"Repare bem que ela está de *tailleur*", disse Kitty, batendo no vidro da janela com os nós dos dedos, "e que ele está de pijama. Ela é *muito* ambiciosa, trabalha numa editora, se não me engano — olha só, tem livro em tudo quanto é canto; agora, ele, eu vejo sempre na cama, até de tarde. Muito de vez em quando senta numa esteira durante umas três horas e cruza as pernas. Já imaginou! Uma vez por semana eles brigam feito cão e gato e muito ocasionalmente ele faz um teatrinho e finge que está arrumando as malas, mas nunca vai embora. Mas tem um corpo *incrível*... de modo que nós o perdoamos, acho."

"Quero que venha pra Londres comigo", disse Alex.

Kitty soltou uma risada ardida, como se alguém lhe tivesse feito cócegas. Levantou para tirar a louça do café, mas ele a agarrou pela mão. Kitty tornou a sentar e arqueou uma sobrancelha cheia de compostura.

"O que você gostaria que eu respondesse a isso?"

Alex soltou-a e, com ar sombrio, voltou aos cereais.

"É só que..."

"É só que o quê?"

"Você falou que queria rever a Europa."

"Eu também queria ter vinte e seis anos outra vez. Mas milagres não existem."

Alex ergueu os olhos, aproximou-se de Kitty e segurou-a pelos cotovelos. "Só para escapar daqui. Do Max, de ter que viver enfurnada dentro de casa o dia todo. São só umas férias. Não é o fim do mundo. É fácil. A gente vai esta noite."

"Você é um amor, de fato", disse Kitty, sorrindo e levantando mais uma vez, "e muito instável. Parece até o Trevor Howard ou alguém assim. E tudo com você é feito em velocidade máxima. Eu o conheço há exatas vinte e quatro horas. Me passa isso e o porta-ovo, por favor."

Do outro lado da rua, uma imensa janela de guilhotina se abriu e a jovem de *tailleur* pôs a mão para fora, apontando para a rua.

"Lá fora!", gritou ela. "Lá fora, no mundo!"

"U-lá-lá!" Kitty deu um assobio e se afastou do sofá. "Eis que por fim a coisa explode."

"Antes me ouça, por favor", disse Alex, indo atrás. "Eu sei que você não tem dinheiro nenhum. Mas na verdade *tem*, sim, quer dizer — poderia ter. Seria facílimo. Largue essa louça, espere — me escute só um instantinho."

Com um gemido bem-humorado, Kitty largou a bandeja sobre o móvel. Alex deu uma passada de olhos pela sala, atrás de caneta, e descobriu uma sobre o aparador da lareira. Depois pegou uma revista antiga.

"Basta escrever aqui... o seu nome."

Kitty pegou a revista e a caneta das mãos dele e pôs no sofá.

"Ah, *Alex*. Então é esse seu plano? Acha que nunca pensei nisso? Mas vou ficar reduzida a vender minha própria assinatura, cinqüenta dólares aqui, cinqüenta lá, degradando, vendendo minha própria vida — o Max já me falou desse negócio sórdido —, eu sinto muito, Alex, mas é vil demais. Veja só como eu vivo agora, sozinha, tomando o café-da-manhã com um estranho. Minha vida já é vil o bastante."

"Espere, *espere*. *Cinqüenta* dólares? Foi isso que o Max falou pra você? Ele não sabe o que *diz*. Já vi gente comprando uma carta sua por oito mil dólares, Kitty. Oito *mil*."

E isso de fato a obrigou a dar um tempo. A boca se abriu e fechou. Ela sentou.

"*Oito?*"

"Oito."

"Isso é sério, esse dinheiro todo. Viria muito a calhar, uma soma dessas. E você", ela sussurrou, olhando para Alex e arrumando uma mecha solta de cabelo atrás da orelha dele. "Você também fala sério, acho eu."

Alex sentou-se do lado. "Pensei sobre isso. A noite toda. Faz sentido."

Escutaram a janela da casa em frente fechar de novo, e parecia haver um quê de conclusivo naquele ruído. O fim de algo do outro lado da rua, o começo de alguma coisa ali onde estavam.

"Mas o que pode ser feito? Deve ser ilegal. E como é que eu mesma vou vender o meu próprio..."

"Mas é isso que eu estou tentando dizer. Você não vai fazer nada. Eu faço tudo, tudo o que tiver que ser feito. Não tem nenhuma malandragem no meio. Eu cobro uma porcentagem, como qualquer agente..."

"Ha! Essa história eu já ouvi várias vezes antes, e depois todos eles fogem com tudo..."

"Dez por cento, só, a comissão-padrão. Quero ajudar você..."

"Você quer ajudar *alguém*", ela retrucou de pronto, afastando-se. "Você se sente culpado de alguma coisa, percebo isso em você — eu sou católica, sei tudo sobre culpa também. Ela provoca a doença do samaritano! E eu não quero caridade de ninguém!"

"Certo, bom, então você fica me devendo a passagem de avião, mais nada. Me escute, por favor. Não é caridade. É um presente, uma retribuição por tudo que você me deu. E o lance aqui é que assim você tira umas belas férias. Ganha uma grana. E então, se quiser, pode ir morar em qualquer lugar do mundo. Pode morar na Itália. Em qualquer lugar. Se nós fizermos a coisa direito."

"Lucia, por favor" — a cadelinha saltou para os joelhos dela — "você ouviu essa história fantástica? E onde é que você entra num plano desses, hein? E o Max — me diga! Aliás o Max ia adorar tudo isso, não é?"

"Max Merdax." Alex soltou alguns impropérios pitorescos e fez Kitty rir. "Será só por uma semana, mais ou menos. A gente conta ao Max quando você voltar. Ele não vai reclamar quando vir o dinheiro. E se você for de primeira classe — bom, que tamanho tem a Lucia? Ela cabe muito bem numa sacola, não cabe?"

Lucia se acomodou no colo de Kitty e fez um ruído de aprovação quando a pele sobressalente de seu pescoço foi masseageada entre dois dedos atentos.

"Kitty?"

"Sim, estou ouvindo, estou ouvindo. Mas é coisa demais para assimilar de uma só vez. E o que significa isso de fazer a coisa direito? Como é que seria esse 'direito'?"

"Incrementalmente."

"Essa palavra eu não conheço."

"Devagar. Aos poucos. Se a gente inunda o mercado, o valor desaparece. Vamos assinar fotos antigas — podemos até tentar envelhecer a tinta — mas a maioria dos compradores particulares, eles nem verificam nada. E cartas antigas, se ainda tiver alguma. Eu faço a coisa por meio de feiras, leilões, do computador, agentes..."

Para Alex, o plano ia se formando à medida que ele falava. Seu tamanho crescia enquanto falava. Aquilo que ele via como o próprio heroísmo enchia a sala como se fosse um gigantesco *airbag*. Não via a menor possibilidade de que um dos dois pudesse se machucar.

3

Almoçaram em horário tardio no piano-bar do hotel. Lovelear e Dove estavam sentados em penosas banquetas, esperando que duas loiras desmazeladas que trabalhavam de garçonete terminassem de servir as mesas. Estavam dando em cima das duas, conforme Alex fora informado, desde o café-da-manhã. Para provar o fato, uma pilha de cestinhos vazios de ráfia, encharcados com a gordura de trinta asinhas apimentadas de frango, aguardava remoção. A isso, o diligente Alex já dera um jeito de acrescentar uma garrafa vazia de vinho tinto, três copos de uísque pegajosos devido aos resíduos da bebida, um coquetel do qual sobrara apenas a cereja e uma lata de cerveja com uma bituca de cigarro dentro. Um braço avermelhado cheio de covinhas e uma pálida pitada de decote surgiram para levar embora o ketchup.

"Elas são qualquer coisa, não são não?", disse Lovelear.

Alex recebeu em silêncio o violento cutucão que Lovelear lhe deu nas costelas e, depois, liberou um arroto musical, pois que ele, e só ele, era o Mestre Zen. Deu uma pancadinha na barriga. Do outro lado do salão, um senhor muito idoso chamado Mister Martins prolongou fatalmente os acordes finais de "Some Enchanted Evening" com a intenção de espremer alguns aplausos do que sobrara da audiência: três homens embriagados, duas garçonetes e um cumim. Alex aplaudiu, com coragem e, tudo somado, alguma precisão. O velho sujeito virou-se e curvou-se, apenas para Alex. Com um puxão do esfrangalhado paletó roxo do smoking. E é bem isso uma platéia, quando se vai fundo na questão, pensou Alex, essa troca banal e horripilante. O sem-talento aplaudido pelo sem-gosto. Martins fechou a tampa do piano com mãos instáveis, retirou o cartão com seu nome de sobre o móvel e substituiu-o por outro que dizia DE VOLTA ÀS 17:30! Uma das garçonetes de Lovelear entrou com uma escultura de gelo, recém-terminada. Uma Vênus de quadris largos dentro de sua concha.

"A gente vai patinar", disse Lovelear, lambendo em volta dos dedos, à cata de algum molho fugitivo, "quando a Della e a Maude saírem. Vamos todos patinar. É nossa última tarde. E você vem junto. Vamos patinar e, depois, muito rapidinho, a gente dá uma trepada, e depois temos que tomar aquele avião, de modo que nós vamos amá-las e deixá-las. *Literalmente*. Esse é o plano."

Alex não tinha contado nada a eles sobre os próprios planos; só imaginar o formidável entusiasmo que Lovelear iria demonstrar já era demais. E não tinha muita certeza se os dois seriam capazes de manter segredo. Para além desses dois fatos, Alex não fizera grandes progressos. Havia reservado um vôo para Kitty que sairia uma hora antes do dele. A intenção era deixá-la no aeroporto e pegá-la na outra ponta. Nesse ínterim, como os consultores adoram dizer, patinar parecia uma possibilidade viável.

"Ah, então ótimo", disse Lovelear, pego desavisado pela falta de resistência. "Mas vai precisar de uma malha."

"Ótimo."

"E de uma garota — não pode ficar com as nossas. Chama a Honey Smith, e aí, então, se as duas não toparem, sabe como é, a gente sempre pode pedir pra ela pra..."

Dove, que adorava um pastelão, já estava rindo baixinho quando Alex estendeu o braço para o porta-guarda-chuvas ao lado. Tirando um daqueles que se usam em partidas de golfe, deu uma guarda-chuvada nos ombros de Lovelear.

"Você tem uma mentalidade canina", disse Alex, ainda empunhando o guarda-chuva, enquanto Lovelear o fitava como se Alex fosse cinema. "Canina. Tudo que sabe fazer é ficar uivando atrás da lua. Correndo atrás do rabo. Cêsófazisso. Esse é seu lado cão — percebe", tropeçou Alex, com o álcool a inundar seus altos terrenos morais, "um cão — tá me ouvindo? — e só correndo atrás, atrás do rabo, esse é você."

"Pode apostar que eu corro atrás de um belo rabo", assegurou Lovelear, escorregando da banqueta e fixando toda a sua atenção empilecada em Della, a mais gorda, que tinha acabado de largar o avental sobre o balcão.

No quarto, Alex lavou as mãos e a cabeça. De cabelos molhados, tinha um quê de monge russo. Ele caía, o cabelo, em duas porções negras desiguais, achatadas de encontro à cabeça, e, através delas, espiavam suas orelhas de fanático, pontudas e proeminentes. Incapaz de melhorar a situação, deixou o quarto e foi até o quarto pegado.

"Patinar?", indagou Honey, recuando da porta. "Com você?"

"E uns outros, isso."

"Está se sentindo bem? Você parece meio estranho."

"Estou. É o cabelo molhado. Te espero no saguão daqui a dez minutos. Traz um agasalho."

"Um o quê?"

"Uma malha. A neve não parou de cair até agora. E como cai."

"Ã-hã. Não é meio cedo ainda pra estar assim tão bêbado?"

"Não, não, *não*, senhora budista, deixe eu lhe fazer uma pergunta. Você sabia que num livro escrito por um famoso judeu alguém pergunta a alguém como a pessoa se chama e essa pessoa diz: 'Negro'?"

"Como é que é?"

"E aqui vai outra pergunta", disse Alex, encostando-se na porta. "Você acha mesmo que porque você é uma mulher de origem — não, vamos começar de novo: eu quis dizer uma mulher negra, você acha que por isso eu consigo entender o que você, bom, o que você *é* ou algo parecido?"

Honey enterrou um dedo envolto em borracha no esterno de Alex e deu um empurrão. "Quer afastar um pouco mais esse bafo de mim? Por favor?"

"Porque você sabe que, na verdade, a minha namorada é negra. Meu melhor amigo é negro. Também. Você sabia disso? Então. Tem isso. A levar em conta."

"Meus parabéns", disse Honey, sorrindo. "Bom, eu imagino que sejam nossas últimas e poucas horas juntos, *querido*. Eu te encontro no saguão em dez minutos, certo? Tente enfiar a cabeça na água de novo."

Na volta, Alex reparou o que havia lhe escapado da primeira vez: o quarto tinha sido devolvido a seu estado pré-Tandem. Dois dias perfeitamente rebobinados.

Como se viu logo depois, as moças não eram patinadoras natas. Della era a pior da dupla, despencando a cada poucos minutos de forma espetacular por cima de Lovelear, que fazia o possível para colocar a risonha tremebunda de volta no lugar, como um sujeito repondo gelatina de volta na fôrma. Maude, nos braços rígidos e adúlteros de Ian, erguia os pés como se estivesse caminhando no lodo e soltava um gritinho agudo toda vez que ele tentava convencê-la a largar a segurança da cerca. Honey não precisou de

Alex. Patinadora majestosa, deslizava em volta sem tropeços nem contratempos, virando de vez em quando o corpo com um floreio bem-feito. Quanto a Alex, sentou-se num canto e fumou um cigarro. A seu ver as beiradas dos patins eram muito estreitas e muito afiadas, o oposto dos pés humanos. É preciso ser um sujeito otimista para colocá-los. Patinar é uma atividade que tem de ser levada muito a sério.

Mas havia alguns prazeres para os não-patinadores nesse rinque. Sujeito que raras vezes se deixava comover por uma cena, Alex foi levado a admirar a engenhosidade do planejamento urbano ao descortinar a vista panorâmica que se tinha lá do alto da colina. Aquilo dava a sensação de ter conseguido algo que a pessoa nem sabia que queria: patinar no topo do mundo. Dali dava para ver Roebling. Alex pensou numa mala aberta, com Kitty curvada sobre ela, dobrando o penhoar. Viu o aeroporto, viu o telhado do hotel. Por breves instantes, pensou na conta do frigobar. Viu onde moravam os judeus, onde moravam os polacos, os hispânicos, os negros, os russos, os indianos, os punks e as senhoras finas. Viu bandeiras, de seda, insufladas pela brisa.

No rinque, viu Honey no meio de uma penca de garotos. Eles a cutucavam. Um dos meninos a todo momento punha algo comprido e com aspecto afiado no rosto dela. Alex ergueu a mão para conferir se ela estava bem, mas ela o dispensou com um aceno e sorriu. Dois garotos levaram um tombo no gelo e então deu para ele ver o que ela estava fazendo. Dando autógrafos. Havia cerca de dez garotos brigando por causa de uma caneta e procurando recibos nos bolsos. A multidão foi aumentando. Vieram os maridos, depois as mulheres. Ela teve de patinar até a cerca e recebê-los numa confusa espécie de fila. Alex sentiu algo molhado e recolheu a mão erguida no ar. Bem sobre a dobra da linha da vida havia caído um daqueles flocos de neve quase impossíveis, do tamanho de uma bala. Esperou que derretesse. Riu. Riu como um jovem. E então as árvores viraram reis vestidos de arminho, os edifícios todos uma façanha, o sol exigiu que as nuvens se mexessem, a luz transformou a todos em estrelas de cinema, os seios de Della eram maravilhas, o céu ficou rosado e Sinatra cantava! Sinatra fazia uma lista das coisas que amava. Uma lareira acesa. Batatinha frita. Bons livros.

As condições eram favoráveis. Alex atirou o cigarro fumado num arbusto, amarrou os patins e pisou decidido no gelo. Mal tinha dado um passo, Honey veio por trás e o arrebatou.

"Viu só aquilo?", ela perguntou, animada, em seu ouvido.

“Temi pela vida daquelas crianças. Pensei que você fosse apunhalá-las com as próprias canetas.”

“Que nada. Resolvi dar uma folga pra eles. É só um nome”, ela disse, guiando a ambos por sob o arco formado pelos braços estendidos de outro casal. “Não sou eu. Não tira nada de mim. É só tinta.”

“Isso é muito iluminado de sua parte, Miss Richardson.”

“Também achei. E então. Mister Tandem. Se você ficasse por aqui, este seria o começo de uma bela amizade, não acha?”

Depois disso, fizeram mais uma volta perfeita, ininterrupta, executando aquela fantasia de fuga. Ambos sabiam que era sua versão de adeus e, resumindo bastante, havia algo de divino ali, e eis a lista (parcial) de Alex:

A voz do Sinatra entre 1948 e 1956
O pé direito de Donald O’Connor
O velho caminho para a escola numa manhã de março
A letra א
Estar dentro dela com as pernas dela cruzadas em volta dos quadris
Gente levando tombo
Piadas
Gatos gordos
Comida
Os filmes de Kitty Alexander
Relacionamentos que não envolvem sangue ou outros fluidos
Tabaco
Contar às crianças que tudo na vida é sofrimento
Álcool
Deus
Cheiro de canela
Esther

4

Última chamada. O ponto fatídico onde apenas o papel correto permitirá que se dê o próximo passo.

"E então", ela disse, segurando o queixo dele, "você vai estar lá, você me prometeu."

"Estarei lá. Uma hora depois. Estarei lá."

"Uma hora, já imaginou? E o que faz uma pessoa num aeroporto durante uma hora?"

"Fica vendo as pessoas que chegam", sugeriu Alex. "Ou vendo as que vão embora."

Kitty estremeceu. "Já vi muito disso, inclusive a versão em que elas não voltam nunca mais."

Alex deu um beijo na testa empoada de Kitty. Ela cheirava a maquiagem de teatro. Usava um *tailleur* vermelho, brilhantes nas orelhas e uns laivos de verde nas pálpebras. O cabelo estava arrumado. Dentro da valise, até Lucia tinha um bonito casaquinho xadrez. As duas eram de uma época em que viajar ainda era uma proeza.

"Coitadinha da Lucia. Numa sacola durante sete horas. É indecente, obrigar uma senhora a viajar desse jeito."

"Ela agüenta bem", disse Alex, enfiando disfarçadamente a mão na valise para afagar as costas de Lucia. "Você só precisa mantê-la tranqüila."

"O Max já deve ter ligado para a polícia. Vai achar que fui levada por um estuprador ou alguma doidice assim."

"Eu me encarrego do Max", disse Alex e, sem a menor confiança nessa afirmação final, beijou-a mais uma vez e se despediu.

Uma hora depois, um golpe de sorte o atingiu: foi empurrado para a classe executiva. Jamais estivera ali antes, em toda a vida e, embora compreendesse que deveria aceitá-la de bom grado, algo a seu respeito o aterrorizava. O *esforço* que fora despendido. E tudo para identificar e assegurar umas poucas diferenças minúsculas: entre sucos de laranja, guardanapos (algodão ou papel), grossura do cobertor, ponta do lápis. As distinções entre as classes turística e executiva lhe pareciam manifestações terrenas do conceito gói do paraíso. Um lugar para aquele tipo de criança que se regala com sua imensa torre de sorvete assim que a casquinha do amigo cai no chão.

Por outro lado, na classe executiva você tem telefone. Alex passou o cartão de crédito em um deles e, à taxa de nove dólares o minuto, escutou Esther lhe contar que, enquanto estava sendo operada, durante um surto de lucidez, tinha sentido a presença do pai dele ao pé da cama.

"Imagino", disse ela com uma voz quase irreconhecível, fraquinha, "que isso soa loucura total."

Alex ficou em silêncio. Esther tinha lá seus momentos do que chamava de "espiritualidade", que variavam de uma confiança inconstante nos horóscopos de jornal a discussões criativas com ancestrais africanos por meio da poesia. Nesse terreno, Alex não dava palpite. Mal era capaz de ter fé. Diante da espiritualidade, só via humor.

"Vai", disse ela. "Fala logo. Seja lá o que for."

"Não, eu... nada. Só que. O *meu* pai? Não o *seu* pai?"

"O seu pai. Ele estava segurando os meus pés."

"Certo, porque ele sempre foi um grande segurador de pés em vida, os pés eram uma parte muito importante..."

"Ah, esqueça o que eu disse. Esqueça. Escuta, não posso erguer a voz, estou toda machucada. Preciso desligar."

Uma comissária trouxe o rosto muito próximo do de Alex e perguntou se ele queria um chocolate quente.

"Esther, espera. Espera. Quando é que você vai ter alta?"

"De manhã. Logo. Estou pronta. Eu quero ir embora."

"Tenho um troço fantástico pra contar."

"Guarde até de manhã. Tenho um monte de pontos pra te mostrar. Podemos brincar de Mostra o Seu que Eu Mostro o Meu. Onde você está, falando nisso?"

"Em rota direta pra Mountjoy. Voando sobre as águas. Na eventualidade de um acidente, em qual das duas você acha que eu teria uma chance melhor — água ou terra?"

"Alex, qual é problema com você? Bate na madeira agora mesmo."

"Não vejo nenhuma por perto — estou na executiva, é tudo ultramoderno. Espalhafatoso."

"*Bate.*"

"Tá bom, tá bom, calma. Serve derivado de madeira?"

"Serve."

Alex bateu no cardápio, do qual escolhera os cinco tipos de cogumelo.

SETE / *O Touro É Transcendido*

1

Era um sofá de três lugares, forrado com veludo vermelho. O rabino Darvick segurava numa ponta e o rabino Green na outra, os dois travando uma animada conversa. Quando Alex se aproximou, ajeitaram o sofá bem na frente do memorial de guerra de Mountjoy, largaram-no no chão e sentaram em cima.

"E claro que o mais maravilhoso é que fizeram tudo dentro de casa", ia dizendo o rabino Green, apontando para a rua movimentada. "A rua inteira, começada do zero!"

Foi Darvick quem viu Alex primeiro. Levantou para cumprimentá-lo.

"Tandem! De volta! Que cidade aquela, hein? Então! Bom dia, ou será que eu deveria dizer" — olhou para um trecho nu do pulso — "boa tarde?"

"Cadê o Rubinfine?", perguntou Alex, olhando em volta.

"Na verdade, o rabino saiu de carro pra fazer um favor a *você*", disse Green e, dali mesmo onde estava, sentado, agarrou a mão de Alex, que ele não conseguiu retirar com a devida rapidez. "Ele foi até a sinagoga de Mulberry Road para conversar com o rabino Burston. Sobre a quinta-feira. E sobre como as coisas devem ser feitas."

"Ele não precisava ter feito isso", disse Alex, irritado. "Eu podia fazer."

"Mas é claro", disse Green, sorridente. "Só que não fez."

O relógio no topo da estação deu meio-dia e um bando de escolares indisciplinados passou por baixo dele. As árvores, recém-podadas, estendiam os punhos para o alto. Alex sabia que era Mountjoy, só que estava tudo sublinhado e estranho aos olhos dele, mais nítido, como se tivesse acabado de sair do oculista.

"Você não está com bom aspecto", disse Darvick, assobiando. "Mudança de fuso horário. Melhor sentar alguns instantes."

"Na verdade, saí pra fazer umas comprinhas..."

"Sente-se só por alguns momentos, *por favor*", disse Green, batendo com a mão num espaço entre ele e Darvick. Alex cedeu, mas cruzou as pernas e ficou olhando os pés.

"Nós — o rabino Green e eu —, nós vamos fazer parte do minyan na quinta-feira à noite, você sabia?", disse Darvick, colocando uma das mãos no joelho de Alex. "Assim como muitos dos seus amigos. De todos os lados, rostos familiares."

"Isso é ótimo", disse Alex, tentando se lembrar da marca de comida para cães que Kitty o mandara comprar. "Mesmo. Aprecio muito a presença de vocês, porque, vocês sabem, um minyan com menos de dez pessoas não funciona. Não é kosher. Eu entendo. De modo que muito obrigado. Agradeçam a Rubinfine por mim."

"É bem melhor que aquela outra coisa, pra você", disse Darvick, num sussurro conspiratório. "*Esta* é a fé verdadeira. Que está *fazendo* algo."

"É. Estou vendo", disse Alex, levantando para ir embora.

"Viver", disse Green, com uma voz que adquiria a entonação das citações, "é o pouco que nos sobra do morrer. Conhece o poeta?"

"Eu não leio poesia, rabino. Não consigo achar tempo."

"Cuide dos mortos", disse Green, num tom bem diferente, gelado.

"Farei o que é exigido de mim", disse Alex com idêntica frieza.

"E como anda aquele seu livro?", perguntou Darvick, com voz muito alegre, mas impassível sob todos os outros aspectos. "Aquele sobre isto ser o oposto daquilo, patati, patatá, e por aí vai."

“Cansei dele e terminei”, disse Alex, executando uma saudação zombeteira ao partir.

De volta à casa, entregou a ela um café e pediu desculpas, de novo, pelo apartamento.

“No Irã”, disse Kitty, animada, “eu vivi numa tenda durante três semanas. Na Etiópia, numa casa feita de nada, de excremento animal! Você não sabe, mas eu sou ótima viajante. Quando o cinema acabou, arrastei meu terceiro marido numa volta ao mundo, só de tédio. O seu quarto não é nenhuma grande aventura, pode acreditar. A única coisa que nós queremos saber, a Lucia e eu, é onde anda esse seu famoso gato.”

“Nunca vou conseguir lhe explicar”, disse Alex, sentando-se em frente a ela, colocando-a no enquadramento, “o quanto é bizarro ter você sentada aqui. Bem aqui. Justamente *aqui*.”

Kitty recolheu as pernas para cima da poltrona e abanou a cabeça. “O que há de tão bizarro nisso? Pense em mim como uma avó que veio passar uma temporada com você. E agora, por gentileza, pare de disfarçar — cadê a sua gata judia? Você falou sobre ela com tamanho vigor no táxi! Pressinto a possibilidade”, disse ela, balançando a cabeça para Lucia, naquele momento atarefada correndo num círculo frenético em volta da mesinha de centro, atrás de um rato de pano e de pescoço quebrado que pertencia a Grace, “de uma amizade entre os opostos, ying e yang, o que é algo...”

Mas nesse ponto o telefone no hall exigiu atenção e Kitty, com mãos inexoráveis, lhe fez um gesto para que saísse da sala.

“*Alex*”, disse a voz de Adam, como se o tivesse encontrado dentro de um labirinto. “De volta. E a tempo. Vamos almoçar. O Joseph vai passar aí pra pegar você depois do trabalho.”

“O Joseph? O quê? Não, não vai dar pra gente almoçar, Ads — estou ocupado. Estou completamente... Não, olha — será que eu posso te ligar mais tarde ou algo assim?”

Três pancadas chegaram aos ouvidos de Alex: era Adam batendo o telefone na mesa, de pura frustração.

“Alô, Seu Veado, não, o senhor não pode me ligar mais tarde. O negócio é pra já, agora, no almoço. É uma reunião de cúpula, convocada por mim

— e vai estar todo mundo presente. Inclusive a Grace — você tem que vir buscá-la, já estamos meio cheios um do outro. Além do mais, agora é tarde, o Joseph deve passar por aí daqui a pouco...”

“Não, Ads, escuta, eu não posso — almoço é simplesmente uma hipótese negativa. Eu tenho que... bom, ver a Esther, antes de mais nada...”, começou Alex, caindo de forma desagradável em si ao perceber que era a primeira vez que pensava nela desde a aterrissagem.

“Ela está tirando uma soneca em casa. Deixa que durma. Venha almoçar.”

“Sabe o que é, aconteceu um troço. Eu preciso falar com você...”

“Você está falando comigo.”

“Em pessoa.”

“Então vem pro almoço, porra!”

O telefone reverteu a seu humilhante tom monocórdico.

“Vá, mas é claro”, disse Kitty, enrubescendo, no momento em que ele surgiu na porta. “Vá almoçar. Estou tão exausta com a mudança de fuso horário que daqui a pouco vou ser obrigada a pedir licença, de todo modo. Por favor, vá, vá. Leve a Lucia — ela adora um passeio. E está superansiosa.”

Pedindo desculpas compulsivamente, Alex agarrou o corrimão e ficou vendo Kitty subir a escada. Lucia disparou atrás da dona e chegou até a metade do caminho, antes que ele a agarrasse e apertasse contra o peito mantendo, com a mão livre, o focinho dela fechado.

“Isso mesmo. Seja homem, caso contrário a Lucia não leva nada a sério. A guia dela está pendurada no corrimão.”

A campainha, da qual as pilhas estavam se soltando, emitiu seu gemido estrangulado.

“De quem é esse cachorro?”, perguntou Joseph. Vestia um terno cinzento com um sobretudo preto comprido e tinha uma pasta presa na mão. O cabelo estava todo puxado para trás e a barba, impecável. Parecia um agente funerário.

“Meu”, disse Alex, prendendo a guia. “Achei que era tempo. De ter um cão.”

“Interessante, a sua decisão”, disse Joseph, fechando a porta da frente. “É bom ver vocês dois. Como é que ele chama?”

“Endelmann.”

“Bonito.”

Joseph cruzou a entradinha da casa e abriu o portão da frente. "Vem, vamos, Endelmann, anda, isso, seja bonzinho."

Os três atravessaram a rua.

"Surpresa", disse Joseph, sem a menor inflexão na voz, indo direto para o lado do motorista de um belíssimo MG vermelho. Pôs a chave na fechadura da porta.

Alex apanhou Lucia no colo e comprimiu a sua cabeça e a do cachorro no vidro da janela.

"Joseph, de quem é este carro?"

"Seu", respondeu Joseph, abrindo a porta. Depois se calou, olhou para cima e por cima da cabeça de Alex. "Alex, quem é aquela velha senhora na sua janela?"

"Ah, sabe...", disse Alex de um jeito bem vago, acenando de volta para Kitty, que acenava para Lucia. "A mãe da minha mãe. Tipo minha avó. De quem é este carro?"

"Seu. Quer repassar tudo mais uma vez ou já chega?"

"Consertado?", sussurrou Alex, recuando para vê-lo melhor enquanto Lucia, já no chão, cheirava as rodas.

"Não, novo. O Adam é um profeta. Pôs o velho no seguro três semanas atrás, fez o seguro comigo, na Heller. Não disse nada pra você, porque queria que você ralasse uns tempos. E conseguiu este aqui por um precinho camarada, pelo que eu entendi, de modo que ainda sobrou algum dinheiro. Para um homem religioso, ele tem ótimo faro. Eu vou dirigindo, você vai do lado — viagens intercontinentais e maquinaria pesada não combinam. Vamos baixar a capota, o que você acha? E botar um rap?"

"É imoral, claro", disse Alex, alguns minutos depois, quando desciam a rua comercial de Mountjoy, diante de olhares apreciativos. "A idéia toda de seguro. As coisas se quebram. As pessoas morrem. É paganismo, basicamente; seguro é como o rito místico com que enfrentamos o inevitável."

"Você está errado. Parte do inevitável", disse Joseph, virando à direita, "é a necessidade de uma compensação. É um pecado obtê-la, mas um ato de fé desejá-la. É aí que está Deus. No desejar."

"Mas ainda assim é uma mentira", disse Alex, teimoso.

"É um momento de graça, como a sua saúde ou uma mulher. Não é sua de direito — é um empréstimo, um pagamento parcial pelas tristezas do dia-a-dia."

"Para onde estamos indo?", Alex perguntou, enfezado e fora de forma no que dizia respeito a argumentos judaicos.

O *rapper* no estéreo explicou sua posição diante do Real. Era apegado a ele. Jamais desistiria dele.

Alex colocou o pé no dorso de Lucia para fazê-la ficar deitada quietinha. "E por que almoço, me diga?"

"Um restaurante russo na Zona Leste. E almoço porque já faz um tempinho, imagino. Porque você espera por um e logo vêm três de uma vez. Porque o Adam está aprendendo russo. Porque quem não tem cão caça com gato. Et cétera e tal."

"Seria legal receber um aviso prévio. Em vez de ser *convocado* na marra. Como vai a Boot?", perguntou Alex, cruel, desviando a vista. Joseph corou.

"Nunca existiu o menor progresso no caso", disse ele em voz baixa. "Escrevi algumas cartas pra ela. Quanto mais eu escrevia, menos resolução física eu parecia ter. Se isso deixa você satisfeito, saiba que tudo o que eu consegui fazer foi ficar constrangido nesse departamento."

"Claro que não me deixa *satisfeito*", resmungou Alex, de repente envergonhado. "Mas me parece uma pena, de verdade. A Boot é legal. Mas qual *é* o problema, me diga, entre você e as mulheres? Parece que a coisa nunca decola."

A esse comentário, não houve resposta. Alex virou-se um pouco no banco para observar os transeuntes serem sugados de volta ao lugar onde tinham acabado de estar. Lucia soltou um ganido.

"Não sei o que há de errado entre mim e você nos últimos tempos", disse Alex por fim. "Você tem agido... de um jeito muito estranho."

Joseph sorriu com amargura. Tamborilou os dedos no volante forrado de couro.

"Nós nos tornamos abstrações um do outro, é óbvio", disse ele de forma um tanto arrogante. "Temos medo um do outro como símbolos de uma coisa ou outra. Não falamos a verdade."

"Olha só, é *justamente* esse tipo de coisa", disse Alex, irritado, "é bem disso que eu estava falando. Eu não faço a menor idéia do que você quis dizer. Parte do problema está na maneira como você se expressa. Nós éramos tão amigos. Não havia nada de... disso. Era tão fácil entre nós."

"Na época eu era um Caçador de Autógrafos", disse Joseph com frieza, arrumando o espelhinho lateral. "E esse cachorro não tem genitais masculinos. E a sua avó morreu no dia em que os alemães entraram em Paris."

Desviou os olhos por completo da rua para olhar para Alex.

"Bom, eu acho que você se ressente", disse Alex, com tranqüilidade, enfrentando o momento na maior caradura, "porque eu não sofro como você ou coisa parecida. Sobretudo nos últimos tempos. Você anda com bronca de mim, parece até que estou sendo julgado. E punido. A minha impressão é de que você está furioso comigo por eu ser capaz de fazer essa coisa, de fazer essa coisa que eu *adoro*, bom, pelo menos se eu não adoro, exatamente, você sabe... é algo que eu consigo tolerar. Eu sei que você amava essa atividade, quer dizer, foi você quem me *iniciou* no ramo — e agora está fechado lá naquele escritório. Mas isso não é *culpa* minha, Joe. Isso não é culpa *minha*, cacete."

Uma das palavras usadas por Alex continuou pairando no ar, vexaminosa e nítida, como se ele a tivesse escrito num balão de história em quadrinhos. Joseph então tirou uma das mãos do volante e pousou-a, hesitante, sobre a de Alex, restaurando, com esse único toque, um conhecimento que Alex já tinha desde o início. Uma responsabilidade que ele nunca quis, que nunca esteve à altura de encarar.

"É o oposto de ressentimento", disse Joseph em voz baixa, entrecortada. "É *assombro*. Você não percebe. Você tem um *poder* com as coisas. Eu documento os atos de Deus. Eu libero o seguro quando as coisas encrencam. Mas você está *no* mundo, junto com as coisas. Você as vende, você as troca, você negocia com elas, você as identifica, você lhes dá nome, você as coloca em categorias" — Alex libertou a mão e estapeou o painel num gesto de protesto, espantado, como fica a maior parte das pessoas, com a descrição elogiosa que outro ser humano faz do acidente a que chamamos de nossa vida — "você escreve até um *livro* sobre elas. Na verdade isso me horroriza um pouco — essa insistência em dar forma ao que, para mim, é fundamentalmente amorfo —, e a grande piada é que você nem sequer se dá conta disso. Vive falando sobre desespero, mas nem sabe a cor dele. Você tem a Esther, antes de mais nada. Você *tem* alguém. Tente viver quinze anos sem ser correspondido."

"Tem milhões de outras garotas neste..."

"Sem ser correspondido", repetiu Joseph em voz alta. "Por um homem que mal sabe que você está vivo. Tente isso."

Pararam no sinal. Boa parte de Alex sempre oferecia muita resistência a qualquer história na qual não fosse ele a vítima, mas agora que a pedra rolara da boca da caverna resolveu examinar mais de perto. Junto com o trânsito fluindo no sentido contrário, viu passar um desfile índigo de lembranças, instantâneos de uma amizade difícil e exaltada, composto quase todo dos gestos executados através dos anos (na pele de dois garotos num banheiro vermelho, curvados sobre uma pia cheia de fotografias sendo reveladas; na de adolescentes, comprimindo-se na corda de veludo roxo em frente à porta de um cinema, agarrados aos suportes de latão, à espera de uma estrela; na de homens, virando ao mesmo tempo as páginas de dois álbuns de capa verde de couro, trocando isso por aquilo e aquilo por isso). Em todas essas reminiscências, Joseph parecia estar sempre no canto do enquadramento, de mãos abertas, esperando algo. Naqueles últimos tempos, tudo o que houve foi que os gestos se distanciaram ainda mais, se tornaram menos freqüentes e, conseqüentemente, mais violentos. Fotografias para acabar o filme.

"Esta foi", disse Alex, curvando a cabeça, "a semana mais esquisita da minha vida."

Joseph soltou uma risada pavorosa, sem a menor alegria, que tinha começado a ser uma característica sua. "É fantástico — é melodrama. Mas é um desperdício, com *você*. Se ao menos você soubesse como se vestir para o papel. *Mister De Mille, estou pronto para o meu close...*"

"Mas é masoquismo demais, Klein", Alex deixou escapar, sentindo então a tristeza total daquilo. "Escolher a *mim*. Entre tanta gente."

"E essa é uma coisa, Tandem", disse Joseph, pisando no acelerador com um sorriso apático, "que você nunca foi. Desde o dia em que o conheci, por mais ferrado que você estivesse, sempre procurava o prazer, nunca a dor."

"Olha aí de novo, isso me irrita que é uma coisa — quer dizer então que, como eu não sofro, o gói sou eu, eu sou o..."

"Não", disse Joseph com veemência, "eu nunca disse isso, nunca senti isso. A vida já é uma negação. Não faz sentido, é inútil negar a negação. Eu *sou* vaidoso. Adam disse isso desde o começo..."

"O Adam sabe?"

"Ele adivinhou. Ele enxerga tudo. Sabia desde que nós éramos meninos. Diz que eu só preciso achar uma outra pessoa pra amar, mais nada. Que não foi um acidente. Que foi uma decisão que eu tomei. A decisão de sofrer, impelido pela vaidade."

Um carro na frente deles reduziu a marcha até quase parar e Joseph virou-se de novo para olhar para Alex, que não estava agüentando mais. Sem saber o que fazer, o olhar de ambos se transferiu para o cachorro.

"E o Endelmann. Ele precisa? De Amor?"

Alex pedia a todos os deuses conhecidos seus que Joseph parasse de dizer aquela palavra.

Pegou Lucia no colo e, ato contínuo, a cadela passou a comer a bola de couro do câmbio.

"Eu diria que ele tem até demais, na verdade."

"Uma pena", disse Joseph, passando a mão pelo cabelo e exalando o ar. "Ceeerto", disse, com um suspiro. "Feito, feito, feito. Isso basta para um único dia, acho eu. Vamos tentar nos concentrar. Fique de olho nas placas agora. Estamos atrás de qualquer coisa que diga Zona Leste."

2

"Isso?", disse Joseph, deslizando para o assento ao redor da mesa em meia-lua. "Isso é o Endelmann. O eunuco."

"Será que ele está interessado em conhecer a Grace?", perguntou Adam, empurrando com o pé a caixa onde estava a gata, sob a mesa. "Ou será que ele é o substituto?"

Rubinfine se apertou para que Alex se acomodasse a sua esquerda. Estava usando um jeans apertado, terrível nas restrições que impunha, e uma malha que anunciava o Campeonato de Dança Israelense de Mountjoy de 1989, em que conhecera Rebecca e ganhara o terceiro lugar.

"Será que estou apenas sendo um *terrível* filisteu cultural?", perguntou

Rubinfine aos presentes. "Ou posso mencionar que há um ovo cru boiando nesta sopa?"

"*Alex*", disse Adam, estendendo impetuosamente o braço sobre a mesa. Alex lhe deu as duas mãos.

"Ads. Como *vai* você?"

"Bem. Você está com bom aspecto, cara. Acho que vai gostar deste restaurante. Os garçons são russos de verdade. Acho que é a primeira vez que recebem uma pessoa do tipo negro aqui. Pedi as entradas — uma delas quase caiu dentro da sopa de beterraba quando abri a boca —, mas olha só isso, aqui estamos nós; certo, certo, cerveja, não é isso? Cerveja, Joseph? Izvinitye... da, certo, dva botillky peevo, pojalsta... spasibo, spasibo, da. Então", continuou, virando-se de novo para a mesa, "estamos prontos pra quinta-feira?"

"O carro, Ads...", começou Alex, mas teve de parar bem aí e se contentar em sorrir.

Adam deu de ombros. "O carro é o carro. O importante é que nós vamos fazer aquele negócio na quinta e vai ser o maior barato — o maior barato *mesmo*. Tudo superorganizado, você só precisa aparecer — não precisamos nem mesmo falar sobre o assunto, podemos apenas ficar aqui sentados, tomando vodca. Certo? Tudo bem assim?"

Alex balançou a cabeça, assentindo, e pegou um naco de pão de uma tigela encardida de louça, arrematada pelos mesmos e descascados desenhos folheados a ouro que apareciam em todos os objetos do restaurante. Deu uma mordida no pão e em seguida levantou-o, com uma pergunta sobre que nome teria em russo.

Adam produziu uma explosão ridícula na garganta.

"Por que você está aprendendo essa língua? Tem *catarro* demais nela", disse Rubinfine com nojo. Entregou seu prato intocado de sopa para um garçom que passava.

"Rubinfine", disse Alex, tocado por uma onda de boa vontade e lhe dando uma pancadinha nas costas, "há quanto tempo. Quer dizer que, pelo que eu soube, estou te devendo uma. Obrigado por organizar... bom, o Green e o Darvick me disseram que você andou trabalhando nos bastidores et cétera e tal. Falou com o rabino Burston, é isso mesmo?"

"Faço o que posso", disse Rubinfine em tom submisso, baixando a cabeça e, sem querer, batendo de leve com ela num samovar gigante. "Ele teria de comparecer a um casamento nesse dia, ele é um rabino muito procurado — não foi fácil. Foi preciso oferecer alguns favores."

Adam, que nunca foi homem de perder muito tempo com bons modos à mesa, enfiou sua faca de manteiga num potinho cheio de ovas cintilantes de peixe e levou uma fileira delas à língua.

"Ah, que *bom*", disse, aliviado, "que bom que você não se importa de ser o rabino Burston — quer dizer, não que haja algum motivo para se importar, na verdade, e é meio sacal chegar lá, mas não havia ninguém disponível em Mountjoy, e ele é progressista, de modo que aquela história das mulheres não foi problema, e nós temos que ser gratos a ele por aceitar assim sem muita antecedência, e essa coisa toda."

Joseph deu a impressão de ter reprimido uma risadinha e Alex, que estava ocupado em liberar Grace da caixa, ergueu os olhos.

"Me importar? E o que haveria para eu me importar?"

"*Justamente*, nada, na verdade — eu sabia que você veria as coisas dessa forma. Joseph, vê se chama um garçom, cara — vamos ter que dar alguma coisa pra esse cachorro antes que ele resolva comer a gata."

Grace andou em círculos no colo de Alex e tentou provocar Lucia com uma das patas. Depois se esticou e lambeu o nariz de Alex com sua língua minúscula e áspera.

"Não estou entendendo direito. Tem alguma coisa errada com esse Burston?"

"Quer dizer então que o Green não? Ou..."

Nesse ponto, um garçom com um maxilar épico apareceu e trocou algumas palavras em russo com Adam, apontando de vez em quando para os animais.

"Uuh-litsa", resmungou Adam depois que o garçom se virou e marchou de volta para a cozinha. "Isso é 'rua', sem dúvida. Agora, o que eu não sei é o que quer dizer aquela outra palavra, a bem comprida — talvez seja zoológico, ou então pode ser carrocinha, como em: *isto aqui não é...*"

"Adam, qual o problema com o rabino Burston?"

"Nada, na verdade", disse Joseph, os olhos escuros pesarosos assumindo parte da malandrice da infância. "Eu o conheci no domingo, no baile country, e ele me pareceu bem capaz, interessante mesmo. Tivemos uma conversa a respeito de Preston Sturges, e foi muito esclarecedor ouvir a opinião dele a respeito do judaísmo existente nas falas internas da Hollywood antiga, muito sagaz, eu achei...”

“O que ele foi fazer no baile country?”

“Sabe o que foi que ele me disse, Al?”, perguntou Adam, enxugando a boca com o guardanapo. “Estávamos tendo a velha discussão de sempre sobre a Cabala, mas aí ele falou um negócio fantástico: *Deus é um verbo*. Ele disse eu concordo com você numa coisa — Deus é um verbo. Não é *fantástico*?”

“O cara também sabe dançar quadrilha”, disse Joseph. “Juro por Deus. Ele dançou mais que todo mundo...”

“Ele é anão, é isso?”, concluiu Alex, deixando o queixo cair sobre o peito.

A mesa ficou muda.

“Não, na verdade o crescimento dele é...”, começou Rubinfine, mas Alex ergueu a mão para que não continuasse.

“Que altura? Vamos, me digam, que altura ele tem?”

“Até que é bem razoável, sério”, disse Adam, olhando preocupado para o salão ao ver que se aproximavam da mesa o garçom anterior e um homem de testa gerencial. “Acho que ele não tem muito menos que, digamos, um e quarenta?”

Lucia correu para cumprimentar o gerente, lambendo-lhe os sapatos que cheiravam a cozinha. Seguiu-se uma cena. Adam implorou a eles que se restringissem à língua russa, já que era uma oportunidade excelente de praticar conversação, mas o rosto do gerente assumiu aquela expressão de pessimismo puro no que diz respeito à racionalidade de terceiros, uma expressão que é direito nato de todo russo. Com uma sacudida de punho, espantou um segundo garçom que se dirigia para a mesa deles com uma bandeja erguida bem no alto, cheia de cervejas e panquequinhas.

“E agora”, disse, pondo em prática sua garra estrangeira por meio do tempo presente, “eu peço a vocês que saiam.”

“Ele vai funcionar como um acessório especial”, sugeriu Joseph, assim que puseram os pés na calçada. “Sabe como é? Ninguém nunca mais vai esquecer. Será memorável.”

“Não estamos falando de um laguinho de jardim”, disse Alex, formal, tirando a caixa de Grace das mãos dele. “Estamos falando de um Kaddish. Eu não quero nenhum acessório especial. E é muito improvável que eu esqueça, certo? Quer dizer, muito improvável mesmo, certo? É ou não é?”

“Fico tão feliz de ouvir você falando isso”, disse Adam, dando o braço para ele e apontando na direção de outras possibilidades de almoço.

Começou a chover forte. Depois de dois outros restaurantes se recusarem a bancar a arca, o encanto do almoço de certa forma se rompeu. Joseph tinha de voltar para o trabalho, Rubinfine queria comprar um par daquelas meias duplas, com fricção na sola.

“Estou sendo abandonado?”, perguntou Adam, sacudindo seus cachinhos de água.

“Quer uma carona pra algum lugar?”, disse Alex, abrindo a porta da...

“Ei”, disse ele, colocando Grace no banco, “eu preciso de um nome novo. É um carro novo.”

“Kitty. O carro sempre foi Kitty. Só recebeu o nome de Greta porque você morre de medo de ser óbvio. Não tem nada de errado com o óbvio. Ele ampara.”

“Olha aí, vê se não começa. Está chovendo. Carona ou não?”

“Não”, disse Adam, puxando o casaco para cima da cabeça como um corcunda de comédia. “Acho que estou indo pro outro lado, biblioteca. Eu tomo o metrô. Diga pra Esther que eu vou voltar tarde.”

Alex sentou-se ao volante e se perguntou por que não tinha contado a ele.

3

Abrindo o portãozinho da frente para Lucia, viu uma cortina se mexendo. Estava a meio caminho da porta quando Anita Chang apareceu, agarrada a uma bolsa, um acessório cênico desastroso em seu objetivo de incentivar a idéia equivocada de que estava de saída.

“Alex!”, disse ela sem prazer nenhum.

“Anita”, disse ele sem expectativa nenhuma.

“E como foi que encontrou Nova York?”

“O piloto sabia o caminho.”

O sorriso fixo ficou ainda mais insípido.

“*Seu* cachorro?”

"*Um* cachorro."

"Um cachorro que pertence a você?"

"Um novo cão na cidade. Visitando amigos na região. Experimentando", disse Alex, enquanto Lucia atacava um canteiro onde Anita havia plantado narcisos, "a cozinha local".

"Estou vendo."

"E eu ouvindo. E o Endelmann, esse é o cachorro, ele toca. A Grace fareja, mas isso você já sabe. Se a gente encontrasse alguém de bom gosto, poderíamos formar uma banda.

Tirando o casaco no hall, Alex escutou duas vozes, duas vozes opostas, e habitantes de pólos tão extremos de sua mente que, por um instante, o cérebro se recusou a conciliá-las. E então, na soleira da sala de estar, o óbvio se afirmou por si só: aquelas não eram vozes saídas do cérebro dele, de jeito nenhum, eram vozes de duas pessoas deste mundo, vivas. Não cabia a ele conciliá-las.

"Ei, forasteiro", disse Esther.

Ela estava estendida no chão, na frente de Kitty, vestida de modo impróprio para a estação, com uma saia-calça creme e uma blusinha fina de *cashmere* vermelho.

"Esta", disse ela, erguendo o corpo num dos quadris, "é a mulher mais incrível do mundo."

Kitty estendeu o braço e passou a mão na cabeça recém-raspada de Esther.

"Ela escuta minhas histórias, só isso. Acho que gosta delas. Contei tudo pra ela sobre nosso encontro em Nova York e sobre o seu amigo americano altão, o *Harvey*", disse Kitty, muito contente consigo mesma por causa do subterfúgio básico. "Mas, *Alex*, você nunca me falou que ela era assim, essa beldade! Olhar para ela causa acidentes — não sei como você sobrevive."

"Mal-e-mal", disse Esther em voz baixa, com um sorriso, tentando outro mais íntimo só para Alex. Ele virou o rosto.

"Como foi que disse?", perguntou Kitty, pondo a mão em concha sobre o ouvido.

"Ela disse mal-e-mal", respondeu Alex, ríspido. Sentia aquela louca frieza que às vezes sentimos ao vermos o ser amado depois de uma ausência, uma espécie de des-reconhecimento: será mesmo ela? E somos de fato amantes? Foi nela que depositei minha vida inteira? Será que ela me conhece? Será que eu...

"Chá", disse ele, e saiu da sala.

Na cozinha, pôs a chaleira no fogo e colocou ambas as mãos sobre o aparador.

"Você está bravo?"

Ele virou e a viu na porta.

"Não, Es, claro que não. É só que..."

Ela cruzou os braços.

"Não é nada. É só que eu ainda nem contei pro *Adam*. E é um pouco demais, tudo de uma vez só. Ver você e... Escuta, você está bem? Como vai o dedo?"

"Tirei o gesso. Vai bem. Foi só uma fratura, mais nada."

"E?..."

"Dolorido, só isso." Ela pôs a mão no peito e apertou de mansinho. "Eles fizeram um ótimo serviço. Puseram tudo de volta no lugar onde estava. *Alex*", ela disse, colocando as mãos atrás da cabeça e abrindo bem os olhos. "Você está com Kitty Alexander sentada na sua sala. Na *sua* sala."

"É, tô sabendo."

"Bom, e é algum segredo? Você não vai contar nada pro Adam? Quer dizer... *Nossa*, cara — o que ela veio *fazer* aqui? Em *Mountjoy*?"

"Es, por favor, *por favor*", disse ele, estendendo os braços para ela como um homem cego, "me deixa sozinho — será que dá pra gente falar sobre isso mais tarde? Quer dizer, será que não dá pra eu ganhar um beijo ou algo parecido? Senti *saudade* de você."

"Ah, vem cá então", disse ela por fim. Ele deu alguns passos e ela o envolveu em seus braços esguios. "Eu não entendo você. Devia estar nas nuvens. Qual é o *problema* com você?"

"Quase tudo?"

O cheiro era o de sempre: manteiga de cacau, um perfume que ela usava desde a faculdade e o pós-barba que passava na cabeça.

"Al, nós conversamos a tarde inteira. Ela é simplesmente *incrível*. Você sabia", continuou, entre beijos, "que ela dormiu com o Clark Gable e a Carole Lombard? Ao mesmo *tempo*?"

"Hum... Isso é muita estrela pra uma cama só. Me dá um beijo aqui."

"Mas... eu não compreendo — quer dizer, qual é a *sensação*?", disse ela, os lábios fartos zumbindo cada palavra no ouvido dele. "Ela está *aqui*, você a conheceu. Desde que a gente se *conhece* você queria..."

"Vem pra cama comigo", ele murmurou, forçando uma das mãos para além da saia-calça e de um agressivo elástico de calcinha. "Sou só eu, mas a gente sempre pode chamar alguns atores..."

"Alex, pára com isso... Ela é tão mais *simpática* do que eu imaginava. Parecia uma *diva* nos filmes, mas é tão *normal*. De uma franqueza absurda, e feminista além do mais — sério, estou lhe dizendo, cara, ela é uma *inspiração*. As coisas que ela diz... Eu podia ficar escutando o dia *todo* — *Alex*!"

O dedo médio de Alex tentava ultrapassar o algodão para tocá-la ali. Esther se afastou dele e endireitou as roupas.

"Olha só, eu vou voltar pra sala. É grosseria demais largar ela lá sozinha. E também — *por favor*, dá um jeito naquele seu quarto. Você não pode pôr ela dormindo no meio daquela bagunça. Tem lixo por todo canto. Ela é uma *estrela de cinema*, pô. Pra falar a verdade, eu não estou *acreditando*", disse Esther, perdendo o controle e abrindo o seu sorriso fantástico, os olhos brilhantes. "A Kitty Alexander. A Kitty Alexander! Kit-tty-Ale-xan-*der*. Na sua sala. Na *sua* sala. É *demais*."

"É", concordou Alex, incapaz de sentir a mesma coisa.

Ela lhe deu um beijo no nariz. Dez anos é muito tempo para ter a mesma pessoa lhe dando beijos nos mesmos lugares, mas ele ainda sentia uma parte da emoção. E gratidão.

"Ei", disse ele, quando ela se virou para sair. "Você já viu minhas novidades. Agora quero ver as suas. Nós tínhamos um trato, lembra?"

Ela parou, ele chegou mais perto, pegou a blusa pela barra desfeita e ergueu-a devagar por cima da cabeça. Quando os braços de Esther se levantaram, para ajudá-lo, a caixinha veio para a frente, empurrando a pele. Ele viu pontos e o contorno de um fio. Levou uma das mãos ao seio direito de Esther, a outra até esse coração novo. A chaleira sabia como soltar um assobio.

Fato. As mulheres têm uma capacidade interminável para contar casos. Os homens preferem piadas e notícias. Alex não tinha preferência por nenhuma das supracitadas, contanto que fosse ele o narrador, mas Kitty e Esther já tinham partido antes de ele chegar, numa turnê nostálgica a bordo de um ônibus de dois andares, sem capota. Elas circularam pelos velhos estúdios e por coberturas de hotéis que já haviam fechado as portas. O ônibus não parou e Alex não teve chance de tomá-lo. Sua saída da sala, depois de um beiço pronunciado, não foi notada. Somente quando voltou, cinco minutos depois, para requisitar Grace, é que obteve um pouco de atenção.

"Ah", queixou-se Kitty, "mas ela e a Lucia estão apaixonadas."

Alex passou a mão numa Grace pouco disposta e enfiou a cabeça da gata na axila. "Ela gosta de ficar lá em cima comigo. Ela gosta de me ver trabalhando."

"*Trabalhando*?", perguntou Esther, rindo. Ele fechou a cara, não gostava dela quando ficava assim, como se estivesse representando para terceiros.

"Preparando", foi a resposta lacônica que deu.

"Você não vai ligar?", Kitty sugeriu, estendendo os braços esperançosos, na expectativa de um abraço, feito uma tia. "Você não quer ligar pra ele em meu nome? Só para dizer que estou bem. Deixei o número no quadro de recados da cozinha. Ligue pra ele. Não quero que o Max fique bravo comigo."

"Claro", disse Alex, recuando alguns passos e fechando a porta ao sair.

No andar de cima, Alex abriu a mala da viagem e despejou o conteúdo sobre a cama. As roupas, ergueu num único molho fedorento e jogou no cesto de roupa suja do banheiro. Os livros, colocou no chão e depois chutou até formarem uma espécie de pilha quase razoável num canto. Deu uma organizada na papelada e jogou muita coisa no lixo, inclusive todos os recibos, pois havia muito tempo, já, tinha decidido que preferia pagar o imposto na íntegra a se transformar no tipo de homem que lembra de um lindo dia por aquilo que gastou com ele.

Um cartão de um comerciante. Uma assinatura de uma coelhinha da *Playboy*. Um bilhete do rinque de patinação. Um envelope amarelo. Alex tira de lá de dentro a carta do maníaco e relê tudo. Pobre e enlouquecido Max. No entanto Alex se sente impelido pelo tom; há qualquer coisa nele que reconhece. Amor imenso, adoração, claro. Mas também um ressentimento cauterizado. É uma qualidade que também está presente nas cartas de Alex, ainda que mais bem disfarçada. Não havia percebido de início. E, então, uma epifania, quando ainda adolescente, numa noite de estréia muito chuvosa, prensado de encontro à barreira de ferro, ensopado, assistindo à atriz francesa que ele tinha ido lá para ver, deslizar por um tapete vermelho, debaixo de um guarda-chuva gigantesco, sem lhe dar nem uma olhada rápida. Tinha registrado o incidente em seu livro sob a subdivisão: "Fama judaica e fãs góis".

Tietes detestam músicos. Cinéfilos detestam astros de cinema. Caçadores de Autógrafos detestam celebridades. Nós amamos nossos deuses. Mas não gostamos de nossa sujeição.

Alex sentou e ligou a caixinha de macetes. Fez uma rápida lista mental, a ser aumentada mais tarde, dos vários leilões nos quais poria Kitty. Ainda em Nova York, ela lhe dera acesso a oito caixas de papelão contendo sua correspondência privada e o direito de pegar o que lhe interessasse, menos as cartas para a família. Pelo restante do material, ela não tinha o menor apego. Sobre a escrivaninha, havia uma variedade de cartas de amor. Kitty tinha tido um caso com um ator famoso e a viúva devolvera as cartas dela depois da morte do marido. E por falar em conteúdo! Numa delas, Kitty descreve um quarto de hotel em Las Vegas, logo cedo pela manhã, onde está deitada ao lado de outro amante, um ator negro. E lembra a cor do uniforme que a camareira usava quando entrou sem ser anunciada no quarto e cuspiu no acolchoado. Alex na verdade nem ousava pensar em quanto valeriam aquelas coisas, quanto alcançariam no mercado. De Nova York mesmo já enviara um lote de quatro cartas para sua casa de leilões em Londres. Que seria posto à venda no dia seguinte. Mal se permitia a imagem mental e transcendental de si mesmo ali sentado, na frente de todo mundo, com o Furo Autográfico do século.

Não era pelo dinheiro que ficava animado. Não só pelo dinheiro. Dizia a si mesmo que aquele entusiasmo vinha da alegria de dar um presente, de poder retribuir a Kitty o que ela lhe dera. Mas essa não era toda a verdade. Era, isso sim, o *aperfeiçoamento da visão*. Um Caçador de Autógrafos passa a vida inteira perseguindo a fama e sua aura, e qualquer valor surge do grau de proximidade que tiver tido com elas. Agora ele gozava dessa aura. Engarrafada. Ele a possuía. Era quase parte dele.

OITO / *O Touro e o Eu, Ambos Transcendidos*

1

Fora uma noite maravilhosa e essa era a grande tragédia. O nirvana deveria ser julgado não pela qualidade de paixões vulgares, e sim pelo repouso subseqüente, e eles haviam dormido feito anjos, enroscados um no outro no sofá, como se fizessem parte do desenho do estofado. Alex despertou com o rosto em casa, na fissura da omoplata de Esther, o cabelo grudado na pele dela. Estava feliz! A luz do dia aumentou por trás de uma persiana fechada. Ele apertou-lhe a cintura e beijou-a na nuca. Isso era felicidade! Mas aí ela se esticou e a mão achou o caminho de uma falha geológica no sofá.

"O que é isto?"

"Hein? O que é o quê?"

Ela foi puxando com um vagar teatral. Na meia-luz, o objeto parecia, aos olhos de Alex, uma cobra sem pele.

"Alex, de quem é isto aqui?"

Alex abriu a boca.

"Não venha me dizer que é da Kitty", disse Esther, com firmeza, e, com isso, a proximidade dos dois havia terminado; ela lhe fora arrebatada e, de repente, estava sentada. “São meias arrastão. Velhas senhoras não usam meia arrastão.”

Quanto a isso não havia dúvida.

“Es, olha só...”

Esther soltou uma imprecação em voz baixa, expressiva, e agarrou o controle remoto. A televisão veio à luz toda trêmula, quase com receio de se intrometer. Ela vestiu a calcinha. A peça falante da mobília não se fez de rogada na hora de preencher a brecha sonora, uma de suas funções mais úteis. Alex abriu a boca.

“E por favor”, disse Esther, enfiando os pés nos sapatos com fúria, mesmo antes de ter posto a calça, “não use a frase *explicação inocente*. Muito menos *ela é só uma amiga*. Não me diga que você *jamais faria qualquer coisa que pudesse me magoar*. Por favor. Por favor, tente não dizer nada do que você ouve na televisão.

No meio do Oriente, um homem havia tomado um ônibus com uma bomba atada ao umbigo. No Parlamento, um homem acusava outro homem de trapacear. Uma criança desaparecera. Os pais balançavam o corpo, engoliam em seco e não conseguiam terminar as frases. “Você acha que daria pra *descer o pano*?”, ela perguntou. Estava com lágrimas nos olhos, à espera. Parada na frente da tela. Ele não sabia direito o que significavam aquelas palavras. Sabia, porém, o que significava aquele corpo, nu a não ser pela calcinha e pelos sapatos. Aqueles volumes ferozes que eram os músculos de sua coxa; ela podia ir embora de uma hora para outra. Ela iria embora.

“Jamais vai haver esse tal momento, será que você não entende?”, ela perguntou, esmurrando o braço do sofá. “Esse, depois que você já tiver tido todas as mil e uma pessoas que você quer, quando estiver satisfeito, quando resolver se *contentar* comigo. As pessoas não se *contentam* com as pessoas. Elas se decidem a ficar com elas. E pra isso é preciso fé. Você traça um círculo na areia, entra no meio e acredita nele. Isso é *fé*, seu idiota.”

Um musical estava fechando as portas. Várias músicas nunca mais seriam cantadas naquele palco.

“E assim”, disse a televisão, “depois de cinco mil apresentações...”

“É da Boot”, Alex se prontificou a resmungar, sentado embaixo dela numa pose símia, peludo, molenga, as mãos soltas no chão. "Aquela de antes. Só que não está mais rolando nada. Ela dormiu aqui, só isso."

"Sei", disse Esther.

O teto era fino. Ouviram os passos rápidos de Kitty lá em cima, seguidos pelos de Lucia, como um gaguejo. Esther não se vestia, ela lutava com as roupas.

"Es, acalme-se — pelo menos por um minuto..."

"Meus queridos...", veio a voz de Kitty do topo da escada. "Esther, será que você poderia me dar uma mãozinha, só um minutinho? É um pouco embaraçoso... Lucia, pare com isso, por favor — *Esther*?"

Com um sapato no pé e o outro na mão, Esther passou por Alex, na direção da escada. Alex contava com o apoio ao menos da gata, mas Grace esperou dez indecentes segundos antes de seguir Esther pela escada.

Alex voltou a se concentrar na televisão. Sentou no chão e tentou atingir a postura *vajrasana*, mas, a não ser quebrando e reformulando sua estrutura óssea, não via como a pose poderia ser conseguida. Em vez disso, satisfez-se com uma meia posição de lótus. Achou uma bala de hortelã peluda no tapete e pôs na boca. O noticiário virou financeiro. Números desfilavam na tela. Alex fechou os olhos e tentou se lembrar das regras da meditação.

1. *Sente-se bem quieto na postura para meditação.*

Sei, sei, pensou Alex, isso eu já fiz, porra. Já me sentei bem quieto. E daí? A próxima. A *próxima*.

2. *Conscientize-se de estar no presente, no aqui e agora, e relaxe dentro desse espaço.*

Relaxar dentro do aqui e agora? Relaxar *dentro* dele? Mas eu já não estou nele? Não é isso que eu estou *fazendo* nessa porra de presente, nessa porra de relaxamento? *Puxa*.

3. *Decida-se a abrir mão de todos os pensamentos, de todas as fantasias sobre o futuro, das nostalgias sobre o passado, pare de remoer os problemas etc.*

Até que enfim algo de palpável nessa história toda. Alex abriu um olho, estendeu um braço e pegou o finalzinho de uma garrafa de vinho tinto que estava sobre a mesinha. Bebeu até o fim e retomou a posição. *Estou decidido*, pensou ele, *a abrir mão de todos os pensamentos*.

"E para terminarmos...", falou a televisão.

Alex tentou se desvencilhar das nostalgias sobre o passado. Toda vez que começava a se sentir nostálgico a respeito do passado, era forçado, como punição, a reiniciar o exercício de respiração, começando do um e contando até dez para exalar. Como resultado disso, estava muito perto da hiperventilação.

"Alex", veio a voz de Esther, "Alex, pára com isso, é um saco. Olha só, eu tenho que ir pra faculdade, mas você precisa comprar uma toalha para a Kitty — ela não tem nada limpo lá em cima. Alex, estou falando com você. Quer fazer o favor de parar com isso? Você até parece um..." A voz de Esther sumiu. Quando voltou, Alex não conseguiu localizar de que ponto vinha na sala. Tinha se tornado um sussurro.

"Ai, meu *Deus*", ela disse.

"Morreu tranqüilamente em Nova York, ontem à noite...", dizia a televisão.

"Alex, Alex — *abra os olhos*, Alex, olha só isso! Você está *ouvindo* a notícia?"

Alex sentiu um chute no flanco, mas se recusou a romper a concentração. Pois afinal Alex-Li Tandem era um Mestre Zen. *Estou abrindo mão*, pensou Alex, *das minhas fantasias sobre o...*

Enquanto isso, a televisão, mais do que cônscia da idade média de seus telespectadores, não gastou nem um minuto com essa nova morte, a 152 460ª do dia. Aqui está um retrato da artista quando jovem:

Aqui está um dos homens que ela amou (ele está doente, agora, em cadeira de rodas):

Aqui está o momento mais conhecido de seu filme mais conhecido:

Reclusa nos últimos anos. Era um grande talento. Alegria de muitos. Funerais privados. Fará muita falta. E agora o boletim do tempo.

"Ai, meu Deus", disse Alex.

"Ai, meu *Deus*, disse Esther. Sentaram-se ambos, ela e Alex, lado a lado, no chão, imagem frisada. Uma mulher atraente aproveitou a oportunidade para tentar lhes vender um desodorizador de ambiente.

"Foi o Max", disse Alex, enunciando finalmente em voz alta uma conclusão anterior e silenciosa. "Ele é doido. Deve ter dito a eles que ela..."

"Você precisa ligar pra alguém", disse Esther, sem escutar, levantando do chão e procurando o telefone. "Você precisa corrigir isso. É *terrível*, ela não pode ver uma coisa dessas. É um carma *super*-ruim."

"Não — espere, me deixe *pensar*."

"Como assim, *não*? Que cazzo que tem pra pensar? Ela está lá *em cima*!"

Kitty estava chamando Esther de novo, em voz baixa, como quem pede desculpas, do topo da escada.

"Já vou! Olha aqui, pega o telefone. Basta ligar pros jornais. Pra um jornal. Diga que houve um erro idiota, só isso. Não é difícil."

Alex pegou o telefone e levantou do chão. Fechou a porta depois que Esther saiu. Balançou o aparelho sem fio na palma da mão durante um minuto, pensando. Depois discou, escutando os números cantarem uma canção de onze notas que ele sabia de cor. Esther explodiu de novo na porta.

"Ela só queria saber onde estava o xampu — está ligando para eles agora?"

Alex tampou o bocal com uma das mãos e estendeu a outra pedindo que Esther fizesse silêncio.

"Alô? Sim, por favor, eu queria falar com o Salão Columbard, obrigado. Não, escute", ele disse, cobrindo de novo o bocal do telefone, "olha, Es, me escuta..."

"Alex, pra quem você tá ligando? Por que você tá ligando..."

"Não, Es, espere. Antes que você... não é pra mim. Eu posso ganhar um bom dinheiro pra ela hoje..."

"*Como é que é?*"

"Não, *pense* um pouco. Era isso que ela queria. Certo? Ela precisa ficar independente — principalmente daquele maluco —, e eu tenho meios de dar essa independência pra ela."

Esther sentou-se numa poltrona de boca aberta. Fez o Gesto Internacional de descrença (olhos fechados por três longos segundos e, depois, abertos com as pupilas dilatadas).

"*Esther?* Faz *sentido* o que eu disse."

"Não me venha com essa", disse ela com voz severa. "Tudo que você quer é ter o seu grande dia. Você só quer mostrar pra todos aqueles alucinados..."

"Olha só", disse Alex, "amanhã a gente faz o lance da grande verdade, amanhã a gente encara os nossos pecados, e no fim até pode aparecer um duque pra casar todo mundo — o modelito completo —, eu *juro*. Es, o que eu pus no lote pra leiloar ontem — a esta altura já *triplicou* de valor. Vai ser uma... espera, alô? Quem fala? É o Martin? Ele está por aí? O Martin Sands? Sim, aqui é o Alex-Li Tandem, obrigado, sim, eu espero. *Es*, tudo o que nós precisamos fazer é ficar de bico calado por um dia. Ninguém sai ferido da história e a maior beneficiada é a Kitty, certo? Certo?"

Pelo telefone veio uma daquelas músicas para violoncelo de Bach, o que, para Alex, era sempre música do juízo final. Esther disse algo. Em outra parte qualquer, o celular de Alex tocou. Parou de tocar e então foi a vez de o de Esther começar, depois o dele tocou de novo. O que as aves de rapina costumavam fazer nos arredores das aldeias é agora assunto para as telefônicas e para os satélites. O que acontece após a morte, acontece nos telefones.

"O que você disse? Es? Não deu pra ouvir."

"Eu disse tá bem", repetiu Esther, e, aos olhos dele, ela parecia derrotada, pequena e diferente do que era dentro da poltrona dele. "Obviamente, tomado ao pé do que foi dito — não é pra você. É pra ela. Não é pra você. Mas você não pode deixar as pessoas pensarem isso mais tempo do que o necessário. Ela talvez tenha família — você não sabe de nada. Quando o leilão terminar, aí então..."

"Muito *obrigado*. Por favor, saia com ela — tire ela de casa, não deixe que ela veja televisão. Por favor, obrigado. A gente se fala direito mais tarde. Obrigado."

Ele lhe atirou as chaves. Ele disse a ela algo que não lhe dizia já fazia um tempo.

"Eu sei. E vai me matar", ela respondeu.

2

Algo vizinho a um comitê de boas-vindas aguardava Alex aquela tarde na casa de leilões. Os fumantes reunidos nos estranhos degraus da entrada assobiaram, sapatearam e apuparam quando ele estacionou o carro irregularmente na frente do prédio.

"O corpo nem esfriou ainda!", gritou um sujeito de quem ele nunca tinha gostado. Um número considerável de Caçadores de Autógrafos conhecidos seus fazia um de dois gestos: uns enfiavam a mão no bolso, outros estendiam a palma aberta.

"*Tandem*", queixou-se Lovelear, surgindo na janela do carro, do lado do passageiro. "Bom, eu tinha apostado contra. Nunca imaginei que você fosse tamanho mercenário. Pensei que ia esperar ao menos *uma semana*. Sou um sentimental, imagino. Você acaba de me fazer perder vinte e cinco libras, cara."

Alex desligou o carro e saltou. "Já começou? Você viu o catálogo? Em que lote eles estão?"

"Ei, oi, Lovelear", disse Lovelear, esbaforido, tentando seguir a quase-corrida de Alex. "Que bom te ver, como vão as coisas? Eu estou ótimo, Tandem, obrigado por perguntar."

"Agora não — mais tarde."

Avançaram a toda pelo saguão de entrada.

"Eu meio que tenho uma notícia triste pra te dar", disse Lovelear, sem fôlego, nas escadas. "Tentei ligar antes pra você, mas..."

"*Mais tarde*."

Na hora em que viraram à esquerda, na altura da lanchonete, o progresso de Alex foi interrompido por um braço atrelado a Baguley. Com a outra mão, Baguley tirou o chapéu e segurou-o contra o peito. O rosto, contorcido de modo grotesco, trazia uma sugestão de lágrimas. Para espantar a visão, Alex sorriu o máximo que conseguiu.

"Baguley. Bom te ver. Vai entrar?"

"E a morte", disse Baguley, olhando para o alto, de forma inexplicável, direto para o afresco falso do teto, "não há de ter supremacia."

Pousou então a mão no ombro de Alex e lhe deu um apertão dolorido.

"Quando eu soube", disse Baguley, "a primeira coisa que fiz foi pôr *Colheita farta* de novo, e admito, certo, não é um dos melhores que ela fez, mas eu fiquei ali vendo, e olhando para ela, tão jovem, tão linda... Bom, uma coisa eu lhe digo, foi o que eu senti: *a morte não tem supremacia*. Ela há de viver, literalmente, para sempre. Em nosso coração, em nossa mente. E em filme, é claro — e é aí que conta."

"Esplêndido", disse Lovelear. "Agora, se nos dá licença..."

"Claro que nós todos sentimos", continuou Baguley, "pela família dela. Ela era jovem, na verdade. Em termos reais. E sempre sentimos pelos seres amados. Na minha opinião, acho que nada mais decente do que esperar um pouquinho antes... não dá pra você simplesmente entrar lá de cara. Além disso, continuo aguardando o resultado da verificação das minhas peças, de modo que... Mas acho que aquilo que a gente leva daqui é só, bom, o fato é que num momento estamos aqui, assistindo ao filme da nossa vida, e no momento seguinte o grande diretor lá no..."

Nesse ponto, Alex simulou um acesso de tosse como último recurso. Baguley aproximou-se bem dele, alternando esfregadas e murros em suas costas.

"Ele está chateado, muito chateado — *todos* nós estamos", cochichou Baguley para Lovelear. "É sempre muito difícil, e, claro, ele a *conheceu*..."

Alex endireitou o corpo e lançou um olhar interrogativo para Baguley. Só de olhar para ele já se sentiu invadido pelo suor da ansiedade; o coração palpitava. Baguley era uma alucinação em massa. Baguley era algo estragado que o mundo tinha comido.

"Onde você estava", retomou Baguley em voz bem baixa, cruzando os braços, "quando soube?"

"Empunhando um revólver fumegante", disse Alex, tirando o casaco. Ainda não tinha bebido o bastante, não ainda, mas assim mesmo calculou que talvez não fosse má idéia dar uma surra naquele cara, se não por outro motivo, ao menos por pura curiosidade. Mas nesse momento o fluxo de Caçadores de Autógrafos que se dirigiam para a Sala Columbard se transformou numa enchente e Alex se deixou levar por ela. Quase chegou a ser erguido do chão, a certa altura, por duas barrigas majestosas. Na entrada da sala, encontrou Dove torcendo o catálogo do leilão em cone, mascando o lábio inferior. Eram só três da tarde, mas o cheiro teimoso de *sherry* vagabundo estava grudado em seu corpo.

"Estou esperando *desde sempre*!", explodiu ele, atingindo sem querer um falsete. "Os lugares são ali. Seus lotes entraram, Tandem. E daqui a pouco é a maldita vez deles."

"E agora", rugiu o leiloeiro.

"Eu não *acredito* nisso", gemeu Lovelear quinze minutos depois. Virando-se na cadeira, fitou Alex como se nunca o tivesse visto. Não foi o único. Enquanto os lances continuavam em ritmo de pingue-pongue entre um sujeito obeso na primeira fila e um comprador misterioso ao telefone, mais olhares — atônitos, incrédulos — se concentraram em Alex, e aquele murmúrio muito especial de uma sala de leilões, aquele que soa como dinheiro sendo contado no cofre-forte, perpassou uma, duas, três vezes por todo o ambiente. Alex mal cabia em si de tanta emoção. Esther tinha razão, ele *queria* que isso acontecesse — e não tinha percebido o quanto. Dez anos nesse lugar, vendo os bambas. E ele queria ser um dos bambas, nem que fosse só por uma tarde. Queria saber qual era a *sensação* de ser um bamba. E a sensação, por alguns momentos, foi incrível. Sentiu que estava subindo, realmente *subindo*. Ele fazia parte daquele número maluco que o leiloeiro acabara de apregoar, e daquele outro, e do que veio depois, e alguma parte sua estava no entrelaçamento intricado dos hexágonos do teto, no azulão do carpete felpudo, nos olhos dos outros. Mas a sensação só foi boa, só foi transcendental, por alguns instantes; depois, mudou.

Dez minutos mais tarde, entendeu que queria interromper a coisa toda. Queria se levantar da cadeira e dizer aos presentes que o dinheiro nem era dele, mas tudo que conseguiu foi continuar ali sentado e aceitar a celebridade que lhe fora ofertada, seus quinze minutos de fama, com uma mistura de espanto e ódio. Queria erguer os braços no ar e dizer *Companheiros, companheiros — eu continuo sendo um de vocês, isto não é meu... vocês não devem pensar que isto é meu...*

No entanto permaneceu ali sentado, com a cabeça entre os joelhos, enquanto os números subiam. Mais e mais alto. Sabia que deveria estar se sentindo feliz, ao menos por Kitty, que iria poder velejar rumo à liberdade nessa maré alta de dinheiro. Mas o problema é que Alex sentia que, aos olhos da platéia, estava se transformando num dos símbolos do sonho coletivo do século: *Ele não precisaria mais trabalhar*. Isso era parte do sonho de ser famoso — quem sabe a parte mais substanciosa. O bilhete de loteria, o golpe de sorte, a louca esperança de que o destino é capaz de distanciar, de forma permanente, a vida de um homem da de todos os outros que vieram ao mundo...

Podia ouvir o que diziam: não os sussurros na sala, mas os sussurros no mundo. Era tão triste — um coro de gemidos. Sim, porque a sorte é uma espécie de insulto para o mundo. Li-Jin tinha dito isso. O cinema está cheio de pais e da sabedoria deles, porém Alex lembrava apenas deste único exemplo: quando garoto, vendo um terremoto na China pela televisão, tinha cumprimentado o pai por estar ali, e não lá. Li-Jin lhe dera um peteleco pela impertinência e dito que a sorte é um insulto para o mundo. Os coitados dos mortos sentem inveja. E Alex podia *ouvi-los* nesse salão, aquela pesarosa confraria de fantasmas (estaria Li-Jin entre eles?) que haviam sofrido e morrido tentando obter o que cabia a Alex-Li Tandem receber com calamitosa facilidade sem razão absolutamente nenhuma.

Pela quarta vez o leiloeiro bateu seu pequeno martelo no coração de Alex. Estava terminado. A foto assinada que ela havia enviado para ele foi vendida por quinze mil libras. A carta de amor para um ator alcançou trinta e oito mil. Uma outra, quarenta. O lote final, a cópia de uma carta (de conteúdo sexual escandaloso), enviada a J. Edgar Hoover, foi leiloada por sessenta e cinco mil libras. Um rapaz de um jornal vespertino de Londres disse a ele para fazer cara de espanto e tirou uma foto.

Qualquer leilão relacionado com Hollywood que transcorra de forma um pouco mais agitada sempre termina no Dante, onde os Caçadores de Autógrafos vão para desopilar e falar sobre as grandes vendas. Na ocasião, Alex não pôde ir ter com seus fiéis companheiros de imediato. Ele *era* a grande venda. Ainda tinha o que fazer na casa de leilões. Havia formulários para assinar, cheques a receber. Ele fez todas essas coisas como um homem num sonho se fingindo de rabino. Pessoas falavam com ele, entre elas um jornalista, e em todas essas interações Alex sentiu uma nova ordem de fraude. Não só não era quem eles achavam que era (rico, felizardo, esperto) como também não era a pessoa que *ele* achava que era (inútil, traumatizado, condenado). A verdade é que estava em algum lugar a meio caminho das duas visões e, pela primeira vez na vida, se deu conta de que não era ele o dono dela.

Quando, enfim, conseguiu voltar ao mundo, o grosso do seu pessoal já havia se diluído — não havia ninguém na calçada com uma cerveja apoiada no parapeito —, mas no interior do Dante a atmosfera continuava jovialmente ruidosa, pelo menos até Alex-Li Tandem entrar. É importante deixar isto bem claro. Não é que as pessoas tenham parado de falar ou tenham olhado direto para ele. A *jukebox*, tocando sua seleção limitada de árias prediletas de ópera, não silenciou. Aquilo não era televisão. O que aconteceu, na verdade, foi que a qualidade da atenção mudou. Mudaram as *vibrações* (e essa era uma palavra para a qual jamais encontrara um uso até aquele momento). A direção se deslocou. Em vez de correr atrás de seus muitos caminhos naturais e caóticos, as vibrações ficaram mais aerodinâmicas. Todas as flechas apontavam para Alex. Ele era o ímã do desejo. Era famoso, muito de leve. Era o centro de tudo.

Sentindo os indícios de um novo tipo de solidão, mais difícil ainda de ignorar que sua antecessora, Alex abriu caminho até o bar. Todos por quem passou lhe deram os parabéns; de repente, não havia outro assunto além do sucesso dele, nenhuma forma de conversa além daquelas felicitações formais que em geral ouvimos em bar mitzvahs e casamentos, aquelas que soam como sinos. Mas são apenas palavras de adeus, pensou Alex, horrorizado. Um adeus vestido com roupas diferentes! Essa gente está se despedindo de mim. Não sou mais da turma deles. Estou morto para eles. Eu me fui desta para melhor. E com certeza até chegar aonde estavam as serpentinas e as barricas de chope, já se sentia vazio, estapeado tantas vezes nas costas que não lhe restava mais muito ar. Tentou pedir um gim triplo com tônica, mas Dove o puxou pelo casaco.

"Tandem", sibilou ele, fedendo a alguma bebida adocicada em cima de outra, "o que está fazendo *aqui*? Será que não deveria estar num lugar melhorzinho? Você não pode mais beber *aqui*. Isto aqui é para *perdedores*, cara."

"E eu aceito um balde de champanhe do grande homem", disse Lovelear, aparecendo à esquerda dele. Tinha alugado o sorriso de alguém, só que o tamanho não servia.

"Lovelear", disse Alex, baixinho, sentindo o corpo todo pedir desculpas. "Bom. Tudo isso foi meio gozado, né?"

Lovelear assobiou. Alex ainda sorria aquele sorriso que não era dele. Seus movimentos tentavam forçar alguma semelhança com a *alegria* de Lovelear.

"Cento e cinqüenta *paus*. Bota gozado nisso, meu amigo, *bota* gozado nisso."

"Pois é... Gozado. Muito..."

"Tudo que eu acho é que foi fantástico", disse Lovelear, afetado. "Tudo que eu acho é que foi *fantástico*. Quer dizer, se alguém me perguntasse, eu diria que não poderia ter acontecido com um cara mais legal. Sério mesmo."

"*Obrigado*, Lovelear. Sinceramente. Champanhe, é isso?"

"Hein? Ah, sim", disse Lovelear, esmurrando o tampo do balcão. "Quer dizer, você mereceu. Não resta dúvida. Faz quanto tempo que está no ramo? Nunca ganhou muita coisa nisso, certo? E agora! Eu acho incrível — que história. Sabe o que mais? Acho que a gente devia dar o fora desta espelunca, cara. Vou fechar com o Dove nessa questão. Isto aqui não condiz mais com o seu novo status, não mais. Agora você pertence a um clube diferente. A toda uma sociedade diferente."

"Acontece que eu gosto daqui", disse Alex, olhando em volta e se perguntando se alguma vez o que acabara de dizer tinha sido verdade. Observou a única mulher do lugar, a garçonete eslovena, abrir caminho por entre os beliscadores de bunda com um prato de ravióli erguido acima da cabeça. Ela o levou até o canto oposto, onde um homem, com o rosto voltado para a superfície da mesa, e sem fazer nenhum barulho audível, chorava, ou pelo menos era o que parecia de onde Alex estava. Havia um chapéu ao lado dele. Os enormes ombros redondos sacudiam.

"Aquele ali não é o Baguley?"

"Claro que é. Ele não tem a sua sorte. O cara comprou não um mas *cinco* Kittys fajutos do sueco, a oitocentos dólares cada um. O Mark Sands acabou de dizer pra ele que são tão reais quanto os diários do Adolf. O sueco sumiu do mapa. Evaporou-se. Pegou a bicicleta e tomou o rumo do poente. Deixou o Baguley com um lenço bordado e pouca coisa mais."

"Ótimo", disse Alex, pegando o *barman* pela manga. "Um gim-tônica triplo, por favor, e seja lá o que for que esses dois..."

"Agora, o que você quer dizer exatamente com esse 'ótimo'?", perguntou Lovelear, deixando o sorriso de lado.

"Eu quis dizer *ótimo*. Você sabe. Ótimo que o Baguley tenha se ferrado."

"Ah, *entendo*", disse Lovelear, balançando a cabeça para Dove. "Quer dizer então que é ótimo quando as pessoas se ferram? É isso? Contanto que você não se ferre, certo?"

Alex deu de ombros, confuso. "Estou falando do Baguley", disse. "A gente fica feliz quando o Baguley se ferra. O Baguley ferrado nos traz alegria. Lembra? Sempre foi assim. Desde tempos et cétera e tal."

"Pra uns tudo bem", disse Dove numa vozinha fraca.

"Como disse?"

"Quer dizer então que tiraram foto sua pro jornal, é?", começou Lovelear, com um meneio de cabeça meio à síndrome de La Tourette. "E você aí se sentindo o próprio *bamba*. Agora o negócio é pisar em todo mundo que você vê, fazer todo mundo se sentir bem pequenininho, é isso? Aposto como deve estar se sentindo o *máximo*. Aposto como tem mais alguns daqueles Kittys. Guardadinhos no baú. Claro que você nunca deixou a *gente* ir lá na casa dela, disse pra *nós* que ela não tinha assinado nada nem pra você, mas isso é porque você pode mentir pra *nós*, e *nós* nunca fizemos nada por você, certo? Pois fique sabendo, Tandem, que eu estou feliz pra caralho por você. Você não, Dove? Não está feliz pra caralho?"

Alex engoliu seu gim e preparou uma cadeia elaborada de imprecações, colocando-as todas de prontidão ao longo da língua, como se tivesse posto a mesa para o Seder. Mas em seguida se sentiu estranhamente constrangido; ainda que o barulho no bar não tivesse diminuído, sabia que as pessoas estavam prestando atenção nele. E estava fazendo um papelão. Até aí, nada de incomum. Exceto que, dessa vez, todos estavam olhando.

"Olha só", começou ele, com um pouco mais de racionalidade, "eu não morro de vontade de acabar como..."

"O quê? Como eu? Como o Dove? Que sorte então aquelas cartas de amor terem aparecido do nada, você concorda? Chega de autógrafos de vinte libras, o Tandem caiu fora dessa liga! Então, espera um pouco, me explica — quer dizer que agora você é bom demais pra..."

Alex bateu com força o copo no balcão do bar. "Do que é que você está *falando*? Então acha que eu falsifiquei as cartas?"

"Você é que tem que me dizer, cara."

"*Puxa*. Olha só, vamos começar tudo de novo. Não tem a menor necessidade de briga. São só cento e cinqüenta mil libras, isso não quer dizer que..."

"Ouçam só isso!", murmurou Dove, incrédulo, da beira de sua caneca de cerveja. "Só cento e cinqüenta mil!"

"Tudo que eu quis *dizer*", tentou Alex, de novo, "é que esse negócio, vocês sabem... é inseguro. E acontece que eu sou apenas um agente daqueles Kittys, acreditem ou não", bramiu Alex, por cima de uma enxurrada de Gestos Internacionais de incredulidade. "Olha só, eu não fiquei assim tão impressionado — mas taí, se isso me põe numa outra liga, que seja, eu estou numa outra liga. Todo mundo tem que ganhar algum neste jogo, é ou não é? Não se trata de vocação. Eu não quero acabar igual ao Duchamp, porra, sem ter nem um gato pra puxar pelo rabo."

Nesse ponto, as vibrações mudaram de novo, de forma muito nítida. Ficaram mais calmas. Não apenas entre os três, mas num raio de cerca de três metros e meio.

"O quê?", perguntou Alex.

Lovelear sacudiu a cabeça e girou os olhos. Dove tinha no rosto uma determinada expressão inglesa que representa um substituto suave para o nojo sem palavras que os espanhóis expressam pelo punho erguido, os italianos pela olhada cáustica, os franceses por uma arfada de peito e os russos por um gemido. A expressão que diz: *Assim também não dá, né?*

"O *quê?* O que foi?", perguntou Alex de novo.

"Eu já tinha tentado te avisar antes", disse Lovelear, de nariz empinado, olhando para o outro lado. "Mas o grande homem não quis se dar ao trabalho de escutar."

"Será que vocês podiam ao menos..."

"O Duchamp está morrendo", disse Dove.

3

Alex, como todo mundo, tinha o mais puro e absoluto pavor de hospitais. Chegar com barriga e sair com bebê — esse é o único encanto disponível num hospital. Tirando isso, só existe a dor. A *concentração da dor*. Hospitais são ímpares em se tratando dessa concentração. Não existem áreas no mundo dedicadas à concentração de prazer (parques temáticos e similares são uma concentração dos *símbolos* do prazer, não do prazer em si), não existem edifícios dedicados ao riso, à amizade ou ao amor. Provavelmente eles seriam bem medonhos se existissem, mas será que iriam disfarçar o cheiro de deterioração com desinfetante? Será que haveria gente chorando pelos corredores? Será que suas lojas só venderiam flores, chinelos e balas? Será que as camas (tão agourento isto) teriam rodinhas?

"Brian", disse Alex, descendo o corpo até aquela incômoda cadeira plástica, laranja demais, baixa demais. "Eu lhe trouxe umas balas de hortelã. E umas flores. Narcisos." Da cabeça até o peito, o velho parceiro de negócios de Alex estava quase o mesmo, mas, depois disso, afinava de forma radical. Quando se está para ir embora, as pernas da infância retornam, mas não podem mais nos levar a parte alguma. As de Brian eram dois gravetinhos brancos sem pêlos nem músculos.

"Eu tive um sonho", disse Brian num fio de voz. "Ou quem sabe... com a Kerry, a enfermeira, ela estava casando com o Leon em algum lugar na Holanda ou na Bélgica. Flores por tudo quanto é canto, e queijos e doces. Muito bom. Foi um festim. Durou dias e dias, pelo menos foi a impressão que me deu. Ela usava uma roupa cor de pêssego — não me lembro nada do noivo. Mas você não estava, estava? Não tinha muita gente, na verdade. Não o suficiente. Flores e sinos e queijos. Lindo."

"Narcisos, Brian", disse Alex, sem saber o que fazer. Brian estava sendo emasculado pelos tubos. Entrando e saindo. E apitos. E aquela poça de sangue seco presa debaixo da fita incolor que tapava um buraco no pescoço pulsante dele.

"Foi engraçado", disse Brian abrindo um olho. "Eu pensei que ele fosse fresco, entende? Mas lá estava ele com ela, dançando no salão! Flores pelo chão!"

Depois disso, envolveu-se numa série de arrotos, cada um deles seguido por uma tenebrosa careta de dor. As mãos estavam sobre o peito, puxando os pêlos, na arrumação final. Arrotou pela décima vez, e essa foi demais, pelo visto; ele gemeu — dor pura, concentrada — e enfiou o rosto no travesseiro.

"Quer que eu chame alguém, Brian? Quer que eu — "

A enfermaria era em plano aberto, homens e mulheres juntos, e Alex se levantou para buscar ajuda, porque ainda estava naquele mundo onde a dor, até mesmo a mínima sugestão de dor, é notícia de primeira página. Merece atenção de todos os quadrantes, exige intervenção, passar de mãos. Alex foi ver o dr. Huang por causa de uma dor no joelho, da *sugestão* de uma dor no joelho, de uma *fisgada* no joelho. De repente, estamos num mundo onde a dor de Duchamp, por mais aguda que seja, é graduada em escala ascendente, tendo como base a dor do homem perto da janela, que não consegue respirar sem assistência. Ou a da mulher sem seios, que assiste televisão. Ali, na ala dos cardíacos, havia de tudo. Pessoas que vinham seguindo a própria trilha exclusiva de dor — câncer, acidente de trânsito, acidente cerebral — unidas pelo sofrimento no instante em que o coração decidiu parar, saltar ou explodir. Brian Duchamp, como explicara a enfermeira-chefe à chegada de Alex, estava passando por uma cirurgia para a remoção de seu único e canceroso rim, quando, a dez minutos do final da operação, o coração dele empacou. "Sorte, na verdade", disse ela, estendendo a mão para atender um telefone que tocava. "Agora sabemos que seu coração é fraco. Não saberíamos disso de outra forma, não é mesmo?" *Sorte?*

"Com licença...", começou Alex para uma enfermeira que passava, mas algo estava apitando do outro lado do quarto e ela correu para lá. Brian arrotou de novo, gemeu e pegou na mão de Alex.

"Acho que não vai dar pra ir na quinta-feira, cara", disse ele, fechando os olhos. Um rapazinho muito lindo, todo de branco, aproximou-se e parou ao lado deles, vigiando uma máquina, suspensa acima da cama, onde a dor de Brian, alimentada por diversos tubos, era representada em linhas, números e bipes.

"Ele está tendo uns arrotos esquisitos", disse Alex em tom de súplica. O garoto virou-se, sem grande pressa. O crachá em seu peito dizia LEON. Era aveadado no sentido estrito de que nenhum dos gestos que fazia era útil ou necessário. Com uma língua pronunciadamente presa, explicou a Alex que, sem os rins, os sucos gástricos não têm para onde ir. As toxinas atacam. Viria uma máquina, mais tarde, para fazer o serviço e limpar o sangue de Brian.

"Quando? Quando ela vem?"

"Quando o médico disser."

"Mas ele está com dor. Está com muita dor."

"Ele tem um botão. Com analgésicos. É só apertar para tomar."

"Mas ele está *apertando*, não está? E é óbvio que não está sendo suficiente, não é?"

"O suficiente seria demasiado", disse o rapaz, de um jeito muito empertigado, afastando-se do leito.

"Eu estava sonhando com o Leon", disse Duchamp com tristeza.

"O quê, Brian?", disse Alex, ainda fuzilando com o olhar os vincos passados da calça de Leon, ainda contemplando a possibilidade de sair correndo pela enfermaria com um dos extintores de incêndio na mão e abrir um maldito buraco no crânio daquele garoto.

"Eu não fui a nenhuma Bélgica. Não saí daqui, Tandem. Não nesta vida. Sério. O troço escapou do meu rim, sabia? Agora tá por todo o meu corpo. *Dentro dele*, melhor dizendo. Eles tinham dito que ia ter uma cura em algum momento, se não me engano", disse Brian, tentando sorrir. Um daqueles arrotos medonhos escapuliu fedorento de dentro dele. "Ups... ai, *Deus*. Anos atrás, eles iam curar. O que aconteceu com a cura, hein? Pulmões de ferro, corações de porco e curas milagrosas. Quem foi que inventou essa cagada toda?"

Quando tirou um braço de sob as cobertas, Alex ficou horrorizado ao ver o hematoma que cobria toda a parte de baixo do antebraço, roxo no centro, amarelado nas bordas. Brian examinou a mancha e a fístula que havia sob a pele com olhos desinteressados.

"Vai até o mercado pra mim", disse Brian, autoritário. "Diz pra eles que o meu ponto é meu, diz pra eles guardarem pra mim, só isso."

"Claro, Brian. Pode deixar que eu passo lá."

"O que elas estão dizendo a meu respeito, as enfermeiras?"

Nada que fosse bom. Na quinta à noite, conforme a enfermeira Wilkes lhe dissera, Brian Duchamp havia caído da escada. Na mesma noite, fora para o hospital. Na sexta, fizeram uma ressonância. No sábado, estava com falência renal em estágio final (você na verdade não tem isso até *saber* que tem). Às cinco horas do domingo, operaram para retirar o rim canceroso. Durante a cirurgia, ele sofreu um ataque cardíaco. Nessa quarta-feira, o câncer estava fazendo uma excursão pelo corpo dele. As chances de se tornar um paciente dependente em tempo integral de diálise (em si mesma uma meia-vida, uma vida dividida com uma máquina) eram mínimas. Tudo em que Alex conseguiu pensar, sentado num sofá espalhafatoso num canto mais sossegado ("Não gostaria de conversar num canto mais sossegado?"), ao ouvir a terrível lista, foi o seguinte: uma guerra religiosa. Aquilo era a Jerusalém das células. Aquilo era a Belfast do abdômen. O recrudescimento. A concentração da dor.

"Elas estão dizendo que você está bem. Estão dizendo o Duchamp, ele... ele vai ficar bom. Com um pouco de diálise e..."

Algo amarelo saiu da boca de Duchamp e tinha corpo suficiente para se retorcer, feito um verme, pelo queixo. Alex lhe entregou alguns lenços de papel e, com o estômago embrulhado, os pegou de volta momentos depois. Sem conseguir ver um cesto por perto, enfiou o bolo de papel no bolso do casaco.

"Como um floco de neve numa porra dum incêndio, é esse tanto que eu vou melhorar", disse Duchamp, iniciando uma risada logo interrompida por um tremendo gemido e uma sacudida. Ele olhava, com verdadeiro pânico, para a região da virilha, e Alex, em resposta, levantou da cadeira, com as mãos alvoroçadas por cima da área correspondente do cobertor, como se isso pudesse ajudar.

"O pau no cano", explicou Duchamp, assim que a crise terminou, e Alex não aprofundou o assunto.

"Já informou qual a sua preferência para o almoço, senhor Duchamp?", perguntou uma enfermeira curvilínea que se materializou ao pé do leito. "Sabe o que vai querer de almoço?"

"Seus peitos", disse Duchamp, rindo a mais não poder. Apesar dos pesares, Alex fez coro ao amigo.

Enfermeiras são criaturas cheias de estoicismo, todos sabem disso, mas elas não são infensas a uma vingança. Havia algo de muito claro, no rosto dela, dizendo que haveria um preço a ser cobrado pela gracinha, mais tarde, depois que Alex tivesse ido embora, uma humilhação física qualquer. Pelo visto Duchamp também percebeu e baixou a cabeça.

"Não, na verdade não, enfermeira, nada, nada, nada. Não consigo. Não desce."

"Vamos dar um jeito nisso", ela disse, ríspida, e foi-se embora. Alex viu o rosto de Duchamp completar a transformação: de valentão sem-vergonha passou ao de menino receoso.

"Elas são legais aqui", disse Brian com humildade, apertando o seu botão. "Fazem o que podem, sabe. Mas eu prefiro as pretas. Mais alegres. Ai, *Deus... aaai...*"

Alex ficou ainda mais uns dez minutos ao lado dele, calado, e para tanto teve de lançar mão de uma força de vontade colossal. Preferia estar em qualquer outro lugar que não fosse aquele hospital. Viu-se incapaz de tirar os olhos, ou a mente, do homem no leito ao lado, que era muito, mas muito jovem mesmo para estar num lugar assim. Era uma afronta para Alex, aquela juventude deslocada. Era obsceno. Há um tempo e um lugar para a juventude, e nem um nem outro se encaixam numa ala para pacientes cardíacos. *Com licença* — e isso era o que dava vontade de perguntar para a enfermeira mais próxima —, *do que exatamente esse homem está morrendo? Ele não tem nada melhor para fazer, não? Ele não deveria estar na escola?* Hospital tem mania de ter nome de santo, santa Maria, santo Estevão, santo Fulano. Esse era são Cristóvão. Todos eles deveriam se chamar Jó. Jó é o patrono certo para hospitais. Jó era valente. Jó perguntaria: por que este rapaz tão novo? Por que a ala infantil? Por que (e esta última era quase impossível de responder) a unidade de tratamento intensivo neonatal? Por que os bebês ficam intensamente doentes? O que está *havendo* aqui?

"Brian", disse Alex, recuperando o fôlego depois dessa escalada mental, "acho que eu preciso ir andando."

Brian tinha acabado de concluir mais uma minúscula unidade de sono, ou melhor, aquilo que vem entre uma crise e outra de dor. Abriu os olhos.

"Tandem. Antes que eu me esqueça. Aquele Kitty. Conseguiu alguma coisa nele?"

"Consegui, sim", disse Alex. Não fazia a menor idéia de onde tinha ido parar aquele Kitty. Evaporara. O autógrafo tinha se desfeito como papel queimado e voado pela chaminé, junto com o resto da semana anterior.

"Ah, é? Então quer dizer que conseguiu vender, é?"

"*Consegui*", disse Alex, enfático, e estendeu a mão para pegar a sacola. Tirou o talão de cheque de um dos bolsos e fuçou no armário escuro de Brian, atrás de uma caneta.

"Quanto? Bastante?"

"Quinze mil."

"Quinze *mil*?"

"Isso mesmo. Ela morreu ontem."

"Ontem?"

"É. Os preços dispararam. Fui até o Columbard. Mandei ver. Devia ter dito isso antes pra você."

"*Quinze?*"

"Quinze."

"*Porra*, meu."

Voltaram a ser Caçadores de Autógrafos por alguns momentos. Apenas fazendo negócios.

"De modo que quinze mil menos os meus quinze por..."

"Ei! A gente combinou dez."

"Certo. Você tem razão, Brian. E sabe o que mais? Deixa pra lá a minha comissão. Eu também tive um pouco de sorte hoje."

"Tem certeza?"

"Absoluta."

"Macacos me *mordam*. E eles não perceberam nada? Não tiveram nenhuma dúvida?"

"Nem por um segundo. Você é bom demais pra eles, Brian."

Alex preencheu o cheque. Assinou. Segurou na frente do rosto de Brian.

"Pague por este cheque a quantia de quinze mil libras", leu Brian, devagar, com majestade. "*Porra,* meu. A Brian Duchamp. Esse sou eu. Se bem que sabe lá quando eu vou poder gastar isso aí. Assinado Alex-Li Tandem", disse ele, espetando um dedo de leve no pulso de Alex. "Que é *você*."

4

Não conseguiria enfrentar um vagão de metrô, não queria *andar debaixo da terra*. Não conseguiria enfrentar um táxi, tampouco, palcos negros encenando monólogos em *cockney*. Cuspido pelo hospital para o meio do nada, Alex topa, em vez disso, com uma estação de trem de superfície que o levará até uma distância razoável de Mountjoy. A plataforma é só pontas de cigarro e garotas de escola. Isso, sim, é viajar. O trem não *aparece* simplesmente, como faz debaixo da terra. Debaixo da terra, você se impacienta com os atrasos porque, no fundo, não acredita que o metrô tenha de fato qualquer distância a percorrer. Ele deveria apenas *estar* ali e, depois, *estar* lá. Com o trem de superfície, no entanto, você espera, e espera mais um pouco, sem se abalar, e sorri quando vê que ele vem chegando, fazendo a curva sob um vasto céu de anil, resfolegando diante de árvores e casas.

As portas se abrem. Todo mundo que mora no norte de Londres conhece essa linha pelo apelido carinhoso de Trem Grátis. Não há catracas e ninguém nunca paga. Os moleques fumam dentro dos vagões, vagabundos moram neles e os loucos gostam de sentar de pernas cruzadas, na posição de lótus, para bater um papo com os passageiros. Ele leva você para os grandes parques no alto da cidade e para os guetos no fundo dela. Os professores tomam esse trem porque podem espalhar a papelada administrativa e as provas nos muitos assentos vagos, o que facilita o trabalho. Enfermeiras e enfermeiros dormem durante a viagem. Músicos de rua tocam concertos inteiros sem ser interrompidos. Os cães são bem-vindos. Às vezes, você entra num vagão e fica de olho ardendo com as nuvens de fumaça de maconha. Ver o mundo que passa pelas janelas é pensar que a cidade é feita apenas de florestas, escolas, estádios esportivos e piscinas. As satânicas fábricas sombrias devem ficar num outro lugar qualquer. O lugar todo parece a Terra Prometida.

Alex liga para Esther e fala com Kitty. Conta as novas.

"Mas isso é *incrível*!", ela diz, arfando e soltando palavrões em italiano. "Por que tanto dinheiro? Meu *Deus*. Você é igual ao Mágico de Oz ou algo parecido. Estou totalmente sem fala. Totalmente. Não tenho uma palavra para dizer! É *espantoso*! Nunca ouvi falar numa coisa dessas! Eu lhe daria um beijo agora mesmo, se você estivesse aqui do meu lado. Mas não entendo — *como* é que *pode* uma coisa dessas?"

"Kitty...", começa Alex, mas não há ninguém do outro lado da linha. Ele espera.

"Alex", diz Esther, "não dá mais pra ficar rodando com ela. Está muito frio. Você tem que ir pra casa. Tem que contar pra ela. Se você não contar, conto eu. Eu nunca devia ter concordado com essa coisa ridícula, pô — já imaginou como ela vai se sentir quando ficar sabendo, quando a gente contar pra ela? Ou melhor: quando *você* contar pra ela. Eu tô puta comigo mesma por ter concordado. Olha aqui, eu tenho que ir. Volte *já* pra casa."

Ao se aproximar de Mountjoy, Alex sente uma sombra pairando sobre seu coração. Talvez pudesse saltar numa outra estação qualquer? Começar de novo? Não há nenhuma Kitty em Larkin Green, por exemplo, e nenhuma Esther tampouco, não há promessas impossíveis de cumprir, não há *confusões*, não há Tandem com seus fatos e obrigações de vida. Pega a bolsinha onde guarda o tabaco e coloca os pés no assento em frente. Uma sensação muito diferente toma conta dele, algo que nunca sentiu na vida. Não quer ir para casa.

Em Mulberry Road, uma mulher toma o trem com uma bicicleta esportiva. Cerca de um ano depois que Li-Jin morreu, Adam tinha aparecido na antiga casa de Tandem achando muita graça em algo.

— O quê? O que houve de tão gozado assim?

Alex continuou fazendo perguntas para Adam enquanto prosseguiam em silêncio até a cozinha. Sarah lhe ofereceu um chá. Ele sentou em volta da mesinha de plástico que eles tinham na época, ainda sorrindo. E ninguém ousava sorrir naquela casa havia já um ano, desde que acontecera. Alex lembrou-se do choque que sentira ao ver aquele sorriso.

— Fala *logo*. Desembucha. Mãe, diz pra ele falar logo. O *quê*?

— É só que... Eu estava no trem, no Trem Grátis. Agora há pouco.

— E?

— De repente entra um cara no trem com uma bicicleta sem uma roda. E na estação seguinte entra um outro cara, no mesmo vagão, com uma roda de bicicleta, mas sem a bicicleta. Todo mundo reparou, todo mundo no vagão. Estava deixando nós todos loucos. Menos aqueles dois veados filhos-da-mãe. Eles nem sequer *olharam* um pro outro.

— E?

— E nada!

O brilho daquela risada voltou à memória de Alex. O repetido alvorecer de um sorriso. Adam era um menino muito amável, e sabia, já na época, que a capacidade de alguém para a alegria pode irritar os que não conseguem senti-la. Sarah e Alex, ainda baleados, ainda arrasados pela dor, não conseguiram mais que olhá-lo de volta, sem entender a graça. Adam tinha feito um esforço para suprimir aquele sorriso, tirá-lo do rosto, mas ele apenas voltou a surgir.

NOVE / *Chegada à Fonte*

1

Quando o homem não quer ir para casa, ele vai para um bar. Alex sabia disso porque já tinha visto em filmes. Ele vai para o bar e o garçom, que é norte-americano, e nova-iorquino, faz um certo gesto de relutância — um franzir de cenho seguido de um suave e tolerante dar de ombros — quando é solicitado a servir mais uma dose de uísque. Alex queria um bar assim, mas Mountjoy não podia oferecer nada nessa linha. Se alguém bebia ali, também comia comida chinesa e sentava à mesa, com guardanapo no colo.

Havia apenas o Bubbles, no topo da rua do comércio, com suas janelas escurecidas e suas freqüentes mudanças de nome (na verdade dava para saber direitinho a idade dos moradores de Mountjoy pela forma como se referiam a esse bar. Era Bubbles, Mount, Ben ou Follies para o pessoal com menos de trinta, era Bar Zero para os recém-chegados, e havia uns poucos macróbios que lembravam de ter comido um doce no local ou postado uma carta). Tinha má reputação, o Bubbles. Havia rumores de que circulavam drogas por lá. De que os freqüentadores nunca sabiam quando parar. Além disso, na maior parte das noites da semana, a única celebridade de Mountjoy podia ser vista tropeçando na porta do bar, o rosto cor de lavanda e o nariz cor de ameixa. (Um "tesouro nacional", esse homem: ator ursino, físico, magnífico, havia passado os últimos trinta anos levando os gestos trágicos de Antonio, Brutus e Otelo a uma série de policiais, médicos e agricultores da telinha. Na quinta-feira à noite era quase certo encontrá-lo fazendo seu raivoso Lear na rua principal, espremido entre dois produtores de televisão carrancudos, enviados pela administração do seriado para tirá-lo do Bubbles e levá-lo, sóbrio, ao estúdio de gravação.)

Como a maioria das pessoas em Mountjoy, Alex nunca tinha posto os pés no Bubbles. Não fazia idéia de como era por dentro (por fora, todos conheciam o luminoso por suas muitas batalhas e pelas diversas derrotas sofridas: uma hora era o pé da taça que não acendia, outra hora eram as bolhas cor-de-rosa que piscavam uma vez e morriam, às vezes era a cereja vermelha que não aparecia). Na verdade, continuou sem fazer muita idéia, depois de aberta a porta. Lá dentro, reinava uma escuridão quase completa. Eram cinco da tarde na calçada, meia-noite perpétua no interior do Bubbles. Havia umas quatro ou cinco pessoas se mexendo nas sombras. Sem música. Um pequeno e soturno globo luminoso de discoteca girava, com seus milhões de minúsculos holofotes subindo pelas paredes, buscando em vão aqueles jovens dançantes que, vinte anos antes, ele salpicara de brilho. Num outro canto, havia uma tentativa de mostrar uma cena de praia num painel em que aparecia uma morena de peitos de fora colorida só até o umbigo. As pernas estavam vazias, meros esboços. Oito folhas da palmeira cintilavam umas poucas lantejoulas verdes. Mais adiante, um buraco na parede, feito para acomodar um DJ, fora fechado com um tapume. Em frente, algo que lembrava um garçom e um balcão de bar. Alex foi até ambos e começou.

De quem fora a idéia de beber em ordem alfabética? Alex não tinha entrado no Bubbles com essa intenção. Tinha ido lá para tomar uma dose, talvez umas doses, quem sabe *doseses*. Depois de cinco uísques rápidos, porém, a idéia meio que se *apresentou* sozinha. E Roy, que servia no bar e deveria levar uma parte da culpa, Roy não franziu o cenho nem deu de ombros, relutante. Não senhor.

Roy falou: *Manda ver, filho.*

E Tommy, um irlandês grávido, de quem talvez tivesse sido a idéia, falou: *Vinte como você não passa da porra do agá.*

O que era um desafio. E os bêbados assimilam desafios como assimilam o ar.

Absinto, portanto, abriu o certame com estrondo. Alex sentiu uma nuvem cor de amora envolver os olhos e manteve uma conversa abortada sobre artistas famosos e o absinto que tomavam.

"Porque, de certa maneira, Roy, veja bem, a arte e o absinto estavam meio que *indissoluvelmente entrelaçados*, não é verdade? O absinto despertava as musas e os deixava exaltados..."

"Deixava é todo mundo na cova, isso sim."

Bíter e cointreau passaram como um pesado tijolo alaranjado pelo sistema de Alex. Mais ou menos nessa altura, o cauteloso Roy esticou o corpo por cima do balcão, examinou a carteira de Alex e sacudiu a cabeça. Alguns minutos depois, Alex estava numa esquina, balançando-se impaciente numa fila de caixa automático. Ainda era dia lá fora e ele não estava pronto para o espetáculo: despencou no chão. Duas mulheres, mãe e filha, viram quando isso ocorreu e balançaram a cabeça uma para a outra. De volta ao Bubbles, esfolado mas rico, ele bateu com o maço de notas no balcão.

"D...", ruminou Roy, já então inteiramente no espírito da coisa. "D, Phil? Alguma idéia pra D?"

Phil, um sujeito mais velho com um casaco de couro, óculos e corrente no pescoço, saiu bem devagarzinho do canto onde ficava o caça-níqueis, deu uma longa olhada para a porta, para seu táxi preto esquecido, e só então se aproximou do bar.

"D? Não, idéia nenhuma, Roy. Nenhuma idéia pra D."

"Daiquiri", disse Alex, batendo o punho fechado na palma da outra mão.

"De barril, chope", sugeriu Roy, com toda a delicadeza.

Cerveja apareceu outra vez no F, sob o nome de uma marca, depois veio o odioso e conhecido gim, e de novo cerveja com uma marca começada com H, que (com insuspeitada elasticidade), Tommy foi buscar ele próprio, do outro lado do balcão.

Eu dei um tempo. Engabelei um pouco.

"Ibéria... *ibérico*...", balbuciou Phil, que estava fazendo palavras cruzadas.

"Eu podia trazer um isotônico agora", ofereceu Roy. "Um isotônico qualquer."

Mas ele quis um *irish coffee*, uma vela quente na garganta. Mais uma cerveja de nome alemão deu conta do J, e Kahlúa, doce e denso, pintou-se em camadas na língua dele, para dali não sair mais. Limonada e Muscadet foram servidos no mesmo copo, no espírito de um "*spritzer*". Depois disso, as coisas bagunçaram um pouco. Tommy, que vinha bebendo uísque o tempo todo, acompanhando Alex dose por dose, começou a falar que o problema com esses malditos judeus é que eles vivem querendo controlar tudo. Alex mirou um murro na cara de Tommy, errou e ficou no chão algum tempo, contestando o catolicismo do outro. Depois de um certo diz-que-diz, Tommy concordou que não havia nada mais diabólico do que as freiras e que, pessoalmente, detestava Deus. Roy fez um discurso comovente a respeito de tolerância (Bom, *no fundo* é tudo uma puta baboseira de merda), e Tommy pagou um uísque irlandês para Alex e Alex pagou outro para Tommy. E então entrou uma mulher. Tinha uns quarenta anos e muito pouca carne, mas a que havia (como disse o ator Spencer Tracy sobre sua amada) era de primeira. O corte de cabelo era histórico e todos os seus muitos objetos de brim decididamente justos e desbotados. Olhou para Alex como uma caneta comprida de ponta azul com pouca tinta e a tampa errada (amarela).

"Issuassim...", confirmou Alex, antes de sair cambaleando para o banheiro, para se fazer apresentável. Quando voltou, o cabelo estava molhado, e ele com cara de Rasputin. A mulher estava atrás do balcão.

"Stella, Alex, Alex, Stella", disse Roy, enquanto Stella, com jeito lúgubre, enxugava um copo como se fosse o primeiro de cinco mil. "Ela vem ajudar na hora de pico."

Meia hora depois, o pico — quatro sujeitos da loja de apostas do outro lado da rua — saudava Alex de uma ponta do balcão, enquanto Stella punha na frente dele um rum, um sherry e um Tia Maria.

"Por que exatamente está fazendo isso?", perguntou Stella.

Nenhum dos homens ali presentes tinha achado que valia a pena perguntar.

"Quer dizer", falou Stella, apoiando-se no cotovelo rosado, pontudo, "por que você não vai pra casa e pronto?"

"Porque", disse Alex, de pé na beirada do balcão, apontando para todos os lados, "eu não *quero* ir pra casa. NUTOIN TERESSADU. TOBEM ONKIEUTÔ."

"Como quiser", disse Stella.

A polêmica em torno da letra U se entremeou em tudo e entrou e saiu como um ponto solto na malha das conversas. Só foi ser esquecida quando Phil fez a *jukebox* funcionar; aí Alex atazanou Stella para ir dançar com ele, ou, o mais certo seria dizer, para deixá-lo desmaiar em seu ombro, enquanto em silêncio ela mudava de um pé para o outro.

"É o iar-zaite do meu pai amanhã!", disse ele, acordando sem avisar, erguendo de novo a cabeça.

"Azar por quê?", perguntou Stella, e logo em seguida recuou com a velocidade de uma mulher que já tinha visto a mesma cena antes, enquanto Alex escorregava para o chão.

Mas ele ainda possuía algum orgulho; chegou até o banheiro sem ajuda e vomitou na quietude da privada. Quando voltou, Roy estava parado no meio do salão com o celular de Alex na mão.

"Adam", disse o garçom, muito sério, lendo no pequeno visor. "Boot? Carl. Doutor... Huang? Escuta aqui, qual dessas pessoas você quer que eu chame pra vir te buscar?"

Eles foram, eles foram. Em alguma parte, por debaixo da bebida, Alex compreendeu o significado de eles terem ido. De eles sempre irem. Compreendeu que aquilo era divino. Foi tomado por uma grande onda de sentimentos e, como a maioria dos homens de pouca idade, sentiu medo e a converteu em agressividade.

"Amigos!", gritou, enquanto Joseph pegava sua perna esquerda e Adam a direita. "Romanos! Caçadores de Autógrafos! Me emprestem seu dinheiro."

Eles o carregaram desse jeito, como alguém numa cadeira invisível, pela rua.

"Não me chame de Caçador de Autógrafos", falou Adam, mal-humorado. "Isso é coisa *sua*. Coisa dele. Não minha. Você tem idéia das *horas*, amizade?"

"Ce-eerto, claro, sim, sim, mas *é claro* — não, lógico, porque você é *superior* — você só quer o autógrafo de *Deus*. *Com licença*, será que eu poderia pedir um favorzinho... Você quer é que ele apareça com o como é que é mesmo... aquele dedo relampejante dele, aquele dedo com um raio na ponta — PAU! Zzzzzz. Ha! Hahahahahaha! E assine na sua testa!"

"Não é nada disso", disse Adam, paciente, erguendo a cabeça pensa de Alex, que estava quase batendo no chão. "Isso faria de mim um golem. Alex, endireita o corpo. *Endireita. O corpo.*"

"Alex", disse Joseph, "ajude a gente a ajudar você. Tá certo?"

"*Ajude a gente*", repetiu Alex, "*a ajudar você? Ajude a gente a ajudar você?* Então isso daí vem assim junto com o emprego, quer dizer, você tem que decorar, tipo eles chegam pra você e dizem: olha no manual da Seguradora Heller...? No guia pra falar feito um cretino? *Nós somos capazes literalmente de mudar sua vida. Queremos que você durma sossegado sabendo que a sua família esta protegida. Ajude a gente a ajudar você.*"

"O cretino é você."

"Ah, quer dizer que *eu* é que sou o cretino, é?"

"É, Alex, neste exato momento o cretino é você."

"Eu."

"Você."

"Então vamos lá pra fora resolver isso."

"Nós já estamos lá fora."

Alex girou o corpo até ficar de frente para Adam e agarrou-lhe o pescoço com as duas mãos, tanto para manter o equilíbrio como por intimidade.

"Que você acha, brigo ou não brigo com ele?"

"Com que *finalidade*?"

"Com a finalidade de arrebentar a cara idiota dele."

"Você acha isso provável?", perguntou Adam, tirando o rosto para longe do alcance do bafo de Alex. "Esse resultado?"

A cabeça de Alex tombou e seu cérebro escorregou para a frente para descansar sobre seus olhos. Ele os fechou. Já era tarde.

"Melhor ir pra casa agora", falou com ternura, estendendo um braço para Joseph, que o pegou com idêntica ternura e o apoiou sobre o ombro.

"E então", disse Adam, quando recomeçaram a andar pela rua comercial, "qual era a comemoração?"

"Medo e...", disse Alex, para depois se calar e pensar por alguns instantes.

"E asco?", sugeriu Joseph.

"*Exato*. Decididamente isso mesmo. *Decididamente* asco, isso."

A rua comercial estava morta e parecia uma desconhecida, embora os novos restaurantes, as lojas de tecido e o sumiço da padaria Levinsky fossem todos tragédias de mais de cinco anos. Já não era o bairro de Alex. Apenas o chão não mudara, e ele continuava achando aquilo tudo de uma beleza inexplicável: os brotos verdinhos forçando passagem entre o calçamento, os nomes e as pegadas de gaiatos passados que haviam desafiado o cimento molhado. Sem falar nas superfícies irregulares, verdadeiros testamentos do antagonismo de sucessivas vereanças: paralelepípedos pontilhados de preto, vermelhos e amarelos, calçadas solenes, cinzentas, envelhecidas, rachando. E o favorito de Alex: o cerzido de *zês* com uma bela pátina cor de vinho, como um caminho para o sono. *Uga*. Será que todos dormiam? De onde estava, descortinava mais de um quilômetro e meio de casas, todas com suas grandes fachadas retas, tudo às escuras. Pareciam adormecidas, as casas de Mountjoy, mas Alex sabia que havia um holofote em cada entrada, pronto para entrar em ação ao menor sinal de intrusos, fossem homens ou folhas. Por dentro, todas tinham tranças de lasers invisíveis passando pelo hall e pelas escadas. Uma espécie de armadilha para qualquer garoto de quinze anos que tentasse se esgueirar...

"Vocês lembram?", perguntou Alex, bufando, preso à ilusão embriagada de que seus pensamentos tinham sido ouvidos. "Quando o Rubinfine estava saindo com aquela garota hindu — Bal não sei o quê..."

"Baljit", disse Adam, sorrindo. "Ela era um *espetáculo*."

"*Baljit*. E ele entrou pela janela, o Rube, e ia sair pelo mesmo caminho por onde chegara, só que eles tinham acabado de transar... pela primeira vez, não é isso?"

"Acho que sim, é, foi."

"E ele estava todo derretido — aí então — *Uga*... Na verdade acho que não vai dar pra eu contar, eu tô trêbado... Adam, *conta* você o que houve..."

"Tá bom, tá bom, então aí ele pensou: *Só vou dar um pulinho até o banheiro, me livrar disto aqui*... da camisinha, mas só que a casa estava todinha cheia de laser — e claro que ele não sabia disso. Dois minutos depois vem o alarme, depois a polícia, o corpo de bombeiros, o pai da Baljit com uma faca na mão..."

"Com uma faca na mão!", repetiu Alex, para o caso de Joseph ter perdido essa parte.

"E lá está o Rubinfine de solidéu na cabeça", disse Adam, rindo tão alto que o barulho ecoou pela rua inteira, "com um punhado de esperma e uma camisinha..."

Alex gorgolejou de prazer e desistiu de falar; era uma satisfação imensa escutar a velha história recontada tão bem.

"E tentando garantir ao senhor Baljit que, apesar do *contratempo um tanto embaraçoso*, não havia motivo para não continuar utilizando os serviços de contabilidade de Rube Sênior. *De cueca*, e dizendo isso tudo. Com uma faca no pescoço e a polícia subindo a escada."

"Na verdade eu já *ouvi* essa história", disse Joseph, acendendo um cigarro. Como não havia crescido no bairro — só se mudara para lá aos vinte anos —, muitas vezes os amigos presumiam que não sabia ou não se lembrava das lendas de Mountjoy. O resultado disso é que ele as escutava com mais freqüência e conhecia todas melhor que ninguém.

"Pssiiuuu...", disse Alex, pondo o dedo sobre os lábios. "Continua, Ads, continua, cara."

"Bom, vocês sabem o *porquê* disso... era por causa do jeito do pai dele", prosseguiu Adam, paciente, quando já estavam junto ao monumento, onde fizeram uma parada. "Ele sempre teve *pavor* do pai. O Rubinfine tinha mais medo da língua do Jerry do que do pai da Baljit com uma faca na mão. O Jerry era, quer dizer, ele continua *sendo*, um *incrível* de um tirano. Vocês nem imaginam."

"Experimente botar o meu pai junto do pai dele, cara", disse Joseph, soprando a fumaça.

"Bom, *é*. E o Jerry é a mesma coisa. Ele forçou o rabinato goela abaixo do Rubinfine sabendo que não era essa a do filho — e não arredou pé. Se pudesse, o Mark teria passado o tempo todo com o *seu* pai, Al, você sabia disso? Ele adorava o Li-Jin, era isso que ele *queria*, era disso que ele precisava, de um pai como aquele, sabia? Talvez não tivesse se tornado um cara tão estranho se houvesse recebido um pouco mais de..."

"É, bom", disse Alex, e então se sentiu exausto.

"Eu sinto muito não...", disse Joseph, sem completar a frase e lançando um olhar preocupado para Adam.

"Não, vai lá, o quê?", disse Alex, parando em pé sem ajuda pela primeira vez.

"Nada... é que... eu sinto muito não ter conhecido o seu pai. Quer dizer, eu gostaria de ter tido uma chance melhor de..."

"Bom", disse Alex, sentando-se na beirada do monumento e tirando da gabardine os apetrechos necessários para um baseado. "Você conheceu meu pai no dia em que ele morreu. Ele estava em boa forma naquele dia."

O mundo é feito de letras, palavras. Debaixo de toda amizade existe uma frase difícil que precisa ser dita para que a amizade sobreviva.

Essa era a deles.

2

Uma Piada Mondô*

P: O que a diretora inflável falou para o garoto inflável que foi para a escola inflável com um alfinete?

R: Você *me* decepcionou, *você* decepcionou a si mesmo— a *escola* toda está decepcionada...

Essa piada, contada com muita timidez e pouca expectativa por Joseph, foi elevada à categoria de a melhor piada do século. Mesmo considerando os efeitos delirantes do álcool misturado com maconha, Alex afirmou que aquela sua risada — a que estava lhe arrebentando o peito — não tinha precedentes. Riu durante quatro minutos inteiros e toda vez que achava que tinha terminado, lá vinha a risada de novo, borbulhando para fora como água num ralo entupido. E depois, de repente, estava encerrada. Ele exalou o ar por completo dos pulmões. Percebeu que estava com frio. Ia começar a chover.

"Você está legal?", perguntou Adam, reparando no calafrio.

Alex fez que sim com a cabeça. Tentou se pôr de pé. Não aconteceu nada. Pegou a mão que Adam ofereceu.

* Mondô: diálogo curto entre o mestre zen e seus discípulos. Em inglês, a piada baseia-se no duplo sentido do verbo *to let down*, que significa tanto *decepcionar* como *esvaziar*. (N. T.)

"Eu sinto muito pela Kitty", disse Adam, sentindo que já podia dizer aquilo em segurança. "Eu já soube. Sei que você falou com ela lá... Sei o que ela significava pra você. Tentei ligar hoje de manhã, quando ouvi a notícia — fiquei com medo de que você fizesse alguma besteira. Bem que eu queria ter conseguido falar com você antes. Na minha opinião... você deveria ter *guardado* aquelas coisas todas, Alex, pô, cara... Você não devia ter vendido tudo. Eram coisas preciosas. Vai sentir falta delas."

"Hein?"

"Nós vimos no jornal", disse Joseph, levantando-se, espreguiçando e bocejando. "Olha só — não dá bola pro Adam, ele acha que você coleciona relíquias religiosas ou algo parecido — são só autógrafos. Tudo bem. Esse é seu trabalho. Não precisa se sentir mal — isso é o que você faz. E você simplesmente deu um dos maiores golpes da *década* no ramo de autógrafos. E agora vê se curte, pô, é o que eu digo."

"Nnnn?"

Adam colocou um braço em volta dos ombros de Alex e apertou.

"Você foi parar na edição vespertina, amigo, na página oito do jornal. Será que eu posso lhe fazer uma pergunta — quer dizer... o que você vai fazer com o dinheiro? Porque é um bocado de grana, cara. E também porque a shul... Quer dizer, sem pressão, mas, bom — a gente fala sobre isso amanhã. Nem mesmo *você* conseguiria beber todo esse dinheiro — se bem que já lhe deu uma bela..."

Alex tinha começado a correr pela rua. Pelo menos havia sido essa a instrução dada às pernas, mas o recado fora mal transmitido. Nele não estava contida a idéia de equilíbrio, de estabilidade, não havia nada sobre a necessidade de permanecer ereto. Deu-se mal numa esquina e tentou se recuperar numa soleira. Joseph e Adam o alcançaram num segundo, puseram as mãos nos joelhos e olharam para cima, pois tinha começado a chover.

"Posso saber o porquê da pressa?", perguntou Adam, recuperando o fôlego.

"Vocês — me sigam...", disse Alex, começando a correr de novo. "Ela está em casa. *Ela está em casa.*"

Súbito os três estavam correndo e a chuva apertando.

"*Quem* está na sua casa? Por que a gente tá correndo?"

"*Ela*. A Kitty", disse Alex, acelerando o passo, sua gabardine inflada atrás, como um manto.

"O vídeo?" Adam teve de gritar porque Alex já tomara uma boa e saudável dianteira. "Me devolve amanhã. Tudo bem, não é assim *tão* importante."

"NÃO. ELA. A *KITTY*. EM CASA."

"*Alex*", berrou Adam, quando passaram diante da videolocadora e Alex desapareceu atrás da parede curva do banco, onde começava sua rua. "*Alex*. Não seja *louco*."

Àquela hora, a rua de Alex era sepulcral, residencial, e Adam e Joseph dobraram a esquina em silêncio, com medo de acordar os pais de gente que ambos conheciam, sem falar naqueles que ambos sabiam que já eram pais, posto que estavam ficando velhinhos, os rapazes.

"Alex, *por favor*", disse Joseph, jogando-se finalmente contra o portão e falando com o Rasputin que naquele momento executava uma busca furiosa das chaves de casa. "Mais devagar, cara. Vai com calma."

Com um brado de vitória, Alex recuperou as chaves lá das profundezas das costuras rompidas de sua capa.

"O que significa *isso* tudo, Tandem?", perguntou Adam, pingando pelo caminho.

"Ela. Aí dentro. A Kitty. Ela está na minha casa. Neste momento."

Alex abriu a porta e fez o Gesto Internacional de exigir silêncio.

"Ela está na sala", continuou, num cochicho alto e desajeitado. "Com a Esther. Elas estão conversando, elas gostam de conversar."

Seguiu pé ante pé pelo hall, abriu a porta da sala de estar com toda a cerimônia e, quando ela girou nas dobradiças, ele se curvou. Nessa posição, teve um acesso de ânsia. Joseph pegou-o pelo cotovelo e o levou até o lugar mais próximo, a pia da cozinha, onde Alex passou malíssimamente mal e vomitou sem parar. Foram dez longos minutos até que os acessos diminuíssem e ficassem reduzidos a uma doída tosse reflexa, da qual não saía nada, nem mesmo ar. Quando Alex terminou de vez, Joseph, com todo o carinho, limpou seu rosto com um paninho úmido de cozinha e, depois, tentou lhe dar um comprimido para dormir de sua própria e prodigiosa coleção de fármacos para uso doméstico. Tirou uma caixinha de alumínio do bolso interno do paletó e abriu-a — docinhos no cofre. Mas Alex recusou. Ele tinha de sobra. Se havia algo que ele tinha para dar e vender eram reservas de sono.

Adam entrou, suspirou, pegou os ombros do amigo e voltou com ele para a sala.

"Eu montei o sofá-cama. A Esther deve estar lá em cima — a sacola dela está aqui —, mas ela não vai querer você lá junto dela, você tá fedendo demais. Durma aqui embaixo até ficar bom."

"Huumm."

"Não há nenhum óbito", ele disse, apontando para o jornal vespertino sobre a mesinha de centro. "Vai aparecer amanhã, tenho certeza. Agora precisa tentar dormir um pouco e parar de pensar nisso."

"Ããnnn... uga."

"Agora me ouça, você tem um encontro com o rabino Burston amanhã às dez horas, só para repassar tudo. E a cerimônia é às seis da tarde. Certo?"

"Adam..."

"Agora durma, Al. A gente se vê amanhã. Amanhã. Mais tarde, cara."

E eles se foram. Eles se foram. Alex desmaiou. Os homens não acreditaram nele. E as mulheres, as mulheres haviam cerrado fileiras contra ele.

Ele teve um sonho. No tempo real, na vida real, durou apenas um minuto ou dois. Mas calou fundo, como os sonhos mais curtos costumam fazer. Penetrou como um mergulho de faca em piscina. Estava num jardim fabuloso. O jardim era todo no antigo estilo francês, vale dizer, um pastiche de várias coisas. Possuía canteiros para rosas inglesas, um pseudocenário indiano, um círculo de ciprestes, tamarindos. Possuía sebes formais no estilo europeu, topiaria sem alma imitando animais e árvores, e um canto japonês onde pedras formavam desenhos de pedras. Treliças de bambu delimitavam as alamedas largas e, ao atravessar um intricado arranjo de flores, Alex se deu conta de que tudo aquilo poderia ser mais bem apreciado das janelas de uma mansão — e de repente lá estava ela, a mansão, um átimo após o pensamento, branca e majestosa, atrás dele. Só que agora já estava num outro lugar. Um labirinto aguardava que Alex descobrisse o segredo escondido em seu seio: Diana nua, retesando o arco. Mais adiante, um lago artificial se aninhava entre duas colinas artificiais, imitação de um vale toscano. O toque final era uma vala ardilosa, uma trincheira escavada de tal forma que a impressão era a de que o jardim continuava até onde a vista alcançava, ou, melhor dizendo, a de que não existia o jardim. A de que ele estava apenas em uníssono com a paisagem circundante. A de que tudo aquilo era obra de um projeto acidental, em que regatos seguiam seu curso e flores desabrochavam onde bem lhes aprazia...

Alex estava nesse jardim. Não havia mais ninguém. As janelas do casarão estavam cheias de brilho e de luz por causa do sol, e de algum lugar, na mesma direção, vinha o som de um quarteto de cordas, o tilintar de copos, risadas, os acompanhamentos de praxe de um almoço agradável. Porém o jardim estava totalmente vazio e isso o preocupava. Procurava os jardineiros. Queria conversar com os homens que haviam feito o lago, plantado as árvores e podado as sebes. Sabia, de alguma forma, que não estavam na festa. Onde estariam? Frustrado, andando em círculos, sabendo que aquilo era um sonho, Alex queria acordar. De repente, no meio de dois abetos postados como sentinelas, o cenário mudou. Continuava sendo o mesmo jardim, mas ficava em alguma nova seção secreta dele, num paraíso aquático, com lagos e mais lagos dispostos em fileira, e monumentos — monolitos de pedra branca — colocados aqui e acolá, entre as águas. Em cada lago, todos sincronizados, saltavam homens nus, de dentro para fora da água, como focas, executando com disciplina giros improváveis, saltos-mortais e poses extravagantes antes de submergirem outra vez. Tudo muito lindo. Alex, chorando, aproximou-se do lago mais próximo. Viu Esther do outro lado, sentada nua numa cadeira híbrida, misto de cadeira de diretor e de salva-vidas, com o nome dela escrito no encosto. Esther não se mexeu nem falou. Alex voltou a se concentrar nos homens. Homens? Metade deles eram jovens, dezessete, dezoito anos, todos uns Adônis, exceto por uma característica. Uma membrana, como uma bolsinha fechada, cobria os órgãos genitais dos rapazes. Os outros eram muito velhos, com essa mesma região ininteligível debaixo das barrigas caídas. Mas também saltavam! Estavam todos saltando! Mais alto que antes, com um rodopio adicional, com uma alongada magnífica de um braço ou uma perna. Vez por outra até mesmo um brado: uma nota nítida entoada e, depois, afundada de chofre, quando eles rompiam a película da água. Alegre, Alex tirou as roupas e caminhou até a margem. Ali, Esther (sem falar, sem se mexer) fez saber que homem nenhum entrava naquele lago sem antes ler a inscrição. Inscrição? De modo natural, Alex se viu então de cara para uma pedra, tentando entender alguns versos entalhados no monumento. Que escrita *era* aquela? Aquela escrita hebraica, latina, cóptica, russa, japonesa, aquele palavrório todo... as linhas indo para um lado, depois para o outro, dando voltas, ondeando, cheias de traços, de pontos... Os homens riram quando ele disse que não conseguia ler. Esther não dizia nada e tampouco ajudava. Os homens não acreditaram nele. E as mulheres, as mulheres tinham cerrado fileiras contra ele...

Acordou com um único fonema soprado e a sensação de que estava para morrer. Tentou atirar longe as cobertas, mas, em vez disso, envolveu-se numa longa contenda em que chutou o cobertor até que este concordou que o melhor seria cada qual seguir seu caminho. Sentiu o próprio cheiro. Fedia. Ainda que todos nós sejamos muito apegados ao nosso próprio fedor, aquilo começava a ser *químico*. Havia ácido sulfídrico envolvido. E o muco se transformara numa rota circular, deixando um rastro pelos três buracos do rosto, com passagem facilitada por lágrimas silenciosas. Por que as mulheres tinham cerrado fileiras contra ele? O que ele tinha *feito*? Alex e seu bafio deixaram a sala e foram na direção da escada. No entanto a escada não estava do jeito como se lembrava. Aquela escada, como ficou patente, não ajudava ninguém a ir mais alto. Não era um elevador. Você tinha que fazer todo o trabalho de pernas, você mesmo, porque ela não *saía* do lugar de jeito nenhum. Tampouco avisava quando iria terminar (está escuro e o cobertor ficou com a custódia dos óculos dele); só existia Alex, e ele sentiu o pé impeli-lo com violência para o espaço; durante um longo segundo, tombou para a frente numa nuvem, até que o chão reapareceu, inflexível e enfezado. O hall até que não era tão ruim. Era reto, com duas paredes, sem contar que ele tivera o bom senso, anos antes, de não pôr nada ali em que se pudesse tropeçar depois. Grande parte de uma decoração é um obstáculo futuro.

A porta. Seu coração fazia o esparrame-e-berre de sempre, batendo quando e onde lhe dava na telha: no dedão do pé, da mão, na coxa, no peito. Ele não quer acordar ninguém. Abre bem devagar a porta. Um empurrãozinho com o pé e ela obedece. *Lá* estão. Mal consegue ver. Apenas formas, na verdade. Estão deitadas lado a lado, pé com cabeça, cabeça com pé. Cada par de dedos saindo para fora do acolchoado em pontas opostas, como duas crianças acampadas. Não. Ele ainda está bêbado demais para se sair com essa. Como duas mulheres numa praia? Não, não. Não serve. Seu cérebro está de fato resolvido a acabar com sua raça. Como dois corpos numa morgue. Quase. Como dois corpos numa morgue de *filme*. Tudo que falta é a etiqueta (nome, data de nascimento e da outra) amarrada naquele que foi um dos dedos mais despojados em vida — o dedão do pé. Era isso então? O detalhe do dedão?

Você vê filmes demais é uma das grandes frases da modernidade. Que leva, em seu bojo, uma sugestão referente ao que éramos antes e ao que nos tornamos. E nunca foi tão verdadeira quanto no caso de Alex-Li Tandem, Caçador de Autógrafos ilustre. E, portanto, como convinha, e *corretamente*, a primeira idéia a lhe ocorrer foi: *elas estão mortas*. É isso. Elas estão mortas. A hipótese (embora tenha passado por ele mais rápido do que a frase pôde ser dita) o deixou vazio. Houve luta e ele foi vencido. Depois, no segundo seguinte: *Não, não, <u>claro</u> que elas não estão mortas.* Os pais saberão que sensação é essa, o antes e o depois. O horror, a descida do topo do horror. Mas, pelo menos para Alex, existe ainda a extensão. E a extensão é letal. Trata-se de um lapso de tempo, mais nada. Não há nada de errado com o diagnóstico, exceto o tempo.

Elas não estavam.

Porém estariam.

Toda sua gente, todos os seus amores.

Os mortos andavam. Viajavam com ele de trem. Tinham bebido juntos na noite anterior. Fora levado para casa por eles; estava olhando para eles naquele momento. Ali nas paredes, em preto-e-branco, mas também na cama, em tecnicólor. Uma criança conhece essa sensação, e sempre lhe dizem para tomar tento. Um famoso irlandês também conhecia e, depois de entrar num acordo com ela, disse tudo que é preciso ser dito sobre o assunto. Mas ela continuava perturbando, e muito, a cabeça de Alex. Estava lhe dando um certo trabalho, ainda que básico. Dez anos antes, uma tia, irmã de Sarah, lhe fizera uma visita, junto com os filhos, e a prima Naomi se recusara a dormir naquele quarto porque tinha medo dos "mortos nas paredes". Todos riram ao café-da-manhã. Ele tinha rido. Todos tinham rido. Porque é errado, dizem todos, levar para o lado assim tão pessoal — de modo que ele não levara, era um *adulto* (isso é provavelmente o que todo mundo quis dizer com essa frase cretina, pensou Alex; o que eles quiseram dizer é *não leve para o lado pessoal, não leve o fato de estar crescendo para o lado pessoal, seja crescido*). Ele não tinha levado para o lado pessoal, não durante anos. Levava para o lado cinematográfico ou televisivo — se é que levava desse ou daquele jeito. Mas tinha chegado a hora — Alex tentou agarrar o topo da porta para se manter ereto —, a hora de levar o soco da morte, o tapa da eternidade, e eles foram poderosos. Alex saiu rodopiando, agarrado a algo arrancado por engano da parede, a boca escancarada como se alguém tivesse lhe aberto um buraco no rosto com um chute. Mas não fez barulho nenhum. Não queria acordar os mortos. Ainda tinha o controle. Achou um lugar onde ninguém poderia escutá-lo, quente, seco e cheio de toalhas, e disse seu Kaddish sem gestos nem formalidades — apenas uma canção molhada caindo nas mãos.

DEZ / *No Mundo*

1

A campainha tocou. Alex rastejou pela escada. *Literalmente* rastejou pela escada. Apavorado com o estupendo impulso adiante, mas inseguro quanto à capacidade de permanecer em pé, rastejou e, quando isso começou a incomodar os joelhos, esticou e deslizou o corpo. Abriu a porta da frente de quatro, um braço estendido para alcançar a maçaneta.

"Dia", disse Marvin.

"Marvin", disse Alex, erguendo-se.

"Que tal Nova York, cara?"

"Grande. Cansativa."

"Você está com *cara* de cansaço."

"Dormi no hall."

"Ahã." E Marvin tirou o bloco do bolso.

Em algum lugar, um passarinho cantava as primeiras quatro notas de "Ain't Misbehavin'". A luz se mostrava esbranquiçada e a rua superexposta. Ninguém mais gosta de falar do primeiro dia de primavera — ele parece um sentimentalismo voluntarioso da natureza. No entanto tudo dava a impressão de ser primavera nesse dia, pelo menos aos olhos de Alex. Dava até para sentir o Pessach e a Páscoa dobrando a esquina, chegando junto com o sol e com um fim de semana prolongado e preguiçoso só de sofá, recheado de filmes ruins. O dia todo estava na flor da idade.

"Tandem?", disse Marvin, erguendo a cabeça para seguir o olhar de Alex, que tinha ido direto para o céu esbranquiçado.

"Hein?"

"Vai fazer algum pedido ou não?"

"Puta dia, não está não?"

"*Todo* dia é um puta dia."

"O que você quer *fazer*, Marvin?", coaxou Alex antes de tossir fora o sapo da garganta.

"Como foi que disse?"

"Além de ser um entregador de leite. O que eu quis dizer é o que você quer fazer da sua *vida*?"

Marvin grunhiu com eloqüência, como um acadêmico decepcionado, e estapeou a própria testa. "Eu vou te dizer um troço, tá? Eis aí uma pergunta cretina, confere? É a vida que vai fazer coisas *comigo*. É isso daí e pronto. E é tudo muito bom. Iogurtes?"

"Não, não... só leite."

Marvin fez aquele mesmo ruído de decepção. Pôs as mãos nos quadris. "Olha só. Eu vi você no jornal, tá sabendo? Eu não ia nem mencionar o assunto, porque esses troços não me dizem nada de nada. Eu tenho o meu — não tô interessado no de ninguém. Não sou como esses outros caras, sempre com inveja. Mas, ao mesmo *tempo*, vou te dizer uma coisa, eu meio que esperava assim de leve que de agora em diante você fosse ser um pouco mais ousado nas suas necessidades laticínicas. Agora a situação é outra. Ainda que a gente possa querer diferente", disse Marvin em tom sombrio, "o mundo até certo ponto é um mercado, companheiro. E agora vou ter de perder toda a sutileza porque você me fez forçar a barra, tá me entendendo?"

"Eu vou querer", disse Alex, olhando por cima do ombro de Marvin para o caminhãozinho de entrega, "um de cada, daqueles leites batidos, alguns iogurtes, o queijo italiano esquisito que você tentou me vender aquela vez e qualquer outra coisa que você ache que eu possa curtir."

"Assim é que se fala. É a volta do filho pródigo." Dito isso, Marvin soltou um assobio e saiu todo pimpão, estalando os dedos.

Minutos depois, levando uma caixa de papelão contendo vários níveis de leite fermentado, Alex entrou de novo em casa e sentiu algo muito próximo a esperança renovada. Fechou a porta com uma garbosa cutucada de traseiro. Esther estava no hall. Com o roupão chinês de seda preta dele sobre o corpo, aberto na frente. Ela juntou os dois lados e cruzou os braços por cima do pano, num gesto protetor.

"Aí está você", disse ele, indo na direção dela, porém Esther recuou. Aquele rosto não sabia o significado de falsas economias: sempre dava o que tinha recebido. E naquele exato instante era o retrato da dor.

"Deixa eu me livrar disto aqui", disse Alex, fazendo um gesto com a cabeça para a caixa. Foi até a cozinha e largou-a sobre um móvel. Quando se virou de novo, havia duas mulheres paradas na soleira.

"Eu estou cansada", disse Esther. "Também estou muito brava, na verdade, mas acima de tudo estou apenas, é sério... *cansada*. Você precisa escutar. E precisa calar a boca enquanto escuta."

Alex tinha começado a fazer seu ruído predileto, o pronome da primeira pessoa, mas ela estendeu o braço para silenciá-lo.

"E eu acho que você tem que ouvir primeiro a Kitty, Alex. Certo?"

"Bom dia, Alex", falou Kitty em voz baixa. Ela era, dos três, a única totalmente vestida.

Alex tentou de novo fazer aquele seu ruído, aquele insistente *eu*, mas Esther abanou a cabeça.

"Você sabe o que eu fiz de manhã?", disse Kitty, desdobrando um jornal que tinha na mão. "Eu acordei bem cedinho hoje e tropecei em você. Depois desci e peguei o jornal na porta. E li meu próprio obituário. Você há de convir", disse ela, sorrindo sem muito ânimo, "que este não é o melhor jeito de começar o dia."

"Kitty, eu..."

"No qual se diz, entre outras coisas, que, em suma, minha carreira foi um tanto insignificante e que — cá está — '*sua maior contribuição, para a história cinematográfica, é o interesse que despertou nos colecionadores, para quem um autógrafo seu possui um fascínio quase místico*'. Muito bem formulado, isso, você não acha? Eis aqui minha vida inteirinha, pelo visto resumida numa única frase."

"Ah, Kitty, eu sinto muito. Sinto muito mesmo. Eu pensei — foi só por um dia —, achei que fazia sentido..."

"Também diz aqui", continuou Kitty, enxugando uma lágrima, "que embora eu fosse um talento natural, desperdicei minha capacidade com frivolidades... e prossegue salientando várias dessas frivolidades da forma mais *vulgar* possível — e depois, onde é que está, ah, sim, aqui, que me tornei *mais notada em Hollywood pelos homens e mulheres com quem dormi do que pelos filmes que fiz*. Tolice ficar abalada com isso", disse Kitty, levando as duas mãos até os olhos e deixando cair o jornal. "Estou velha demais para tais vaidades... mas não sei, não. Nunca me passou pela cabeça que eu fosse uma Joan Crawford, nem nada disso, compreende? Mas já *imaginou*? Ler *isto aqui*? *Já*?"

Alex abriu a boca e tornou a fechá-la.

"E o pior de tudo é que este obituário", disse Kitty, apanhando de novo o jornal, "foi escrito por alguém que eu considerava amigo meu, toda essa sujeira, você acredita?" Kitty atirou o jornal sobre o móvel, acompanhando o gesto com um pequeno ruído de aversão. "A gente sempre espera que os outros... bom, que eles tenham uma opinião melhor da gente do que a que temos de nós mesmos."

"Tudo que eu posso fazer", disse Alex devagar, "é pedir desculpas. É tudo que posso fazer."

Kitty meneou a cabeça. Esther colocou um braço protetor em volta dela, mas Kitty, depois de uns momentos, desvencilhou-se.

"Foi desonesto, Alex", ela disse, olhando-o bem de frente, dando um passo adiante.

"Eu *disse* a ele que era uma péssima idéia", acrescentou Esther com veemência. "O pior carma *possível*."

"E de uma injustiça tremenda comigo", disse Kitty com mais brandura, como se estivesse falando com um menino.

"De uma injustiça total, se vocês querem minha opinião", concordou Esther, com uma ferocidade (conforme Alex acabava de perceber) que obviamente se estendia a uma outra questão que não era a que estava em pauta. "Esse dinheiro dever ser devolvido *agora mesmo*."

"Ah, um instantinho, por favor", disse Kitty, estalando com delicadeza a língua e colocando um dedo sobre a mão erguida de Esther. “Também não precisamos bancar os loucos de *pedra*.”

Nesse momento, Alex avançou um passo para Kitty e segurou-a pelos ombros. “O dinheiro é *seu*”, disse, “e não faz o menor sentido devolvê-lo. Mesmo que descubram que você não está... aí então é que as coisas vão valer ainda mais, porque você terá se tornado a atriz que todo mundo pensou que estava morta e cujo autógrafo foi leiloado por tantas mil libras no dia em que todo mundo pensou que estivesse — e assim por diante. É dessa forma que a coisa funciona. É tudo uma loucura, de qualquer forma. Pegue a grana, Kitty. Pegue e *corra*.”

“Este é um argumento até que bem interessante”, respondeu ela, dando uma lambida num dedo e tirando um pouco de sono do olho esquerdo de Alex. “Eu poderia me deixar convencer por ele. Então... o que fazer? Eu fico com o dinheiro, pelo visto. Menos os seus dez por cento, claro.” Kitty sorriu. Alex sorriu de volta para ela.

“Eu já tirei a minha parte. Deu umas quinze mil libras. Obrigado.”

“Você é um *bom* garoto”, disse Kitty, dando-lhe um tapinha no rosto. “Estou muito contente que a gente tenha se conhecido. Você é um realista, como eu. Isso é bom. Você me mata, mas depois me ressuscita. E assim fica perdoado.”

Kitty fez o sinal-da-cruz, beijou a ponta dos dedos e estendeu a mão para despentear o cabelo de Alex.

“Você vai ficar? Ou vai embora?”, perguntou Alex.

“Eu *fico*”, disse Kitty, com jeito de quem ia tomando a decisão enquanto falava, “por uma semana ou duas talvez. Não se preocupe, não entre em pânico — agora que eu tenho fundos, acho que vou me mudar. O serviço de quarto aqui não é lá dos mais brilhantes. E nós temos que separar a Lucia e a Grace antes que elas fiquem *completamente* obcecadas uma pela outra.”

Alex beijou a mão de Kitty.

“Bom”, disse Esther, mastigando o lábio enquanto uma lágrima viajava pela ponte do nariz até parar por alguns instantes pendurada na pontinha, “alguém precisa ligar para seja lá quem for que precisa ser contatado para desfazer essa história, e eu preciso das chaves do carro se quiser chegar a tempo na faculdade...”

“Vou *deixar* vocês dois”, disse Kitty, com uma piscada de atriz e um aproveitamento impecável da deixa. Na porta, ainda falou: "Sei que você tem mais um evento importante hoje à noite, certo?".

Alex, que olhava fixo para Esther, balançou a cabeça em silêncio, em sinal afirmativo.

"Infelizmente não posso ir — acho que o papa me mataria, se eu fosse. Mas talvez a gente possa jantar juntos depois, hein? Isso, vamos todos jantar juntos."

Eles ficaram sozinhos. Esther rompeu o contato visual e olhou para o teto.

"Pois é, então... Eu preciso das chaves para..."

"Você acha que eu fiz isso por mim? É isso que está pegando?"

"Eu não *sei*", disse ela, levando as mãos num gesto rápido até o rosto, para pôr um ponto final na choradeira, para pôr a choradeira em seu devido lugar. "No fundo não importa agora."

"Você acha que eu fiz isso para obter algum tipo de glória, uma glória pessoal? É isso?"

Esther fechou a boca e falou por entre os dentes, num grito preso, em *stacatto*. "Não se trata do que eu *acho que você fez*. E o mesmo se aplica àquela garota do sofá — não se trata do que você fez ou deixou de fazer. Trata-se da maneira como eu me *sinto* a respeito. Trata-se da maneira como você faz as pessoas se *sentirem*. Sabe como é? Eu às vésperas de fazer uma cirurgia, e você fica com uma *garota* qualquer. Como é que você *espera* que eu me sinta?"

Ele queria, desesperadamente, tocar em sua cabeça, puxá-la para si. Poupar um e outro desse diálogo de segunda categoria, dessas tolices que o amor engendra, tolices de amantes. Mas estava no meio de uma discussão e não há permissão para fazer carinhos durante uma briga, mesmo que nove entre dez vezes seja a única coisa que você tem vontade de fazer.

"Por favor", ele disse, aumentando o valor da aposta, gesticulando, "nós estamos juntos há dez anos. Sabia? E é *isso* o que você acha de mim?"

Em troca, ela o xingou e o acusou de manipulação descarada, mas ele insistiu. E nada naquela discussão era novidade. Eles encenavam variações dela havia seis anos. Sempre igual. Relacionamentos *são* isto mesmo: apresentações que ficam em cartaz até não restar mais vida nenhuma no espetáculo, até sobrarem só os gestos.

"Até parece", Alex retribuiu, "que você me acha alguém que tem a moral de um rato de esgoto, ou coisa parecida."

"Não vamos falar de moral", disse Esther sem hesitar. "Não vamos falar disso."

Ela meneou a cabeça para si mesma por três vezes, como se estivesse concordando com a pergunta não formulada de alguém. Saiu da cozinha. Alex sentiu um baque no estômago, algo como o tranco da porta de um alçapão. Seria o amor batendo em retirada? Seria isso? Naquele exato momento? Seria então hora de mudar? Seria esse o dia em que a luta de dois soldados, em que a guerra contra braços plastificados de poltrona, hipócritas, intelectuais fajutos, televisão, comida em pilhas, excesso de embalagem, pesquisas de opinião, baladas de amor e todas as religiões organizadas — em que essa luta passa a ser no singular? Em que você tem de fazer tudo na base do *eu sozinho*? Não era a primeira vez que essa mudança assomava no horizonte, tinha havido várias nos últimos anos. Às vezes, ele queria que viesse. Na maior parte do tempo, porém, morria de medo dela. Nesse dia em especial, correu até a escada sob efeito da adrenalina e se pôs entre Esther e o degrau seguinte. Ele perguntou a ela. Em voz alta. Várias vezes. Então é isso? É isso mesmo? O Fim?

"Continuamos ambos aqui, ainda vivos, ainda no lugar", ela disse, com voz cansada, abraçando o próprio corpo com mais força. "O fim parece que é mais... sangrento. Punhal, frasco de veneno, essa coisa toda. Você conhece a rotina. Nós estamos bem por hoje, certo? Mais do que isso — eu simplesmente não sei, Tandem. Vamos ter que ver, na verdade."

Ela contornou e continuou subindo a escada.

"Escuta", ela disse, com pressa e vendo o apelo por clemência nos olhos dele, "vê se toma um banho. Você está fedendo. Depois vá falar com o Ads. Eu lido com os jornais. À noite eu vou à sinagoga. Depois a gente se encontra com a Kitty. Mas agora dá o fora de casa, dá o fora da minha frente."

Não fora uma retirada, portanto. Era uma suspensão apenas.

2

Sem acatar o conselho de Esther (estava interessado em saber até onde poderia levar seu bodum), Alex tomou um ônibus para ir à sinagoga de Mulberry e sentou no andar de cima, num dos bancos bem da frente para curtir a deliciosa ilusão infantil de que voava pela rua.

"Não foi uma retirada!", berrou para uma família que fazia compras. "Só uma suspensão!"

"Feliz porvir, boa criatura!", berrou para um vigário.

Vai trabalhar, vagabundo, disse um velho no ônibus.

"OLÁ, PRINCESA", gritou ele, enfiando o braço pela janela do ônibus para acenar a uma escolar.

"Vê se não enche, malandro", ela gritou de volta, erguendo um pouco mais a mochila nas costas para melhor lhe fazer a saudação do dedo do meio.

Em Mulberry, saltou do ônibus e perguntou a dois hassídicos que passavam onde ficava a sinagoga progressista, coisa que os dois lhe disseram com olhares de comiseração. Cantando "Old Man River", música que considerava útil quando necessitava de um enrijecimento dos nervos, Alex atravessou as avenidas arborizadas de Mulberry. Em quase todas as esquinas parecia haver um hassídico à espera de fazê-lo se sentir um mofo que o planeta criara. Porventura estariam sentindo seu cheiro? Ou apenas *sabiam* quem ele era? Uma espécie de raio X espiritual; pressentiam sua alma pífia, sua fé fermentada. Alex resolveu contra-atacar acenando para eles. O que foi bom. Acenar era muito bom. Não obter resposta, gesto nenhum, em troca de um aceno amistoso, feito de coração aberto, era moralmente animador.

Na sinagoga, o ofício matutino estava terminando. Alex viu alguns fiéis saindo para a calçada e uma construção de concreto com uma janela em forma de estrela-de-davi rente à parede, ou seja, uma shul sem enfeites mas não de todo desprovida de encantos. Um corredor de plantas levava até o interior, acompanhado por um deprimente e fundamental sistema de segurança, com câmeras suspensas no ar, feito periscópios encalhados. Alex tocou a campainha e acenou para o videofone. A porta se abriu para ele.

O rabino Burston estava ao sol, conversando com um punhado de mulheres ou ao menos foi isso que Alex presumiu. Havia sem sombra de dúvida um punhado de mulheres, e elas estavam num círculo, falando e olhando para baixo. Quando ele se aproximou, o círculo se desfez e, embora fosse pequeno ao extremo, Alex viu que, de fato, era a inconfundível figura de um rabino atrevido que caminhava em sua direção. Qualquer resíduo de nervosismo que ainda estivesse sentindo se evaporou; era tranqüilizador, era um alívio, era algo com que você sempre podia contar: um rabino nunca é tímido. Alex já tinha tido oportunidade de conversar com aqueles vigários muito enrolados que pareciam mortificados com a própria existência — como é que se pode obter fé de um homem envergonhado da fé? Por outro lado, Alex tinha de admitir uma admiração recalcitrante pela vocação rabínica. Eles sempre, mas sempre mesmo, devolviam na mesma moeda.

"OI", gritou o rabino Burston. Devia ter uns quarenta anos e era quixotescamente bem-apanhado para um homem com a estatura de uma criança de nove. Usava jeans e uma camisa branca. Quando se aproximou, Alex viu que ele batia em sua cintura e começou, então, o que imaginava fosse ser uma longa batalha para tentar não ficar olhando aparvalhado para Burston mais do que faria se o rabino tivesse altura normal. Falhou logo de cara, cheio de espanto pela força inacreditável que o rabino parecia ter no tórax, fitando a barba negra e crespa, o físico imponente desse homenzinho minúsculo.

"Oi."

"ALEX-LI, SE NÃO ME ENGANO?", berrou de novo o rabino. O círculo de mulheres sorria com indulgência para Alex e uma criança apontava para ele.

"Exato."

"QUER CONVERSAR AQUI FORA OU PREFERE LÁ DENTRO?"

"Aqui fora está ótimo."

"ÓTIMO. AQUI FORA TAMBÉM ME CONVÉM. QUE TAL AQUELE BANCO?"

"Certo. Há alguma razão... quer dizer, por que você está gritando?"

"EU TENTO FAZER ISSO ÀS VEZES, PARA DESVIAR A ATENÇÃO DO..." e abarcou a si mesmo dos pés à cabeça com um girar do pulso — "SÓ DURANTE OS PRIMEIROS MINUTOS DE CONVERSA. ACHO QUE DE VEZ EM QUANDO AJUDA. ESTÁ AJUDANDO?"

"Na verdade não."

"Ah", disse o rabino Burston, coçando a barba e sorrindo. "Bom, não é para todo mundo. Por favor, Alex, venha até meu gabinete."

O rabino contornou uma árvore e se alçou para cima do banco; os pés ficaram balançando bem longe do chão.

"Então. Alex. Vamos direto ao ponto. Kaddish. Você entende o que é? Quer dizer, entende de fato o que *é*?"

"Entendo. Acho que sim."

"Certo. Explique."

"Bom, quando eu digo... quer dizer, acredito que eu tenho as noções básicas..."

"SANTIFICAR O NOME DE DEUS EM PÚBLICO É O DEVER HISTÓRICO DO JUDEU!", berrou o rabino Burston, com as mãozinhas sacudindo no ar. Tornando a baixá-las, sorriu para Alex. "Isso é o que os livros dizem, certo? E é verdade. Mas não quero que pense nisso como um dever. É um *prazer*. É um *presente* que você está dando a seu pai. Você vai entrar numa shul e dar a ele um presente. Quando a gente era pequeno e incapaz, e tinha que presentear alguém, quem comprava o presente era a nossa mãe, lembra? A gente só precisava assinar o cartão de parabéns — ou enfiar a mão na tinta vermelha e depois fazer uma marca nele. Alguma vez você fez isso?"

A essa pergunta, Alex respondeu com um dar de ombros neutro.

"CERTO!", berrou o rabino Burston, para depois se calar. Ainda tentando não ficar embasbacado, Alex desviou o olhar para cima, para o mesmo lugar fitado pelo rabino, ou seja, para os primeiros botões cautelosos de uma cerejeira que vinham despontando, enganados pela clemência do tempo.

"Sabe o que mais?", disse o rabino depois de um minuto de nada, "vamos caminhar. Vamos dar a volta na shul até estarmos de volta a esta árvore. Combinado?"

O rabino ergueu os braços e Alex, perplexo por alguns instantes, percebeu, horrorizado, que ele estava esperando para ser erguido e posto no chão.

"O quê? Nunca pegou um rabino no colo antes? Brincadeira. Foi uma brincadeira", disse o rabino Burston, e escorregou com agilidade do banco para o chão. "Certo, vamos perambular. Vamos seguir o filão socrático."

Alex havia feito um pacto consigo mesmo, anteriormente, de que andaria bem devagarinho se por acaso surgisse ocasião para um passeio-com-rabino-anão, mas na verdade o rabino o ultrapassou de cara e foi ele quem teve que alcançar o outro.

"O negócio é que", falou o rabino, enquanto a criançada se esparramava, saindo do caminho, "o Kaddish não foi composto para a shul. O Kaddish não é uma prece formal. É uma oração que vem de uma *necessidade*. E isso é muito raro. Não é imposto de cima, não é uma ordem dos rabinos. Ele é uma *exigência* das pessoas, é uma *necessidade*, uma necessidade humana. Eu presumo que você acredite em necessidades humanas — ou até aí já seria ir longe demais com você?"

"Não, não — eu acompanho você nas tais necessidades humanas. Eu também tenho algumas. E vejo outras por aí."

"Certo. *Ótimo*, isso é ótimo. Agora. Repare que na prece dos enlutados não há nenhum *Adoshem*, não há nenhum *Elohim*, não há nomes formais para Deus. No Kaddish, só existe o nome informal, o nome íntimo — *Kudsha Brich Hu*, o Sagrado, bendito seja Ele, e depois *Avihun di bizshmaya*, seu Pai no céu. Você tem até *HaShem*, O Nome, transformado em *Shemo*, Seu Nome. O Kaddish é uma conversa entre o judeu e Deus, entre o filho e o pai ausente, até aqui você me entendeu? É um para um, embora a comunidade continue sendo essencial — quando eu digo o judeu quero dizer *os judeus* — mas ainda assim é aquele momento especial, *seu e de Deus*.

E então o rabino Burston deu um salto inesperado e agarrou a beirada de uma mureta baixa que corria à volta toda do pequeno quintal da shul. Balançou o corpo, colocou os pés sobre o tijolo e ergueu-se. Agora tinha perto de um metro e setenta para o metro e oitenta e cinco de Alex.

"O que mais você quer saber?"

"Hum... Certo... coisas práticas. Do tipo, eu falo primeiro..."

"Você fala primeiro, depois o minyan responde. Falando nisso, eu sei que você por enquanto só tem oito, mas eu arrumei mais dois voluntários — serão estranhos para você e seu pai, mas não para Ele, e é isso que importa. Portanto: você fala, você fala, você fala, você fala, e aí nós respondemos. Você recita de novo, nós respondemos, uma vez mais, e então todos falamos juntos. Sabe sua fala de cor?"

"Quase. Basicamente."

"Então já é mais de meio caminho andado", disse o rabino com ar de felicidade, batendo palmas.

"Mas como é que funciona? Eu não *sinto* nada", deixou escapar Alex, e depois ficou contente por ter desabafado.

"Me dá uma carona, por favor. Desta vez é sério — até o próximo trecho de muro."

Alex agarrou o rabino pelas axilas e transportou-o de um muro a outro. A salvo, do outro lado, o rabino colocou as duas mãos para trás e continuou com seu passeio elevado.

"Ótimo. Quer dizer então que você não sente nada. Está sendo sincero.

E quer que eu o convença, é isso? Será que vamos ter que passar pela história de Akiva? Sério mesmo? O pai dela, o catar da lenha e o tormento terrível?"

"Não, não. Entendi o pedaço sobre levar até meu pai o descanso eterno, coisa e tal — mas isso não tem a menor relevância, porque ele não era judeu."

"Ah, mas você *é*. No entanto você não é nenhum idiota, e sabe disso — por isso está aqui."

Duas crianças passaram correndo por eles, numa brincadeira ruidosa de pegador, e, ao ver o rabino Burston, fizeram silêncio e bateram disfarçadamente uma na outra, transferindo a culpa.

"Alex, não há o menor motivo para ficar assim tão triste", disse o rabino Burston, estalando a língua. Chegando ao final do seu muro, sentou primeiro, depois se atirou no chão. Aterrissou meio sem jeito, dessa vez escorregando de leve no cascalho, mas ainda assim não havia nada de cômico nele, nada de ignóbil. Isso era irritante aos olhos de Alex, que queria e esperava, acima de tudo, uma redução nas pessoas. Sem isso, como acontecera com Adam e Esther, sua ligação com elas ficava forte demais. E a possibilidade de se magoar no futuro apenas multiplicava.

"Rabino, eu ainda... eu entendo o que está dizendo, mas não vejo por quê. Não no que me diz respeito."

O rabino Burston chutou algumas pedras para um lado do pátio.

"Ahã", disse, meneando a cabeça com firmeza. "É deprimente não ver o porquê das coisas, eu sei disso. É como ter quinze anos o tempo todo. Essa não é a melhor das idades."

"Já tive melhores na vida."

Pisaram ao mesmo tempo numa grande e indistinta estrela-de-davi, sombra da janela, e continuaram devagar a atravessar o pátio, enquanto o sol subia no céu.

"Alex. Seu amigo Adam me contou que você vive de colecionar autógrafos. Vê alguma razão nisso?"

"Não, não especialmente. Mas..."

"Mas isso lhe dá prazer."

"Algum."

"Quer dizer então que você coleciona, compra coisas. Coisas famosas de gente importante. E alguma coisa nesse negócio é vista como um presente?"

"O que você quer dizer com presente?"

"Se alguma coisa no seu cotidiano é vista como um presente."

"Bom, esse é o meu objetivo", disse Alex, pensando, com rebeldia, em Kitty. "Esse é um sonho secular, certo? Amor, arte, caridade, talvez. Todos são presentes."

"É", disse o rabino Burston, sorrindo. "Esse é um sonho secular."

"Não vejo a relação que isso possa ter com qualquer outra coisa. Estou falando de um ritual."

"Certo", disse o rabino, ensaiando alguns movimentos de boxe. "Vamos lá então. Fale-me sobre rituais."

"Bom", começou Alex com humildade, "bom, então tá, o negócio é que eu já disse ontem o Kaddish, meio que pra praticar..." Entraram numa área de sombra, projetada pelo telhado da shul, e sem o calor superficial da luz a temperatura baixou de modo drástico. Alex estremeceu e puxou o casaco mais para perto. "Eu disse e não senti nada. Quer dizer, eu já estava sentindo uma coisa, mas o Kaddish não ajudou nada."

"Estava sozinho?"

Alex fez que sim.

"Ora, *ora*. Me-diga uma coisa, você por acaso joga futebol sozinho? Hóquei? Assiste a uma peça de teatro sozinho? Dança o tango sozinho? Faz amor sozinho? Na verdade, não precisa me responder esta."

Alex riu, melancólico.

"No fim das contas", falou o rabino, quando se aproximavam de uma cerejeira, "é *Tsidduk Hadin*, uma aceitação do julgamento divino. Em vez de praguejar contra Deus por nossas perdas, erguemos para Ele nossos louvores. Aceitamos o julgamento. Ele deu, ele tirou. Nós aceitamos."

"Mas eu não. Eu não aceito", resmungou Alex, sentindo-se envolvido por uma depressão já conhecida. "Não funciona pra mim. Pra mim, é indecente. Todo sofrimento. Não consigo assinar embaixo disso, não consigo."

Uma mulher, que rodeava os dois nesse último minuto de conversa, mexendo em uns papéis, pronunciou o nome do rabino Burston em voz baixa.

"Sim, senhora Bregman, já estou indo, um momentinho, por favor."

O rabino se virou e tombou a cabeça bem para trás, enfrentando a luz brilhante do sol, para olhar Alex direto nos olhos. "Alex, estou ocupadíssimo agora, sabia? Me faz um favor. Apareça às seis da tarde, diga o que lhe pediram para dizer e dê o presente. Seus amigos e eu escrevemos o cartão, compramos o presente e pintamos sua mão de vermelho. Veja se aparece com a mão vermelha e pronto, certo?"

3

No corredor externo da casa de Adam, em respeito ao sol improvável, fazia-se o *brunch*. As cadeiras haviam sido dispostas de forma que os pratos pudessem ser equilibrados sobre o muro e os convivas estavam sentados em fila com suas cervejas, como caminhoneiros num balcão de lanchonete. Joseph e Rubinfine tinham seus respectivos guardanapos enfiados jocosamene no colarinho, enquanto Adam zanzava entre eles com uma frigideira de ovos mexidos temperados com pedacinhos rosados de salmão defumado. Sem dizer palavra, Alex subiu no muro, ao lado de Rubinfine, e sentou, pernas balançando no ar.

"E antes que vocês perguntem", disse Joseph, olhando reto para a frente, por cima dos telhados, "esta é a minha primeira falta por motivo de saúde em seis meses de trabalho."

"Ele está pensando em largar o emprego", explicou Adam. "Mas continua esbanjando o salário. Foi ele que pagou o salmão. Quer um prato, Al?" Sem esperar resposta, entrou para pegar um.

"Estou pensando em largar", confirmou Joseph, todo lânguido, pinçando de seu ovo uma mosca que ia afundando. "Culpa do sol. O sol me deu uma epifania muito estranha."

"Esse é o problema com esta porra de sol", disse Rubinfine, franzindo o cenho e apontando com o garfo.

"Qual foi a epifania?"

"Humm... algo mais ou menos assim: não posso passar o resto da vida me sentindo a última das criaturas."

"Certo. Essa é das boas."

"Também achei."

"E o que vai fazer agora?", perguntou Alex, aceitando o prato com uma generosa porção de ovos mexidos e torradas que Adam lhe passava.

"Ser um desempregado irrecuperável. Pelo menos esse é o plano até o momento."

"Eu tive esse plano também uma época", disse Rubinfine, melancólico. "Mas acabou não dando em nada."

"Só porque você larga tudo no meio." Joseph ergueu uma cerveja para o céu. "Eu vou entrar nessa pra valer. É a longo prazo comigo. Ca-*cete*", continuou ele, virando-se para olhar para Alex pela primeira vez, "você tá um *trapo*."

"Eu acho", disse Alex, olhando para Adam por cima de Joseph e Rubinfine, em busca de apoio, de compreensão, "que a Esther vai me largar."

Adam deu a impressão de ter ficado alarmado, mas depois desviou a vista, como se diante de uma intimidade entre pai e mãe. Joseph abriu uma cerveja e passou para ele. Rubinfine disse: "Todo mundo larga todo mundo no fim".

Alex zangou-se. "Pois é, mas isto *não é* o fim, é, seu veado? A questão é justamente essa, certo? Acho que ela vai me largar *no meio do caminho*."

"Só Deus é constante", afirmou Rubinfine, arrancando a pimenta-do-reino da mão de Joseph enquanto ele ainda se servia dela. "O que ele nos deu foi fins. As coisas terminam aqui. Elas não terminam *lá*." E apontou para o céu. "Esse foi seu presente para nós, os fins. Agora, você pode até me dizer: *Pois é, belo presente, mas será que eu posso levar de volta na loja e trocar?* No que eu diria a você..."

"Rub, por favor, nos poupe, tá?", gemeu Joseph. "Pra quem é esse discurso?"

"Para o meu grupo no Cheder. Vou fazer na semana que vem", disse Rubinfine, roendo uma lasca de unha e cuspindo para o muro. "Crianças de dez a catorze anos. Você não gostou? Quer dizer, tem muito mais nele do que..."

"Não é que eu não tenha *gostado*... Rub, se alguém tivesse falado desse jeito com você aos catorze anos... Não, olha só, não é tão ruim assim. É só que você expressa tudo com tamanha falta de jeito — olha aqui, você tem uma caneta? Vamos repassar isso, vamos dar uma arrumada nessa palestra."

"Precisamos de mais ovos", disse Adam, pensativo. "Alex, vem cá me ajudar a fazer mais um pouco de ovos mexidos."

No entanto Adam passou direto pela cozinha e Alex o seguiu até a sala.

Na frente do alfabeto, Adam o pegou pelos ombros. O olhar era uma essência de Adam: era o olhar que você sempre torcia para que ele lhe desse, o que aparecia de vez em quando e que você tanto almejava. Límpido, de uma honestidade aflitiva, endiabrado, buscando alegria e plenamente decidido a assumir as dores alheias como se fossem as suas. Alex enfiou as mãos nos bolsos, como um colegial constrangido pelo elogio inesperado.

"Você está pronto?", perguntou Adam.

"Para...?"

"Esta noite!"

"Ah... lógico, estou, claro."

"Falou com o rabino Burston? Ele ajudou alguma coisa?"

Foi só ver a expressão de Alex para que a de Adam murchasse e fosse substituída pelo mesmo ar de decepção magoada com que sua irmã tinha olhado para ele algumas horas antes.

"Pra mim não tem o mesmo significado", disse Alex, tirando as mãos dos bolsos e arriando no sofá. "Pra mim é um gesto, sabe. Mais nada."

Adam parecia confuso. "E o que há de mais importante que um gesto?", perguntou.

Adam ajoelhou-se onde estava e, por um segundo, Alex receou que fosse lhe pedir para meditar ou rezar, e ele agora sabia — com mais certeza do que nunca — que aqueles dois atos estavam além de sua capacidade; não, mais que isso: que ele não desejava nem um nem outro. O que ele queria era estar no mundo e pegar o que viesse junto, fins locais e universais, pontos finais, parágrafos, olhares de decepção magoada e a guerra do dia-a-dia. Ele *gostava* da guerra do dia-a-dia. Para ele, era moleza.

"O quê...? Ó, você deixou cair — ah, é a sua cédula", disse Adam, apanhando a nota do chão. Aproximou-se e sentou também no sofá. "Está toda amarfanhada", falou, devolvendo-a para Alex. "Eu também vou levar a minha hoje à noite. Me pareceu a coisa certa a fazer."

Alex lembrou-se então, de modo muito vago, de ter arrancado a nota da parede na noite anterior. Pegou-a de Adam e pôs sobre a mesinha de centro, para alisar com o punho fechado.

"Elas são muito *parecidas*, não são?", disse Adam, sincero. "Quer dizer, vocês de fato têm letras muito semelhantes."

Alex franziu o cenho. Apanhou uma caneta e o guia de televisão que estava ao lado e assinou seu nome nas costas da revista.

"Olha só como são parecidas", murmurou Adam. "O *T* dele é exatamente igual ao seu — e esse *M* gozado."

"Eu costumava copiar a dele", disse Alex, afagando a nota, lembrando. "Eu fazia ele assinar para poder copiar. Eu fazia ele assinar um monte de vezes pra poder ver o jeito como a mão dele se mexia. Mãozinhas pequenas. Estranho como elas eram pequenas e..."

Alex não conseguiu impedir que a porta do alçapão se abrisse de novo. Agarrou os próprios cabelos. "Eu pensei", falou, trêmulo, "eu pensei que você tivesse dito que isso tudo me levaria a me *sentir* melhor. Não estou me sentindo melhor. Contar a Esther sobre a Boot, aquilo não *ajudou* nem um pouco. E esse negócio hoje à noite, e ter ido falar com o rabino Burston, nada disso está resolvendo coisa alguma, não está curando *nada*. Eu sinto falta dele. Continuo sentindo falta dele. O tempo inteiro. Eu sinto tanta falta dele. Eu não *me sinto melhor*."

"Eu disse que iria *ser* melhor, não disse que você iria se sentir melhor." Ao falar isso, Adam estava muito sério. "E *é* melhor, mesmo que você não consiga sentir isso."

Alex riu emburrado e começou a trabalhar numa cutícula com os dentes. "Não existe nenhum outro bem a não ser o se *sentir* bem", disse, sacudindo a cabeça. "Ads, é isso que *é* o bem. É isso que você nunca conseguiu compreender. O bem não é símbolo de outra coisa qualquer. O bem tem que ser sentido. Isso é o bem *no mundo*."

Adam renunciou à discussão com um gesto das mãos, mas, como sempre, nada mudou naquela concha tranqüila, definitiva e cintilante que cobre os religiosos, aquela casa que levam consigo a toda parte.

Alex suspirou e se levantou para ir pegar a caixinha de fumo na prateleira, onde ela tampava a metade inferior da pequena árvore autográfica de Adam.

"Eu estava pensando", começou ele com voz cautelosa, "em fazer de um autógrafo da Kitty o ramo final, se você achar a idéia boa, e se tiver algum sobrando. Meio tipo em sinal de respeito. Uma forma de mantê-lo seguro — para a eventualidade de você se sentir tentado a vender até a última preciosidade em seu poder. Quer dizer, me diga se achar uma idéia ruim, mas..."

Alex riu. Adam franziu a testa e inclinou a cabeça, e naquele mesmo instante a luz do sol bateu na persiana e dividiu a sala em parágrafos de luz poeirenta e em frases de sombra. Se há alguma coisa capaz de tornar alguém religioso, é esse tipo de coisa. O *timing*. A coincidência.

"Eu vendi todos", disse Alex, satisfeito, deixando que os fatos descansassem, por enquanto, onde estavam. "Não sobrou nenhum. Ads, você está com uma auréola."

Alex abriu a caixinha e remexeu lá dentro, à procura de um pedacinho de haxixe. Adam se ergueu de repente e fechou a tampa da caixa.

"Melhor não, cara. Cabeça fria hoje. O negócio é estar lá com tudo, você não acha, não?"

"Hummm", disse Alex. Estava com a cabeça — como os professores gostam de dizer — na lua. O sol tinha lavado as paredes e feito tudo parecer diferente. A sensação era diferente. Esse é o problema com o sol.

"E esta é pra quando você encontrar com a Esther. Ela quer que a gente pare de fumar, sabia? Ela está com medo de falar pra você, mas eu sei que é isso que ela quer. De nós dois. Mas eu não sei, não, cara. Isso é pedir um pouco demais. É com o fumo que eu encontrei o entendimento", disse Adam, fazendo o Gesto Internacional de transcendência (rápido aceno de cabeça para cima, olhos postos no teto). "Foi assim que Shechinah se abriu para mim, como as coisas se tornaram manifestas. É assim que eu subo."

Tirou a caixinha das mãos de Alex e tornou a colocá-la na prateleira.

"Mas hoje até dou razão pra ela. Acho que a gente precisa estar presente com tudo lá, totalmente presente. Alex?"

Alex curvou-se devagar na direção da nota, alisou-a de novo e se apoderou de uma bolota de Blu-Tack do verso do autógrafo de Jimmy Stewart. Pôs um tiquinho em cada um dos quatro cantos da nota e grudou Li-Jin sobre o vazio desbotado de sol, no meio e acima do conhecido filósofo Ludwig Wittgenstein e da conhecida escritora Virginia Woolf.

EPÍLOGO

Kaddish

Suponha que não me fossem permitidos os gestos que as pessoas fazem quando não sabem o que mais fazer: abrir e fechar a fivela do meu relógio de pulso, abotoar e desabotoar a camisa, passar as mãos pelo cabelo. No fim, eu não teria nada em que me apoiar, eu estaria perdido.

Peter Handke, *O peso do mundo*

De pé, estava o Caçador de Autógrafos, Alex-Li Tandem. De onde estava, podia ver todos eles. E tudo que eles faziam. Sentados, estavam seus amigos Adam Jacobs, o rabino Mark Rubinfine e Joseph Klein, mais sua namorada Esther Jacobs, o rabino Green, o rabino Darvick, o rabino Burston e sua mãe, Sarah Tandem. Também sentadas, duas pessoas que ele não conhecia, Eleanor Loescher e Jonathan Verne.

Glorificado e santificado (disse Alex-Li, mas não com essas palavras)
Seja Seu excelso nome
No mundo que Ele criou
Conforme Sua vontade,
Rubinfine estava tirando pele do polegar direito com a unha
Do indicador esquerdo,
E que Seu Reino possa chegar
A nossas vidas e durante nossos dias terrenos
E às vidas de todos os da casa de Israel,
Joseph batucava o nariz com os nós dos dedos,
Depois tentava parar e recomeçava de novo,

O mais rápido e o quanto antes,
E que todos digam Amém!

Esther alisou a saia
Com as mãos e torceu a costura até
Que ela ficou certa!

Amém! (disseram as pessoas sentadas, mas não com essas palavras)
Que Seu grande nome seja abençoado
Sempre e para sempre!

Abençoado (disse Alex-Li, mas não com essas palavras)
E incensado
E louvado
O rabino Burston balançava os pés
Seguindo algum ritmo interno,
E alçado
E exaltado
O rabino Green fungou,
E honrado
E enaltecido
O rabino Darvick fechou os olhos
E depois os abriu duas vezes, bem abertos,
E celebrado
Seja o nome do Sagrado
Adam sorriu e fez
Um discreto sinal de positivo,
Ele é bendito!
Acima de todas as bênçãos
E de todos os hinos, encômios e consolos
Que são pronunciados no mundo
E que todos digam Amém!

Que uma grande paz vinda do céu —
E da vida! —
Esteja conosco e com todo o povo de Israel,

Sarah chorou e não fez nenhuma tentativa
De esconder isso,
E que todos digam Amém!

Que Ele que leva paz às alturas
Eleanor Loescher segurou a barriga
Pequena com as duas mãos.
(E Alex se perguntou o que significaria isso)
Traga-nos a paz, e a todo o povo de Israel,
Jonathan Verne bocejou sem constrangimento.
(E Alex se perguntou o que significaria isso)
E que todos digam Amém!

Agradecimentos da autora

Quero expressar minha gratidão a Yvonne Bailey-Smith e Harvey Smith, como sempre, pelo apoio e paciência ímpares. Meu muito obrigada a Adam Andrusier e Rachel Miller por coisas que não se podem encontrar em bibliotecas e a meus preciosos primeiros leitores: Michal Shavit, Toby Litt, Adam (de novo), Tamara Barnett-Herrin, Nick Laird e Paul Hilder. Obrigada a Jessica Frazier e a Lee Klein, que têm, ambos, a capacidade de fazer da filosofia uma questão do dia-a-dia. Meu obrigada a Alex Adamson por ter tornado tudo mais fácil.

Utilizei dois retiros para escritores e agradeço a ambas as instituições e às mulheres notáveis que dirigem esses lugares: Drew Heinz, de Hawthornden, e Beatrice Monti, do Santa Maddelena. Minha dívida de gratidão a Georgia Garrett, Simon Prosser e Ann Godoff, que fazem dos livros uma realidade e me mantêm sã.

Agradecimentos da editora inglesa

Os editores agradecem a permissão de reproduzir os seguintes trechos: *The Essential Lenny Bruce*, copyright © 1967, Douglas Music Corp. Todos os direitos reservados. Usados com permissão: "Howl" ("Uivo), de Allen Ginsberg, *Selected Poems 1947-95* (Penguin Books, 1997), copyright © Allen Ginsberg, 1996, reproduzido com permissão de Penguin Books Ltd.; "Can't Help Lovin' Dat Man", letra de Oscar Hammerstein II, música de Jerome Kern, copyright 1927, T. B. Harms Company Inc., EUA, Universal Music Publishing Limited, Elsinore House, 77 Fulham Palace Road, Londres W6 8JA, usado com a permissão de Music Sales Ltd., todos os direitos reservados, copyright internacional assegurado; "Ash Wednesday", de *Collected Poems* de T. S. Eliot, reproduzido por permissão de Faber & Faber Ltd.; trecho de *Zohar: The Book of Enlightenment*, tradução para o inglês de Daniel Chanan Matt, reproduzido com a permissão de Paulist Press, www.paulistpress.com; trecho de "Casablanca", cortesia da Warner Bros.; trecho de *Kaddish*, de Leon Wieseltier, reproduzido com permissão da Picador, impressão da Pan Macmillan, Londres, GB; "Fame", letra de Dean Pitchford, música de Michael Gore, copyright © 1980 EMI Catalogue Partnership, EMI Variety Catalog Inc. e EMI United Partnership Ltd., EUA, direitos mundiais controlados pela Warner Bros. Publications Inc/IMP Ltd., reproduzido com a permissão de International Music Publications Ltd., todos os direitos reservados.

ESTA OBRA FOI COMPOSTA EM ELECTRA PELO ESTÚDIO O.L.M.
E IMPRESSA PELA PROL EDITORA GRÁFICA EM OFSETE SOBRE PAPEL PÓLEN
SOFT DA SUZANO BAHIA SUL PARA A EDITORA SCHWARCZ EM ABRIL DE 2006